U0664506

桐柏山的星火

刘杰超　著

SPM 南方传媒　广东人民出版社

·广州·

图书在版编目（CIP）数据

桐柏山的星火 / 刘杰超著. —广州：广东人民出版社，2023.7
ISBN 978-7-218-16512-7

Ⅰ．①桐…　Ⅱ．①刘…　Ⅲ．①革命故事—作品集—中国—当代
Ⅳ．①I247.81

中国国家版本馆 CIP 数据核字（2023）第 069028 号

TONG BAI SHAN DE XING HUO

桐柏山的星火

刘杰超　著

版权所有　翻印必究

出　版　人：肖风华

责任编辑：廖智聪
装帧设计：李桢涛
责任技编：吴彦斌　周星奎

出版发行：广东人民出版社
地　　址：广州市越秀区大沙头四马路 10 号（邮政编码：510199）
电　　话：（020）85716809（总编室）
传　　真：（020）83289585
网　　址：http://www.gdpph.com
印　　刷：广东虎彩云印刷有限公司
开　　本：787mm×1092mm　1/16
印　　张：19.875　字　　数：250 千
版　　次：2023 年 7 月第 1 版
印　　次：2023 年 7 月第 1 次印刷
定　　价：45.00 元

如发现印装质量问题，影响阅读，请与出版社（020-85716849）联系调换。
售书热线：020-87716172

《桐柏山的星火》序言

父亲在世时，给我讲了一段往事，他说，在那特殊的年月里，红卫兵审问他："你说你是什么什么书记，那你的办公室在哪儿?"他哭笑不得，愤怒地回答道："你别拿现在的情况和过去比，我们的办公室在坟茔里，在沟崖子里。"父亲当时的愤怒是可以理解的，但是生在红旗下、长在红旗下的红卫兵怎么会知道当年闹革命的艰险呢? 这也难怪他们会提出如此幼稚的问题。于是，我就想应该把前辈们当年抛头颅、洒热血的事迹给后辈人讲一讲。我在《桐柏山的星火》中写了几个会议，即成立中共鄂豫边区临时工委的"路上会议"，提出开展武装斗争的太白顶会议，商议成立红军游击队的白莲洼会议，落实平氏夺枪战斗计划的双庙岗东沟会议，还有传达建立抗日统一战线的凤凰树会议，意在让革命的后来人领略一下革命前辈们召开会议的情况。

我原先并没有写小说的想法，直到退休之后才萌生了这种想法。在整理父亲的回忆资料和阅读他的老领导的回忆资料时，我突然发现其中不少材料是写小说的绝佳素材，不仅具有完美的故事情节，而且极具传奇色彩。于是我就着手写了100多篇红色故事，发在我的博客上。但是后来我发现，这些故事都比较零散，无法完整地展现当年前辈们艰苦奋斗的历史和顽强的革命斗争精神，于是我就试着写了几篇短篇小说，谁知这一写便一发不可收拾，于是就在撰写红色故事的基础上开始了《桐柏山的星火》的写作。

《桐柏山的星火》，描写的是在鄂豫边区革命斗争的危亡时期，一批共产党人坚持斗争的故事。故事的主人翁是一批土生土长的老一辈革命家，他们是白色恐怖笼罩下的逆行者，是在荒山野岭中披荆斩棘的拓荒者。在长期与党中央失去联系的背景下，在极其艰苦复杂的环境中，在一次次的挫折中，在生与死的考验中，他们始终秉持着共产党人的初心，前赴后继，传递着革命的星火，谱写了一曲桐柏山区的红色传奇。革命前辈的革命业绩应该世代传扬，他们的革命精神应该世代发扬光大，他们革命的初心应该成为后来人的人生坐标。这也是我写作《桐柏山的星火》的目的和强大动力。

在我着手写《桐柏山的星火》的时候，我首先想到的是毛泽东主席"星星之火，可以燎原"的伟大论断，同时也想到了陈毅元帅的《梅岭三章》，其中"断头今日意若何，创业艰难百战多；此去泉台招旧部，旌旗十万斩阎罗"的诗句总是反复萦绕在脑际。毛泽东主席的英明论断指明了中国革命必胜的伟大前景，坚定了共产党人必胜的信心。陈毅元帅的诗句，展现了共产党人那种百折不挠、视死如归的英雄气概和顽强奋斗的精神。所以，我就想我的《桐柏山的星火》，应该再现"星星之火，可以燎原"的历史奇迹，再现陈毅元帅诗中展现的革命精神。

《桐柏山的星火》不是地方党史，而是一部纪实小说。它以素描的手法展现了那个特定年代的一批革命传奇人物，以及他们在桐柏山区极富传奇色彩的付出、业绩和奋斗精神。《桐柏山的星火》也不是桐柏山区革命斗争的全景式描写，它只是一些互有内在联系而又可以独立成章的片段描写。全书共分十九章，前后回环跳脱，互有勾连，浑然一体。小说中所描述的主要人物、主要事件均有史实为依据，但具体过程、情节和细节，可算是"因文生事"。在整个写作过程中，我努力追求的是：大事件不违背历史真实，以过程、情节和细节来活化历史真实，艺术地再现历史真实。《桐柏山的星火》开篇写贾恒坦巧遇刘书山，张星江到粪堆王村扎根串联，宣传革命道理的情节，确有事实依据，但当事人提供的资料都只能粗略勾勒出轮廓，而具体的话、具体的事、具体的过程都是极其简略的，这些只能靠合理想象，想到哪里写到哪里，写到哪里想到哪里。当年在桐柏山革命游击根据地战斗过的老同志在回忆录中都提到了太白顶会议和会后全中玉到上海找党中央汇报工作的事，但只提到在太白顶开会的时间，会议决定在桐柏山山区开展武装斗争和创建革命根据地，并决定派全中玉到上海找党中央汇报工作。全中玉本人也只提到去上海找刘顺元汇报太白顶会议的决定，党中央同意了他们的计划和决定。但是，会议为什么要翻山越岭跑到太白顶召开？为什么要住在寺院里？全中玉如何去到上海？如何和刘顺元接上关系？这些和事件本身密切相关的过程、情节和细节，有关当事人都没有说。这就需要靠想象。这些情节和细节写得合理了，就把历史事件写活了。沈丽君这个人物可谓完全虚构，目的不仅是要突出白色恐怖笼罩下革命者的高度警惕性，同时也是企图在行文上加强文章的曲折性和戏剧性，避免给人枯燥无味的感觉，但她的出现在情节的发展中又是合情合理的。桐柏山区红军游击队"化整为零"跳出敌人包围圈之后，部队一分为三，周骏鸣率领的第二支队收获最大，部队人数不减反增，武器弹药不减反增，关键是策反了驻扎确山火车站的国民党军一个班，这是一个不争的历史事实。但是这个班的士兵为何在红军游击队最为困难的时刻投奔了游击队？具体过程又是什么？有关的回忆材料也只是说在车站打工的地下党员某某根据王国华的指示成功地做了策反工作，但是策反的过程只字未提，甚至连策反对象的姓名也没有留下来。如果不写策反的过程，不写策反对象的姓名，就很难让人相信事件的真实性，也很难表现共产党人的智和勇。所以，这个过程、这个姓名就必须写得合情合理。王国华攻占贾楼，是鄂豫边省委和红军游击队在党中央传达"要猛烈发展"的指示后的一次重要战斗，战斗中王国华智勇兼备的军事素养得到了充分体现。但是有关资料也只有寥寥数百字，只有写出发起这次战斗的因由、斗争的经过，特别是其中的细节，才能够体现出战斗的正义性，体现出王国华指挥作战的艺术。

总而言之，我觉得纪实文学作品，首先要忠于生活，尊重历史事实，其次就是要合理想象，艺术地再现事件的过程、情节、细节，力求达到历史真实与艺术真实的统一。但是，我只能说我尽力了，成功与否，本人愿意接受读者的评判。

刘杰超于爱晚亭老人书斋　2022 年 7 月 28 日

目　　录

第一章　贾恒坦扎根串联　张星江唐东播火

1932 年迎秋，刘书山一大早就赶往湖北鹿头街卖猪。一路上地里的甜瓜还没有罢园，路边的高粱长势喜人，偶尔出现在眼前的几亩芝麻已经开了花。但生于斯长于斯的刘书山对这些已是司空见惯，并没有多少兴趣，他只想把猪卖个好价钱。今天他的运气还算不错，没费多大的工夫，他就把猪卖了。看着这一年辛苦换取的几串铜钱，刘书山心里自然很惬意。

突然，一阵凉风吹来，他下意识地看看乌云密布的天空，心里暗想："不好！一场大雨就要来了！"于是他顾不上吃饭，就急急忙忙地往回赶。他还没有走出鹿头街，瓢泼的大雨就打落在不宽的街道上，赶集的人们都纷纷找地方避雨。刘书山也跟着避雨的人们进了一家饭铺。雨唰唰地下个没完没了，也不知道什么时候才能停下来。他一会儿跑到门口看看外面的雨，一会儿又回到屋里，站也不是，坐也不是，很是着急。

饭店里有一个书生模样的年轻人，背靠着桌子坐在那里，一声不吭，看起来很沉稳。他突然对刘书山说："大哥，你耐着性子等吧，着急也没有用，先坐下来歇歇。"

刘书山觉得他的话也没有错，就在他旁边坐了下来。于是，两个人你一句我一句聊起来。

年轻人问："哪里的？大哥。"

"唐河县毕店北的，你呢？"

"不远，就在前面。孙庄，你知道吗？也是唐河的。"

"离河边不远，对吗？我到鹿头街赶集就从你们庄上过。"

"家里还有啥人？"

"没有啥人了，就我们兄弟俩，哥哥比我大三岁。爹妈死得早。"

"生活过得去吧。"

"啥过得去过不去的，过一天算一天呗。"

"家里有几亩地？"

"有几亩岗坡地，旱不得，涝不得，三年两头不见庄稼。去年，我哥买了俩小猪仔，又买了米糠，指望着换几个钱给俺娶个媳妇哩。这次到鹿头就是卖猪的。"

年轻人觉得对面的这个人很实诚，说话弯都不拐，几句话就把自己的老底都露出来了，就指指外面说："大哥，雨小了，咱们走吧。"

"中，走就走，反正这雨一时半会儿也停不下来。"

两个互不相识的年轻人结伴出发了。他们打开雨伞，顶风冒雨，边走边谈，越谈越投机。

走着走着，年轻人说："你看，我们说了半天，我还不知道你叫啥名字呢。我叫贾恒坦，你就叫我恒坦吧。你呢？"

"哦，我叫刘书山。"

"书山，书山好哇，有很多书可读呀。"

"让你见笑了，我一天书也没读过。我是书字辈的。"

"哦，这年头能够读上书的确实不多啊。"

"我也想读书，可是我读不起啊，家里太穷了。"

走了一阵子，天又暗了下来，眼看又是一阵猛雨，二人加快了脚步。到孙庄的时候，天色已晚，贾恒坦说："书山大哥，天快黑了，又下着雨，你到家还远着呢，这年头路上也不安全，不如今晚就住在我家，明天再说。"

刘书山心里很纠结：继续往前走吧，马上就天黑了，走夜路也确实不安全；住他家吧，两人原来压根儿就不认识。大概贾恒坦看出了刘书山心里的矛盾，就说："书山大哥，今晚就住我家吧。我家也是穷人出身，我爹也是个种地的，他这人有一条好处，就是好客。"

刘书山看看天，雨一点停下来的意思也没有，只好很无奈地说："听贾老弟的，太谢谢老弟了。"

贾恒坦的父亲一看儿子带了一个陌生人到家，衣裳都快淋透了，就慌着给他们俩找衣服换。这让刘书山感动得连声道谢。老人家问刘书山："你这娃儿，家是哪里的？"

"大叔，我家是毕店北边粪堆王村的。"

"粪堆王？我在你们村住过。那是很早以前的事了，我给东家拉麦去源潭，路过你们村南头时，天快黑了，再往前走东家不放心，就找了一家有牛屋的人家住了下来。那家人真好，又是给我们做饭，又是给俺的牛添草加料，让我们很是过意不去。你们村都姓刘，是吧？"

"是，大叔，真是好记性。"

吃过晚饭，贾父对刘书山说："娃子，你今天卖猪卖了多少钱，我先替你藏起来，现在土匪太厉害，防都防不住，大白天还有劫道抢钱的。"

刘书山说："大叔，钱都在这个腰袋子里。还是大叔想得周到。"

"娃子，你跟我来"，他边说边进了牛屋，然后在牛粪堆里挖了一个窑儿，把钱袋子放在窑里，上面盖上一层干土，土上面又撒了一层干牛粪。回到北屋，他嘱咐刘书山，走的时候再挖出来。

谁知刘书山这一住，就是七天。这真是人不留天留，老天爷连降大雨，河水一个劲地暴涨。刘书山心里急，时不时就跑到河边看水情，浑浊的河水从眼前咆哮而过，水面上漂浮着许多林木杂草，还有甜瓜西瓜什么的。突然，刘书山好像看到一个人从河道中间顺流而下，随着水浪时隐时现，大概已经死了。刘书山叹了一口气自言自语说："真惨呐。"看着眼前的波涛汹涌的河水，刘书山也只好耐着性子在贾恒坦家里住了七天。雨终于停了，河水终于消停了，刘书山对贾父说："大叔，我该回去了。"

贾父来到牛屋，扒开干牛粪和土，拿出钱袋子交给刘书山，说："娃子，你数数。"

刘书山说："大叔，看您过细的，数什么呀，在您这里我还能不放心？"

于是，刘书山把钱袋子缠在腰里，拿着雨伞就要走。贾恒坦说："别慌，也不在乎这一会儿。稍等一下，我换双鞋，送你过河。"

到了河边，河滩上尽是淤泥。他俩脱了鞋子，一手拿着鞋子，一手拿着雨伞，踩着淤泥，淌着齐腰深的河水，试探着慢慢地向对岸移动，终于到了对面河岸。贾恒坦说："刘书山大哥，我就不送你了，我舅家就在附近的华寺，我很久没有去了，今天就顺便去看看老舅。"

刘书山是个重情重义的人。回到家里，逢人就说贾家父子的好，人们都说他遇到了贵人。几天后，为了感谢贾恒坦一家人的热情款待，刘书山到毕店街买了一筐子油条和一个猪肉礼条，径直走向孙庄。

贾父看刘书山拿了这么多礼物，嘴里说："你能来看我，我就很高兴了，你拿这么多东西干什么？以后可别这样了。"

他们说着说着，贾恒坦从外面回来了。刘书山一见他忙说："老弟，我又来了。"

贾恒坦说:"好,你不来,我还想去找你呢。"

贾父插话问:"恒坦,你这几天都到哪儿去啦?家也不回,家里人都很担心你。"

贾恒坦说:"爹,我在我舅家玩了几天,和几个朋友在一起聚聚,你放心就是了,我又没有干坏事。"

"好好好,这就好。我到菜园里割点韭菜,中午叫你妈摊韭菜合子吃。你和刘书山聊吧。"

下午,刘书山要回去,贾恒坦坚持送他到河边渡口。路上,贾恒坦突然问道:"刘书山大哥,你这样厚道,应该有不少好朋友吧?"

"有啊,我和村里刘中兴、刘中轩最好。小时候我们经常一起割草,一起放牛,啥话都说。附近村子里的小伙伴们都喜欢和刘中兴在一起,他还常常带着大家一起下操哩。中兴说过要是以后日子过不下去了,就带大家学梁山好汉,上山造反。"

"刘中兴,这个名字很响。他家咋样?"

"他家啊,他家老太爷那辈子穷得叮当响,地无一垄,死的时候连葬身的地方都没有,最后就埋在族家的地角上。刘中兴他老爷①倒是很有志气,跑到平氏街给他远房姨夫看仓库,后来仓库被大水淹了,里面的芝麻都浸水了,眼看要发芽,他姨夫说,孩子,这些芝麻原来是准备运到汉口卖的,现在我不要了,你要是有用就拿去吧。中兴他老爷心想有烂芝麻没有烂油,就谢过姨夫,把这些芝麻拿到风口吹干水汽,拿到油坊榨了油卖,小赚了一笔,回到老家买了九亩薄地,慢慢地有了一点起色。"

"后来呢?"贾恒坦似乎被刘中兴祖上这段传奇故事给吸引了,随声问道。

"后来呀,那老爷子盖了三间新草房,他姨夫出面,帮助他成了亲,一连生了三个儿子。儿子们慢慢长大,刘中兴的爷爷又带着全家给刘楼村地主种地,日子过得虽说也很艰苦,但还算很安稳。不料几年前,一场天灾使他家几乎倾家荡产,从此一天不如一天。"

"刘中兴住的地方离你家远不远?"

"不远,他家分家后就回到了粪堆王,住在北寨外,我住在南寨外。"

"他家的变化挺曲折的,有空你带我去会会他,咋样?"

---

① 当地称曾祖父为老爷。

"那咋不中哩，他好朋友得很，有机会我一定带你去。"

"刘中轩家里啥样？"

"他家的日子比中兴家也好不到哪里去，也住在北寨外，和中兴是邻居。"

刘书山是逢问必答。答者无意，听者有心。最后，贾恒坦说："书山大哥，我忙过这一阵子，就到你那里去玩。"

刘书山回到粪堆王后，经常想着贾恒坦一家对他的好，也经常盼着贾恒坦到他家来。秋天过去了，冬天来了，刘书山心里总觉得少了点什么。"恒坦说过要来玩，怎么还没有来？"

一天下午，粪堆王村南寨外的学校门前，来了一个人，穿着长衫、背着一个书箱子。他把书箱子放在学校大门口的地上慢慢打开，里面装满了笔墨纸砚和小人书。小学生们一看卖笔墨纸砚和小人书的来了，立马围了上来。他指着一个小学生问："你们村有没有一个叫刘书山的？"几个小朋友抢着回答，连声说有，有一个还用手指指东边不远的三间草房说："那就是他家。"

卖了几支毛笔和两个墨盒之后，他就收摊儿了。他提着箱子，径直走到刘书山家门口："书山大哥在家吗？"

刘书山听声音，就知道是贾恒坦到了。他边答应边从里屋出来，嘴里说着："可把你盼来了，快进屋，进屋。"

贾恒坦边进屋边说："我也早想过来，只是前一段时间一直在湖北那边瞎忙，做点笔墨纸砚的小本生意，才回来几天就到你这里来了。"

刘书山说："来了就好，来了就好。我哥哥也老想着做点小生意，他要我游乡串村卖点日用杂货，我答应他了，他这几天拿了卖猪的钱到外边进货去了。"

"这样好啊，虽说辛苦点，但是也能赚几个辛苦钱，你就干吧。中兴那边咋样？咱俩去看看。"

刘书山说："你轻易不到我这儿，来了连口茶也没有喝就走，我心里过意不去。"

"我们之间还用客气？要喝茶，今后有的是时间，你说对不？"

"那好，我们找中兴去。"

刘书山带着贾恒坦，出了北寨门，一下子就到了刘中兴的家门口。院子里，刘中兴和父亲刘书敬正在铡草。刘书山喊道："二哥，我给中兴说的朋友来了。"

刘书敬连忙放下手中的活儿，喊着儿子的名字说："你朋友来了，快去门口接接。"就在他说话的时候，刘中兴已经到了大门口。

刘中兴一见来客穿着长衫，就说："是恒坦大哥吧？这段时间，书山小叔常常念叨你，说你要来，我们都盼着呢。咱们进屋，进屋。"

刘书敬一见客人进来，就交代老伴刘郑氏快去烧茶，还特别交代要打几个荷包蛋。贾恒坦放下箱子，走出房门，刘中兴也跟了出来。贾恒坦打量了一下院子说："中兴，你家院子收拾得挺干净的。"

刘中兴回答说："也没有咋收拾。北屋三间，是我家的，东屋三间是我小叔家的，我爷爷和我小叔住在一起，西屋三间是我六叔家的，我小叔爱干净，天天都要扫院子。我大伯一家住在西院。恒坦大哥，天快黑了，凉气要下来了，还是到屋里吧。"

贾恒坦进到屋里，刘郑氏已经端上来两碗荷包蛋茶，一碗递给贾恒坦，一碗递给刘书山。贾恒坦说："一碗热茶就行了，还打了这么多鸡蛋，太谢谢婶子了。"

刘书敬接着话茬说："谢啥呀谢，别的啥也没有，几个鸡蛋还是有的。"

刘中兴对刘书山说："小叔，今晚恒坦大哥就在我这里吃饭，住就住在我家小客屋里，你也别回去了，就在我这吃，吃了饭再回去。"

"中，就听你的。要不要喊中轩？"

"他去龚岗老丈人家了，他老丈人要盖房子，请他去帮忙"。刘中兴说罢，用手指了指西边对贾恒坦说："出了我家院子，往西走上百十步就是他家。"

当天夜晚，刘中兴和贾恒坦彻夜长谈，大有相见恨晚之感。

贾恒坦问："中兴，听书山说你家是给地主老财种地的？"

"这几年不给他们种了。那些地主老财的心都黑得很，一点良心都没有。"

"咋回事？"

"唉，说来话长。我家给刘楼的大地主种了十八年地，卖了十八年苦力，可是到头来还是欠了他家的高利贷，弄得我们家逃荒的逃荒，要饭的要饭，死的死，亡的亡。1929年先旱后涝，庄稼颗粒无收，东家还逼着我家交租，因为交不出粮食，东家就逼着我家给他拉脚到正阳关卖粮食抵债。大年三十，我和父亲在回来的路上，被大雪困在确山古城一带的一个小山村里，牲口也冻死了一只。回来后，东家一点同情心都没有，逼着我家继续为他拉脚抵债。家里边，我奶奶、我四叔活活给饿死了，大伯原来想上山砍柴卖点钱，结果十个脚指甲全给冻掉了。我家老爷子一看这个家无法维持下去了，就狠狠心说：'分家吧，分了家各想各的办法活命去吧。'这样我们这个家就散了。父亲对我爷爷说：'这老财们心太黑，这地咱也不给他们种了，谁愿意给他种谁去种，我们回粪堆王算了。'我爷爷就说了一个字'中'。"

贾恒坦说："天下老财们的心的确都是黑的，你家的苦难经历和天下穷人的都差不多。"

"我就想不清楚，我们穷人吃糠咽菜，没日没夜地干活，干来干去还是穷。老财们啥活都不干，却吃着山珍海味，穿着绫罗绸缎，住着青砖瓦房楼上楼，出门不是骑马就是坐轿。你说这究竟是为什么？"

"中兴，你这话问到点子上了，我们是要好好想想了。"贾恒坦觉得刘中兴这人，年纪虽不大，想问题倒是很深入，所以继续说："我有个朋友，他看得多，懂得多，如果有机会我请他来给咱们说道说道。"

刘中兴连声说："那太好了。"两个人越谈越投机。刘中兴终于说出了一段往事：1930年红军占领了毕店镇，他和几个朋友跑到那里想当红军，可是，部队没有答应，第二天再去的时候，部队已经走了，让他很失望。

贾恒坦说："那不要紧，湖北枣阳山里面就有共产党领导的红军队伍，这支队伍是专门为穷人办事的队伍。想当红军容易，枣阳那边我有朋友可以帮忙。"

眼看天快亮了，刘中兴说："恒坦大哥，咱只顾说话，你累了吧，不说了，睡觉睡觉。"

第二天，贾恒坦临走的时候，刘书山也过来送行。贾恒坦对他们说："我回去后，如果见了我那位朋友，就一定拉着他过来，让他说说外面的事情，我们也好开开眼界。"

春节，是传统的节日，也是最盛大的节日。在节日期间，不管是穷人还是富人，都要按照祖祖辈辈流传下来的习惯，走亲串友，相互探访，联络情感。刘中兴和刘书山商量着年初六去拜访贾恒坦。不料，初五那天上午，贾恒坦拿了三份年礼直接到了刘中兴的家。三份年礼，一份刘书山的，一份刘中轩的，一份刘中兴的。他的到来，让刘中兴十分感动，说道："我跟书山商量好明天就去拜访你呢，不想你先来了。这让我咋谢你呢。"

"谢啥谢，我们早就是好朋友了，好朋友说谢，那就见外了。"

他们说着说着，刘书山和刘中轩一前一后到了。刘中兴起身指着刘中轩说："这个就是中轩，上次你来的时候，他到老丈人家帮忙去了。"

"对对对，我老想着啥时候能和中轩见见面呢。这下好了，书山给我说的好朋友，都聚齐了。"

几个人，你一言我一语聊得很投缘，说得正起劲的时候，刘书敬走过来说："饭做好了，要不，你们边吃边聊？"

刘中兴一听，就连忙张罗桌椅板凳，上饭上菜。一看就知道，都是穷人过年吃的饭菜，馍是杂面馍，粥是小米粥，一盘炒白萝卜丝，一盘自家磨的豆腐，一盘粉条，一盘鸡肉。刘书敬说："恒坦大老远来咱这儿，也没有啥好吃的，还请恒坦多担待。"

贾恒坦说："哪里哪里，这就很好了。"

刘书山说："二哥，你也坐下一块吃。"

刘书敬说："好，我也不谦让了，就陪着恒坦和你喝两杯咱自家酿制的小曲酒。"

贾恒坦这次到访，一连住了三天，刘中兴、刘中轩、刘书山三家轮流接待他，住就住在刘中兴家的小客房里。

一到晚上，刘中兴和贾恒坦就好像有说不完的话，但是说来说去好像都离不开一个"富"字和一个"穷"字。两个人从过年说起，说到地主老财和穷人之间的区别，贾恒坦说："上次你说你想不清楚穷人为什么总是穷，地主为什么总是富？现在想清楚没有？"

"还没有。你就说刘楼的刘天祥吧，地是我家给他种的，他一天活儿也不用干，可是地里出的粮食，留给我家的半年都不够吃。可是他家粮食都堆在仓库里，常年放高利贷，逼债的时候带着一帮人，背着枪，很吓人哪！受气不说，你还得看着他的脸色给他说好话。"

"对呀，他不干活却坐享其成，凭什么？就是他有地，他有枪，你没有地，没有枪，你不服气，他就拿枪跟你说话。这样下去，你能不受穷吗？"

"你这么一说，还真说到根儿上了。地就是穷人的命根子呀。我们手里一没有地，二没有枪。那怎么办？"

贾恒坦没有回答刘中兴提出的问题，却说道："中兴，听书山说你外边有很多朋友？"

"是，都是些穷朋友。小时候大家经常在一起割草放牛，都是放牛娃割草娃。"

"好啊，有机会的话，大家在一起聚聚，交个朋友。"

"那是一句话的事，我说句话要谁来谁就来。说到朋友，我想起来了，上次你说的那个朋友见着没有？"

"见到了，前一阵子他在襄樊那边跑生意亏本了，这阵子正在想办法哩。他跟我说忙过这一阵子，就来看大家。"

贾恒坦走后，刘中兴老是琢磨着他的那些话，好像明白了一些事理，但想得更多的是那位没有见过面的朋友。

正月十六那天，刘中兴家里来了几个朋友，都是一些家里的常客，有权景山、张国廷、郑谷友、焦富建，还有刘中轩。大家东一句西一句，聊得很热火。突然，郑谷友问中兴："老表，你年前说的那个朋友有信儿没有？"郑谷友这么一问，大家都看着刘中兴，看他要说些什么。

刘中兴正要回答，突然，大门口有人喊门："中兴在家吗？"

刘中兴一听声音就起身往外走，"在，是恒坦大哥吗？"

"对，你看谁来了？"

刘中兴一看，贾恒坦后面还有一个人，手里还拿着一个礼盒，他猜想这个人一定就是上次他说的那位朋友了，就迎上前去说："恒坦大哥，这位就是你说的朋友吧？"

贾恒坦点点头。刘中兴看看这位新来的朋友，他穿着一件黑色棉袍，中等个头，紫红色的脸庞，目光坚毅，英气飒爽，一看就让人仰慕。

贾恒坦带来的这位新朋友不是别人，就是时任唐河中心县委书记张星江。当然，这一身份刘中兴是后来才知道的。历史将铭记这一特殊的时刻，在张星江以他独到的见解，独特的领导艺术，在粪堆王村播下了革命的火种。

刘中兴连忙接过礼盒，把他们迎进屋里，并把屋里的人介绍了一遍，贾恒坦对张星江说："这几位应该都是中兴的朋友，中兴有很多朋友哩。"

刘中兴也抢着介绍说："这位就是刚才谷友问的那位朋友。谷友，你不是说想见他吗？还说他来了让我喊上你呢，现在不用喊了，他已经到咱家了。"

郑谷友说："是啊，看起来我们还真的是有缘分。"

刘中兴拉着张星江的手说："我们一直盼着你来哪，可让我们盼来了。"

张星江说："承蒙大家抬爱了，我姓张，大家就叫我老张吧，叫张大哥也行。今后我们就是朋友了，以后少不了请大家帮忙。"

刘郑氏听到儿子的朋友来了，跟着刘书敬从里屋走出来说："来了好啊，中兴年前年后经常念叨着你呢，你能来我们这个穷地方我可高兴啦。"

张星江说："大婶，别客气，从今往后我们都是朋友了。只要大婶不嫌弃我，我就经常来叨扰了。"

"好啊，婶子俺高兴还来不及呢。"这位母亲后来被刘中兴他们称为"革命母亲"。在那艰苦的岁月，她几乎倾尽家里所有招待过往的同志，支持儿子闹革命，在神明面前不断为儿子和同志们祈祷平安。

她和客人们打了招呼，转身就张罗着做饭。张星江说："大婶，不要客气，有啥吃啥，别费事。"

她嘴里连声说："不费事，不费事。"但是她看看家里没有肉了，心想贵客初次登门，怎么也得弄点肉来，于是急忙到邻居家借了一块肉。就这样七拼八凑，炒了七个菜，农村有"七圆八不圆"的说法，图个吉利。

刘中兴对贾恒坦和张星江说："谷友、富建、国廷、景山都是我从小就在一起的穷朋友、穷亲戚，今天中午大家都不要客气，菜不好，但大家要吃好。"

张星江说："好，我就不客气了。刚才中兴说到穷，实际上穷并不可怕，是可以改变的，怕的是人们不想去改变它。要想改变穷，穷人就得联合起来革命，推翻地主阶级的压迫和剥削，这样就可以改变穷的现状。"

这些话，焦富建、张国廷、郑谷友和权景山他们还是第一次听到，觉着挺新鲜的，也觉着有道理，但毕竟是第一次听到"压迫""剥削"这些个新词，对其中的意思还不甚明了。但对于刘中兴来说，这已经不是第一次听说了。他说："说的是，这世上就没有天生的穷。我们一年到头辛辛苦苦，庄稼都给老财们剥夺走了，我们穷就是他们造成的。想不受穷，就得推翻他们。"

贾恒坦暗自称赞刘中兴的悟性，自己才跟他说了一点点，他就悟出了这么一些的道理，真是应了那句"什么阶级说什么话"。他感到自己前两次来探路探对了。

午饭后，焦富建等人觉得贾恒坦、张星江可能和刘中兴有事商量，就借故回家去了。

大地在和暖的阳光照耀下，冰雪开始慢慢融化，虽然有一股凉气从地面上升腾，但不再是寒气逼人的感觉了。张星江、贾恒坦和刘中兴三人漫步走到村西刘中兴家祖坟树下。坐定之后，张星江指着北边刘楼村说："中兴，你家原来给刘楼的地主种地，那里的情况你应该是很熟悉的。刘楼寨墙上修着炮楼，寨内有保卫团，团总手下有二十多个狗腿子，整天敲诈勒索老百姓，催粮要款。刘大少家有良田千亩，有钱有势，家里有吃不完的粮食。"说罢又回过身来指一指南边的井庙村说："井庙有个白老八，和他弟弟白朋三两人有地八百多亩，他们这些财主都是靠剥削穷人才富起来的。"

张星江说起话来，总是循循善诱："刘楼的高楼是地主剥夺农民的血汗盖起来的，他们住在里边享尽了荣华富贵。这世上的地主老财都是靠敲诈、剥削穷人发了横财。佃户们下苦力累死累活，却是一年辛苦半年粮。穷人不是天生的穷，是财主剥削穷的。佃户长年累月为地主老财种地，到头来打下的粮食七成都被地主剥夺走了，这就是剥削。这太不合理了。穷人要想不受穷，除非团结起来闹革命，同地主老财们作斗争。"

"现在的国民党政府代表的是地主、老财们的利益，共产党、红军就是要领导穷苦百姓闹革命的。只有推翻他们的政权，建立自己的政权，才能让人们都过上好日子。"

张星江的这一番话，深入浅出，刘中兴越听越想听。他一下子明白了许多事理。张星江带着激励的口气对刘中兴说："要想干革命，就要时刻关心穷人的疾苦，今年春季，咱这一带要闹春荒，很多人家要饿肚子，我们要趁机发动群众，以走亲访友为名，串联穷苦人家，联合起来，向老财们借粮度春荒。"

刘中兴不无疑虑地说："这些年来，穷人吃够了高利贷的苦，春借一斗，到了夏天就得还五斗，这一带的老百姓宁愿吃糠咽菜，逃荒要饭，也不愿向财主们借粮啊！"

张星江说："别怕，你先发动群众去借粮，借了再说，一步一步来，到时候咱们自有办法。"

当天晚上，张星江、贾恒坦二人又给刘中兴讲了许多革命道理，刘中兴大开眼界，看到了今后的奔头和希望。

第二天一早，张星江又和贾恒坦一道往别的村庄"走亲访友"去了。临出门，张星江又拎上昨天那盒点心，他说："这个，我还得用一用。"原来，那盒点心只不过是他"走亲访友"的"道具"。

张星江走后，刘中兴决定借粮要先从本村开始。他找到本村刘书山、刘书黑、刘中轩、刘明志、刘书炳、刘中礼等人，串联大伙儿向本村小地主刘罗氏借粮。刘罗氏是个寡妇，她一个人就有土地四五十亩，粮食堆在屋里都发了霉。但是，她却不愿意借给那些穷光蛋，因为她担心老虎接猪，有借无还。当刘书炳等人找她说明来意后，她对刘书炳说："老六呀，我呢，粮食是有点，但我一个寡妇人家，难处多着呢。你们还是找找别人吧。"

听了她的话，大家心里憋了一肚子气。第二天下午，刘书炳找了一把铡刀，故意在刘罗氏家附近的碾盘上"刺啦——刺啦"地磨。刚好刘罗氏从碾盘旁边路过，见刘书炳在碾盘上磨铡刀，就问道："老六呀，你这是干啥呀？"

刘书炳没好气地说："铡草喂牛呗，还能干啥，眼看要饿死，借粮食人家不给借，不中了我就用刀子戳死她，反正饿死也是死！"

刘罗氏听罢，吓得心惊胆战。她想，刘书炳的话不就是敲打她的吗？他们饿极了，不就玩命了吗？于是她连忙托人给刘书炳捎信说："看来今年真的是要闹春荒了，我不借给你们吧，大伙儿就会挨饿，还会骂我不近人情。借就借吧，谁让我们都是一个老祖爷哩。"

接着，刘罗氏就把家里的两千多斤高粱拿出来，让刘书炳给大家分了。刘罗氏心里也十分矛盾，她也清楚这些穷邻居借了也还不起，还不如积点阴德，不要他们还了。于是，她对刘书炳说："老六啊，那些粮食，我不要你们还了，今后你们只要记得老嫂子的好就行了。"

刘书炳心想，这真是太阳从西边出来了？但又一想，不管咋说，她不要大伙儿还了，凭着这点，就得谢谢她。于是，他伸出大拇指说："嫂子，你够仗义，以后有什么活儿需要帮忙，你尽管张嘴。"

张星江知道刘中兴借粮成功后，他再次来到刘中兴家里。他高兴地说："中兴，我说的没有错吧？只要大伙齐心、团结，就能成事。"

刘中兴连声称是："张大哥说得对，以后还听你的。"

张星江因势利导说："中兴，你们解了燃眉之急，但这还远远不够，还有许多人的温饱问题没有解决，就是你们还没有彻底解决春荒问题，一样免不了挨饿。双庙岗有国民党政府的粮仓，我提议你们联系四面八方的穷人，鼓动那些保长们出面向区公所交涉，要求开仓放粮，这也许能够解决大问题。"

刘中兴觉得张星江办法就是多。张星江走后，他马上把刘书炳、刘书山、刘中轩、刘明志、刘书黑、刘中礼、刘元方等人叫到家里，对大家说："自古以来，老百姓受灾，官府都要开仓放粮。现在，双庙岗就有政府的粮仓，却不肯放粮救灾。怎么办？我们需要分分工，到各个村子里，串联穷苦百姓，鼓动保长出面，要求毕店区公所开仓放粮。大家敢干不敢干？"

刘书炳说："咋不敢干?! 这既是老百姓的事情，也是咱们自己的事情，咋不敢干？只要大家伙能够度过春荒，俺们都愿意干。"

刘书黑说："干！六哥说的对。我们这些人年头忙到年尾，可是连饭都吃不上。那些当官的只会向我们催粮派款，却从不管我们死活。仓库里放着粮食，却不肯救济我们。我们不妨齐心协力要求他们放粮赈灾。"

刘明志说："越调戏《下陈州》，说的是老包陈州放粮。现在这些当官的，连老包都不如，他们根本就不把穷人的命当一回事。依我看，不如反了吧。"

刘中礼插话说："几年前，就听说泌阳那边有老百姓反了，把老财们的粮食都分了。中兴，你听说过这事没有？"

刘中兴回答说："咋没有听说过？不过，我还听说那些老财们和官府勾结起来，抓了不少穷人，还杀了不少人。我们这次要政府开仓放粮，要讲究方法，我们要鼓动那些保长出面给区里施加压力。这样做比较保险，既能迫使区里答应老百姓的要求，他们又抓不到我们什么把柄，不愁他们不答应。"

刘书黑说："中兴说得对，你就具体说说咋干吧，我们听你的。"

刘中兴一看大家都愿意干，就安排大家分头到周围各村串联群众。同时，又按照张星江的指示，广发传单标语造势。这传单还是由刘中兴口述，张国廷写的，传单上面写着："放着仓谷不叫吃！仓谷发霉不叫吃！

要叫百姓都饿死！"标语一散发，轰动了方圆几十个保的村庄。那些饥寒交迫的穷苦百姓，更是群情激昂，纷纷要求各保保长向毕店区公所施加压力，要求开仓放粮。毕店区公所害怕事情闹大了，局面失控，就向县政府报告称，唐东地区去年秋季旱灾严重，庄稼歉收，有些地方颗粒无收，致使今春逃荒要饭者不可胜数。目前，群情汹涌，民怨沸腾，为安抚民众，免生事端，请求县政府核准开仓放粮，按照"大人一斗，小孩五升"的标准，把粮食发放到民众手中。县政府也担心民众寻衅滋事，把事情闹大，只得核准应允。

张星江亲自领导的这次"闹粮"斗争，巧妙地发挥了群众的力量，争取到了各保保长的支持，画上了一个圆满的句号。分到了粮食的农民脸上终于露出了笑容，他们也看到了团结斗争的力量。

3月底，张星江、贾恒坦再次来到刘中兴家里。张星江对刘中兴等人前段时间在借粮、迫使毕店区公所开仓放粮斗争中的表现十分满意，他说："中兴，你干得不错，达到了我们预想的目的。"

刘中兴说："这都是你的办法好，你让我们发动群众，鼓动保长出面，这个太妙了。如果我们直接去找区公所，面对面，硬碰硬，说不定他们会把我们当成故意闹事的抓起来。那样的话，我们就白忙活了。"

贾恒坦说："是啊，张大哥的主意好，你们也确实动脑子了。人民群众是我们的靠山，今后不管干什么，都要注意依靠群众，发动群众。这是我们胜利的保证，也是我们的基本经验。"

张星江说："恒坦说得对啊。这条经验也是我们在斗争中总结出来的。这几年我们一直在发动群众开展闹粮斗争，但由于我们缺乏经验，一度采取面对面、硬碰硬的办法，直接带群众去地主老财家里，分了他们的粮食。结果过早地暴露了自己，使不少人被捕被害。中兴，今后我们不但要敢于斗争，还要善于斗争，讲究斗争方法。办事情，靠谁、团结谁、打击谁，首先要搞清楚。好好干吧，干得多了，就知道怎么干了。"

晚上，在刘中兴家堂屋东头的小客房里，张星江说："中兴，你成天说要找红军，要找共产党，现在我跟你明说了吧，我就是共产党员，现在是中共唐河中心县委书记，贾恒坦现在是唐东区委书记。你现在的表现，已经具备了成为共产党员的条件。如果你愿意加入共产党，跟着共产党闹革命，我和贾恒坦愿意介绍你加入共产党。现在我只问你一句话，你愿意不?"

张星江的话使刘中兴心中的谜团一下子解开了,原来他就一直怀疑他俩是共产党员,至少和共产党、红军有联系,现在真相大白了,他俩不但是共产党员,还是党内的负责人哩。他心里一阵亢奋,连声回答:"愿意!愿意!我愿意跟定两位大哥革命到底,一直干到没有剥削和压迫,干到天下穷人都不受穷。"

张星江说:"你有这样的愿望和要求很好,我和贾恒坦就做你的入党介绍人。按照党的要求,每一个入党的人,都要履行入党宣誓仪式,在入党宣誓仪式上向党表明自己对党组织的忠诚并作出承诺。"

刘中兴说:"张大哥,我既然愿意加入共产党,那就愿意一辈子跟着共产党走,党叫我咋干我就咋干。这一点绝不含糊,请你们相信我。"

张星江站起来说:"那好,我们现在就举行宣誓仪式。中兴,请你站起来,举起右手,握紧拳头,跟着我向党宣誓,我念一句誓词,你跟着我念一句。"

听完张星江的话,刘中兴不由自主地站了起来,握紧拳头,举起了右手,跟着张星江念完誓词。誓词大意是:革命到底,不怕艰苦,不怕牺牲,忠诚于党的事业,遵守纪律,保守秘密,永不叛党。

宣誓之后张星江说:"中兴同志,你现在已经是一名共产党员了,共产党员要牢记入党誓词,要按照誓词的要求想问题、办事情,不管什么时间什么情况,都不可违背誓言。今后要服从领导,遵守纪律。你刚才也说党叫干啥就干啥,我希望你说到做到。"

刘中兴说:"两位大哥放心吧,誓词的内容我记着了。我既然愿意加入共产党,我就一定会按照誓词的要求去做。从今往后,党要我干什么,我就干什么,无论情况多么紧急,多么危险,多么困苦,我都不会辜负党和你们对我的期望。"

张星江很欣赏刘中兴的坦率和真诚,就说:"中兴,你说得好啊,但是,你想过没有?一个人的力量是有限的,单单凭着一个人或几个人的力量,是无法推翻地主的压迫和剥削的。所以,我们要争取更多的人加入党的组织。人多力量大,我们的人多了,我们的革命才有希望取得最后的胜利。今后,你也可以发展党员,条件就是能做到誓词中所说的内容。你下一步的主要任务的就是串联群众,发动群众,反剥削反压迫,反对苛捐杂税,反对贪官污吏,打倒土豪劣绅,继续开展'闹粮'斗争,在斗争中迅速发展党的组织。你外面的朋友不少，要多对他们做工作，先把他们中出身贫苦、愿意参加革命、敢于斗争的人吸收到党组织中来。"

刘中兴一听可以把自己的贫困朋友吸收进党组织，心里非常高兴，他对张星江和贾恒坦说："我记住了，我最近就着手做他们的工作，争取尽快把他们吸收到组织中来。"

张星江说："我相信你能够做到这一点。但是，你一定要注意，我们现在实行的是单线领导，不经批准，不准和其他党员、其他党组织发生横向的关系。每布置一项任务，每开展一项工作，不能过六耳，不能对不知道的人说，包括父母、妻子。这是一条铁的纪律，为的就是防止任务被敌人破坏，防止一人出事牵连别人。"

张星江、贾恒坦走后，刘中兴学着张星江和贾恒坦的办法，把那些贫苦朋友一个个发展成了地下党员，为唐东地下党增添了一支不可忽视的生力军。

第二章　鄂豫边风云突变　仝中玉力挽狂澜

1933年7月初，中共中央任命中共鄂豫边省委委员、南阳中心县委书记仝中玉出任中共鄂豫边省委技术书记，并在南阳东关设立省委印刷处。接任南阳中心县委书记一职的是镇平县委书记杨一平。

仝中玉是在被白色恐怖笼罩的档口接受这个新职务的。此前中共鄂豫边省委机关设在襄樊，但是在国民党军"围剿"鄂北革命根据地时，省委机关遭到严重破坏，被迫迁移到河南新野，再迁移到南阳。仝中玉心里明白，他肩上的担子更重了。省委技术书记这个职务的具体职责是什么，他此前并不十分清楚。省委宋书记告诉他，从此之后对上对下的组织联络，对内对外的文件传递、印制、发放都要他具体操作。他琢磨着这一职务处于组织的中枢，位置非常重要，自己只能兢兢业业把工作干好，一点也马虎不得，决不能辜负组织的重托。

不久后，宋书记就交给仝中玉一个任务，要他到唐河县城把刚刚从枣阳出狱的青山接到省委，了解枣阳党组织的现状，看看青山今后的打算。青山原任枣阳县委书记，由于叛徒出卖被捕入狱。省委很关心他的情况，一直在打听他的下落。不久前宋书记得知青山已经于4月底由他的亲戚保释出狱，出狱后就住在唐河县城亲戚家里。

这是仝中玉出任省委技术书记后的第一个任务，他稍事准备就出发了。从南阳到唐河百十里路程，仝中玉靠着两条腿，终于在第二天天黑之前，抵达了唐河县城。

唐河县城是宛东名城，著名的泗州塔就坐落在县城东北角，而亭亭玉立的文峰塔就矗立在县城外东南方向的岗坡上。发源于伏牛山南麓方城县境的唐河水滔滔汩汩，流经唐河县城西关奔流南下，于湖北襄阳两河口汇入白河，再向南至张家湾流入汉江，最后于汉阳汇入长江。唐河水路交通一向都很繁忙。平日，县城西关码头商船来来往往，长年不断，把本地的特产运往武汉、九江、镇江等地，再把沿江采购的油盐酱醋茶以及布匹百货等运回唐河、源潭、赊店等地。早在大革命时期，著名的共产党人柳直茍就在这里播下了革命的火种，一批有志之士先后秘密加入了共产党。当前看似风平浪静，实际上也是暗潮汹涌。就在去年年底，中共唐河县委书记老孙被捕叛变，牵连多人，组织一下子陷于瘫痪。在此关键时刻，张星江衔命重整旗鼓，出任了中共唐河中心县委书记。

仝中玉是个机警过人的老革命了，为了安全起见，他没有贸然去见青山，他想到了十字街口洋街楼杨家饭铺的杨老板。杨老板是中共唐河县委最早的地下交通员之一，本名杨喜忠，因为他以开饭店作掩护，传递消息，招呼过往的同志，因此大家都习惯叫他杨老板，时间长了，似乎他的本名也被大家忘掉了。仝中玉在确定没有什么危险后，就闪身进了杨家饭铺，选了一个不显眼的位子坐了下来。

店里的伙计一见有客人来了，急忙上前招呼。仝中玉漫不经心地说："伙计，来二两酱牛肉，一盘卤豆腐皮，外加一壶老白干。"

那伙计倒也利索，应了一声，转身就要走。突然仝中玉又很随便似的问了一句："今天咋没有看见你们的老板？"

"先生，你认识我们老板？"

"认识，几年前在一起喝过酒吃过饭，现在见了面还不知道他认不认我。"

"先生，哪儿的话。我们老板记性可好了，十年前的往事他说起来还头头是道。"

仝中玉"哦"了一声然后说："那你对他说，有位客人说认得他，想见见他。"

那伙计回了一声"好嘞"，就转身进去了。

不一会儿，杨老板从里屋走了出来，他看了看来人，故意大声地说："我当是谁哩，原来是任先生啊。先生大驾光临，里面有雅间，清净，里边请！好久不见，正好我今天没有事，陪先生喝两盅。"

杨老板称仝中玉为"任先生"，那是因为仝中玉的"仝"字，上面是个"人"字，"人""任"同音，而且仝中玉又教过书，于是出于保密需要，党内人都称他"任先生"。

仝中玉不慌不忙地说："杨老板，我还以为你早把我忘了呢。"说罢，就跟着杨老板走进了后院。

杨家饭铺的后院，东屋用于仓储，北屋是客房，西屋是专门用来招待自己人的。两人刚刚坐定，伙计就用托盘托着酒菜进来了，一盘酱牛肉，一盘卤豆腐皮，一盘鸡杂，一盘凉拌黄瓜，两壶烫过的赊店老白干。

那伙计出去后，杨老板指指他的背影说："这人叫三更，姓马，源潭人。他妈生他的时候是夜半三更天，他父亲就给他起了马三更的名字。人很机灵，也很可靠，帮了我不少忙。我听说青山出狱了，住在亲戚家里，就让他给青山送了两斤酱牛肉，顺便摸摸青山的反应。"

仝中玉一听杨老板已经和青山有联系，便急忙问青山的情况。

杨老板说："咱们边吃边说，你恐怕很久没有见腥荤了，先尝尝这酱牛肉，看看咋样？"

接着二人边谈边吃起来。杨老板说："青山见三更给他送牛肉，就断定是我让送的。他指着牛肉说，这是你们老板要你送的，对不对？你回去就说我这里挺好，吃得好，睡得好，啥都好，不用挂念。回去代我问候他和他家人，也请他放心。没有别的事的话，今后就别送吃的了，让人看见了不好。听青山的话音，我合计着，他好像在暗示我们不用担心他的安全问题，他现在被保释住在亲戚家，可能有人暗中监视他，所以也不想再出意外，给亲戚惹麻烦。"

听了杨老板的话，仝中玉心里有数了，他对杨老板说："看来，青山还是我们的同志，我这次来，就是想请他到省委去汇报情况。你看看能不能安排一下，我要见见他。"

杨老板说："那好。明天我就想办法联系他，问问他的意见，见与不见，看具体情况。"

仝中玉说："好，稳妥起见，就这么干。"

累了一整天，仝中玉吃过饭，用热水烫烫了脚，就在北屋睡了。第二天醒来的时候，已经八九点钟了。杨老板看到仝中玉起床了，就进到里屋小声说："今天一大早，我找到了拉水车的老沙，他每天很早都要到南泉给用户拉水。我要他趁着送水的机会给青山捎口信，约他到饭铺来。青山对老沙说现在不是时候，他不能离开亲戚的家，他的亲戚给他做着担保哩，他不想节外生枝，过段时间再说。"

仝中玉觉得虽然不能见到青山本人，但是他此行的目的已经基本达到了，青山目前的政治态度已经很明确了，他虽然没有出卖同志、出卖组织，但是眼前的处境，使他不能不有所顾虑和担心。于是，仝中玉对杨老板说："也好。见面的事情，等过了风头再说吧。"

仝中玉说罢拿起那把黄油布雨伞，装进伞兜里，就要告别杨老板。然而，就在这个时候，大街上突然传来了一阵嘈杂声。这让大家陡然紧张起来。杨老板急忙让马三更出去看看发生了什么事。

过了一会儿，马三更回来说："没什么。一个要饭的抢了'张记包子店'的几个水煎包，里面的伙计们跑出来追打他。要饭的穿着破衣烂衫，也可能是饿急了，他一边吃一边跑。伙计们一边追一边喊打。后街的田大爷看到了，就对那些伙计们说，追啥追，你们没有看到这人快要饿死了？你们追上去，他也吃完了，你们能把他打死？田大爷这一说，伙计们都停下来了。"

虽然是虚惊一场，但是，也让全中玉警惕起来，他突然想自己大白天从杨家饭铺走出去，万一被特务、叛徒认出来，不但会连累杨老板，弄不好还会连累组织。过去的一年里，留给大家的教训实在太多了，他心里这样想，嘴里并没有说出来。

杨老板似乎看出全中玉有些顾虑，就说："要不，先住下？等天黑了我让马三更送你。"

全中玉不假思索地说："中，就听你的。"

挨黑的时候，下了一场雨。雨不大，却足足下了几个钟头。全中玉心里有事，显得有些着急，总觉得这雨下得不是时候。杨一平刚刚接手南阳中心县委的工作，对情况还不是很了解，这让他放心不下。而南阳中心县委组织委员汪兴，好像不那么欢迎杨一平。汪兴这人，有些能耐，但是喜欢逞能，为了表现自己，常常贬低他人。他得知省委要调杨一平接任南阳中心县委书记后，竟然当着宋书记的面说："杨一平这个人，实在倒是很实在，就是能力差了一些，别的县都开展了分粮斗争，杨一平在镇平却没有啥动作，咋会叫他来接替老全？"

宋书记听了这话，当时什么也没有说，过后对全中玉说："汪兴这位同志，你觉得咋样？"

听了宋书记的话，全中玉说："他这个人，工作还是很肯干的，就是喜欢发牢骚，总是觉得他比别人强。"

宋书记说："你暗示他一下，希望他多帮助杨一平，搞好团结。"但是，这几天全中玉一直没有见到汪兴，也不知道他和杨一平的关系处理得咋样，为此他心里直打鼓。

雨，终于停了。全中玉告别了杨老板，就带着马三更出发了。有马三更和他在一起，仝中玉心里踏实多了。这小伙子身强力壮，也很机灵，假如遇到什么情况，也可以对付一阵子。到南阳东关的时候，已经早上七八点钟了。他们来到一家路边小吃店，要了一斤油馍，两碗胡辣汤。吃了早饭，仝中玉说："三更，你今天就不要回去了。前面有家和记旅店，你在那里休息，我要到城里边办点事，办完就回来。"走了一晚上夜路，马三更也着实有点累了，就说："我听任先生安排，今天就在这里歇歇，明天再回去。"

仝中玉把马三更安排好之后，就向宛城一中走去。宛城一中，是中共南阳中心县委机关所在地。仝中玉虽然已经出任省委技术书记，但他还是住在宛中。大街上倒也没有什么异常，于是，他走进了学校的大门。刚进门，他突然调转身子，回头就走。他看到了警示信号。他离开南阳时，和学校政训处地下党员老夏约定，如果机关出问题了，就撕破窗户纸。他走进大门，首先关注的就是窗纸，他一看窗纸破了，来不及多想，转身就走。

突如其来的情况，让仝中玉心里直翻腾。出问题是肯定的了，但具体情况如何，他一时无法判断。他匆匆向城外走去。后面有没有盯梢的？他也不好回头察看。他看到前面有一间厕所，就急忙闪身进去，他想趁着这个机会回头查看一下。那厕所是个露天厕所，土坯墙，墙体也不是很高，个头高一点的，站在里面可以看到外面。于是，仝中玉站在尿池子旁边，装作小解，伸头向墙外看了看。这一看使他骤然紧张起来。他发现有人向厕所这边走来，而且来人不是别人，正是在宛城一中打铃的工友老方。

老方也转身进了厕所，还没有等仝中玉反应过来，开口就说："仝中玉同志，跟我走，别回头！"

"同志？他叫我同志？他是我的同志吗？他到底是什么人？"一连串的问号闪现在仝中玉脑子里，"事到如今，就跟他走吧，看他要干什么。反正他一个老头子，大不了跟他拼了。"仝中玉心里这么想，两个拳头也很自然地握了一握，以应对不测。

老方看他有点不情愿，知道他不信任自己，就说："别多想了，你也没有时间多想，跟我走就对了。"老方走在前面，仝中玉不远不近，跟在后面，七拐八拐，走出了东关城门，又闪身走进了和记旅店。

仝中玉一看进了和记旅店，心里直犯嘀咕："这么巧？他为什么也到和记饭店？"又是一连串的问号。

老方带他上二楼进了一间客房，说："仝中玉同志，知道我为什么带你到这里来吗？"

仝中玉不想多说话，就摇摇头，表示不知道。

"我知道你不知道。这个旅店是我兄弟开的，你可能还不知道我的真实身份，我是中共河南省委的秘密交通员，负责和鄂豫边省委联络的工作，不到万不得已的时候，不能暴露真实身份。现在已经是万不得已的时候了。"

仝中玉半信半疑，嘴里突然冒出一句话："你这样说，有何凭证？"

"凭证？认识老吭吗？他就是凭证，问他去。我和他是姑表亲。"

老方说的"老吭"就是鄂豫边省委委员、唐河中心县委书记张星江，因为张星江平时鼻子总是"吭吭"的，所以同志们开玩笑叫他"老吭"，时间长了大家也都习以为常了。老方让仝中玉问张星江，仝中玉不知道其中必有说辞，就说："你有什么话要对我说？"

"仝中玉同志，别多想了，那窗纸还是老夏暗示我捅开的。你现在身处险境，要赶快离开南阳。"

接着，老方把这两天发生的情况一五一十地说了一遍。原来，仝中玉离开南阳的当天下午，汪兴就叛变了，他带着警察局的人来到宛城一中，抓走了杨一平。敌人埋伏在南阳中心县委机关里，等着外出的老夏，老夏回来一进门就被抓了。老夏出门时，看看老方，又回头看看窗子，嘴唇动了一动。挨黑时，宋书记来到中心县委机关，刚到学校大门口，就给几个大汉抓去了。内线传出消息说，宋书记经不起敌人的威吓利诱，还没有用大刑就招了。敌人按他提供的地址来到省委机关，逮捕了省委宣传部部长老郝。老郝觉得书记都叛变了，还把他出卖了，于是也随着叛变了。还有，杨一平也叛变了。敌人根据他们的供词，已经开始在南阳、镇平等地抓捕共产党员，并在唐河、南阳张开了大网，专等仝中玉现身。

仝中玉听了老方的话，顿时双眼发黑，险些晕过去。他自己苦心支撑的南阳中心县委机关就这样被破坏了，刚刚建立起来的鄂豫边省委机关也就这样被破坏了，他的心都碎了。下一步怎么办？怎么办？他连连自己问自己。各县党组织知不知道这里发生的情况？他心里也没有数。理智告诉他，当前最需要的是稳住阵脚，而稳住阵脚，首先自己要沉住气。一阵懊恼和混乱过后，仝中玉终于镇静下来，他觉得当务之急，是想方设法把消息传递给各县党组织，共商挽救危亡大计。他觉得，这个任务义无反顾地落在了自己的肩上，他没有退路，他必须挺身而出，迎难而上。

想到这里，仝中玉对老方说："老方同志，谢谢你。要不是你，我现在还不知道在哪里呢！你自己也要注意安全。今后你不要找我，需要的时候我找你。"

老方说："那好，我知道你现在手里缺钱，我让我兄弟给你准备点。"

仝中玉说："那就不客气了。"

仝中玉冷静下来之后，第一时间就想到了张星江、张旺午。在仝中玉的心目中，张星江久经考验，立场坚定，临危不惧，善于团结同志，协调各个方面，具有领导人的才干。所以，他认定要度过目前的危局，必须请他出头。省委委员张旺午，原任泌阳县委书记，在泌阳威信很高，分粮斗争失利后他被迫离开泌阳到了鄂北，鄂北根据地失守后又回到了泌阳。所以，仝中玉认为找到这两位同志，就可以稳定大局，开辟新局面。仝中玉关注的还有新野县党组织，陶汉原先已经拟任为新野县委书记，杨文是新野县委委员。新野离南阳近，为了他们的安全，为了新野党组织的安全，也要尽快通知他们，让他们警觉起来。于是，仝中玉决定立即离开南阳，绕道新野去唐河、泌阳。

仝中玉接过老方递过来的一包"袁大头"，就下到一楼。他看马三更睡得正香，有点不忍心打扰他，但是事态紧急，又不得不叫醒他。仝中玉对马三更说："三更，我有些急事要办，你就一个人回唐河吧。"然后给他留下了一块银圆，叫他在路上花。

仝中玉脱下礼帽和长衫，匆匆换上老方给他找来的工友穿的衣服，午饭也不吃就出发了。一连几天的奔波，仝中玉感到有些累了，毕竟几十个小时没有合眼了。到麦仁店的时候，他又渴又饿，但是已经过了饭点，饭铺里炉灶已经关火了。于是，他就跟店里的老板说了一些好话，老板倒也很体谅他，就吩咐伙计打开锅灶，给仝中玉做了两碗麦仁粥。仝中玉喝过麦仁粥，付了钱，刚要离开，他突然发现从新野方向走来一个人。

来者不是别人，正是仝中玉急于寻找的拟任中共新野县委书记陶汉。陶汉背着一个小包袱，只顾急急忙忙往前赶路，并没有发现仝中玉。仝中玉喊了一声："老陶，你这是往哪儿去？我正急着找你哩。"

陶汉定睛一看，是仝中玉在叫他，就慌忙走上来，握着仝中玉的手说："巧了，你找我？我也正要到南阳去找你和宋书记。"

"哎呀，南阳去不了了，现在我们要赶快到皮店去，我有急事相告。"仝中玉对新野党组织的情况很熟悉，他知道杨文的家就在皮店。

"也好，杨文正在家里等我的消息哩，我早上才从他家里出来，我们一起去找他好了。"

于是，两个人一起向新野皮店方向走去。

陶汉说："你这么急着找我，有什么急事？还要亲自跑来？"

"情况十万火急，我能不急吗？南阳中心县委组织委员汪兴已经叛变投敌，新任南阳中心县委书记杨一平、宋书记以及老郝接连被捕，他们都叛变了。省委机关、南阳中心县委机关也被彻底破坏了。"

陶汉大吃一惊，突如其来的变故，他想都没想过。他嘴里喃喃地说："怎么会这样呢？也太让人寒心了。"

"谁说不是呢？"仝中玉说，"我也是压根儿都没有想到。"接着，仝中玉把了解的情况详细地介绍了一遍。

"好险哪！"陶汉说，"照你这样说，我今天要是到了省委机关，那岂不是自投罗网？"

仝中玉说："是啊！我差一点就自投罗网。现在，我们要迅速通知那些可能暴露的同志，要他们提高警惕，先隐蔽起来，共渡难关，稳住阵脚，防止敌人进一步的破坏。现在，虽说还没下达正式通知，但是原来已经决定由你出任新野县委书记，所以你从现在起就要扛起县委书记的责任，把眼前的工作做好，别出娄子。"

陶汉似乎没有听到要他出任县委书记的话，他突然说："汪兴，太可恶了，要不是他，党组织能受破坏吗？你看要不要干掉他？只要你发话，我就想办法干掉他。"

"我也有这个想法，只是这几天他警惕性很高，他躲在警察局里不出来，就是出来，后面也跟着黑狗子，我们也不好下手。过一段时间再除掉他也不迟。"

皮店，是个小集镇，地处新野县和唐河县交界处，只有一河之隔，河对岸就属于唐河县管辖。皮店虽然属于新野县，但离唐河县城更近。杨文的家就住在集镇东边，紧靠唐河河岸，往南走上两三里路，就是通往唐河县城的渡口，过了渡口走上一二十里路，就到了唐河县城。杨文家虽然不算富门大户，但也有田有地，不愁吃穿。他在宛城一中读书时，受进步思想的影响，加入了国民党。国共合作那阵子他看到共产党的主张更切合中国的实际，更能代表底层人民的利益，于是他秘密地加入了共产党。国共合作破裂后，他就回到了家乡，在当地宣传革命，乡亲们也很喜欢他。

仝中玉本来已非常疲惫了，但是和陶汉一路上商议着大事，也就不觉得劳累了。快到杨文家门口的时候，陶汉对他说："你先在这里等等，我去敲门。如果没有新情况，再出来接你。"

不一会儿，陶汉和杨文二人走出大门，走到仝中玉面前。杨文说："怎么啦？对我不放心？快进屋。"

仝中玉说："不是不放心你，是情况变化太突然，老陶担心你这里被人盯上。"

"放心吧，敌人的嗅觉还没有嗅到这里来。今晚，我让家里多做点菜，给你压惊。"

当晚，杨文听了仝中玉的情况介绍，也觉得事发突然，就问："我们下一步怎么办？"

仝中玉说："今天找你们，第一是介绍情况，第二就是研究下一步咋办。"他停了停接着说："下一步，简单地说，就是要坚持信念，坚定信心，重整旗鼓，把革命进行到底。眼前是有困难，但就是天大的困难，我们也要迎难而上，最要紧的是稳住阵脚，严防敌人破坏，重建边区组织机构，制定新的斗争任务和策略，把革命推向深入。"

陶汉和杨文听了仝中玉的话，都感到心中有数了。陶汉认为，新野离南阳较近，曾经是鄂豫边省委机关的所在地，宋书记和老郝等人对新野的党组织及其领导人员都比较熟悉，因此新野党组织以及相关领导必须马上转入地下。

仝中玉觉得陶汉的提议非常好，他说："这个提议很好，留得青山在，不怕没柴烧。你们俩要分工，立即通知相关同志转入地下，不是急需开展的活动都先停下来，过了这一阵子再说。"

杨文也觉得他们俩的意见很好，就说："我同意仝书记的意见，明天我和老陶就行动起来。"

仝中玉说："好了，就这样办。明天我到其他县跑一跑，有了新消息，我就马上通知你们。今天就先说到这吧，我也该休息休息了，从唐河出来到现在还没有合过眼呢。"

仝中玉无疑是幸运的，他因为出了一趟公差而逃过一劫。作为鄂豫边省委领导机关的幸存者，他不仅需要迅速作出决断，拿出应变措施，还要以连续作战的精神把被敌人打乱了的组织重新聚合起来。因此，第二天一大早，他就告别陶汉和杨文，直奔下一个目的地。他要到唐东毕店镇张新一村，张星江的家就在那里。1927年秋，张星江和他在张友辅的介绍下先后加入了共产党，从此开始了他们的革命生涯。仝中玉绕开唐河县城，沿着乡间小路，一路不敢停留，终于在中午时分来到了张星江的家。

张星江一看仝中玉突然到来，急忙走出堂屋，口里说道："中玉，祝贺你呀！才知道你出任省委技术书记。正好屋里有一瓶老白干，晌午咱们喝两盅。"

仝中玉忙说："星江，先别说祝贺的话，现在也不是喝酒的时候。你还不知道吧，省委出了大事，我到你这里为的就是这事。"

张星江一听省委出了大事，就急着问："中玉，省委出啥事啦？快说说。"

仝中玉说："我这就把情况给你详细说说。我们到村外说吧。"

张星江一边说"好"，一边就和仝中玉肩并肩，走出了村庄。村外不远处，有一个没有来得及拆除的茅寮，四周都是庄稼地，野外的风，阵阵吹来，倒也凉爽。茅寮里面挺干净的，于是两人就走进去坐了下来。张星江说："中玉，到底发生了啥情况？"仝中玉说："我们内部出了叛徒，省委机关和南阳中心县委机关都被破坏了，省委老宋、老郝等人禁不住敌人的威逼恐吓，都叛变了，不少同志被捕。我们需要马上采取行动。"接着，仝中玉把情况从头到尾详细地说了一遍。

突如其来的变故，让张星江也感到十分震惊，他说："这形势变得也太快了，几天前省委机关还在正常运作，现在说破坏就被破坏了，几天前那些人还是我们的领导，还是我们的战友，现在说叛变就叛变了，真叫人痛心。"

仝中玉说："我当时听到这个情况，一下子都蒙了。但是事情已经发生了，我们也只好面对。我找你就是要商量一下我们该怎么办？"

张星江也深深感到了压力，但是本着共产党人的初心，他注定要做一个坚定的革命逆行者。他对仝中玉说："中玉，那你还等什么？风云突变，我们遇到了空前的危机，但我们不能后退，只能迎难而上。你现在是省委机关的唯一幸存者，又是技术书记，熟悉各地的情况，你必须站出来，带着大家走出困境。现在最大的问题是群龙无首，不解决这个问题，各地的组织就会瘫痪，我们之前所做的一切都白费了，许多同志流血牺牲都白搭了，所以，必须尽快召开会议，研究组织重建和今后的工作。"

仝中玉觉得张星江的话句句切中要害，就说："我找你就是为了商量这事。你看问题看得深，看得远，决断能力比我强，协调能力比我强。我想，重建党组织这事你必须出头，我给你做帮手。你也不要说推辞的话，否则，我们就真的对不起那些失去生命的同志，他们的鲜血也真的白流了。现在泌阳的张旺午，可能还不知道情况，我们必须立即和他取得联系，重建领导机关也不能没有他。"

张星江说："中玉，你既然把话说到这分上，我也不说什么了。这样吧，唐河这边的善后工作，我来处理。张旺午那边，我去。你呢，要快点潜回南阳，见机行事，收拾残局，先弄清南阳、镇平以及新野党组织的受损情况，把没有受到损失的组织收拢起来，把能够恢复的马上恢复起来，而那些眼下恢复不了的放在以后再说。"

两个老战友心心相印，笼罩在仝中玉心里的阴霾一下子消散了。他说："好，就这么着。我还要问你一个问题，宛城一中那个老方，你认识吗？他什么情况？他说要我找你确认关系。"

"他呀？他母亲是我们村张家的姑娘，论辈分我叫她姑姑，所以老方和我是老表伙。敌人向鄂北根据地'围剿'的时候，省委沈书记惊慌失措，他要我到南阳找一个省委机关可以落脚的地方，并让我到宛城一中找老方，说老方是河南省委和鄂豫边省委联络的专线交通员，可以帮助我们。当时，我很吃惊，心想我和老方是老表伙，怎么就不知道这个情况呢？沈书记还说，你见了老方，就说：'我带有独山玉，你要不要看看？'他会说：'什么样的，我瞧瞧。'这就对上暗号了。然后你就让他寻找一个适合省委机关落脚的地方。可是当我回去向沈书记汇报的时候，他竟然丢下省委机关和部队，自己跑了。我想，现在是动用老方这个关系的时候了，你回南阳可以先找找他，问问他这两天有没有新情况。"

仝中玉说："好，就这么办。召开省委重建会议的时间，就定在本月最后一天吧，会合地点就定在新野樊集白河渡口。"张星江点点头表示同意。

　　仝中玉潜回南阳后，和老方取得了联系。从老方介绍的情况看，南阳、镇平和新野的情况比预料的还要严重。现在敌人在南阳、镇平、新野加紧搜捕共产党员，那里的党组织已经瘫痪，一时半会儿无法恢复。镇平县委委员刘毅然虽然躲过了追捕，但是他能够联系到的党员也只有十来个。新野因陶汉、杨文的努力，党组织没有完全瘫痪，但是也处于半瘫痪状态，许多党员都退党了，剩下的党员也只有二十几个。听了老方的情况通报，仝中玉压力倍增，他觉得恢复组织是当务之急，必须马上行动起来。他不顾疲惫的身体，不顾酷热的天气，来往穿梭在新野、镇平之间，终于找到了刘毅然、陶汉等人，转达了他和张星江的意见。

7月31日，天很阴，又有些闷热。仝中玉、张旺午、陶汉、杨文、刘毅然等五个人来到新野樊集白河渡口。今天，他们的穿戴有些惹人眼，仝中玉、张旺午是长衫礼帽，陶汉、刘毅然则是白色褂子，深蓝色的长裤，杨文穿得最惹人注意，他穿了一件蓝色短褂，下身穿了一件黑洋布裤子，手里还提着一个藤编小箱子。

大家在渡口等了很长时间，也不见张星江。难道是发生了意外？对于张星江的革命坚定性，仝中玉是一点也不会怀疑的，他捉摸着张星江很可能是遇到了棘手的事情，一时无法脱身。于是，他对大家说，张星江没有到，可能是遇到了特殊情况，但是这个会还是要按时召开，迟开一天，我们可能就会遭受多一天的损失。大家都同意仝中玉的意见，决定会议如期举行。

几个人刚刚上船，不料却遇到了麻烦。这一带老百姓受以往绿枪社的影响，有禁烟的公约，凡是吸大烟、卖大烟的，一经发现就要扭送到村公所或区公所接受审查，而举报者则会受到奖励。渡口附近的村民看到仝中玉等人，有穿长衫的，有穿短褂的，还有拎箱子的，像是豫西一带贩卖烟土的。于是就把仝中玉等人团团围住，纠缠不休，一口咬定他们是卖大烟的，要把他们送往村公所。无论仝中玉怎么解释，他们就是不肯相信，双方就这么僵持着。

僵持间，早有人报告了樊集镇上的缉毒队。缉毒队张队长听了报告，心想："这还了得！大白天的竟敢贩毒？"于是，张队长带上十几个缉毒队队员，背着枪来到了渡口。张队长咋咋呼呼地大声吼叫着："咋啦？咋啦？是谁贩毒？吃了熊心豹子胆啦？"其中一个村民一见缉毒队来了，就指着仝中玉等人说："张队长，就是这几个人。"

仝中玉一看这架势，觉得麻烦大了，就急忙走到张队长面前解释说："您就是张队长？鄙人姓刘，我和这位张先生都在武汉教书，乘假期回南阳探望亲戚和朋友，和吸毒贩毒没有任何关系呀！他们硬是平白无故地怀疑我们，怎么解释也不听。您看这事弄的，把您也惊动了。"

张队长也不想听仝中玉的解释，说道："有没有关系，不是你们说了算！"而后对缉毒队队员说："给我搜！"缉毒队的几个队员立马把仝中玉等五个人围了起来，声称要搜身。刘毅然说："弟兄们，你们看我们都穿成这样，能藏啥东西？还用搜？"一个缉毒队队员说："你说的也是，可是我们也是例行公事，搜还是要搜的。"另一个队员说："跟他们啰嗦什么？队长叫搜就搜！"仝中玉说："那好，既然这样，就让他们搜，搜不出东西，也正好还我们个清白。"一旁围观的村民眼看着缉毒队队员对这五个人逐一搜了身，却什么也没有搜出来，于是，有人在下面低声说："这些人不像是毒贩子啊，也许冤枉了人家。"

张队长并不那么想，他好像还不放心，就用手指了指杨文的手提箱说："你这箱子里是什么？"

仝中玉慌忙说："小杨，把箱子打开让张队长他们仔细看看！"

杨文急忙打开箱子，几位村民也伸过头来往箱子里看。缉毒队队员仔细地看了看，用手翻了两下，箱子里面除了几件换洗衣服，别的什么也没有。杨文对他们说："说什么好呢？你们也看到了，这里面除了几件衣服，别的啥也没有啊！你们说的那玩意儿，我们躲还躲不及哩。"

张队长觉得无凭无据抓人，道理上也说不过去。于是，他对仝中玉说："刘先生，你也别见怪。这里的老百姓对贩毒的一向很恼恨。就在年初，有几个贩毒的和你们的穿戴打扮差不多，所以他们就怀疑你们，请你们见谅。"说罢他转过身对那些村民说："算了算了，都散了，都散了。这就是一场误会，大家都回去吧。"

仝中玉等人虽然躲过了一场潜在的危机，但是经过这么一折腾，船是坐不成了，在船上开会的计划也泡汤了。大家都很沮丧，陶汉更是闷闷不乐。仝中玉一时也不知道说什么好，他想了想对大家说："同志们，别丧气！这不算什么，只是一个小小的意外。比这大得多的坎儿，我们不知道过了多少，这个小意外算什么？船坐不成了就不坐了。我们改走大路，边走边开会。"

为了提振大家的情绪，仝中玉又说："过去开会有叫南阳会议的，叫新野白落堰会议的，也有叫襄樊会议的，我们这次会议就叫'路上会议'

吧。当后人知道这次重要会议在'路上'召开的时候，一定会感受到革命的曲折和艰辛，一定会感受到他们的幸福生活来之不易。"

仝中玉这几句话一下子把大家说乐了。会议就这样开始了。大家走一阵子，休息一阵子，在休息时讨论议题。

"路上会议"时停时开，断断续续开了一天多，最后形成了会议决议。"路上会议"最重要的成果，就是建立中共鄂豫边临时工作委员会，担负起中共鄂豫边省委的职责。会议推举张星江为临时工委书记，仝中玉为组织部部长、张旺午为宣传部部长，陶汉、杨文、刘毅然为委员。

"路上会议"的另一个重要成果，就是确定了今后一段时期内的斗争任务和策略。基于前几年的经验教训，大家认为在敌强我弱的形势下，在多地党组织受到严重破坏的背景下，今后工作重点应该转移到敌人力量薄弱的农村。要在农村大力发展和壮大党员队伍，要扎扎实实地发动农民群众开展武装斗争，对国民党的基层政权发动进攻，积小胜为大胜，逐步扩大战果，争取最后胜利。

"路上会议"还对鄂豫边区临时工委的工作方式作了研究。吸取此前党组织和党的领导机关接连遭到破坏并由此牵连多人被捕的教训，会议决定今后一个时期内暂时不设固定的领导机关，工作方式改为工委委员分片包干，定期研究工作的方式。张星江负责全局，重点放在唐河；张旺午包干泌阳；仝中玉重点放在镇平、新野，和陶汉、杨文、刘毅然一起恢复、重建新野、镇平党组织。同时还规定今后一个时期内开会不做会议记录，不搞文字指示，不开三人以上的会议，不开时间过长的会议，会后包干传达，对下级实行单线领导制。

"路上会议"一结束，仝中玉和张旺午两人就昼夜兼程赶到唐河张新一村，去找张星江。仝中玉一见张星江就问："星江同志，说好的本月最后一天开会。大家在樊集白河渡口等了你半天也没有等到你，你这里出了什么状况？在等你的期间，我们还险些被缉毒队当成毒贩子抓起来。"

张星江有点不好意思地回答说："都怪我，都怪我，我把时间记错了，我把7月30日当成了这个月的最后一天，我到那里之后没有发现你们，担心出了什么事，于是我就匆匆赶回唐河了。回来一想，天哪！这个月是31天。可后悔也来不及了。"

仝中玉叹了一口气说："这事也怪我，我早一天去接应大家就好了。现在，还是先说正事吧。"接着仝中玉把会议的情况和会议的决议向张星江做了汇报。

张星江说："大家这样信任我，我就不谦虚了，担子我挑了，但是有饭一起吃，有活儿一起干，尤其是你们两个，你们把我推到这个位置上，就不能看我的笑话。"仝中玉、张旺午都说："那是自然，放心好了。"

张星江说："这次'路上会议'开得好啊，特别是把工作重点转向农村这一点很重要。唐河现在总结了经验教训，情况有点好转，我们在唐河、桐柏、泌阳交界的农村，发展了一批党员，新建了一些党组织。在今年的借粮、放粮斗争中，党组织依靠群众的力量，争取各保保长出面向国民党当局施加压力，实现了开仓放粮的斗争目标。党组织不但没有暴露，而且发展壮大了，党员人数增多了。所以，我同意今后一个时期内，把工作重点转移到农村。"

仝中玉说："吃一堑长一智，我们也是吸取了以往的经验教训，决定转变工作方式。现在不是同敌人硬拼硬的时候，敌人是十，我们是一，如果硬拼，一个人斗十个人，就算你能打倒他九个，你也玩完了。所以我们同敌人斗，不能盲动，斗勇更要斗智，我们要用智慧战胜敌人。鄂北根据地丧失，也是盲目同敌人死打硬拼的结果。当时的领导坚持同十倍于我军的敌军打阵地战，一战下来，师长吴寿青牺牲了，副师长、参谋长都牺牲了，部队被敌人打垮了，损失惨重。所以，我们今后的斗争一定要找出与我们实际情况相适应的斗争策略和方法。"

"中玉说得对啊，我们必须找出新的斗争方法。现在的确是敌强我弱，但是敌人在明处，我们虽然弱小，但是我们在暗处。明里我们奈何不了他们，但我们可以在暗中出击，看准机会就出击，积小胜为大胜，争取最后的胜利。"

仝中玉又想到了一个问题，他对张星江和张旺午说："我们在危机中重建了鄂豫边区临时工委，但是这件事需要尽快向党中央报告，争取党中央的批准和支持。我建议这个任务就由旺午同志来完成。"

张星江说："我赞成。旺午，你就到上海去一趟吧，务必把我们这里发生的情况和我们今后的工作打算向党中央汇报清楚。"

张旺午说："既然你俩都让我去，我也不推辞了。我离开泌阳之前，要先安排一下工作。"8月，张旺午去上海中央局汇报了工作。党中央批准将鄂豫边临时工委正式命名为鄂豫边工委。张星江任书记。

三人分手后，就各自走上了各自的岗位。几天之后，张星江和新任唐河县委书记贾恒坦来到了刘中兴家里。张星江和贾恒坦惊喜地发现刘中兴已经在粪堆王附近发展了二十几个党员，随即指示刘中兴先把党组织建立起来。

当晚，刘中兴把附近党员骨干召集在一起开会，商议成立粪堆王党支部事宜。会上，贾恒坦代表中共唐河县委，宣布成立中共粪堆王支部，同时宣布党支部书记由刘中兴担任，其他委员由会议选举产生。按照贾恒坦的要求，会议选举张国廷、权景山、孟汉昭三人为支部委员。

张星江在会上说，成立粪堆王党支部只是我们前进的一小步，今后的路子还很长，大家要有长期奋斗的准备，当前的工作重点是继续发展壮大党的队伍，今后我们还要成立农民游击队，准备开展夜聚明散的游击斗争，专门打击国民党政府的贪官污吏、地主恶霸。

会后，张星江对刘中兴说："根据工作需要，我们商量要在唐东建立一个秘密交通站，交通站直属鄂豫边区临时工委，任务就是传递党的指示，接送过往的领导和同志，保证他们的安全。这个交通站，我和恒坦商量就设在你家，由你负责，刘书山和刘中轩担任交通员。这对你提出了更加严格的要求，你一定要严守党的纪律，保守组织秘密，没有领导同意，坚决不要与其他党员和党组织发生横向的联系。你有什么意见没有？"

领导的信任，让刘中兴十分感动，他当即表示："你们这么相信我，把这么重要的工作交给我，我保证遵守党的纪律，严守组织秘密，努力做好工作，决不让你们失望。"

第三章 造舆论反蒋抗日 贴传单各显身手

1934年4月27日（农历三月十四日）傍晚时分，张星江来到了刘中兴家里。刘中兴一看是日盼夜盼的张大哥来了，急忙站起来说："哎呀，张大哥，这半年多时间，也不知道你到哪儿了，我天天都在盼着你。"张星江说："我也在想你们呀，现在不是来了吗？你们现在状况咋样？"刘书敬看是张星江来了，就对他说："别光顾站着说话，坐下慢慢说。中兴这段时间老是念叨着你，生怕出什么事。"张星江伸伸胳膊，连忙说："大叔，哪能有什么事呢？你看，我好着呢。"刘书敬说："好就好，你们谈，你们谈，我要到外面看看。"

坐下之后，刘中兴对张星江说："你上次走后，我们按你的指示又陆陆续续发展了四五十个党员，现在党员总数已经有七十多个了，分布在毕店、大河屯、古城、王集以及涧岭店等地，我准备从党员中挑出十几个人，把农民游击队组织起来。前一段时间，我把这些情况向贾大哥汇报了一下，他也希望我尽快把游击队组织起来。"

听了刘中兴的汇报，张星江高兴地说："中兴，我和恒坦果然没有看错你，这才一年的时间，你们这个党支部就发展到七八十人了。不过党员多了，就需要加强领导。为了方便领导，下一步你可以根据党员分布情况，组建若干个党支部，三人以下不够组建党支部的，先组建党小组。组建工作完成后马上报告恒坦和我。"

晚饭后，张星江说："中兴，你不是问我这半年多时间到哪儿去了吗？今年年初，我到江西瑞金参加了两个会议，一是第二次全国苏维埃代表大会，一是中共六届五中全会，会议期间听取了许多领导同志的讲话，不久前才回来。我今天到你这里，先向你透透底，以后我们要按党中央的最新指示精神开展工作。"

这是刘中兴第一次听上级领导传达党中央的指示精神，所以听得特别用心，刘中兴印象最深的有三条：一是由于蒋介石反革命集团执行了"欲攘外先安内"的不抵抗政策，日本侵略者不费一枪一刀就侵占了我国东北，现在，日本侵略者正虎视眈眈阴谋侵占华北。所以下一步我们要大力开展反蒋抗日斗争。二是由于蒋介石集团多次"围剿"中央苏区和中央红军，不断加重人民的负担，所以我们要继续开展反内战、反苛捐杂税的斗争。三是今后我们要开展革命武装斗争，到敌人统治薄弱的地区建立革命根据地。以革命的武装反抗反革命的武装，推翻国民党的统治。

张星江"透底"之后，对刘中兴说："中兴，你接下来的任务还很艰巨，你饭前说要组建游击队，可要抓紧时间。游击队可以夜聚明散，游击队的任务就是同土豪劣绅作斗争，就是同国民党的基层政权作斗争，随时完成党组织交给它的具体任务。"

第二天，是毕店街花仙阁庙会开场的日子，张星江在刘中兴的陪同下在毕店召开了花仙阁会议，向牛德胜、刘挺贵、王青玉等同志传达党中央会议精神。刘挺贵，毕店全岗人；牛德胜，毕店凤凰树人；王青玉，井楼小李庄人。就是在这次会议上，刘中兴认识了刘挺贵、牛德胜和王青玉三人，并和他们结成了生死之交。

花仙阁庙会，一年一度，每年农历三月十五这一天，附近的老百姓都会来到这里赶庙会。张星江认为庙会上人来人往，越是人多的地方越是安全，是个开会的好地方。但是，大家刚刚聚集一起，刘中兴突然看到毕店保安队列队来到庙会会场"维持"秩序，他觉得这可能会给大家带来一些风险，所以刘中兴就赶紧对张星江说："张大哥，有情况。"

张星江看到了眼前的一切，他也担心保安队的出现可能会给大家造成麻烦，就对大家说："看来我想错了，这里并不适合开会。走，我们到南寨外去。"

花仙阁会议之后，刘中兴按照张星江的指示，根据党员属地和人数，组建了九个党支部和两个党小组。同时，又挑选了一批党员骨干组建了一支夜聚明散的农民游击队，白天下地干活，一到晚上就进入战斗岗位，四处张贴革命标语、割电线。国民党唐河当局经常接到区（乡）公所的报告，不是说发现了反政府的传单，就是说电线被割断了，电话打不通了，但是查来查去，就是查不到贴传单割电线的人，弄得那些地方大员坐立不安。

一天，刘书山还是像往常一样，挑着他的货郎挑子四处奔波。他一面做着他的生意，一面秘密地传递着党内的信息。他，人实诚，不坑人，不骗人，在唐东一带很受欢迎，无论他走到哪里，乡下那些裹着小脚的老太太、大姑娘和小媳妇们都围着他的货郎挑子挑这选那。

当天下午，刘书山来到毕店附近的火岗村，一个老太太带着她的两个媳妇围上来要买丝线，说是要给闺女做陪嫁的绣花枕头、绣花鞋。刘书山慌忙放下挑子，正要打开放丝线的小盒子，突然想起昨天已经卖完了。于是他急忙向老太太道歉："老婶子，对不住了，线昨天在高河卖完了，我还没有来得及进货。如果急着用，我明天就给你送来。"

老太太显然有些失望，但是她看着刘书山老实巴交的样子，就说："也好，明天我们等你来，你这小伙子要说话算话呀。"

刘书山回了一声说："一定，一定，你们就放心好了。我这就去毕店街进货去。"刘书山说罢，就挑着货郎挑子急急忙忙向毕店街走去。

毕店，是唐东重镇。豫南一带的集镇，街道要么是东西街道，要么是南北街道。大一点的集镇，都有南北与东西交叉的十字街道，再大一点的集镇，常常有几条南北街道和几条东西街道交叉。和这些集镇相比，毕店街的街道很特别，它是一条不规则的圆形街道，它没有十字街口，进入街道之后，沿街走一圈就又回到入口。所以人们都形象地称它为盖子街。

刘书山从东门进入毕店街，顺着圆形的街道向左转，来到了张记杂货店。这家杂货店是毕店街最大的一家店铺了，里面货品齐全，种类繁多，人们都喜欢到这里来选购日用品，刘书山也常常来这里进货。来的次数多了，刘书山和杂货店的张老板也逐渐熟络起来了。张老板是个地地道道的生意人，到他这里进货，他总是丁是丁卯是卯，账算得一清二楚，而且从不赊账。可这次却和过去不太一样，刘书山刚说要进点扎花丝线，张老板就说："你想要啥号的，进屋里自己挑吧。"刘书山心想："今天这是怎么了？太阳从西边出来了？以往我来进货，他总是不让我到里面，连口水也没有让我喝过。"

刘书山见张老板这么客气，反倒不好意思起来，就说："你还是拿出来让我挑吧。"

"你就别跟我客气啦，你跟我进来就是了。"

"那我就不客气了。"

刘书山随张老板进到里屋，只见桌子旁边坐着一个人。刘书山一看，赶忙说："这不是恒坦吗？你咋会在这里？我真是没有想到呀。"

"我在这里等你老半天了。张老板算定你今天要来进货，他说你往常进货都在下午后半晌。先坐下喝口茶吧。"

刘书山坐下说："你不说喝茶，我还不渴。你这么一说，我还真有点渴了。"

张老板给刘书山倒一碗茶说："这茶不热不凉正好解渴，你们聊吧。"说罢，他就转身到外边照看门店去了。

刘书山一看张老板出去了，就问道："恒坦，找我有事？"

"事情不大，可是很紧急。你马上回去，通知中兴，叫他明天上午到井楼东北小李庄南岗坡等我。"

"哦，就这事？好办，我马上回去。你咋认识张老板？"

"书山，老规矩，不该问的别问。今天我们在这里见面的事，除了中兴，谁都不要说。今后如果我有什么事，张老板会通知你，你有紧急的事情也可以找他。"

刘书山走出门外，正要回去，张老板追了出来："老刘，你要的丝线，我一样给你挑了一团。你看看中不中？"

"我还没有给你钱呢，多少钱？"

"今天先赊着，下次进货再说。"

刘书山看他和往常说话的口气不一样，心想"下次就下次吧"，嘴上说："好，那就谢了，以后还请多关照。"

刘书山从杂货铺出来，也不游乡串村了。他挑着货郎挑子，连家都没有回，直接到了刘中兴家里。他进门就喊："中兴哩！"刘书敬从屋里出来说："他刚出去找中轩去了，你进屋里等他一会儿。"

刘书山说："二哥，不进屋了，我这就去中轩家里找他。"谁知他刚转身，就看到刘中兴正往家里走来。

进了屋，刘书山说："今天我在毕店进货时，在杂货铺见到恒坦了。他要你明天上午到井楼东北小李庄南岗坡等他，说是有重要的事情。"

"恒坦没有说啥事？"

"没有，我也不好多问。你去了不就知道啦？"

"那好，我和他也好久没有见过面了。"

第二天一大早，刘中兴就起床了。他背着一条扁担，扁担捎上挂着两条卷成卷的布袋，扮成赶集的模样出发了。他见爹正在喂牛，就同他招呼了一声，说要到井楼街去一趟。刘书敬看到儿子这么早就要外出，随声问道："天还早着哩，有啥事不能吃了饭再去？"

刘中兴说："爹，我今天要见一个朋友，原来已经约好时间了，我怕晚了耽误事。"

刘书敬也不多问，就回了一句："这个世道不太平，出门要放机灵点。"说完就给牛添草料去了。

刘中兴从村外的一条小路径直向南走去，一路上行人很少。井楼这个地方，是南阳、唐河通往桐柏县城的必经之地，离粪堆王只有十七八里路，平常村里的年轻人也经常结伴去井楼街上赶集，小李庄就在去井楼的路上。

刘中兴到了约定的地点，已经是日高三竿了，但是野外很静，一个人也没有。也许他太性急了，来得太早了。他想到井楼街上买碗胡辣汤什么的填填肚子，但是又一想，万一贾恒坦来了看不到自己，那不就误事了？于是，他在路边不远处选了一个干净的地方，耐着性子坐下来等。

谁知道等了很久，还是不见人来。又过了一阵子，上街赶集的人陆陆续续出现了。人们一个个从他面前路过，就是没有贾恒坦的影子。正在他着急的时候，从井楼方向一前一后来了一老一少两个人，那年少的一身学生装扮，像是一个刚刚走出学堂的学生。刘中兴看看这两个陌生的面孔，心里直犯嘀咕："他们是谁？为什么也到了这里？"

这两个人也在路边找了一个干净的地方坐下来，他们两个看了看他，也没有说话。从他们的眼神看，明显没有恶意。于是刘中兴往他们坐的地方凑了凑，问道："两位这么早到这里有啥事？"

那位年长的说："我们也没有啥事，在这里歇歇脚。你比我们来得还早啊。"

刘中兴回答说："我来赶集，走到这里感觉有些累了，就坐下来歇一会儿。"

那位年长的说："巧了，我们两个也感觉有些累了。"

双方你一言我一语，都在试探着对方的身份。正在这时，刘中兴突然看到张星江从东边过来了，后面不远处的人就是贾恒坦。刘中兴心里一阵高兴，毕店花仙阁会议后他和张星江就没有见过面了，和贾恒坦也有很长时间没有见面了。

不一会儿，他们也先后到了。张星江指指那个年少的对刘中兴说："中兴，我给你介绍一下，这个是李金山，南阳瓦店人，不久前从南阳宛城一中毕业。"他又指着那个年纪大点的说:"这个你叫他任木匠吧,新野的。从现在起我们就是同志了,就是战友了。"然后,张星江对李金山和任木匠说:"贾恒坦同志,你们已经见过面了,这个是刘中兴同志。今后大家要互相关照,互相支持。"

贾恒坦看看四周没有人,就对大家说:"今天把大家通知到这里,主要是由张星江同志传达中共中央六届五中全会和全国第二次苏维埃代表大会的会议情况和主要精神,时间可能会长点,大家不要着急,要集中精神,领会好党中央的指示精神。"

张星江接着说:"今天这个会议算是鄂豫边区工委扩大会议。为了保密和安全,今天的会议不超过一天,也不准做记录,只能心记。"

张星江刚刚说了个开场白,突然路上出现了几个赶集的人,他一看有人来,就故意大声地说:"俺村里老李头家的牛,那膘水没说的,邻居们看着都很眼气……"大家知道这些话是给那些过路人听的,但过路赶集的人一起接着一起,总不能一直这样吧。

贾恒坦觉得这个地方离路口太近了,有安全问题,就提议到西边远一点的地方。张星江看看周边环境后,也同意了。

大家来到一条水沟的岸边坐定之后,张星江开始传达中共中央六届五中全会和全国第二次苏维埃代表大会的基本情况和主要精神,这一次,张星江说得很详细。

张星江的记忆力非常惊人,他有条有理侃侃而谈,从1933年底经上海进入中央苏区瑞金说起,说到1934年初参加全国第二次苏维埃代表大会、列席中共中央六届五中全会的基本情况,再说到两次会议的重要报告和决议。李金山和任木匠还是第一次听到中央一级的会议情况,所以听起来也都全神贯注,精神饱满。刘中兴虽然已经听过中央会议所传达的精神,但是今天张星江讲得更加具体,而且许多情况对于他来说仍是闻所未闻,所以,他还是听得如痴如醉。

张星江特别讲到了红军总司令朱德接见他的情况。在全国第二次苏维埃代表大会会议结束后,一天,张星江刚吃过早饭,突然有人通知他,要他马上到红军总司令部去,朱总司令要见他。张星江当时也没有多想,就匆匆赶到了红军总司令部。他刚到那里,就看到王国华也来了。他们两个都是来苏区参加会议的。会议期间两人相见恨晚,多次畅谈,仿佛是老相识。不大一会儿,朱总司令从外面走进来,他一手拉着张星江,一手拉着王国华，连声说欢迎河南来的同志，并亲切地询问河南的情况。张星江把鄂豫边区党组织多次遭受挫折、遭到破坏以及他们重建党组织的情况向朱总司令作了汇报。王国华也把河南省委领导的斗争情况作了汇报。最后，朱总司令语重心长地说："星江同志，你回去后在做好组织整顿、恢复和发展工作的同时，要特别注意搞武装斗争，没有枪杆子就成不了大事。要抓住山区，抓住敌人'三不管'的地方，发动群众，开展游击战争，建立革命根据地。"

农村集市一般时不过午，赶集的人陆陆续续出现在回家的路上。张星江和大家早上都没有吃饭，所以都有些饿了，他对刘中兴说："中兴，我们几个都不能上街，你到街上买些馍回来。"

刘中兴答应说："好，我早上起得早，没吃饭就走了，早就饿了。"

张星江笑着说："那你咋不早点说，我也早就饿了。"大家都笑了起来。

刘中兴匆匆来到集市上，走进临街路口王家清真饭店，对卖馍的伙计说："来十个馍。"

"你要十个？这会儿就剩下六个了，你看要不要点别的？还有羊肉包子。要不然，你等一会儿？"

刘中兴觉得大家还饿着肚子呢，不能等了，有羊肉包子也好，但是刘中兴数了数口袋里的钱，买十个包子钱不够，就算买五个馍、五个包子钱也不够。这伙计看他有点为难，就说："看你那作难的样子，算了，卖给你了，以后多照顾着我们的生意就行了。"刘中兴道过谢，递过钱，拿过五个包子、五个馍就赶紧往回走。

刘中兴回来发现张星江他们已经不在原来那个地方了，转移到了西边不远处。于是他加快了脚步，心想大家肯定饿坏了。

大家一看还有羊肉包子，都高兴坏了。贾恒坦说："中兴，咋不多买几个肉包子，让大家解解馋。"

"唉，别提了，我是想多买几个，只是钱不够了。等将来革命胜利了，我开个包子铺，请大伙吃个够。"这句话引得大家哈哈大笑。

任木匠说："中兴，你这话俺爱听，等那一天来了，你不要把俺给忘了。"

李金山也说："对，对，也要记着喊上我呀。"

"忘不了，我想这一天离我们不远了！"刘中兴说。

"中兴说得对呀，是不远了。到了那一天我拿赊店老白干给大家助兴！"张星江说。

贾恒坦看大家都吃完了，就说："张星江同志，该你上场了。"

于是张星江结合中央会议的精神，提出了今后的任务。他说："我们今后的任务主要有三个，第一，继续组织广大劳苦大众开展反压迫、反剥削、反饥饿的斗争，向地主老财要粮借粮，解决群众吃饭问题。第二，大力宣传反蒋抗日，抗日救国。"

在说到第二个任务时，张星江说："反蒋抗日要和我们当地的现实情况结合起来。现在反动派也在唐河到涧岭店的公路上修碉堡，嘴上说是为了防日本人，实际上这只是他们反共反人民的借口。为了修碉堡，他们指一派十，敲诈百姓的血汗钱。因此，我们要把反蒋抗日和反抗苛捐杂税，反对限制人身自由结合起来。"

接着，张星江又提出了第三个任务："我们今后要下定决心建立农民游击队，开展武装斗争。有的同志说，我们没有枪，怎么办？没有枪，可以夺。我们可以拿起大刀木棍夺取敌人的枪，这样我们就有枪了。现在，我们要创造条件把游击队建立起来，专门对付那些反动透顶的家伙，杀一儆百，为天下穷人打出一片新天地。"

会议结束前，张星江提出："唐东党组织发展很快，中兴那里已经发展了七八十个新党员，党员遍布毕店、大河屯、古城、王集、涧岭店，同时还建立了一支小型农民游击队，这可是我们的重要力量。为了方便领导，中兴已经按照我和恒坦的意见组建了九个党支部和两个党小组。为了加强领导，我提议中兴到唐东区委，担任唐东区委书记，统一领导这一带的工作。"

贾恒坦说："那粪堆王党支部书记谁来干？"

张星江说："这个先别急，先让中兴兼着，过段时间看看谁合适再定。"

太阳落了，天逐渐黑了。张星江说："我们现在去小李庄找王青玉去，今晚我们还要赶印一些传单给大家带回去造造舆论。"

王青玉，也是在张星江的引导下走上革命道路的。他住在小李庄北头的三间破茅草房里，碰上阴雨天气，屋里四处漏雨，挨着东山墙有一条牛车路，院子里有两棵洋槐树，家门口还有一条行人走的路。人们往往图方便，不走牛车路，而是从他家门前捎近路。虽说他已经快到而立之年了，但只因为家里穷得叮当响，连媒婆都不肯上门。

王青玉看到张星江来了，就知道张星江的来意。还没有等张星江开口，他慌忙点上油灯，从床底下抽出一台油印机，又把钢板、蜡纸、蜡笔、油墨和纸张从一个小木箱里面一一拿了出来。

在昏暗的灯光下，张星江亲自动手，趴在一张破桌子上，一笔一画地刻着钢板。王青玉则警惕地守护在门口，其他人则闲聊一些近来的见闻。

就在这个时候，大李庄村的保长李洪林带着几个人从井楼街赶集回家，从王青玉家门口路过。李洪林听到屋里有人说话，就停下脚步问道："青玉，你家有客人哪？都是一些啥人哪？挺热闹的！"

王青玉不慌不忙地说："保长，你回来啦？"

李洪林说："青玉，我问你话哩，你别装着没有听见。屋里都是些啥客人？"

王青玉说："保长，我会有啥客人？东乡我老表他们几个在街上卖牛回来路过我家，今晚回不去了，就住在我家。你这是刚从街上回来？"

"嗯。青玉呀，你成天不务正业，瞎胡出遛个啥？你要小心。再这样下去，早晚有一天叫你坐不漏的房子。"李洪林恶狠狠地撂下一句话就过去了。

李洪林的祖叔是这一带出名的乡绅，有钱有势，前两年他儿子又当上了县警察局侦缉队队长。有了这层关系，李洪林说话也比以往仗势多了，在一般穷苦百姓面前，催粮派款，说一不二。人们不敢当面骂他，但是背地里都骂他是"狗仗人势"。

李洪林对王青玉说的话大家在屋里都听到了，李金山问贾恒坦："啥是不漏的房子？"

贾恒坦笑了，他回答说："就是牢房呀。"

李金山说："啊！知道了，他是想让我们坐大牢啊。"

张星江小声对大家说："别大意了，刚才他要是闯进屋里来，还不知道会发生什么情况。他说要青玉坐不漏的房子，说明他可能已经注意上青玉了。青玉以后要注意提防着他，不行的话，我们就先下手，找个机会干掉他。"

王青玉说："这个事交给我好了，遇着机会我先警告警告他，要是他成心想祸害我们，我就找个机会把他干掉。"

也不知道过了多长时间，钢板刻完了，张星江说："金山同志，你这个高才生来校对一下。"

李金山接过张星江递来的两张刻字蜡纸，拿起第一张，小声地念道："蒋介石坐南京，风不调，雨不顺，不是旱，就是涝，民不聊生。欲攘外，先安内，狼心狗肺。卖祖国，杀同胞，奸计用尽。东三省，不还枪刀，被日寇侵占。强拉夫，又抽丁，良心坏透，屈日本，打内战，人脸丢尽。不登记，不下操，土豪劣绅；下苦力，还登记，都是穷人。穷人们，流血汗，白骨纷纷。穷人们，要活命，起来革命，除国贼，兴中华，共享太平。"

李金山从头到尾念了一遍，任木匠连声说："好，都是大白话，一听就懂。"接着李金山又压低声音念第二张："土豪劣绅们，骑着东洋马，抱着小老婆，过着花天酒地的生活，不顾人民的死活，只知道搜刮盘剥。穷苦人民要团结，反抗苛捐杂税，打倒土豪劣绅，反蒋抗日，赶走小日本，收复东三省。"

大家听了传单的内容，感到张星江写的传单简单明了，贴近时局，针对性强，容易记忆。李金山念完也校对完了，接下来该油印了。

贾恒坦过去就一直是负责传单油印的，于是他把袖子往上卷了卷，打开油印机，铺好纸和蜡纸，把油墨调均匀，先试印一张，看看墨迹是否均匀，然后再开始印刷。他推着滚筒印，刘中兴给他打下手，他印一张，刘中兴就翻过来一张。

任木匠数了数，总共印了三百份，他和李金山把印好的传单分拣完时，天已经快亮了。张星江对传单的发放作了明确的指示，他说："我们这次散发传单，就是要大造舆论，打击敌人，争取民心，唤醒民众。所以，这次散发传单面要广，要贴在显眼处，看的人越多越好。金山和老任回去后，也可以翻印一些。"

根据张星江的提议，贾恒坦负责从井楼到桐柏的公路沿线散发，任木匠负责井楼到唐河县城的公路沿线以及新野一带散发。李金山负责唐河到南阳的公路沿线散发，刘中兴负责大河屯以东到涧岭店、以西到唐河县城的南驻土公路沿线散发，同时要在毕店、源潭、王集等集镇上散发。

趁着天还没有大亮，大家匆匆离开了王青玉的家。刘中兴到家时，父亲正在套车拉粪。父亲对他说："到哪儿去了，夜里也没有回来，你妈唠叨了几遍了，昨晚又是烧香又是磕头，生怕你在外面出啥事。"

刘中兴说："我能出啥事？昨天几个朋友在一起说话，说的时间长了，就没有赶回来。我妈就是操心的命。饭做好没有？有点饿了。"

"快做好了，做好了你们先吃，不要等我，我先把这车粪送到地里。"

刘中兴到厨房见母亲正在烧火，对母亲说："昨天出去办事，天太晚了，就住在朋友家了，您放心好了。"他掀开锅盖，看红薯已经馏透了，顺手拿了一个边吃边往刘中轩家里走。

刘中轩正准备到大河屯赶集，他看刘中兴来了，就问道："我要去大河屯赶趟集，有事没有？"刘中兴说："正好，我有事找你，你顺路捎个信，通知曾广玲、焦焕珍、孟汉昭、焦富建，下午一定到我家，就说有要紧的事。"

刘中轩说："中，我马上就走，不耽误事。"

刘中兴从刘中轩家里回来的时候，父亲也从地里回来了。吃饭的时候，刘中兴对父母说："昨天，我碰到了张大哥和恒坦他们，他们印了一些传单，要我们快点发出去。俺妈还得准备点糨糊。等会儿我还去喊国廷、元伦和书山，下午焦富建、焦焕珍他们几个也来。"

刘郑氏说："打点糨糊是小事，这也不是第一次了。你们在外面要彼此多招呼着，小心没大差。"

一年多来，家里"客人"来往不断，虽说刘中兴从不透露这些"客人"都是来干吗的，但时间久了，总会留下一点蛛丝马迹。一天晚上，刘郑氏从客屋前经过，听到他们几个朋友说话，回屋就对刘书敬说："他爹，这些孩儿们说的咋净是魔天的话？"魔天的话，就是无法无天的话，会掉脑袋的话。刘书敬听了，笑笑说："你别管他们，他们愿意干就让他们去干，反正现在这个世道穷人都活不下去了，说不定他们还能闯出个活路来。"

刘书敬读过几年私塾，能够背诵《三字经》等一些浅显的读物，见识也比较广一些，他早就看出他儿子那一帮朋友干的不是一般的事，他们是在同地主老财们对着干哩，是在同官府对着干哩，他觉着这样干也许没有错。

倒是刘中兴的爷爷有些看不过眼，老爷子担心这个孙子早晚会给家里惹祸。有一天他对刘书敬说："老二呀，你得好好管管中兴，他整天狼一群虎一群，瞎胡出溜，不务正业，早晚会把这个家毁了。"

刘书敬一听，连忙小声对他说："爹，你可不要瞎胡说，他们现在干的可是大事，是党在派的大事，要是官府知道了，那就是满门抄斩的事。"老爷子一听，吓得好一阵没有说话，过了很久才回过神来："大事也好，小事也罢，他长大了，我管不了他了，你让他多长点心眼，别毁了咱这个家。"从此，老爷子再也不过问刘中兴的事了。

其实，刘书敬老两口也知道，儿子走的这条路，是一条非常危险的路，但是开弓没有回头箭，既然走了这条路，就不得不硬着头皮一直往前走。作为父母，他们也只能支持他一直往前走，当然他们也希望他平安无事，所以，刘中兴每次出门，他们都提醒他注意着点。

听说又要贴传单，刘书敬问："你那些传单都说些啥？"

刘中兴说："也没有啥，都是反对贪官污吏、反对苛捐杂税的。你咋忽然问这事？"

"我就是随便问问，要我帮忙的话，你就说。"

"我那么多朋友，个个都身强力壮的，您就别操心了。以后需要您帮忙的话再说。"

说是下午开会，焦焕珍小晌午就到了，他对刘中兴说："我听到你的口信就来了，反正我是光棍一个，不走还得自己做晌午饭，到你这儿，表姑还能让我饿着？"原来焦焕珍和刘中兴也有一层亲戚关系。刘中兴的舅舅和焦焕珍是一个村的，论辈分，刘中兴的舅舅是焦焕珍的表叔，所以，刘中兴的母亲就是焦焕珍的表姑哩。

刘中兴说："看你说的啥话！来得正好。广玲在家里干啥哩，咋没有来？"

"我正要给你说呢！"焦焕珍说，"前几天，湖阳那边捎来信，要广玲到那边学校里翻修房子。广玲走的时候说四五天就回来，可是都快十天了，他还没有回来。"

下午，该来的都来了，刘中兴说："昨天我参加了一个会，领导传达了上级的指示精神，内容很多，我也记不全，只能记个大概。现在，上级要求我们要大力开展反蒋抗日斗争，反对蒋介石消极抗日、打内战、镇压人民，同时，要大力开展反苛捐杂税的斗争。其他一些内容我们以后慢慢说。根据会议精神，上级印了一些传单，要求我们这几天张贴到各地。我现在把传单分发给大家，今天夜里咱们就行动，越快越好。"

张国廷说："中兴，贴传单，这也不是第一次了，你说吧，贴到哪儿？"

刘中兴说："我想过了，这次张贴的地方多，我先分分工。富建和汉昭就顺着南驻公路从卖饭棚起，一路贴到县城东门；书山和元伦顺着南驻公路从大河屯起一路贴到涧岭店街东头；国廷负责毕店街，焕珍老表要把标语贴到傅弯和源潭街。大家要把标语贴到人们容易看到的地方，如公路边的电线杆上，区公所、乡公所的门口，街道两边的墙壁上。看到的人越多，对敌人的打击就越大，对群众的号召力就越大。最后，我要提醒大家，张贴标语，要防着敌人，要像以往一样，机动灵活，做到来无影去无踪。"

张国廷接过传单，看了看内容，问道："中兴，蒋介石在东北一枪未放，就把东北丢给了小日本？这个蒋介石是咋整的？"

刘中兴说："咋整的？蒋介石集团根本就没有把心思放在抵抗日本侵略者上，他们的心思都用来打内战了。他们不顾共产党和全国人民的抗日呼声，把枪炮对准了自己的同胞，一门心思要消灭红军，消灭共产党。面对日本侵略，他们得了软骨病，胆怯得很，一个劲地退让。"

张国廷说："这样说，我明白了。他们这样搞，不就成了国家和人民的罪人吗？真是天理难容！我们党提出反蒋抗日顺理成章。"

刘中兴说："谁说不是呢？这些传单就是揭露蒋介石集团消极抗日、打内战罪行的，就是揭露他们反共反人民罪行的，我们的目的就是要让更多的群众了解和支持我们共产党反蒋抗日的主张。"

焦焕珍插话说："说到抗日，我们那儿最近传说要在公路边修碉堡抗日，还要老百姓兑钱。"

刘中兴说："老表，这事上级也知道了。他们修碉堡、修炮楼，并不是真的抗日，而是为了对付共产党和红军、掠夺老百姓的血汗钱。"

张国廷听了刘中兴的话，说道："这些传单，我仔细地看了，关系着国家兴亡，关系到我们党的根本大计。中兴说得很明白了，下面轮到我们各显神通了。"

张国廷有胆有识，敢作敢为，儿时就和刘中兴要好，加入共产党后，他和权景山、焦富建、焦焕珍等人就成为刘中兴的得力助手。张国廷接过传单，当天晚上夜静的时候就出发了。眨眼工夫就到了六七里外的毕店北寨外，这里的花仙阁，是个热闹的地方，外面是个大操场，保安队天天早上都在这里出操。张国廷心想，这是队狗子们每天出操的地方，在这里贴上几张，明天一早他们准能看见，准够让他们喝一壶。于是他轻手轻脚地走到花仙阁大门口，看看没有人，他就在墙上刷一层糨糊，从怀里掏出一份传单。

张国廷拿着传单正要往墙上贴，突然从门里面走出来一个人，低着头，站在门外就撒尿。这人撒完尿，看到有人在墙上贴东西，就凑上来问："黑更半夜的，你这是干啥哩？"

张国廷镇定下来一看，原来是个要饭的，就说："你没有看见？俺贴的是家传秘方，专门治羊羔疯的。黑更半夜的，你在这儿干啥？"

"俺啥也不干。俺从小吃的百家饭，穿的百家衣，走到哪儿就睡在哪儿。这几天，花仙阁戏台子上没有人，正好可以挡风遮雨睡瞌睡。你这秘方都说的啥？"

张国廷不想和他往下谈，就说："我说了你也不懂，你记着是治羊羔疯的家传秘方就可以了。睡你的觉吧。"张国廷担心被别人发现，转身就走了。

离开花仙阁，张国廷头也没有回，在一街两巷贴了几张，没多大的工夫，就转到了毕店区公所大门口。区公所的大门紧紧地关闭着，门前两侧的石狮子依然像往常一样，静静地注视着大街上的一举一动。张国廷看看街道上一个人也没有，正是他下手的好时机，他熟练地往门上贴了两张，就像是贴门神那样，一边一张。

张国廷回到家里，翻来覆去睡不着，心里总是盘算着毕店区公所和保安队会作出什么反应。第二天一大早，他就起床了，他想回到毕店街看看。他装作若无其事的样子，在街上瞎晃悠。突然他发现十几个保安队员，有的拎着水桶，有的拿着铲子，有的拿着扫把，从区公所跑出来，他们跑到贴标语的地方，又是用手撕，又是用水浇，又是用铲子铲。

张国廷看到保安队员紧张的样子，觉得挺可笑，但他又装出看热闹的样子，问道："你们这是干啥哩？"

一个保安队员没好气地说："去去去，关你屁事，远一点。"

另一个保安队员说："有共产党了，你知道不知道？真是胆大包天，还敢贴标语反对蒋委员长哩！"

"你说啥？共产党反对蒋委员长啥？"

"还不是骂蒋委员长不抗日嘛，唉，我说你这个人咋这么多嘴？滚！不该问的，就别问。"

"好，好。不问，不问。"张国廷嘴里嘟囔着，转身就走了。

张国廷回到家里，方觉得有点困了，于是他倒在床上就睡，一觉睡到太阳偏西。他急急忙忙来到刘中兴家里，一看大家都回来了，就把自己上午看到的、听到的说了一遍。刘中兴听完张国廷的话，显得有些不高兴。他说："国廷，你任务完成得很好，但是我还是要说说你，谁让你返身回毕店街看热闹的？万一被人看出破绽，你咋办？我们不管干啥，都不能心存侥幸。再说，你昨晚在花仙阁，遇到的虽然是个要饭的，但是他要是认出你咋办？以后我们再去执行这样的任务，一定不能大意。"

大家原以为张国廷听了批评会吃不消。谁知道张国廷笑笑说："中兴提醒得对，我是有点冒失了，我只想看他们的反应，没有想到万一，以后我谨慎点就是。"

焦焕珍说："中兴老表说得对，我们不能大意。"他是从源潭街直接回粪堆王的。

焦焕珍昨天晚上第一站是傅弯。傅弯是一个大村寨，人口上千，寨子里设有警局分局，寨外还有护城河，近来不知道什么原因，一到天黑就关闭寨门，拉起吊桥。焦焕珍一看无法进入寨内，就决定直奔源潭镇。

到了源潭镇，焦焕珍可是露了一手。源潭镇是个大集镇，纵横八道街。路过三眼井时，他心想天亮后人们就会到井边挑水，于是他在辘轳的架子上贴了一张。而后，他就急匆匆地到了大十字街口。在这里，他看到了戏园子贴的海报，他也看不懂那海报上写的是什么字，但是他灵机一动，觉得在海报下面贴上一张，看的人一定少不了。于是，他就在海报下面贴了一张。他又一想，戏园贴海报的地方肯定不止这一个地方，肯定还有其他地方，于是他就顺着街道往前走，果然在不远的地方又出现了戏园的海报，于是他又麻利地贴了一张。就这样他一连贴了十几张。摸摸怀里的传单，还有不少，该往哪儿贴？他突然想到了学校，如果能在老师们住的地方或办公的地方，隔着门缝把传单塞进去，岂不是很好？老师们可都是识文断字的人，都是有文化的，肯定能够看懂传单。于是他顺着十字街口，往北走了一会儿，闪身进了山陕会馆。

山陕会馆又称关帝庙，原是很有名气的，庙宇由大殿和配殿组成。配殿里武圣关二爷常年端坐在那里手不释卷，周仓手持青龙偃月刀站在关二爷的背后威风凛凛。关帝庙前院左右竖立的两根铁旗杆更是闻名遐迩，远近皆知。有人以夸张的手法极言其高，声称："唐河的塔离天一丈八；源潭街的铁旗杆，离天一桃干；赊店街的春秋楼，一直插到天里头。"不知道何时，人们在这里办起了新式学校，而且在唐河县火了起来。焦焕珍很想让手里的传单在这所学校里火上一把。

焦焕珍虽说不识字，但是学校里啥样的房子是教室，啥样的房子是老师的住所，啥样的房子是老师们批改作业的办公室，他还是知道的，因为他前几年曾经在湖阳学校盖过教室和教工宿舍。他没有费多大工夫就在教室后面看到了一排整齐的教师宿舍，一阵兴奋促使他一个不落地把传单塞了进去。当他走出源潭镇东关时，天已经大亮了。

焦焕珍的做法，让刘中兴和大伙受到很大启发。老师们都是识文断字的人，都是对社会政治极为敏感的人，传单到了他们手里，还怕扩散不出去？还怕世人不知道共产党的主张？刘中兴笑着对焦焕珍说："老表，你这一回真是露了一手。"

焦富建在汇报时说："我和汉昭两人倒是一路顺畅，没有费多大劲儿就贴到了县城东门。可我听元伦说，他和书山两个出了一个大洋相，元伦，你俩咋搞的？再给我们说道说道。"

焦富建几句话把大家弄得一头雾水。刘中兴连忙问刘书山："小叔，咋回事？"刘书山说："让你元伦大爷说吧。"接下来刘元伦的一番话让大家笑得前仰后合。原来他俩到大河屯后，正逢街南头唱越调戏。他们趁人们集中精神看戏的时候，在戏台台柱子上贴了几张，转身就顺着南驻公路一路往涧岭店街方向贴去。但是回来时在下路的三岔路口迷了路，竟然分不清东南西北。两人走着走着，看到眼前隐隐约约出现了一座山，元伦说："书山，咱们俩咋跑到东山啦？"书山看看说："天哪！毛老总，这不是王李盘南地的冢子疙瘩吗？""毛老总"是大伙送给刘元伦的外号。刘元伦定睛一看，说了一声："对呀，咱俩咋会把路走反了，我说咋会越走越看不到头呢？"

第四章　太白顶群英聚会　仝中玉上海寻亲

革命从来都是伴随着大风大浪的，没有风浪的革命可能就不是革命，在革命的风浪中，一些人乘风破浪，奋力前行，即便献上青春、性命也在所不惜，一些人却被风浪淹没了，他们呛了几口水，就畏缩了，甚至变节了。刚刚恢复了元气的中共鄂豫边区组织，仍然面临着潜在的挑战，突发事件随时都可能发生。

1934年春，陶汉回襄樊省亲期间，竟然禁不住"朋友"的劝说，向敌人自首了。陶汉自首变节，直接给新成立不久的新野县委带来了致命的打击，这也是新野县党组织在不到一年时间内经受的第二次打击。接二连三的打击，杨文也受不了了。他感到前景渺茫，胜利无期，便自行脱离了党组织，到开封教书去了。受此影响，当地不少党员退党了。仝中玉心急如焚，不得不再次出面收拾危局。他和当地共产党员闫文甫，冒着生命危险奔走在新野东部地区，最终把失散的共产党员收拢起来，建立了中共新野东区委员会，区委书记的重担也就落在了闫文甫的肩上。

不久，刘毅然领导的镇平县东部地区党组织浴火重生，建立了中共镇平县东区委员会。一天，刘毅然兴致勃勃地走向平东镇，他准备到那里召开党员会议，传达张星江从苏区带回来的指示。突然，他发现李思茂迎面走来。

李思茂原来也是中共镇平县委委员，他和刘毅然既是老朋友，又同为县委委员，经常在一起活动，相处得也很融洽。去年，镇平县委机关被破坏后，李思茂一直下落不明。有人说他被捕了，有人说他可能牺牲了，当然也有人说他逃跑了。出于关心，刘毅然曾经四处打听他的下落，想和他一起共同努力，重建党组织，但是李思茂就像从人间蒸发了似的，一点消息都没有。因此，当李思茂出现在刘毅然面前的时候，刘毅然显得有些突然，也有些吃惊。李思茂一眼就看出刘毅然的惊愕。因此，不等刘毅然说话，李思茂就说："毅然，感到突然吧？我可是死里逃生出来的。出来以后，我就一直在找你。"

"你一直在寻找我？"

"对呀！我也是最近听说你在平东活动，所以就到这里找你来了。"

虽然刘毅然过去和李思茂的关系一直都很好，但是毕竟这么长时间没有见过面了，他还是不是过去的李思茂？刘毅然心里不得不打上一个问号。于是刘毅然试着说："老李，这些日子你到哪里去啦？我也是到处找你，一点消息都没有。想不到今天在这里遇上了你。"

李思茂说："说来话长，一言难尽。我被他们抓到后，趁着夜色逃了出来。东躲西藏，最后就躲在亲戚家里，一直不敢露面。后来，在亲戚家里我遇上了老同学安世康，他父亲在国民党省党部任职。"

刘毅然突然感到情况不妙，就问道："安世康？我怎么没有听你说过？"

李思茂说："别太紧张嘛，毅然。安世康是我小学时的同学，我和他也很多年没有见过面了。他不知听谁说我藏在亲戚家里，就找上门来了。安世康知道我是共产党员，就说：'你们的党已经完了，现在剩下的几个整天东躲西藏，还能翻起大浪？你别再跟他们瞎胡混了，再混也混不出啥名堂。我父亲在省党部，我看你也不要躲藏了，出来和我一起为国民政府效力吧？'"

刘毅然听到这里，已经判断出李思茂已经叛变了。但是李思茂没有挑明，刘毅然也不好挑明，就顺着话茬儿说："你答应他啦？"

"毅然，我能不答应吗？我当时心里也很痛苦，觉得答应他吧，党内的同志一定会戳着我的脊梁骨，骂我是软骨头，骂我是叛徒；不答应吧，我刚刚摆脱追捕，再躲也躲不下去了。思来想去，我总不能一辈子东躲西藏啊，于是我狠狠心对安世康说，就听你的吧，但是我有个条件，你要保证我的安全。"

刘毅然全明白了，他觉得没有必要再和李思茂谈下去了。他强压着胸中的怒气，平静地说："老李，人各有志不能勉强，你要投靠敌人，我也没啥说的。不过，从今往后，咱俩的朋友就做到头了。"

"不能啊，毅然，正因为咱们是朋友，我才到处找你，希望你我有难同当，有福同享。"

刘毅然回答说："算了吧！什么有难同当？什么有福同享？党现在处在危难之中，我们的同志每天都有人在流血，每天都有人牺牲，你这是'有难同当，有福同享'吗？"

　　李思茂说："怎么不是呢？共产党现在朝不保夕，你我天天担惊受怕，吃了上一顿还不知道下一顿能不能吃上，你还留恋什么？只要你和我一起干，今后就不用东躲西藏担惊受怕。"

　　刘毅然说："好啦好啦，别说了。你走你的阳关道，我走我的独木桥，咱们各走各的路吧。今天咱们权当是没有见过面。"

　　李思茂觉得再说也无用，就语带威胁地说："刘毅然，你就是一头犟驴，我好心好意劝你，给你一条路走，你却这样不识抬举！各走各的路？你也不想想你还有路走吗？你回头看看！"

　　刘毅然下意识地回头看了一看，只见不远处有十几个民团正尾随其后。他顿时明白了，这一切都是李思茂和他们布下的局。于是，刘毅然怒道："李思茂，你口口声声说我们是朋友，原来你给我下了套。你愿意当敌人的走狗就自己当去，为什么要出卖我？"刘毅然说罢，趁李思茂没有注意，猛地把他推倒在地，拔腿就跑。那些民团见状，边追边喊："那个儿！别跑！站住！再跑就开枪了！"

　　刘毅然拼命地往前跑，一心要摆脱敌人的追赶。但是，他终究没有躲过敌人的子弹。刘毅然倒地后，睁大眼睛骂道："李思茂，你真无耻。你出卖朋友，出卖组织，不会有好下场的！"

　　刘毅然牺牲了。他的牺牲，差点让镇平党组织再次出现断层。但是，革命自有后来人，刚刚入党不久的马三更继承了刘毅然的遗志，接过了镇平县东区代区委书记的重担。马三更自从认识仝中玉后，就萌发了跟随仝中玉干革命的愿望，杨老板也很支持他的想法，就把他介绍给了仝中玉，仝中玉自然是求之不得。从此马三更就在仝中玉的领导下参加了革命，刘毅然更是有意培养马三更，把他带在自己身边，不久前他和仝中玉一起介绍马三更入了党。现在，刘毅然牺牲了，但是革命工作总得有人接着干，所以，仝中玉对马三更说："三更，革命就像是接力赛跑，一棒接着一棒。刘毅然同志牺牲了，但是我们还必须接着往前跑，你就接着下一棒继续干吧。"马三更说："我行吗？我可是一点经验都没有。"仝中玉说："三更，我相信你能够挑起这副担子，你先干着，经验是靠不断积累的，干得多了，经验就有了。有什么问题，不是还有我吗？"就这样，马三更做了代区委书记。

　　刘毅然的牺牲，让张星江十分痛心，不久前，他还向刘毅然传达党中央会议精神，没想到没过多少天，刘毅然就牺牲了。这件事也使张星江更加清醒地认识到，没有枪杆子做后盾，一切工作都会显得很脆弱。

张星江再次想到了朱总司令对他的嘱咐，决心建立一支真正意义上的红军游击队。在之后的鄂豫边工委会议上，张星江深刻地分析了一年来工委的经验教训，他对仝中玉和张旺午说："现在看，我们最大的教训就是没有及时拿起枪杆子，就是没有打响革命武装斗争的枪声，所以在凶恶的敌人面前一再被动挨打。我们在唐河、桐柏、泌阳交界处虽然建立了几支农民游击队，但都是夜聚明散，主要任务还停留在发传单、割电线的阶段，对敌人还构不成真正的威胁。为此，我们需要尽快拿起枪杆子，建立起一支正规的红军游击队，同敌人真枪实刀地过过招。"

仝中玉说："1927 年中央八七会议上就提出了'政权是由枪杆子中取得的'的理论，没有革命的枪杆子，就没有革命的一切。我支持你这个想法。"

张旺午说："鄂北根据地丧失之后，我和陈香斋潜回泌阳，组建了一支十几个人的农民自卫队，但目前有人无枪。地主老财看家护院都有枪，可是我们的自卫队连打兔子的坡枪也没有。星江的主张，我支持。我们下一步就是要抓枪杆子，尽早把红军游击队建立起来。"

张星江说："既然我们三个人意见一致，我提议近期召开各县负责人会议，专门研究武装斗争和建立根据地问题。"

仝中玉接着说道："我没有意见，会议地点就选在桐柏太白顶吧，那里隐秘安全。"

在桐柏县城西南方，有一座高耸入云的山峰叫作太白顶。太白顶是桐柏山主峰，四周群山环绕，峰峦起伏，东西南北绵延不断，向东和大别山相连，向北和伏牛山脉接壤，往西则伸向鄂北山区。在这片神奇的土地上，流传着许多世代相传的神话传说和故事。大禹治四渎，四渎之一的淮渎就发源于太白顶北麓，经桐柏县城奔流东去。晴日，站在太白顶上，向南望去，无边无际，那里是湖北原野，太白顶就像一座界碑，湖北河南就此两分。

太白顶也是出家人清修的好去处，山顶云台禅寺常年香客不断，声名远扬。寺院分前后两个院落，前院是佛门圣地，后院乃是一处千年道观，佛道共处一地，在全国也是少见的。

　　从太白顶寺院下来有一个较为平坦的山坡，山坡上有条通往山下的便道，往西北方向下到半山腰，可以到达桃花洞，那里有座著名的尼姑庵，是尼姑夜伴青灯的地方，再往下走到山底便是淮河源头了。从便道往东北方向走上一两个钟头，可抵达水帘禅寺，水帘禅寺右边乃是天下闻名的水帘洞。水帘洞距地面约二十余米，传说就是当年齐天大圣孙悟空居住的地方。从洞口上面山顶倾泻而下的瀑布，就像一个帘子挂在洞口外面，水帘洞的得名也由此而生。水帘瀑布直落山涧，老远就能够听到瀑布发出的轰鸣，这阵势比江苏连云港花果山的水帘洞要壮观得多。

　　1934 年 8 月的最后一个早上，太阳刚刚出来，山下就来了几位香客，他们穿过水帘禅寺的红色围墙，一路上行，汗珠顺着脸颊直往下淌。这几位香客不是别人，一个是中共鄂豫边区工委书记张星江，一个是中共鄂豫边区工委组织部部长仝中玉，一个是马三更。一路上苍松翠柏，古木参天，偶然也能够看到红红的野山枣和黄皮白肉的小棠梨。不过，他们并不是来游山玩水的，他们没有心思欣赏眼前的壮美景观。

　　山里小路石头多，坡陡路斜，一不小心就会摔上一跤。沿着小路左转右转，上上下下，越往上越难走。仝中玉抬头往上看看说："星江，你第一次来吧，坚持一下，很快就到山顶寺院了。"

　　这地方对于仝中玉来说并不生疏，桐柏起义之前他在桐柏鸿仪河学校从事党的地下工作（鸿仪河就在太白顶山下西北方向）。在此期间，他曾经几次到过太白顶，还和寺庙里的一个姓郭的执事有过几次不错的交往。这也是仝中玉建议在这里开会的原因之一。

　　听到仝中玉的话，张星江抬头向上望了望说："还远着呢，俗话说看山跑死马，看着近走着远，再加把劲吧。"

　　到底还是马三更年轻，他一路走在前面，不时地停下来回头看看两位领导。马三更悟性也很强，许多道理一说他就领悟了。镇平县东区委员会的建立，也有他的一份功劳。当时他和刘毅然一起串乡走户，最终把那些愿意继续革命的同志聚集在一起。刘毅然说马三更精力旺盛，工作热情，不怕吃苦，警惕性高，是个靠得住的年轻人。刘毅然牺牲后，马三更接过镇平县东区委员会负责人的担子，很快便查清了内部的泄密者，完成了东区党组织的重建工作。现在，仝中玉要带着他参加这次决定边区斗争前途的重要会议。

　　走在后面的仝中玉对张星江说："当初，要马三更担负起镇平东区负责人的担子，他说是赶鸭子上架，老嚷着要我派人替换他。经过这段时间的历练，这小伙子成熟多了，如果游击队建立了，就让他到部队锻炼锻炼。"

张星江说："好啊，革命就是个大熔炉，走进这个熔炉，就能炼成钢铁。让他到游击队锻炼锻炼，也是好事，是应该给他们锻炼的机会，让他们快点成长起来。"

他们俩正说着话，马三更在前面喊道："两位领导，这儿有泉眼，正好解解渴。"

张星江近前一看，在绝壁上有一个碗口大小的洞口，一汪清泉从中喷流而下，把绝壁下的路边冲刷成了一个小水坑，泉水沿着路边的小水沟向山下缓缓流去。不知何时何人在旁边的绝壁上刻着两个篆体大字——"凉泉"。走了半天，也真有点渴了，张星江用双手掬了一捧泉水喝了一口，说道："甜，好甜，清凉解渴。中玉，你也来喝一口。"

仝中玉说："我喝过，比唐河县城南泉的水还要甜，还要清凉。"

也不知又转了几个弯，翻过了几道坎，他们终于看到了山顶寺院的一角。快到岔路口时，仝中玉下意识地向西北方向指了指，说道："那边的小路就是到桃花洞的路。"说话之间，他发现有几个人影正向这边走来。他又仔细地看了看，对张星江说："是他们，走在前面的不是恒坦吗？后面的四个应该是刘挺贵、尚子染、闫文甫、张西歧。没有想到他们这么快就到了，原来我估计他们天黑能到就不错了。"

张星江说："既然他们也到了，我们就在前面路口等着他们，正好咱们坐下喘口气。"

贾恒坦也看到了张星江、仝中玉他们，他和刘挺贵、尚子染、闫文甫、张西歧等人也加快了脚步。一年来，大家分分合合，现在终于又会合在一起了。尚子染现在是中共泌阳县委书记，张西歧是中共桐柏县委书记，刘挺贵是中共桐柏县委委员，贾恒坦是中共唐河县委书记，闫文甫是中共新野东区委书记。光看这些人物的头衔，就知道马上要召开的这次会议意义非同寻常。

一年来，这些人都是提着脑袋过来的，每个人都有一番惊心动魄的经历。在敌人制造的白色恐怖中，他们却始终不惧艰险，不改初心，扛着革命的旗帜一路前行。张星江风趣地对大家说："大家今天能够会聚在一起真不容易啊。猫有九条命，我们这些人就是属猫的。什么白色恐怖，什么天崩地裂，都奈何不了我们。"张星江说这话的时候，大家的心情都是一样的，既有相聚在一起的高兴，也有对沧桑经历的感慨，同时还有对革命前景的审慎与乐观。

张星江接着告诉大家："我们选在这里开会，是因为这里干扰少，比较安全。可是，我们一下子来了七八个人，也挺显眼的。为了减少麻烦，避免被人怀疑，我们是以香客的身份出现的，出点香火钱还是必要的，我们要在寺院里住下，吃斋饭，你没有点表示就说不过去。由中玉出面和寺院联系，佛门是静修之地，大家说话要注意。我们商量问题也不在寺院里面进行，上了香火钱之后，我们就以逛风景的名义到外边找个僻静的地方开会。对那些和尚也要保密，不能在他们面前透露我们的身份，不能让他们知道我们是来干什么的。"

仝中玉补充说："星江同志说得很明白了，保密问题是头等大事。那些和尚道士尽管都是出家人，不关心尘世的事情，但是我们也不敢保证他们当中没有多嘴多舌的，假如让他们知道了，无意中透露出去，就会坏大事，所以我们还需要保持警惕。同时，上山的人并不止我们，烧香许愿的，游山玩水的，该来的人都会来，我们千万不能麻痹大意，不能走漏半点风声。"

其实，不用他们两个多说，大家也知道什么话该说，什么话不该说；什么事该做，什么事不该做。残酷的现实告诉他们每个人，走错一个地方，说错一句话，就可能给自己、给组织带来意想不到的麻烦，甚至给自己惹来杀身之祸，给组织造成难以挽回的影响。

仝中玉走在前面，张星江等紧随其后，大家来到了寺院山门口。仝中玉在山门口买了香，就带大家一起进了大雄宝殿。大殿上，庄严肃穆，香烟缭绕，如来佛慈眉善眼，端详地坐在那里，慈爱地注视着每个来朝拜的信男善女。仝中玉上了香，就带上马三更拐了一个弯，在一间禅房门口停了下来，喊道："大师在吗？"

里面走出一个老年僧人，挺精神的。仝中玉急忙走上去，说了一声："大师，还认得我吗？"仝中玉知道那僧人是寺院的执事之一，专管知客事宜。他看看仝中玉，迟疑了一会儿，问道："施主认得贫僧？"

"大师把我忘了？我原来在鸿仪河学校教书啊，几次来这里拜会大师您呢。"仝中玉说完，恭敬地站在僧人面前。忽然，僧人开口说："阿弥陀佛，施主好几年没有来了。我想起来了，你说你家是唐河的，对吧？"

"大师想起来了？我家就是唐河的。我记得大师说过，您老家也是唐河的，在大河屯西南的郭家庄，姓郭。"

"那时你比现在胖多了，现在瘦了。"

"难怪大师一下子认不出我了。唉，说来话长。"仝中玉正准备往下说，郭执事说："进屋进屋，屋里说吧。"

进得屋内坐定，仝中玉说，"大师，您可是一点都没有变啊，依然身体健康，精神矍铄。"

"阿弥陀佛。托施主吉言。"

仝中玉起身从马三更手里接下一个小包，递给郭执事，说："一点意思，略表心意，是我们供奉佛祖的香火钱。"

"阿弥陀佛，善哉，善哉。佛祖会保佑你们的。"

"这几年，我一直在外面跑生意。现在世道很乱，生意越来越不好做。前一阵子，亏了大本钱，几乎做不下去了。一起做生意的朋友们都说，上山拜拜佛祖吧，祈求佛祖保佑我们生意兴隆，把本钱翻过来。我听了觉着有理，就带着大伙儿来了。"

"阿弥陀佛，善哉，善哉。"

"大师，可否在寺内安排一间客房，容我们住上一宿，也好让我的朋友们在山上转一转，散散心，去去晦气。"

"善哉，善哉，施主放心就是了。"

当年仝中玉听说郭执事家在唐河大河屯后，曾经通过关系了解了一下情况。这个郭执事，在老家的名字叫郭永亮，年轻时他家和邻村的地主发生了土地纠纷。一天，他父亲正在麦场里打麦，地主带着几个狗腿子来到麦场，硬说郭永亮的父亲偷割了他家半亩麦子，要拉走打下的麦子，双方发生了激烈的口角。郭永亮一怒之下抢起铲子胡乱戳起来，狗腿子伤的伤死的死，老地主一看急忙逃跑了。他父亲一看他打死打伤了人，就对郭永亮说你快跑吧，跑得越远越好，永远别回来。郭永亮从此走上了逃亡的路，他东躲西藏，最后他实在无路可走，就上太白顶云台禅寺当了和尚。照理说，太白顶离他家不到二百里路，但是为了不连累家人，他和家里断绝了一切来往。那老地主自然也不肯善罢甘休，就到县衙告了一状，但是捕快来抓人的时候郭永亮已经无影无踪，于是，捕快就抓了他父亲顶罪，他父亲感到世道黑暗，生活无望，于是在牢里绝食死去。当仝中玉第二次到寺院把他父亲死在狱中的消息告诉郭永亮的时候，郭永亮虽然眼泪丝丝，但似乎显得很平静，什么也没有说。郭永亮的棱角早就被修行的岁月磨平了。

中午吃罢斋饭，张星江、仝中玉就和大家一起"游山玩水"去了。大概是天气太热，上山进香、游览风景的人不是很多。张星江他们来到寺院东边茂密的松树林里坐了下来。张星江说："同志们，现在开会吧。这次会议和往常一样，只准心记，不准笔记。会议重点就是听取大家的工作汇报和研究下一步工作，落实中共中央六届五中全会和'第二次全国苏维埃代表大会'的精神，最主要的是研究武装斗争和建立根据地的问题。"

张星江在谈到两次会议精神时，强调了党在国民党统治区的斗争任务，特别强调了要落实朱德总司令关于在敌人力量薄弱的地区建立根据地、开展武装斗争的指示。结合鄂豫边区面临的新形势新任务，张星江提出一方面要巩固、发展农村党组织，继续依靠和发动农民群众开展反对苛捐杂税的斗争，同时要大力宣传中共反蒋抗日的主张，批判蒋介石"欲攘外先安内"的卖国方针。另一方面，从现在起，要把反蒋抗日和反对苛捐杂税同开展武装斗争结合起来，把落实总司令的指示当作今后工作的重点来做。

眼看太阳快要落山了，仝中玉说："星江同志，今天的会议就到这里吧。晚上，我们也不便出来。所以，汇报工作就放在明天上午。"

张星江说："那好，我刚才说的时间太长了。明天大家都拣重要的说。"

晚上，趁大家闲聊的机会，张星江和仝中玉走出了寺庙大门。张星江对仝中玉说："我们这次会议要通过会议决议，我们要不要打破原来的规定，做好会议记录，整理后到上海向中央汇报？"

仝中玉说："不要，我们定的保密规定，现在还不能破。有一个两全其美的办法，就是会上不做记录，会后我会凭着记忆把有关决议整理出来，你来审定。"

张星江说："好，就这么办。"

晨钟暮鼓，第二天天还没亮，寺院的钟声就敲响了。传说，这钟声几十里外的地方都能听到呢。僧人们依次进入经堂，开始了一天的功课，这是出家人每天必做的第一件大事。诵经的声音，在凡夫俗子听来也许有点枯燥，但是在出家人心里，多诵一遍就多一分功德圆满的机会。马三更在经堂外面向里面看看，他觉得挺有意思。那些僧人个个盘腿而坐，双手合掌，双目微闭，口中念念有词。当然他只能听出"南无阿弥陀佛"的声音，听不出其中的奥妙和玄机。

张星江、仝中玉看和尚们都"做功课"了，觉得大家也该"做功课"了，就和大家一起出了山门。望着东方的山峦，曙光初露，阳光尚未穿透云层。清晨的山顶，空气格外清新，大家围着一块硕大的青石坐定，简要地汇报了各地党组织的斗争和发展情况，以及今后的打算。

张星江听了大家的汇报，特别是听了闫文甫的工作汇报，再次感受到了武装斗争的紧迫性。他说："一年来，我们虽然站稳了脚跟，工作也很有起色，但是我们要始终保持清醒的头脑，我们还需要走很长很长的路才能够接近我们的奋斗目标。和强大的敌人比较起来，我们还是很弱小的。我们要由弱变强，就必须拿起枪杆子。没有枪杆子，我们的拳头就不是铁的，没有强大的战斗力，一切都是空话。往小处说我们连自己的生命都保不住，往大处说就无法把劳苦大众解放出来，就没有革命的最后胜利。所以，武装斗争要成为我们今后的头等大事，大家一定要重视起来。我们今天就要围绕着这个问题，拿出我们的具体意见和计划。大家要开动脑筋，好好盘算盘算。"

上午的会议上，张星江接着早晨的话题说："昨天下午我传达了朱德总司令的指示，他要求我们在'三不管'的地方建立红军游击队，建立革命根据地。依我看桐柏山就是一个打游击的好地方。"

接着，张星江分析了在桐柏山山区打游击的有利条件。第一，山多林密，方圆一二百里，有一定回旋的余地，游击战，没有回旋余地就无法开展游击战。第二，桐柏山山区是湖北、河南交界的地方，周围分别是信阳、随县、唐河、泌阳和桐柏管辖的地方，敌人的统治力量和兵力都相对薄弱，有利于我们施展拳脚。第三，桐柏山山区的老百姓日子过得都比较苦，穷则思变，容易争取他们跟着我们一起闹革命。第四，我们在唐河、桐柏、泌阳、新野、镇平有一定的组织基础，积蓄了一定力量，这些地方可以比较容易地为我们输送兵员，为我们提供强大的后援。

张星江这么一分析，大家都觉得很有道理。刘挺贵说："我说这次会议地点咋会选在太白顶呢，原来星江同志早有想法了，你是想让我们感受感受未来的游击战场啊。"

仝中玉说："老刘，你说得很对，星江同志确实有这个意思。大家可以讨论一下，这个想法行不行？我们下一步能够为此做些什么。"

太白顶会议紧锣密鼓开了一天多，总结了工委成立以来的基本成绩和经验教训，提出了今后一个时期内的主要斗争任务和方略，通过了要在桐柏山山区开展游击战，建立革命根据地的决议。会议还作出决定，要求仝中玉尽快去上海和党中央取得联系，向党中央汇报会议决定，请求党中央的支持。

下山后，仝中玉连夜赶写了《中共鄂豫边区工作委员会太白顶会议决议》，张星江看了连声称赞："老兄文笔厉害呀，这么快就写好了。联系上海的事，你到南阳去见老方，他会告诉你联络地点和联络方法。下面的事交给你了，你就辛苦辛苦吧。早去早回，我这里还等你的消息呢。"

三天后，仝中玉已经出现在白河客货双运的木帆船上。在其他乘客和船夫看来，他是一个斯斯文文的白面书生，几张新近的《中央日报》几乎没有离开过他的手，总是走到哪里带到哪里，那副眼镜一直罩着双眼，连闭目养神时也没有取下来。只有他自己心里清楚，这几张报纸只不过是掩护身份的道具，那眼镜是为了遮人眼目，同时也让自己察看周围环境时更为便利。从白河进入汉水，两岸风光无限，陡峭的河岸，平坦的原野，都没有给他留下多少印象，他心里想的就是如何和党中央取得联系。老方交代的联络地点和联络信号，他都一一记在心里。

一路上还算顺利，船到汉口码头后，仝中玉没有费多少时间就买到了去南京的轮船船票，他打算在南京换乘火车到上海。他看离开船的时间还早，他想在码头附近转转。转着转着，他突然发现前面有一家小饭馆，这时他才感觉到饥饿，从昨天中午到现在，整整一天多没有吃东西了。于是，他走进了这家饭馆，向店家要了一大碗热干面。那碗热干面有点辣，不太合自己的口味，可是出门在外哪有那么多讲究呢？吃着吃着，突然外面警笛声呼啸而过。他往外看了看，判断这笛声并不是冲着他来的，就继续吃起热干面来。

他正要离开，不料听到一个女人喊他："任先生，你这是去哪儿？"好久没有人叫他的化名了。仝中玉听那声音，好熟悉啊。他抬头一看，不是别人，而是原南阳中心县委宣传委员沈丽君。虽说他担任南阳中心县委书记时，沈丽君已经接到调令到荆州那边去了，但他们原来还是挺熟悉的。

仝中玉看到沈丽君，暗自吃了一惊。他心里直犯嘀咕："咋会在这儿碰到她？"但是他嘴上却说："真巧了，他乡遇故人哪！你这是到哪儿？"

"唉！一言难尽，在家日子不好过，准备到上海找姐姐去。我已经买了明天上午的船票。你这是到哪里呀？"沈丽君再次问他。

"我呀？连我自己也不知道去哪里好啰。这几年日子很苦，原来的饭碗丢了，我想托朋友帮忙在汉口找个差事混口饭吃，谁知道朋友很为难，所以准备回老家重操旧业，找个安稳的地方教书去。"仝中玉在没有弄清楚沈丽君的身份之前，只能用谎话打发她。

"哎呀，你想教书啊，荆州那边我有朋友，他可以帮你，要不我给你写封信，你去找他们试试？"沈丽君热情地对他说。

从沈丽君的话里，仝中玉判断她对自己并没有恶意，就试探问她："这么多年不见了，你现在在哪里高就？"

沈丽君也是做过地下工作的，当然看得出仝中玉是在试探她，就说："我的日子也不好过，既然不好过我就不过了，啥也不干了。我回了襄阳老家，父母逼着我嫁人，嫁给一个比我大十几岁的当官的，我死活不愿意，父亲把我大骂了一顿，还不许我走出家门。"

"你这是逃婚吧？"仝中玉试探着说。

"给你猜对了，不跑，我非得给他们逼死不可。不过，你要是想去荆州，我还是可以帮你的。"

"原来是这样，你去上海要是顺利就好，要是不顺利就到南阳找我。荆州那里我不太想去，那里一个熟人也没有。"仝中玉看沈丽君没有回应，便说："我呢，要到火车站买票，告辞了。你一个人出远门也要注意安全。"

仝中玉辞别了沈丽君，心里也不是滋味。这位很有个性的姑娘，这位曾经追求光明的姑娘，有没有出卖同志出卖组织？他无法判断，但是，他初步判断她可能脱党了。不过，他也看得出沈丽君对自己没有一点恶意，这倒让他心中的一块石头落地了。不知道怎么回事儿，仝中玉心里一直惦记着她说的那些话。

1934年9月，仝中玉到上海之后，按老方给出的地址，出现在上海虹口区的一家教堂开办的学校门口。看门的看他一副书生模样，问也没问就让他进了学校。他来到教师住宅区，看到西排房第二间房门紧闭，就走上前去敲了敲。

门开了。仝中玉一看大吃一惊："怎么是你？"

"你也到这里来啦?"问话的不是别人,正是沈丽君。

"哦,这真是千里有缘来相会啊。"

话说之间,从里屋走出一位男士,高高的个头,方正的脸庞,上衣口袋上别着一支钢笔。他一口纯正的山东口音,接着仝中玉的话茬问道:"笑问客从何处来?"

仝中玉马上说:"我呀,白云生处有人家。"

"同志!"

"同志!"

这两个男人拥抱在一起,互称对方为"同志"。这几句脍炙人口的诗句正是老方交代给仝中玉的联络暗语。

"丽君,快看,这是我们自家人。"

站在一旁的沈丽君说:"姐夫,这就是昨天晚上我给你说的在汉口遇到的老任同志。"

"啊,原来你们早就认识。"

"对呀,我在南阳中心县委工作时,我们就认识了。他刚上任当书记,我就调荆州了。任书记,忘了介绍了,他就是我姐夫刘顺元,他在这里教英语。"

"哎呀,我判断错了,我还以为你脱党不干了呢。"仝中玉苦笑了一声说。

"听得出来,在汉口你对我有误会。不过在那种场合,我们都无法解释。"沈丽君说,"我当时就觉得你不是回河南南阳的,后来发现我们坐的是同一条船,你上船的时候我就看到你了,你在南京下船的时候我也看到你了,我一直在躲着你哩。我猜想你是在南京转乘火车的,对吧?我也是,但到南京后我没有看到你。在上海我轻车熟路,很快就到这里了,你是人生地不熟,找了一天才找到这里。我说的对不对?"

仝中玉说:"对呀,丽君,你说的一点都不错。刘顺元同志,张星江同志让我向你问好。"

"好着呢,星江同志也好吧?他到苏区开会还是我送他们去的。当时和他一起去的还有河南代表王国华、段永健等人,听说其中有个人是王国华的弟弟,叫王春义。"

"对,星江同志说过这事,我这次来是向党中央汇报和请示工作的。"

"好,中玉同志,你刚刚到这里,先在对面玛利亚酒店住下,待会儿我带你去。明天我找你。"

刘顺元，山东博兴人，1928年毕业于北师大英文系，在读书时加入了中国共产党，现在是中共中央联络员。全中玉觉得刘顺元让他先住下自有先住下的道理，也有可能要对自己的资格做个确认，所以也就不多说什么了。

第二天上午，全中玉等了很久，刘顺元才出现在他下榻的房间。他对全中玉说，"让你久等了，沈丽君已经回湖北了，刚才我去送她，她要我向你表示歉意，原谅她不辞而别。"

"啊，原来是这样！丽君可是个很细心的人，她在汉口说的话，让我猜想了很久，还是猜错了，我还以为她被严酷的形势吓倒了，回家不干了。"说罢，全中玉问："这家酒店房钱很贵吧，我要不要换个地方住？"

刘顺元笑了，"不用换了，房钱不用你操心。住这里主要是考虑安全问题。上海这个地方，国民党特务多得很，他们的眼线也多得很。现在你住的这家玛利亚酒店，因为有洋人的背景，所以那些特务一般不会到这里乱来。你说说那边的情况？"

于是，全中玉急忙把长衫底线拆开，取出《中共鄂豫边区工作委员会太白顶会议决议》，递到刘顺元手中。然后他把鄂豫边区党组织的现状和桐柏山太白顶会议的情况作了简要的陈述，他指着那份文件说："这份文件，是太白顶会议结束后，我熬了一个通宵写出来的，星江同志逐段逐句审查了一遍，请你转送党中央。我们的初步设想是在桐柏山区建立红军游击队，开辟桐柏山区革命根据地，提请党中央审议，给以明确指示。"

"中玉同志，这文件是你冒着风险送来的，我会马上作出安排，尽快转交党中央，你尽管放心。在这里你不要着急，估计一两天之内都不会有消息。你可能不清楚，中央苏区现在面临的形势非常严峻。蒋介石反革命集团调集百万大军，采取堡垒政策，步步为营，疯狂'围剿'中央苏区，战斗空前激烈。你们现在提出要在桐柏山开展游击战，向国民党地方政权发动进攻，这对牵制国民党军队对中央苏区的进攻，有很大意义。所以我想党中央是会同意你们的计划的。你先住在这里，三天后我来见你。"

"顺元同志，我们希望党中央快一点回复我们。家里的同志们都在等着我的消息呢，特别是星江同志。"

"好，我一定抓紧时间转达。这两天你也可以在附近转转，不过一定不要走远了，一定要注意安全，回来时要注意观察一下，看看有没有尾巴。"

刘顺元离开酒店后，仝中玉一个人要多寂寞就有多寂寞。当一个人只身来到一个从来没有涉足过的地方，来到一个时时都可能出现意外的地方，那种寂寞的感觉就会油然而生。想消除这种感觉，就得看"慎独"的功力了。

听人说，上海是个不夜城，到了晚上，五颜六色的霓虹灯把整个城市装扮得漂亮极了。仝中玉忍不住顺着楼梯逐级而上，走到了楼顶。他向四周望去，果然如同人们说的一样，是一个神仙般的世界。看着这个花花绿绿的世界，他又一想："好是好，但再好也是富人的天堂，穷人的地狱。"一阵凉风吹过，仝中玉觉着该回到房间休息了。

然而回到房间，他还是无法入睡。挨黑的时候，他曾经下楼往右边的大道转了一转，买了一份《晨报》和《中央日报》，回到房间后他顺手扔在了茶几上。过了一会儿他又从茶几上拿出了那份《晨报》，右上角的一则消息赫然出现在眼前：河南"共党头目"李敬之①昨日在开封被捕。看了这则消息，仝中玉一下子变得焦虑起来，他隐约感到要出大事，弄不好河南党组织会遭到重大破坏，还会连累鄂豫边区工委。鄂豫边区工委虽说不属于河南省委领导，但河南省委却是鄂豫边区工委的代管单位。鄂豫边区工委要和党中央取得联系需河南省委开具介绍信，党中央的有关文件需经河南省委转交给鄂豫边区工委。老方就是中共河南省委和鄂豫边区工委联系的专职交通员。想到这里，仝中玉有点不寒而栗。"千万别再出事呀"，这句话不知在心里重复了多少遍。

天快明时，仝中玉终于睡着了。直到第二天早晨服务生敲门送餐时，他才从噩梦中醒来。一整天，他哪儿也没有去，他心情不好，焦虑的心情一直挥之不去。

好不容易熬到第三天，刘顺元来了。"中玉同志，现在是非常时期，中央苏区那边天天都在战斗，党中央不再另发文件了，要我正式通知你们：第一，党中央已经同意你们下一步开展武装斗争和开辟桐柏山革命根据地的计划，也希望你们迅速组织起来，开展反蒋抗日、反对内战的斗争。在斗争中，要充分发动群众依靠群众，注意团结一切可以团结的力

---

① 李敬之，为虚构人名，其原型为河南省委前后两任省委书记。

量，共同打击敌人。第二，党中央现在正式通知你们，中共鄂豫边区工作委员会书记仍由张星江担任，组织部部长为仝中玉，宣传部部长为张旺午。第三，党中央也知道你们困难重重，特指示我们筹集了一点活动经费，给你们送到河南信阳大通粮行，半个月后你们派人去找大通粮行的梁老板，他自会把这笔经费转交给你们。"

不过，刘顺元给他带来的消息并不全是好消息，接下来刘顺元说："中玉同志，我也给你带来了一个坏消息，你要有个思想准备。河南省委组织系统被破坏了，省委书记李敬之被捕叛变，连累了一大批人，和你们专线联系的交通员老方同志在逃跑时牺牲了。"

"顺元同志，不瞒你说，李敬之被捕的消息，我在报纸上已经看到了，我也对可能出现的后果作了分析，预感到可能出大事，但是没有想到老方同志会牺牲。老方的牺牲是个很大的损失，这一年多来他对我们帮助特大。"

"中玉同志，你是久经考验的老同志了，我们相信你能够顶住压力。回去以后要和张星江同志一起把武装斗争搞起来，没有武装斗争，就没有一切。"

第五章　引红军战略转移　商建军再遭重挫

10月初，仝中玉辗转郑州、许昌等地从上海回到唐河，向张星江等同志传达了中共中央的指示和刘顺元的意见，又派人从信阳大通粮行取回一千"袁大头"。建立一支脱产的、拉得动、能战斗的红军游击队，是张星江和他的战友们多时的愿望和梦想。现在有了党中央的指示，有了党中央的支持，很久以来的愿望就要实现了，大家很受鼓舞。

正当鄂豫边区工委紧锣密鼓筹划成立红军游击队的时候，张星江接到了中共鄂豫皖省委书记徐宝珊的信函。送信的三个人，都是一身农民打扮，其中一个自称是红二十五军的参谋，姓刘，他受徐宝珊和红二十五军军长程子华的委派，请张星江到程湾去会面。

当时，战斗在鄂豫皖边区的红二十五军在国民党军队的重兵"围剿"中，奉中共中央命令实行战略大转移。1934年11月22日，红二十五军转移途中在襄阳虚晃一枪，掉头折返桐柏山西部，军部驻扎在程湾附近。随军转移的鄂豫皖省委书记徐宝珊知道鄂豫边区工委书记张星江在这一带活动，于是，他就和程子华等人商量寻找张星江，这个任务就落在了军部刘参谋的肩上。

张星江一听自己的部队到了，自然是十分高兴，他急忙换了一套新衣服，就随着刘参谋去程湾见徐宝珊。徐宝珊知道张星江也参加了中共中央六届五中全会，但是他们吃住和学习讨论都不在一起，因为彼此并不相识。尽管如此，两人相见都倍感亲切。徐宝珊看得出张星江对最近形势的急剧变化不甚了解，就详细地介绍了革命形势的风云巨变。也就是经过这次谈话，张星江才知道党中央和中央红军已经于10月10日就撤出了中央苏区，正在实施战略转移。红二十五军也是在这种背景下，面临敌人重兵"围剿"，被迫实行战略转移的。徐宝珊说："星江同志，我们请你来，就是想听听你的意见，了解一下当地敌情，看看下一步应该向哪里转移。军情急如火，现在我就陪你去见吴政委和程军长。"

张星江说："好，我们现在就去。说实在话，你刚才介绍的那些情况，我们原来不了解。现在了解了，这对我们下一步的工作部署很重要，该怎么办，我们心里有数了。"

不一会儿，两人就到了程湾黑明寺。在这里，张星江见到了红二十五军政委吴焕先和军长程子华。吴焕先，18岁就参加了革命，是鄂豫皖苏区的重要创建人之一，在苏区和红军中享有崇高的威望。和他搭档的程子华，也是红军卓越的军事指挥员，能够见到他们二位，张星江感到非常的荣幸。大家刚刚坐定，吴焕先就问道："星江同志，听宝珊书记说你们长期在这里坚持斗争，我和程军长特意把你请来，就是想请你介绍介绍这里的情况。"

张星江早有准备，在路上他已经想到了这个问题。听了吴焕先的意图，张星江就简单地向他们汇报了鄂豫边区工委的工作情况和准备在桐柏山区打游击的设想。

吴焕先听到张星江准备在桐柏山区打游击，就问张星江："我们二十五军撤出鄂豫皖苏区，需要开辟新的革命根据地。原来我们计划经襄阳进入川陕边区，但是部队在襄阳遇到了敌人的重兵阻击，只得绕道桐柏山区。假如在桐柏山区开辟新的根据地，你觉得行不行？"

这个问题本来不太好回答，但是之前听了徐宝珊的情况介绍后，张星江就有了一些新的看法。他略微想了一下回答说："桐柏山区是河南和湖北的交界地带，群山延绵不断，敌人的统治力量比较薄弱，这是事实。但红二十五军目标大，而国民党派出十几万人的军队紧追不舍，所以，桐柏山区恐怕不再是敌人统治力量薄弱的山区了。而且，桐柏山区距离京汉线太近，敌人调动兵力比较容易，很容易形成包围之势，所以我大军难以在此持久。"

程子华听了张星江的分析之后，说道："星江同志，你说的很有道理，此前我和吴政委也是这个意见，你的意见坚定了我们继续北上转移的决心。桐柏山区离武汉太近，离大别山也不远，我军和敌人周旋的余地太小。现在国民党军队前堵后追，四周敌人密集，如果敌军完成合围，我军将四面受敌，恐难在这里立足，更说不上有大发展，所以我军继续北上才是上策。"

吴焕先想了一想说："军长说得对。我军应该在敌军合围之前迅速冲破敌军的封锁线，向豫陕边区突围，寻机建立新的根据地。"

为了迅速摆脱国民党的围追堵截，程子华看看张星江，问道："星江同志，你是河南人，长期在这里坚持斗争，对本地情况熟悉，我们想请你给部队带带路，让部队少走一些弯路，尽快摆脱敌人的围追堵截，进入伏牛山，你有啥意见没有？"

张星江是一个大局意识极强的人，他听了程子华的话，并没有迟疑，说道："你们算是找对人了，我熟悉这里的情况，给部队做向导，我很乐意。两位首长放心，只要革命需要，我干什么都行。反正敌人现在已经盯上了桐柏山区，敌人进驻这个地方迟早的事情，我们设想的武装斗争也只好暂缓几天了。"

程子华听了张星江的回话，连声称赞他识大体顾大局，然后说道："看来宝珊同志找你找对了。星江同志，你看部队应该向那个方向转移？"

张星江说："吴政委、程军长，这个问题，我们倒是没有考虑清楚。不过我刚才听程军长说要进入伏牛山区，而后寻机进入豫陕边区，按这个路线我提个建议，你们看行不行？"

程子华说："你说说看。"

张星江说道："我建议部队迅速从桐柏、唐河、泌阳交界处进入泌阳北部山区。这一条路线是敌人力量较弱的地方，沿途没有敌人重兵把守，这有利于部队迅速摆脱敌人；更重要的是沿线都有我们党的组织，可以配合部队的行动。"

吴焕先笑笑说："程军长，你刚才说找星江同志找对了，一点也没有说错啊。"

程子华说："是啊，星江同志说到点子上了。星江同志，我们再仔细研究研究。很抱歉，我们把你们的计划打乱了。"

张星江忙说："没有没有，我原来一直从事地方工作，正好借机向你们学习学习军事斗争经验，为日后开展游击斗争积累一些本领。过一段时间，我搞起了游击队，还希望你们多多支持。"

程子华说："星江同志想得很周到，太好了。有你给我们带路，我军就可以少走弯路，尽快通过敌占区，早日实现战略大转移的目标。以后有什么需要我们帮忙的，你尽管说。"

红二十五军出发前夜，程子华又找到张星江说："星江同志，前段时间的战斗中，部队伤亡不少，有十几个重伤病员，无法随军行动。下一步我们还有许多恶仗要打，让他们继续跟着部队走，不利于他们养伤，弄不好还会危及他们的生命。所以，我想把这十几个伤病员交给你，留在这里养伤，你能不能安排一下?"

安置伤病员的事情，程子华早就有打算了。红二十五军进驻程湾后，他就留意了白莲洼的环境。白莲洼是一个不大的山村，四周群山环绕，村里只有十几户人家，人们每年都靠卖山货维持生计，日子过得很清苦。山里人敦厚淳朴，待人热情，加上这里山高林密，人迹罕至，因此，他觉得这是一个隐蔽养伤的好地方，就跟张星江提出了这一要求。

张星江爽快地回答说:"首长放心，我一定安排好。"接着张星江就把这个任务交代给了当地的党组织，这些伤病员也就被安置在白莲洼周边几个山村里隐蔽疗伤，仅白莲洼就住了八个。

红二十五军由张星江做向导，于11月23日翻越桐柏县新集附近的歇马岭，24日抵达泌阳八里岗，然后穿越唐河涧岭店，进入泌阳北部山区，11月25日在泌阳象河关与国民党守军激战竟日，突破敌军防线，随后又突破敌军在方城独树镇的防线，进入伏牛山腹地，转向鄂豫陕边区。张星江一路伴随红二十五军，在战斗中度过了十七个日日夜夜，到达豫西卢氏后，他终于出色地完成了程子华交付的任务，不久就回到了鄂豫边区。

张星江回到鄂豫边区的时候，围追堵截红二十五军的敌军已经撤出了桐柏山区。仝中玉听到张星江回来的消息，立即从新野赶到唐河和张星江见面。两人对前一个时期组织发展和即将开展的革命游击战进行了长时间的研究。

仝中玉介绍说，前些天，新野县南区、东区及新野县城的党组织已经合并，成立以徐国玺为书记的中共新野县委员会，实现了重建新野县委的目标。

张星江听到这个消息，兴奋地说:"太好了。新野县党组织接连两次遭到全局性的破坏和打击，现在终于重新站了起来。这就应了我们当初说的话，坚持就是胜利，在我们面前没有过不去的坎，没有蹚不过去的河。"

仝中玉说:"南召那边也有好消息，党员已经由县城发展到了农村，全县党员人数已经发展到三十多名，我看也可以以南召简易师范的党支部为核心成立县级党组织，担负起全县的领导工作。"

张星江问:"有合适的书记人选吗?"

"还没有，南召党组织成立较晚，有领导经验的同志不多，我们从泌阳或唐河选一人去担任县委书记，可能会好些。"

"那也不是不可以。但是从我们这边派人过去，单单是熟悉情况就要好长时间。还不如由南召简易师范党支部书记宗仁林先把担子挑起来。经验不是大问题，只要他肯干，再说有你在那边，多帮帮他就行了。"

仝中玉说："好，那就这样定。"

张星江问："成立游击队的事情，有什么新的进展？"

仝中玉说："你随红二十五军出发时，我们来不及商量，许多问题还要等你回来拿主意。总的说，我的意见是不能再拖下去了。"

张星江说："我这次和红二十五军一起行动，很受启发，真真正正见识了什么才是真枪实弹的战斗。在突破泌阳象河关防线时，我军得知国民党军队也是刚刚到达，所以不等敌军建立巩固的防线，就一个猛冲猛打，把国民党军队打得稀里哗啦。方城独树镇战斗中，我军伤亡很大，但是打得很顽强。我军在极为不利的战况下反复冲杀，终于从敌军的包围中撕开了一个口子，杀出了重围。我们要建立红军游击队，开展游击战，需要的就是这种敢打敢冲，不怕牺牲，勇往直前的精神。"

仝中玉问："程子华军长对我们准备上山打游击有什么指示没有？"

张星江说："程军长说，红二十五军也讨论过在桐柏山区创建新的革命根据地的可能性，但是听了我的情况介绍后，他们最后否定了在桐柏山区创建新根据地的意见。他们也支持我们在桐柏山区发动游击战争，但是由于敌军压境，他们认为成立游击队的时机不成熟，只能往后推一推。"

仝中玉说："他的意见也没有错。不过，红二十五军离开这里已经很长时间了，国民党的大部队也都撤出了桐柏山区，所以我认为这个事不能再拖下去了。你刚才问我有什么新的想法，我的想法就是不能再往后拖了。"

"我也觉得这个事不能拖了。"张星江说，"我最近也想了一些问题，总的感觉是，虽然现在国民党军队撤出了桐柏山区，但是形势依然是敌强我弱，京汉铁路沿线仍有国民党的重兵把守，各地普遍建立保安队，他们的武器装备都很好。我们要发展游击战争要从这个实际出发。从实际出发，应当成为我们发动游击战争的基本原则。"

仝中玉连忙说："咱们两个想到一块了，这符合当前敌强我弱的总形势。我们要从这个实际出发，所以，我们的游击队要由小到大依次发展。我们先建立一支小型的游击队，然后在战斗中不断发展壮大。只有一个排一个连的兵力，对外就不要称营称团，只有一个营的兵力就不要称师称军。这样既可以减小目标，防止敌人大规模'围剿'，又便于我们机动灵活打击敌人，积累经验，在战斗中壮大部队。"

张星江很赞成仝中玉这个分析，他也认为游击队的规模要由小到大逐渐发展壮大。而且，他还认为："与此相联系，游击队的指导思想应该是积小胜为大胜。游击队建立初期不能和力量强大的敌人死打硬拼，我们应该坚持以游击战为主，夜袭战为主，智取智胜为主。"

张星江和仝中玉两人越谈越深入，最后仝中玉提出了一个协调问题："游击队既然是一支脱产的红军队伍，就必然涉及兵源、财源、武器来源及其补充等问题。要解决这些问题，需要各地党组织的大力支持。"

张星江说道："你这么说，要不要把各县书记们召集起来专门研究一次协调问题。"

仝中玉回答说："我正有这个想法。"

张星江说："那好，就这么定了。"

光阴似箭，转眼间就到了 1935 年 8 月初。一天，仝中玉风尘仆仆从新野赶到唐河，在张新一村见到了张星江。那天适逢唐河县委书记贾恒坦和县委委员张西歧、任清华，泌阳县委书记尚子染，新野县委书记徐国玺都在场。

张星江说："中玉，你来得正好，我正要派人去找你，具体商议成立红军游击队的事情。上次我们商定要开一次协调会，我想不如召开一次联席会议吧。除了各县负责同志参加外，也邀请红二十五军伤病员派代表参加。因为那些伤病员有伤在身，不便到外面参加会议，所以我计划在白莲洼召开。他们有着丰富的战斗经验，正好听听他们的意见。从去年年底到现在，我们和党中央就失去了联系，张旺午同志到外地寻找组织关系去了，我们不等他了，先干起来再说。"

仝中玉说："好，我没意见。成立游击队的事，我们酝酿多次了，也该有个说法了。我赞同你开一个联席会议的意见，请那些伤病员派代表参加会议。"

但是，仝中玉对会议地点提出了自己的看法。他说："白莲洼那个地方从地理位置上说是不错，离平氏镇有二十多里路，又在大山里，较为僻静，确实是那些伤病员隐蔽养伤的好地方。但是他们在那里养伤也半年多了，隐蔽得再好，也没有不透风的墙。我估计现在已经是不公开的秘密了，当地的老百姓知道，当地的反动派可能也有所察觉，因此，我们这么多人去那里开会，可能会有安全问题。"

这倒是一个很现实的问题。那些伤病员在白莲洼养伤的时间确实不短了，正如仝中玉分析的那样，党组织的保密工作做得再好，也瞒不住当地人。只要有一个人有意无意走漏了风声，那就会一传十、十传百，就有可能带来安全隐患。但是，那些伤病员又无法到其他地方参加联席会议。最后大家想了一个折中的办法：联席会议还是在白莲洼开，而从安全角度考虑，会议必须在敌人猝不及防的情况下开始，在敌人反应过来之前结束。具体说，就是要求大家趁黄昏时分，分散上山，会议速战速决，当夜开始，当夜结束，大家在天明之前离开白莲洼。

然而，会议开始后，会议议程却发生了变化。张星江和仝中玉等人到了白莲洼，很快就见到了在此养伤的红军连长老王和其他伤病员。张星江开门见山地对老王说："王连长，我今天到这里来，一是看望大家，二是准备在这里召开一个联席会，邀请你们参加会议，共同商议成立桐柏山区红军游击队的事情。"

这些红军伤病员离队养伤多日了，不少战士早就想归队了，他们一听说要成立桐柏山区红军游击队，心情都非常激动。红军连长老王说："张书记，现在我们的伤也养得差不多了，战士们都想回部队去，可是也不知道部队现在转战在哪里，大家都很着急。你们要成立红军游击队，可不能忘了我们，我们能够做点什么，你尽管说。"

张星江说："王连长，哪能忘了你们，我们来到这里就是为了和你们一起开好联席会。你们都是身经百战的红军战士，有着丰富的战斗经验。我们成立红军游击队，就是想听听你们的意见，我们巴不得你们都参加我们的游击队。"

也许任清华受这句话的启示，顺势对张星江说："我提议请老王同志介绍介绍战斗经验，这对开展游击战也是很有启发的，你看咋样？"任清华这么一说，其他同志也随声附和。张星江对仝中玉说："任清华这个提议不错，那就请让王连长先介绍介绍。"主持会议的仝中玉觉得既然大家都赞成这个提议，也就同意了。

老王是个战斗经验丰富的老红军了，心里早就憋着一股劲，希望早日重返战场。大家都要他先介绍介绍自己的战斗经验，他也就不推辞了。他从自己的战斗经历讲起，讲到游击战的战略战术，讲得很实际很生动。很多事情，地方的同志都是第一次听闻，所以都听得津津有味。王连长讲完了，天也大亮了，只好将会议时间延长。

早饭后，会议本应进入研究成立游击队的正题，但是有的伤病员听说张星江参加过中共中央六届五中全会和第二次全国苏维埃代表大会会议，见过党中央不少领导同志，就要求张星江讲讲会议具体情况。张星江看此情况觉得也不便推辞，就开始介绍这两个会议的情况和主要精神。王连长和那些伤病员也是第一次听到党中央开会的情况，所以也听得饶有兴趣。到了晚上，大家都非常疲惫了，不少人开始打瞌睡。看到大家如此疲劳，张星江决定休会，并宣布明天上午研究成立红军游击队的事。不一会儿，大家就躺在稻草窝里都睡熟了。谁知当他们酣睡的时候，一场危机正悄然逼近。

事情还得从红军伤病员说起。这些红军伤病员在乡亲们的细心照料下，身体逐渐好起来，尤其是红军连长老王。老王，名叫王志刚，他是家里的独子，父亲参加了当地农民赤卫队，在一次和当地民团的战斗中牺牲了。失去了依靠的王志刚，就跟随同村的伯伯叔叔们参加了红军队伍，那年他才十四岁。从此每逢战斗，他都是冲锋在前，把上战场杀敌当作为父亲报仇的机会。他一路走来，从战士、班长、排长一直干到连长。在红二十五军战略转移的战斗中，他和敌人拼刺刀时身负重伤。敌人的刺刀刺进了他的胸膛，刀锋从肋骨刺进，差一点就刺破了他的心脏。他当时就倒在血泊中昏厥过去。部队打退敌人的进攻后，连指导员发现王志刚还有气，就急忙把他抬到了一个比较隐蔽安全的地方，进行了简单的包扎。

受了重伤的王志刚被安排在白莲洼李大爷家里养伤。李大爷的儿子李小坡前几年到大山里挖药材，不慎从悬崖上摔到沟底，当村民发现时他已经断了气。李大爷老来丧子，心痛难忍，哭都哭不出声，几次昏死过去。刚过门的儿媳妇徐氏女更是呼天抢地，哭成了一个泪人儿。村里的老少爷们得知这一家人的不幸遭遇，没有不掉眼泪的。

寡妇门前是非多，这句老话一点都不假。时间久了，村里村外那些光棍汉总是在徐氏女面前"献殷勤"，说些不三不四的下流话挑逗她。徐氏女听了，也少不了回骂几句。有的人挨了骂还知道羞耻，就此收手。但也有的人却脸皮厚，怎么骂都不嫌丢人。村里有个叫李小四的光棍汉，他总是有事没事地围着徐氏女转。一天，他看见徐氏女在水沟边洗衣裳，就嬉皮笑脸地凑上去说："老妹妹，洗衣裳呀？"

徐氏女一看是这个赖皮跟她说话，就没好气地说："懒得跟你说话，去去去。"

"别呀，妹妹，我又没有招你惹你，干吗老躲着我？"

"谁是你妹妹，滚！"

"哎呀，吃枪药了咋的？老妹子，你男人走这么久了，就不想再往前走一步？"

对李小四这样游手好闲的人，徐氏女本来就很反感，于是骂了一声："关你屁事，滚！"

谁知李小四不但不生气，反而坐在了徐氏女身边，说："妹妹，别生气呀。哥哥也是为你好。我是个单身汉，你现在也是一个人，早该嫁了，嫁谁不是嫁？"

徐氏女也是个刚烈性子，她端起满满一盆水，浇了李小四一头一身，扯着嗓子喊道："你个王八蛋，滚！"

李大爷在屋里听到骂声，出门一看，又是李小四在挑逗儿媳妇，就把李小四臭骂了一顿。李小四从此怀恨在心，总想找个机会，报复报复李大爷，把徐氏女弄到手。

王连长在李大爷家里养伤，时间久了，也知道了李小四调戏徐氏女的事情，就安慰李大爷和徐氏女说："在我们苏区实行的是婚姻自由，婚姻自主，婚姻自愿。你们不愿意就不要理他。你们不要怕，也犯不着跟这号人置气。"

其实在徐氏女心里，她早就视王连长为大英雄，她听了王连长的话，感觉好像遇到救星一样，心里自然又是一阵热血涌动。徐氏女年纪轻轻就守寡，也想过改嫁的事，但是一看到年迈的公爹，她又不忍心了。

王连长在李大爷家养伤的日子里，李大爷待他就像对自己的儿子一样，细心照料。老人家虽说年岁大了，但还是不顾年迈体弱，亲自上山采药，回到家里又是熬药，又是喂药。徐氏女看公爹这样上心，这样劳累，也就帮助公爹为王连长清洗伤口、换药，时不时地问问王连长的伤情。

自从王连长来到她家养伤起，她就相信王连长是个好人，好人一定会有好报。随后的日子里，她陆陆续续听到了一些王连长的家事和他的故事，不知不觉，王连长的影子总是在她脑子里晃来晃去。

有一天，她鼓起勇气问道："王连长，有心上人吗？"王连长也看出徐氏女那点心思，但事情来得突然，他一时不知怎样回答，嘴里说："我们这些人成天行军打仗的，说不定啥时候命都丢在战场上了。"话说到一半，李大爷背了一捆松枝从外面回来了。王连长一看李大爷回来了，就收住了刚才的话题，转而和李大爷打招呼道："李大爷，再出去砍柴叫上我，我有的是力气。"徐氏女见公爹回来了，脸一红进里屋去了。

从此，徐氏女和王连长话也多起来了。这也应了日久生情那句老话。李大爷也看出来了，他嘴上虽然没有说什么，但心里很纠结，他也想给徐氏女找个合适的归宿，但同时又有点忧伤，担心自己年老无人照料。

李小四看到王连长和徐氏女如此热络，一时妒火中烧，他心想："你们不让我好过，我也不让你们好过。"于是，他在村里散布谣言，说王连长不正经，作风不好，想占徐氏女的便宜。一时间村里说什么的都有，甚至有人说王连长和徐氏女已经睡到一张床上了。

就在张星江、仝中玉等人来到白莲洼的当天晚上，李小四觉得报复的机会到了。他看到这么多人陆陆续续来到白莲洼看望老王以及那些伤病员，就断定这些人都是共产党员。他觉得立功的机会来了，报复老王和徐氏女的机会来了。于是，他急急忙忙跑到山下的曹河村，向保长曹建三报告说村里来了很多共产党大人物。曹建三听罢急忙和李小四一起到乡公所报告，这消息一下子就传到了桐柏县警察局。

桐柏县警察局局长黄思晨在1930年共产党发动"桐柏起义"那阵子，就和共产党结下梁子，当时他要是跑得慢一点就被起义队伍击毙了。起义部队失败后，黄思晨带着警员大肆抓捕共产党人，得到了上司的赏识，不久就升了官，当上了桐柏县警察局局长。他接到密报后，当天夜里就派出警力到了平氏镇。第二天天黑之后，这些警察和平氏镇保安队在夜色的掩护下，悄悄地摸上了白莲洼。

白莲洼的稻场上，有八个伤病员在那里熟睡。敌人来到稻场上，大呼小叫地要他们起来。惊醒的伤病员，一看敌人来了，就故意拉高声调大喊："干什么？干什么！你们是什么人？"显然，大敌当前，这些为革命抛头颅洒热血的男儿，首先想到的是屋里同志们的安危，他们是要用这样的方式警醒大家，让大家尽快脱离险境。

仝中玉在睡梦中听到稻场上传来吵嚷声，第一感觉就是出事了。但由于实在是过度劳累和困乏，他晕晕乎乎地又睡着了。当他再次被吵醒时，他觉得应该是出事了，于是他从睡意朦胧中爬起来就往外走。此时泌阳县委书记尚子染也起身走到了门口。他们两个刚一出门，就被两个敌人发现了。

敌人大声喝问："你们是干什么的？"听到敌人的吼叫，仝中玉清醒地意识到真的出事了，他心想："自己不能堵在门口，否则其他同志就无法逃出来。"于是，他和尚子染大着胆子，往前走了几步。他一边走，一边大声喊："吵什么？吵什么！连瞌睡都不让人睡了。"敌人看他们两个往前走，就大声喊："喊什么？喊什么？再往前走一步，老子就开枪打死你俩。"接着，敌人用枪指着他们，强令他们蹲下。仝中玉一边蹲下，一边寻找逃跑的机会。

这时，张星江听到外面的吵嚷声，知道出大事了。他披上布衫，就从屋里跑了出来。敌人看到他后，就用枪指着他的头，要他赶快蹲下。张星江嘴里"嗯"了几声，而后大跨几步，纵身跳进前面一条深沟里，从地上爬起来撒腿就跑。盯着他的两个敌人猝不及防，朝着张星江连放了两枪。但是，张星江已经消失得无影无踪了。

趁着敌人对付张星江的空隙，仝中玉站起来就往山上跑。他向屋子西边跑了十几步，跑进了山坡上的槲叶林。敌人反应过来的时候，他也消失得无影无踪了。仝中玉在没有路的地方连走带跑，翻过一条小山岭，顺着下面的山沟，跌跌撞撞地跑到了山坡下面的一个村子旁边。

村边的稻场上，一些村民在睡觉。这时天刚刚发亮，有的村民卷起铺盖往村里走。为了不被村民怀疑，仝中玉就跟着他们一起往村里走。起初，这些村民也没有注意到他。可是进村后，村民才发现跟在他们后面的人不是他们村的人，而且光着膀子，连布衫也没穿。于是，大家吃惊地把仝中玉围起来盘问。有个村民问道："你这个人，从哪里来的？跟我们进村干什么？"

仝中玉觉得这些人都是一些穷人，不然的话怎么会睡在野外稻场里？所以他估计即使说了实话，他们也不会加害自己，倒是不说实话，很可能被他们当成土匪，那就凶多吉少了。于是，仝中玉就说："老乡们，我是给上面的红军伤病员送药的，不料有人坏了我们的事，想加害我，我就从上面跑下来了。"那些村民一听是给红军伤病员送药的，也就不再往下问了。红二十五军从程湾路过的时候，这一带的乡亲们哪个不知道红军是替穷人打天下的？哪个不晓得红军是穷人自己的队伍？

正在这时，张星江也从上面跑到这里来了，他的小布衫也掉了，也是光着膀子下来的。那些村民又把张星江围起来，盘问他是从哪里来的。张星江以前还没有遇到过这种场面，又见仝中玉也在场，担心说漏了嘴，和仝中玉说的对不上了，竟一时支支吾吾，不知道如何回答。

仝中玉见状，急忙对那些村民说："他是和我一起上山送药来的。"这些村民听了，也就不再追问了。其中有个村民说："你们跑到这里算是你们命大，要是跑到下面的曹河村，也许你们就走不了。"仝中玉清楚地听出了他们的好意，连声向他们道谢，而后说道："老乡们，我们两个也不熟悉这里的山路，你们能不能帮帮我们下山？"

一个村民说："想下山，那好办。"说罢，他指着旁边两个年轻人说："他们两个今天要到平氏卖柴，你们穿上他们的布衫，一起下山吧。"

有了他们的帮助，张星江和仝中玉心里踏实多了，于是他们也顾不上饥肠辘辘，披上两个年轻人递过来的布衫，就跟着他俩一起下了山。

那两个年轻人，挑着木柴，一路不停，也不搭话。仝中玉和张星江跟在后面，眼看前面有一个村庄。张星江一看，这个村庄是张老庄，他认识村西头的张广林。张广林曾经长期给地主当长工，为人仗义。他对仝中玉说要去找找张广林，跟他借件布衫。张广林一看张星江那个狼狈相，就问他："你这是咋搞的？你这布衫，是从哪儿捡来的？都快盖着膝盖了。"

张星江担心说了真相，张广林会害怕，就说道："就是因为这个布衫太长，我才来找你。我和我的朋友在山里遇到土匪了，这些土匪看我们身上没几个钱，就把我俩的布衫脱了，我们现在穿的还是临时借别人的。"

张广林一听，哈哈大笑起来。

张星江说："你别光顾着笑，快找两件布衫来，有钱的话就借给我点。"

张广林说："好，我这里有点票子，不多，一顿饭钱还是够的。"

张星江拿着布衫和票子，出了张老庄，递给仝中玉一件布衫，又把换下来的布衫还给那俩年轻人，另加了刚刚借来的票子。谁知道这俩年轻人拿过布衫，却怎么也不肯收钱。最后还是仝中玉再三劝说，才勉强收了一半。

和这两个年轻人分手后，张星江和仝中玉两个继续往北走，来到李营一家饭店。他们两个闷坐在里面，一声也不吭，不时地留意着周边的动静，显然他们还没有从昨夜的突发事件中缓过气来。往事不堪回首，问题出在哪里？他们一时也想不清楚。

　　第二天传来了可靠的消息，贾恒坦、张西歧、尚子染、徐国玺等人和七位红军战士被押解到了桐柏县警察局，这七位红军战士当天就惨遭杀害了。王连长当夜逃出了白莲洼，他在山顶上躲了一天。因为他不是本地人，人生地不熟，除了李大爷再也没有其他熟人，所以到了晚上他又潜回李大爷家里。他刚到李大爷家里，李小四就带着曹保长和保丁上来了，王连长被捕后当场就被敌人杀害了。红军小战士小陈在押解途中谎称拉肚子，乘机跳下山崖逃跑了，但也不知逃到了哪里。敌人以通匪的名义把李大爷抓了起来。

　　在混乱中，任清华急中生智，他大摇大摆地走出来说："黑更半夜的，是谁在我们村上乱打枪？"

　　有个保安队质问道："你是白莲洼的？"

　　任清华顺水推舟说："对呀，我就是白莲洼的。黑灯瞎火的，有啥事白天弄不好吗？"

　　那个保安队说："你这货，我看你也不是好人。这么多'共匪'在你家里，你咋知情不报？你也给我蹲下！"

　　任清华说："冤枉呀！我就是一个老百姓，他们这么多人，还有枪。我敢把他们怎么样？"

　　那个保安队一听有枪，就急忙问："枪？在哪里？"

　　任清华说："就在牛屋的稻草窝里。"

　　那些保安队逼着任清华带路到牛屋，任清华趁着保安队进屋的机会，转身上了山坡。这个时候，敌人发觉上当了，想追但已经失去了目标。任清华在深山里转了一天，天黑以后他终于走到了山脚下。然而，他刚刚走到平氏镇寨外，就被布控的保安队发现了。任清华一看后面有人跟踪，就加快脚步进了平氏街，心想只要进了平氏街，就可以找到一个藏身之处。眼看敌人就要追上来了，任清华情急之下闪身躲进了柴火市场。保安队发现任清华进了柴火市场，就把柴火市场围得严严实实。任清华哪里肯束手就擒？他在和保安队的搏斗中，当场壮烈牺牲。

　　一系列不幸的消息传来，让张星江和全中玉两人伤心透了。这次损失也太惨重了，王连长和那些即将伤愈的战士，本可以重返战场，但是他们却牺牲在重返战场的前夜。这怎能不让人痛心？几位书记和同志，被捕的被捕，牺牲的牺牲，一时间让这两位战友五味杂陈，苦不堪言。一年多来辛辛苦苦恢复、建立健全的党组织又将面临新的考验。万一有人经受不住敌人的严刑拷打，经受不住敌人的诱惑，那后果将不堪设想。想到这里，张星江和仝中玉两人再次感受到了"创业艰难百战多"的滋味。

但是，他们永远不会在挫折和困境中苟且偷生，他们会以百折不挠的勇气继续前行。张星江痛定思痛，坚定地对仝中玉说："中玉，这次教训太深刻了，我们一定要尽快拿起枪杆子，把游击队建立起来，用我们的枪杆子对付敌人的枪杆子。"

仝中玉看着眼睛里布满血丝的张星江说："我们这个时候，就是哭天抹泪也没有用。我们两个必须马上振作起来，继续战斗。我建议把善后工作和武装斗争结合起来，立即投入新的战斗。"

天挨黑的时候，在唐河通往桐柏的公路上，有个人背着一个小包袱从西边走来。这人不是别人，正是中共鄂豫边区工委宣传部部长张旺午。张旺午穿过井楼街道，街东头一家饭店出现在他的面前。看到了饭店，他才想起来午饭还没有吃呢，于是他不慌不忙走进饭店。一进饭店，他就发现张星江和仝中玉两人正对坐在一张桌子两边。他看看没有旁人，就急忙凑了过去，说道："你俩咋会在这儿?"

张星江一看是张旺午来到，心里一阵惊喜，忙问道："旺午，那边有信吗?"张旺午当然知道张星江问的是啥"信"，但是这里不是说事的地方，他说："走了一天，有些饿了，先吃饭，吃了饭再说。"

仝中玉也说："对对对，我也早就饿了，叫三碗面条吧。我跟星江这两天几乎没有吃什么东西。"仝中玉这么一说，张星江才感觉到确实饿了。在饭桌上，张旺午敏感地注意到他们俩面带隐忧，就说："你俩是不是有啥事瞒着我?"

张星江说："别误会，我和中玉刚刚遇到一个揪心事。先吃饭，吃了再说。"

吃过饭，在通往王青玉家的路上，张星江把白莲洼发生的事情简要地说了一遍。

张旺午说："事情已经发生了，光发愁也解决不了问题。我们要想办法补救，赶快通知各地党组织提高警惕，采取对应措施。"

张星江说："我和中玉刚刚还在说这个事。你到陕南的情况咋样? 正好中玉同志也在，一起听听。"

原来，仝中玉从上海回来后不久，在国民党反动派的重兵"围剿"下，中央红军被迫长征，中央苏区已经被国民党反动派占领。鄂豫边区工委与党中央失去了联系，为了和党中央取得联系，得到党中央的指示，张星江想到了红二十五军政委吴焕先和军长程子华，于是他派张旺午到陕南寻找红二十五军，希望通过红二十五军和党中央取得联系。

张旺午风餐露宿，千里迢迢，终于在陕南一带找到红二十五军军长程子华。程子华见鄂豫边区工委的同志到了，拖着重伤初愈的身体会见了张旺午。

程子华看了张星江给他写的亲笔信，关切地询问了张星江的近况。他说："星江同志是一个识大体顾大局的好同志啊，去年要不是星江同志给我们带路，我们还会付出更大的代价，他是个好同志呀。"

张旺午说："张星江同志从卢氏回来后一直挂念着部队的安危，挂念着你、吴政委和徐副军长，来的时候他特别交代说，见了你们一定转达他的问候。"

程子华说："谢谢星江同志的关心。吴政委在一次激烈的战斗中牺牲了，全军上下都很悲痛。现在，徐海东副军长升任军长，我接替了吴政委的工作。"

当程子华知道了张旺午的来意后，他说："我们是奉党中央的命令实行战略转移的，可是中央红军也在实行战略转移，我们也很久没有党中央的消息了。不过我可以让有关同志帮忙查查河南方面的关系。"

程子华说罢，就安排情报人员查找河南党组织的有关信息。很快他们查到了一条新的线索，让张旺午到确山县傅楼找徐中和。

"那就快点去找啊！"张星江一听这话就来精神了。

仝中玉听了张旺午的简报，自然也很高兴，但是他还是说："旺午，我们也不要太乐观。河南省委不久之前受到了严重的破坏，我分析确山那边的党组织必然会受到牵连。你去那里要谨慎点，千万不能再出娄子了。"

张旺午说："你就放心吧，徐中和的家，我曾经去过一次，我会小心行事的。考虑到白莲洼事件的影响，尚子染能不能顶着敌人的拷问和诱惑，目前还无法预料。所以我想先避开泌阳，直接去确山。"

张星江说："你小心一点就好，反正到确山也需要经过泌阳，不妨见机行事，如有可能就安排一下泌阳防控工作。我们现在是单线领导，只要立即通知下线，就能防止出现更大的损失。但是，不怕一万就怕万一，敌人也可能会从他们的身份、家庭住址找到他们需要的信息，所以我们不能麻痹大意。唐东的防控工作，我准备派王青玉亲自去刘中兴那里，叫他们提高点警惕，他们那里有近八十名党员呢，可不能出事。其他地方我打算亲自走一走。中玉，你赶快回新野，做好那里的防控和稳定工作，争取不出事、不出大事，防止徐国玺出事连累其他同志。防控工作刻不容缓，选拔游击队队员，建立红军游击队的工作也是刻不容缓。我们三个在认识上必须高度统一起来。"

三位亲密无间的战友再次携手出发了，尽管他们走的是一条流淌着无数革命先烈鲜血的路，是一条布满荆棘的路，但是为了完成革命大业，他们义无反顾。

第六章　王国华重建豫南　鄂豫边党组合并

　　王国华人称"王老汉"，是豫南农民运动中涌现出来的一颗耀眼的新星，有关他的传奇故事在豫南大地上广为流传。在党领导的确山分粮斗争中，他以大智大勇赢得了一次又一次胜利，也赢得了农民群众的广泛赞誉和拥护。他从一个普通共产党员做起，后来做到中共确山北区委书记、中共确山县委书记，随后又担任中共河南省委委员，参与了中共河南省委的领导工作。在中央苏区开会的日子里，他和张星江一见如故，两人建立了深厚的革命友谊。中央红军实行战略大转移之后，王国华和许昌的段永健冒着生命危险，几经辗转，于1935年2月底回到了河南。

　　王国华回到河南后，他的处境可以用"危机四伏"四个字形容。他人在中央苏区时就听到了河南省委书记李敬之叛变的消息，回到河南后他发现由于被叛徒出卖，中共河南省委已经不复存在，豫南中心县委和各县党组织遭到重创后也不复存在。一些背叛了革命初衷的人，为了活命投靠了敌人。他们带着敌人到处抓捕共产党员和革命群众，天天都有人被捕，天天都有同志牺牲。一时间白色恐怖笼罩在中原大地上。王国华在开封、郑州等地无法找到党组织，而且他本人也上了敌人的通缉令，敌人声称捉到王国华者，赏两千大洋。

　　王国华有两个选择：第一个选择是找个安全的地方暂时躲藏下来，等待时机，等待党组织找他，或者等风声过后再去寻找党组织。这样风险要小。第二个选择是主动出击，到他原来工作过的确山等地秘密联系失散失联的基层党员，把失散失联的党员重新聚集起来，把党组织重新建立起来。这样风险自然很大，随时都有被捕掉脑袋的危险。

　　王国华没有辜负共产党员这个光荣称号，他没有被气势汹汹的敌人吓倒，没有被敌人制造的白色恐怖吓倒，他义无反顾地选择了后者。他发誓要扛起革命的红旗，带领地方党组织和党员革命到底。在他心中，哪怕剩下他一个人也要同敌人斗争到底，他坚信坚持就是胜利！

　　5月初，王国华回到了家乡确山。前怕狼后怕虎，犹豫不决，这不是王国华的性格。他是那种说干就干的人，他作出了一个大胆的决定：首先要把他做确山县委书记时结识的一些党员聚集起来，要和他知道的一些基层党组织取得联系，把豫南党组织恢复起来。他深信有了党的组织，就一定能够带领大家打出一片新天地。想到这里，王国华热血沸腾。他不顾环境的险恶，不顾饥饿疲劳，连日奔波在汝南和确山各地，联络幸存下来的党员同志。

王国华奔走了几个地方，也没有发现自己的同志，但是，皇天不负有心人。有一天，王国华路过汝南和孝镇附近，突然遇上了当年农会的积极分子王怀山。王怀山对王国华说："老王，你胆子不小啊！你的人头值两千大洋哩。别人都躲起来了，你还敢到这儿？"王国华说："怀山，我咋就不敢来这儿？那两千大洋，我相信你和乡亲们都不稀罕。你刚才说，别人都躲起来了，说的是谁？"王怀山看看四周没有人，就对王国华说："刘茂林呗，不过他在哪儿，我也不知道。"王国华听明白了，刘茂林已经潜伏起来了。刘茂林原来是和孝区委书记，王国华想，找到刘茂林就有了希望。但是刘茂林在哪里？现在的刘茂林变节了没有？王国华决心去会会他，看看刘茂林如何接招！

刘茂林有个弟弟叫刘茂松。这是一条重要线索，找到刘茂松就可能找到刘茂林。一天挨黑时分，农村家家都在生火做饭，王国华突然闯进刘茂松家里。刘茂松虽然不是党员，但是他早就认识大名鼎鼎的"王老汉"。他吃惊地问："老王，这个时候你还敢到处乱跑？国民党正在悬赏捉拿你哩。"

王国华拍拍胸脯说："我怕啥？我有老百姓保护，国民党能够捉住我？"

"平安就好。你找我，是想要找我哥，对吧？"

"你说对了，我就是想见见他，可是我不知道他现在在哪儿。"

"我也有很长时间没有见到他了，前一阵子他东躲西藏，居无定所，在我姑家住了几天，现在还在不在那里我还真的不清楚。"

刘茂松虽然说得不确切，但是却给王国华提供了一个新线索。王国华判断，即使刘茂林现在不在他姑家，他姑姑也可能知道他的去处。

第二天，王国华抱着试试的心态，来到小韩庄刘茂林姑姑家里。王国华在小韩庄一家大门口，停了下来。这是一座农家小院，坐北朝南，院墙高过头顶，院子里的一棵大枣树枝叶茂密，树枝都伸到了墙外，一树嫩枣，在阳光的照射下发出点点光亮。王国华断定这就是他要找的地方，就上前敲门。不料他一敲门，院子里的老柴狗就狂叫起来。

不一会儿，走过来一个五十多岁的老太太。她拉开大门门闩，伸出头来。她一边呵着那只汪汪乱叫的柴狗，一边问王国华："你找谁？"

"俺找刘茂林。"

"你找错地方了，我不认识刘茂林。"老太太说罢就要把大门关上。

王国华急忙说："老大姐儿，你是茂林的姑姑，对吧？我可是茂林的好朋友。"

一句话问得老太太有点尴尬，她一下子也不知道怎么回答。正在这时，屋里走出来一个人。王国华一看，出来的不是别人，正是刘茂林。

老太太出去开门的时候，刘茂林在屋里透过窗户格子，看到来人是王国华，就出门迎上来了。他对姑姑说："姑，他是我的朋友。你先进去吧。"

刘茂林看着姑姑进去了，就问道："国华同志，我听春义说你在江西中央苏区学习，啥时候回来的？"

"回来有一阵子了。"

"这里不是说话的地方，进屋说。"

于是，他们俩一前一后走进了堂屋，刚坐下，姑姑就端了一碗荷包蛋茶递给王国华，说："让你见怪了，前一阵子风声太紧，我也是怕茂林出事啊。"

"不怪，不怪。警惕性高是好事。"

"国华同志，你回得好。前一阵子，我们这里出了大事。我们内部出了叛徒，不少同志被捕，一些同志整天担惊受怕，决定不干了，现在剩下的人不多了。你说咋办呢？"

王国华心里已经有了初步的判断：刘茂林依然是过去的刘茂林，只不过刘茂林在等待，等待党组织的消息和指示。他没有正面回答刘茂林的问话，他想继续试探一下刘茂林的心态，就反问道："茂林同志，你准备咋办呢？"

"国华同志，你尽管放心，出卖同志，出卖组织的事，打死我也不会干。但是眼下这么艰难，国民党反动派一个劲地追杀我们，上级领导找不到，下面的许多党员不干了，整个党组织瘫痪了，我真是觉得孤掌难鸣，也不知道怎么办。你回来了，你说咋办？我听你的。"

从刘茂林的话里，王国华感觉出刘茂林有些畏难情绪，但还是对革命和党组织抱有希望的。于是，他说道："茂林同志，现在国民党反动派把刀架在我们的脖子上了，你不反抗就等于白白送死，只有坚持斗争，我们才有活路。你刚才说到孤掌难鸣，说得也没错，一个人确实是孤掌难鸣，但是把我们的人重新聚集起来，团结起来，就不会孤掌难鸣了。"

刘茂林说："我也试着把大家拢在一起，找了几个同志，但是效果不理想，他们说县委书记都叛变了，我们只要不出卖同志就不错了，过一阵子看看情况再说。"

"茂林同志，你是党的区委书记，你的情绪直接影响着下面的同志。你自己好像就有点畏难情绪，有点消极等待的想法，其他同志能没有这种情绪和想法吗？我的建议是要放开胆子走出去，不能老是东躲西藏。躲不是办法，眼前需要走出去，逐个串联，把那些愿意坚持斗争的同志召集在一起开会，把组织恢复起来。当然，我不是要你公开地抛头露面，不是叫你盲目地瞎碰乱闯，串联党员、发动群众都要秘密地进行，白天不行就晚上，明里做不了就暗中做，热闹的地方不能说就在僻静的地方说，具体咋办，我相信你的办法比我多。"

刘茂林听了王国华的一席话，茅塞顿开。他心想："对啊，不能老躲。躲来躲去，下面的同志会怎么想。自己好歹也是个区委书记，自己不出面联系，下面的同志不就成了一盘散沙？"想到这里，他对王国华明确表态说："你回来了，我就跟着你继续干，我先把和孝这边的党员组织起来，总结经验教训，统一一下思想，把革命的旗帜继续举起来。"

王国华高兴地说："茂林同志，这就对了。为了天下的穷人翻身，我们从现在起，就要放下一切顾虑，轻装上阵，把拳头重新攥起来，把继续革命的重担挑起来。我深信，一切都会好起来，最后的胜利一定是属于我们的。"

夜幕降临的时候，王国华辞别了刘茂林，找到了他自己的胞弟王春义，他还是从刘茂林那里知道了王春义的确切地址。这是他们兄弟二人在中央苏区分手后第一次见面，但是他们俩都知道现在不是拉家常的时候，所以见面不到三句话，就切入了主题。

王春义在中央苏区学习了游击战战术后就回到了河南，还不知道中央红军被迫实施战略转移的消息。他回河南之后，和康春等人商议过多次，要拉游击队开展武装革命斗争。但正当他们进行各项准备工作的时候，豫南党组织出了叛徒，党的组织系统一下子陷入瘫痪状态，他自己虽然没有上敌人的悬赏通缉名单，但也是被追捕的对象。这样，他组织游击队的工作也暂时搁置了。

王国华知道了王春义的情况后，坚定地对他说："春义，你和康春等同志做得对，但是做对的事就不能停下来，要尽快想出办法，把游击队集合起来。革命就是这样，越是危险的时候越是需要我们坚持下去。你坚持一下就闯过来了，就能闯出一片新天地。你要是不坚持，那你原来所做的一切都白费了。"

王春义听了哥哥的话说："好，明天我就去找康春、红孩和柯骡他们几个，把那些敢干的、不怕死的党员和积极分子召集起来，先在思想上武装武装，给大家打打气，讲点游击战的打法。"

王国华说："那好。气可鼓而不可泄。目前最主要的就是给大家打气鼓劲，安定大家的思想情绪，让大家树立坚持长期斗争的思想，树立坚持就是胜利的思想，让大家在困境中看到希望，看到未来。"

"哥，我听说肖剑三、孔令基他们还在正阳那边开展地下活动，要不要和他们联系一下？"

"这个情况，刘茂林也听说了。我准备和他们接接头，看看他们的情况。"

"要不要我跟你一起去？"

"不用了，我找他们也是名正言顺，我原来就是省委委员嘛。"

兄弟两个分开时，王春义对王国华说："哥，咱爹咱妈和嫂子都很挂念你，你啥时候回家看看他们？"

王国华想了想说："你找个机会回去一趟，先给他们报个平安，就说我一切都好。但我是敌人悬赏通缉的要犯，眼下还不能回去。万一被敌人发现了，白白给他们添麻烦。你给他们解释一下，过一段时间情况缓和一点，我就回去看他们。你自己也要注意安全，不要麻痹大意了。"

王国华顾不上休息，就告别胞弟王春义，来到了正阳县城。正阳县，历史悠久，地处淮汝之滨，南面和罗山、信阳隔河相望，东临新蔡、息县，北靠汝南，西接确山。从地理位置上看，这里虽说是一马平川，但也是个比较偏僻、交通不便的地方。按理说，国民党的统治势力在这里不会太强，但是恰恰相反。正是由于正阳县临近鄂豫皖苏区，国民党军队对鄂豫皖苏区发动的几次"围剿"都把正阳当作他们的桥头堡，因此，国民党不会容忍共产党在这里存在。红军第四方面军从鄂豫皖根据地撤退后，敌人对正阳进行了反复清查，意图彻底清除这里的共产党。面对敌人的诱惑，县委书记向敌人自首叛变了，党组织也跟着遭到了破坏。在此关键时刻，肖剑三和孔令基挺身而出，领着一批党员迅速转入了地下，希冀等待时机东山再起。

王国华只身来到正阳县第一公立小学大门口，看到值班房内有一位老人。于是，他走上前问道："老伯，肖先生在不在学校？"这老伯抬起头看看来人，指一指自己的耳朵，意思是自己耳背，没有听清楚。王国华一看就明白了，原来这老伯有点耳背，于是，就贴近老伯的耳朵说道："肖先生在不在？"老伯这次听清楚了，说道："他呀，放假前就没有来了，听说回信阳老家了。"

王国华知道肖剑三是信阳人，但是信阳那么大，到底是在信阳啥地方，他也不清楚。于是王国华又追问了一句："老伯伯，我很长时间没有见过他了，也没有去过他家。您老知不知道他家具体在信阳啥地方？"

老伯说："我只知道他是明港的，具体在哪儿，我也不清楚。"

"那您有没有听说他啥时候回来？"

"没有。先生们的事情，我一个看门的也不好去打听。"

听老伯这么一说，王国华也不便问下去了。他担心在此地停留时间长了，被别人怀疑。于是，他谢过老伯，转身离开了正阳一小。快走到正阳南门时，他突然觉得有点饿了，于是返回城内的一家饭店。他买了一碗素面，刚要动筷子，突然有人在背后拍拍他的肩膀。王国华大吃一惊，他猛地站起来，回头一看，不由得高兴起来，原来站在他身后的不是别人，正是他苦苦寻找的肖剑三。

站在王国华面前的肖剑三，一身农民打扮，后背上还斜挎着一顶遮阳草帽，不仔细看都认不出他。这和王国华几年前认识的肖剑三差别太大了，那时肖剑三文质彬彬，穿着蓝布长衫，戴着一顶礼帽，妥妥的一个教书先生。王国华一时找不到词儿来形容肖剑三的扮相，就说："好啊，剑三，你变了。"肖剑三小声说："不变不行啊，这样到乡下去才不会显眼。"原来肖剑三刚刚从乡村回到城里，王国华在街上路过的时候并没有看到肖剑三，但是肖剑三却看到了王国华，他就跟在王国华后面。王国华暗自庆幸，假如不回头找饭吃，哪能在此见到肖剑三呢？

肖剑三早已吃过饭，他看着王国华狼吞虎咽吃完面条，就一起出了饭店。王国华说："学校看门的大伯说你回信阳了，我正准备去信阳找你，没想到在这里见到你了。"

肖剑三说："你去信阳也找不到我，我根本就没有回信阳。我放风说回信阳老家探亲，那是个幌子，实际上我和孔令基一直都在正阳乡下。"

王国华说："我听说你们仍在坚持斗争，才来找你们的。我们现在最主要的就是重建豫南党组织，把豫南的革命斗争搞起来。我准备召开一个会议，共同商量组织重建问题。"

肖剑三说："你回来了，我们也有主心骨了。你这个想法很好，我支持。"

有了肖剑三的支持，王国华把刘茂林、肖剑三、孔令基、王春义等同志召集在一起，在汝南薛台召开了一个重建豫南党组织的会议。

会上，王国华对大家说："我知道现在党内有些同志很悲观，缺乏胜利的信心。这个情绪要不得。在困难面前，你越是悲观，越是不肯斗争，困难就会越大。反过来，你乐观点，勇敢点，那再大的困难也会有办法解决。目前，国民党反动派貌似很强大，似乎很了不起，但那是暂时的；我们好像很弱小，但这也是暂时的。我们只要依靠群众，坚持斗争，把分散的力量收拢起来，我们就会由弱变强。我们由弱变强的过程，就是反动派由强变弱过程，就是他们渐渐完蛋的过程。所以我们要把'坚持就是胜利'这个道理给党员同志们讲清楚，让大家树立起必胜的信心。"

肖剑三、孔令基都是文化人，他们原来都觉得王国华大字不识几个，没想到他从中央苏区回来后竟然能够说出如此深刻的道理，这让他们刮目相看。因此他们纷纷表示，支持由王国华牵头，把汝南、正阳、确山、信阳几个县失联失散的党员和基层党组织重新聚集起来，建立新的中共豫南特委。不久，中共豫南特委就在同志们的期盼中浴火重生，这无疑给豫南革命斗争注入了新的战斗活力。

1935年8月初，王国华来到了确山傅楼徐中和家，他和徐中和很早就认识了，他知道徐中和的家是党在豫南的秘密交通站。他这次到徐中和家就是为了寻找上级党组织，在他看来失去了上级组织关系，就像断了线的风筝，终归飞不远飞不高。因此，他急于从徐中和这里得到上级党组织的消息，得到上级党组织的指示和帮助。

徐中和和他大名鼎鼎的弟弟徐子荣都是党内的老同志了。在一般人眼中，徐家在当地富甲一方，财大气粗，名气很大，但是他们却不知道共产党的秘密交通站就设在这个富门大户的家里。敌人虽然怀疑过他家和共产党有联系，但却没有一点证据。所以，敌人也一直没有贸然到徐家闹腾。

徐中和看到王国华来了，还没有等王国华开口，就猜到了他的来意，因为到这里的同志，无外乎就是想和上级党组织取得联系。于是徐中和抢先说道："你上次托我和上级联系，现在我还是联系不上。不过，你来得正好，我给你介绍一个朋友，你们认识认识。"

王国华问："谁？"

徐中和说："他叫张旺午，他受鄂豫边区工委书记张星江的派遣，也是来寻找上级党组织的。"

王国华说："张星江？我们认识，在瑞金开会时我们就认识了。我们两个一起到达瑞金，一起参加会议，经常在一起交流情况，我们两个还一起受到总司令朱德的接见。他现在是啥情况？"

"具体啥情况，我也不知道。你见了张旺午，问一下就知道了。"

"那好，我就见见张旺午。"

徐中和说完就到了后院，叫醒了在客房休息的张旺午。原来，张旺午在唐河和张星江分手后，在泌阳东部山区和陈香斋见了一面，安排组织防控工作，就来到了确山。可能是连日奔波，劳累过度，张旺午见徐中和后没有说几句话就感到身体不适。徐中和见状，赶紧把他安排在客房休息了。如果不是王国华到来，徐中和也不准备叫醒他。

徐中和见张旺午醒了，就说："原河南省委委员王国华刚到我这里，他从苏区回来后，因为省委组织被破坏了，他无法找到党组织，就回到了确山。为了坚持斗争，几个月来他冒着生命危险，把确山、汝南、正阳、信阳几个县交界地区的幸存党员召集在一起，建立了新的中共豫南特委，恢复了部分县的党组织。他现在正在前院客厅等你。"

张旺午倒是没有片刻犹豫，他说："好，我听星江同志说过他，他可是个传奇人物，很受群众拥护。据说在分粮斗争中，他和地主们斗智斗勇，用发告示的办法，迫使那些地主老财主动把家里的粮食交给农会。这一点，他比我干得好。当年我发动群众'闹粮'，同敌人硬碰硬，结果暴露了组织，暴露了自己，敌人一个反扑，许多同志被抓被杀，我们吃了大亏。"

"发告示是真的，当时他以农民游击队的名义贴出告示，给当地一些地主造成了很大的压力。那个告示意思是：凡乡绅不仁，鱼肉乡里，分其粮食以示惩处；罪大恶极，执迷不悟者，小心脑袋搬家；凡能帮助灾民的乡绅，宽大对待，相安无事。一些为富不仁的地主看了告示心惊胆战，有的企图暗中转移家里粮食，结果被农会发现并截获，一粒粮食也没有转移出去，落得偷鸡不成蚀把米的下场。一些尚有仁心的地主，如薛楼、杜刘等村庄的几家地主，看到告示后，先后把粮食秤好，交给农会分发。看来你对他很了解啊。好，我们到前院去。"

张旺午跟着徐中和来到前院客厅，王国华也同时站了起来。看着王国华那把胡子，不用介绍，张旺午就知道站在面前的人就是人称"王老汉"的王国华。王国华四十出头，但却蓄了一把胡子，时间长了，人们都亲切地叫他"王老汉"，有的人甚至只知道"王老汉"，却不知道"王老汉"和王国华是同一个人。

张旺午伸出双手的一刹那，王国华也伸出了双手，两人紧紧地握住了对方的手。张旺午说："王国华同志，我是张旺午，张星江同志经常提到你，他很佩服你的胆识。今日终于见到了你，最近可好？"

"好着呢。张星江同志可好？"王国华问道。

徐中和插话说："别老是站着呀，坐下来再说也不迟。"

"对，中和说的对。我和中和都是确山人，你到中和家里，我也算半个主人，怎么老让你站着说话。来来来，我们坐下再说。"

大家坐定之后，张旺午说："国华同志，你刚才问张星江同志的情况。咱们长话短说，我简单介绍一下，星江同志从苏区回来后，在鄂豫边区积极贯彻党中央六届五中全会和'二苏大'会议的精神，开展反蒋抗日和反苛捐杂税的斗争，取得了一定效果，目前正在积极筹划建立红军游击队，准备在桐柏山区开展游击斗争。不过最近出现了一点问题，由于我们麻痹大意，在商量成立游击队时候，被桐柏保安队包围，一些同志被捕，一些同志牺牲，情况很严峻。好在我们已经采取了一些应变措施。你这里情况咋样？"

"我这里呀，一言难尽。去年10月初中央红军开始实行战略大转移。我们只好提前结束在中央党校的学习离开苏区，几经辗转，于今年5月初才回到确山。省委组织没有了，豫南党组织也没有了，我无法找到上级党组织，也无法找到当地党组织。直到最近，我才把失散失联的党员收拢起来，恢复和重建了党组织。你刚才说你们正在筹划建立游击队，我很赞成。我在瑞金时，党中央领导也给我提出了这样的要求和任务。下一步咋办？我很想听听星江同志的意见。"

"你这想法太好了，目前我们也失去了与上级组织的联系。前一段时间星江同志派我到陕南找到了红二十五军，见到了程子华军长，他们建议我们到这里找徐中和同志，看看能不能和上级党组织联系上。我没想到在这里见到了豫南的同志们。我们也希望大家能够坐在一起，交换意见，携起手来，把鄂豫边区的革命大火重新烧起来。"

"好，旺午同志，你把星江同志的联系地点和方式告诉我，我腾出身就去找他。"

几天之后，唐东粪堆王村南头的牛车路上出现了一个人，他戴着一顶旧草帽，蓄着胡须，裤脚差不多卷到了膝盖那里，手中拿着一根牛扎鞭。村里人一看他的模样，都说他是个"牛经纪"。

但是，这个"牛经纪"，也不问路，也不看牛，顺着牛车路一直走到北寨外。他看到有一家屋后长着密密麻麻的陈枳林和两棵大槐楝树之后，确定这就是他要找的人家。于是他就绕道走到院子的大门口，冲着里面朗声喊道："屋里有人吗？俺是过路的牛经纪，讨碗水喝。"

这时从屋里走出来一个人，这人就是刘中兴。刘中兴看到来人的模样，虽说是一把胡子，却精力旺盛，不像是上了年纪的人，便问道："你从哪儿来的？"

"我呀，从南山来的。"

刘中兴一听就知道这是联络的暗语，但是他不敢大意，老领导张星江前几天还特别交代他要提高警惕，注意交通站的安全。所以他试探说："啊，南山来的？大老远的，你有什么事？"

"也没有啥大事，就是想讨碗水喝。"

"就这事？容易！进来吧！"

"牛经纪"也不客气，径直走进堂屋坐下。刘中兴慌忙拿起瓷茶壶，给他倒了一碗凉白开。他也不谦让，端起碗一饮而尽。喝完凉白开，他也不说要走。刘中兴觉得来者不俗，就接着问："最近我们这里不太平静，山里的情况咋样？"

"这个嘛，都差不多。"

"你这是准备到哪儿去？"

"我嘛，想找个人。"

"你想找谁？看我能不能帮你找。"

"我要找的人，你认识。"

刘中兴一听，心中有点吃惊，来者想干什么？面对来人，刘中兴觉得不能冷落他，假如他是同志，冷落他岂不是伤了人家的心？假如他是敌人，如果撵他走，岂不是不打自招？所以他决定继续试探下去，就不冷不热地问道："你说你找的人我也认识？可我认识的人多了，你说的是谁？"

"唉，你是刘中兴同志吧，咱们就不绕弯子了。我是王国华，确山的，人们也叫我王老汉。张旺午说到你这里就可以找到星江同志。"

刘中兴大吃一惊，心里想："他怎么会知道张星江和张旺午？显然来人不一般，不能再同他打哈哈了，那就正面说话吧。"于是，刘中兴说："你咋认识张星江？"

"唉，中兴同志，我看得出你警惕性很高，不过你也不必跟我拐弯子了。你说我咋会认识他，你听过党中央六届五中全会吗？我们是在中央苏区参加会议时认识的。"王国华说话直来直去，一点弯都不拐。

"那有啥凭据？"

"你还是不相信我呀。我给你这么说吧，张旺午到确山找到我，他给我介绍了你们这里的情况。我知道星江同志的情况后，安排了一下工作，就来毕店找他，想和他见见面。张旺午说你家屋后有陈枳林和两棵大槐楝树，凭着屋后陈枳林和两棵大槐楝树，我才敢找你。等我见了星江同志，你就一切都明白了。"

刘中兴看没法再追问下去了，就顺势说："最近我们这里出了一些事，为了安全起见，星江同志不在家里住，住在哪儿，我也不清楚。我需要打听一下，你看如何？"

刘中兴这样回话也有他的考虑。一是白莲洼事件后，为了安全起见，张星江确实不在家住；二是他可以安排王国华住在家里，等他联系到张星江后就能够确定王国华的身份；三是万一来人是密探，暴露也只是暴露了自己一个人，不会连累张星江和大家。他觉得这是一个万全之计。

王国华看出刘中兴机警过人，实际上并没有真正打消对他的疑虑。所以，他说："中兴同志，你抓紧时间联系，我盼着尽快见到星江同志，我找他真的是有大事商量。”

刘中兴对他说：“这样吧，你先在我这里安心住下。我出去安排一下。你放心，只要进了我们粪堆王村，就不用担心安全问题。”

王国华应声说：“好。”

刘中兴出了堂屋，到牛屋交代他父亲说：“我来了个朋友，你招呼一下。”说罢就出去找刘书山了。刘书敬种了一辈子地，使了一辈子牲口，他一看来人是个“牛经纪”，也就和王国华谈起喂牛的事来。王国华也不含糊，说起喂牛经，他也是行家，毕竟他也是庄稼人出身。所以两个人谈得很投机。两人正谈得起劲的时候，刘中兴回来了。他对王国华说：“你要找的人，我可以帮你找到，我已经安排下去了。今晚，你就凑合着住在我家里，没有好吃的咱们就吃赖点，你别见怪。”

“行，我也是穷苦人出身，什么苦都受过。现在我们就是要想法改变这受苦的命。”

刘中兴为之一震：“哎呀，他说的话怎么和当初恒坦大哥和张星江说的一样哩？”

王国华是个很健谈的人，话说得很坦诚。当他确定刘中兴可以信赖之后，当晚就向刘中兴介绍了确山分粮斗争的情况。他说，确山连年遭到水旱灾害，好不容易争取了国外援助的救灾粮，却被蒋介石集团克扣充作进攻鄂豫皖苏区的军粮。此事激起民愤，在党的领导下，他们冒着生命危险冲到李新店火车站，把那些没有运走的军粮全部抢了，分给了饥饿的灾民。刘中兴听了，觉得王国华不但心直口快，而且有着非凡的勇气，他打心眼里服了。这一夜，一直到鸡叫头遍，二人方才入睡。

第二天一大早，刘书山就匆匆忙忙来到刘中兴家里，他带来了好消息。他说：“昨天晚上我去了毕店，杂货店的张老板交代说，明天小晌午在毕店街东寨外小孔庄北场见面。”

刘书山这些话，王国华在小客屋里听得清清楚楚，他觉得这里的保密工作做得太严密了，如果所有党组织的保密工作都能做到这样，那就太好了。他不无感慨地对刘中兴说：“你们的保密工作做得真到家啊。”

刘中兴回答说：“这也是敌人给逼出来的呀。我们的教训太多了。一个不注意，就会有人被捕，往轻的说是坐牢，往重的说就是杀头。”

张星江和王国华终于再次会面了。这天小晌午，王国华在刘中兴的陪同下，出了毕店街东寨外，顺着东西走向的牛车路，走了二里路的样子，来到了路北不远处的一个麦秸垛下坐了下来。王国华看看麦秸垛的方位，往牛车路南边走就是小孔庄，麦场东边还有一条南北走向的是牛车路，应该是小孔庄庄稼人种地的道路。

刘中兴对他说："我们这里天热的时候老百姓有在麦秸垛下聊天的习惯，在这里不会引人注意，这个你放心。我们就在这里等一下。"

刘中兴刚说完，就看到张星江从南面凤凰树的方向走来，他一见王国华和刘中兴已经在这里等他了，就加快脚步走过来。他上前拉着王国华的手说："国华同志，我一直在想念你。前几天旺午同志捎信来说你要来，我就天天盼着你来。中兴，我跟你说，王国华同志和我在中央苏区开会就认识了，今后见了国华同志不要外气，他要你干什么你就干什么。"

"唉，中兴警惕性蛮高哩，一开始对我疑心很重。之后我们俩谈得多了，他才有点相信我。"

"啊，这样啊？国华同志，你别见怪，我们这里实行单线领导，我给他做过规定，不准和其他人、其他党组织发生横向的联系。可能就是这个原因，中兴的警惕性特别高。"

刘中兴对王国华说："对不住呀，一开始我确实对你有些戒心，但是后来你说的那些话，慢慢打消了我的顾虑。"

王国华说："星江，你们这样做是对的，大家要早这样，我们的组织就不会受那么多的破坏。"

"中兴，我和国华俩在这里商量些事情，你放机灵些，多多观察一下四周的情况，如果有情况马上警示。"说完这句话，他自己也察看了四周情况，路上行人不多，看模样都是一些赶完集往家里走的人。

随后，张星江拉着王国华靠住麦秸垛背阴的地方坐了下来。

王国华心直口快，抢先一步说："星江，你离开苏区后我也一直想你。现在形势对我们很不利，我们如何在逆境中求生存图发展，得认真考虑啊。"

"对极了，我这里也是在困境中苦苦支撑。就在今年春天，新野县委书记回湖北探亲期间自首变节了，我和全中玉同志做了大量的工作，好不容易恢复了新野县委，但是最近在白莲洼商量成立游击队的事时，新任书记又被捕了，和他一起被捕的有泌阳、唐河的县委书记，桐柏一个区委书记以及八个红军伤病员。现在我们已经知道这些红军战士已经全部牺牲，而被捕的几位书记已经被押解到开封去了，他们的具体情况到现在也没有弄清楚。幸亏我们这里实行单线领导，整个党组织才能生存下来。"

王国华说："哎呀，我那里的情况比你这里还要严重。从苏区回来之前，党中央有关方面就给我透露说河南省委书记叛变了，我当时也没有想到那么严重。回来后，省委组织已经不存在了，根本无法找到组织关系，我只好回确山把原来认识的党员重新组织起来，通过这几个月的工作，现在刚刚把确山、汝南、正阳、信阳交界地区部分党组织恢复起来，任务还非常艰巨。现在，我们和党中央失去了联系，河南省委也没有了，咋办？不如把我们两边的党组织合在一起干，拧成一股绳，把革命继续下去。"

在他们说话中间，刘中兴并不插言。他更多的是留意周围环境的变化。但是，他们的话还是引起了他极大的兴趣。王国华说的"拧成一股绳继续革命"的话，给刘中兴留下了很深的印象。

对于王国华的提议，张星江十分赞成，他顺口答道："这是个好主意，我赞成。如把豫南和鄂豫边两边的党组织合在一起，我们的力量就会成倍地加强。最近，我和仝中玉、张旺午等人一直在筹备组建游击队的事情。下一步我们打算在桐柏山区成立一支拉得动、能战斗的脱产的红军游击队。这个想法去年已经向党中央报告过，也得到了党中央的认同。不过，现在几位县委书记被捕，又出现了新的困难。"

张星江还没有把话说完，王国华就接着说："建立游击队的事，我赞成，我们一起把游击队建立起来。我在中央党校毕业时陈云同志也指示我回来后要在敌人力量薄弱的地区搞武装斗争，创建革命根据地。确山和信阳的山区正好和桐柏、泌阳山水相连，正是打游击建立根据地的好地方。"

张星江听了王国华的话，笑笑说："我们想到一块了。既然如此，我们就把两地的党组织正式合二为一，统一领导，统一行动，你看咋样？"

"当然好。在瑞金时我们听过朱、毛井冈山会师，打出了一片天地。今天我们要学学朱、毛会师，来个桐柏山会师，合并成一个拳头，打出一片新天地。"

"那好，国华同志，我们都赞成合并。鉴于目前我们都失去了上级党组织的联系，我想合并后的党组织，就叫中共鄂豫边省委。鄂豫边区工作委员会是经过党中央批准的，它承担的是原鄂豫边省委的职责，这是党中央认可的。所以我觉得合并以后就沿袭鄂豫边省委的名号和职责，先把鄂豫边省委成立起来，今后找到党中央后再补报。"

"这个没有问题。"

"下一个就是省委成员的组成问题。我提个初步意见，你看行不行？"

"好，你说说看。"

张星江说："那我就说了。省委成员除了你我之外，还要有仝中玉同志、张旺午同志。鄂豫边区工委能够有今天，仝中玉功不可没。他原来就是鄂豫边省委委员、省委技术书记，省委机关和南阳中心县委机关遭到破坏后，他冒着生命危险，往来各县召集旧部，主持成立了鄂豫边区临时工委，后经党中央批准为工委，他现在是工委组织部部长，对这里的组织系统很熟悉。张旺午原来也是鄂豫边省委委员，曾经兼任泌阳县委书记，现在是工委宣传部部长。"

王国华说："我那里目前还没有适合担任省委委员的人。那就这样定吧。书记一职还是你来干，仝中玉同志做组织委员，我和张旺午都是委员。"

"国华同志，这样吧，你来做宣传委员，你在群众中威信高，说话很有号召力，做宣传工作非你莫属。"

"也行。"

"那就这样定，从现在开始中共鄂豫边省委就算是正式成立了，我们要履行起原鄂豫边省委的职责。"

"星江同志，今后省委的工作还会很繁重，但是中心任务要明确，那就是在桐柏山区建立红军游击队，发展武装斗争，创建革命根据地。"

"对，我们想到一块了，从现在起，我们要在各县做好游击队队员的选拔工作，从党员和革命群众里挑选出一批立场坚定、不怕牺牲、身体健康、纪律观念强的同志参加即将成立的游击队。"

"星江同志，关于游击队的组织、制度、任务、战术等，我二弟王春义在中央苏区专门学习过，这些让他考虑吧。"

"太好了。仝中玉同志对成立游击队也有一些设想，他的总体设想是从实际出发，在敌强我弱的情况下游击队尽量不要和敌人死打硬拼，那样很容易造成不必要的伤亡和牺牲。他建议要从小型游击队做起，机动灵活地打击敌人，积小胜为大胜，最后发展壮大，取得完胜。"

"仝中玉同志这些想法很实际啊。"王国华说，"星星之火，可以燎原，我们现在也是星星之火，但是终究会有一天，我们这把星星之火会变成燎原大火。"

赶集的路上已经没有行人了，该回家的已经到家了，该吃饭的已经在家里吃饭了。张星江看看天空说："时间不早了，此地也不宜久留，再说咱们还没有吃饭。我不便到街上，中兴，你陪着国华同志到街上随便吃点。有几句话我要跟你说一下，第一，从现在开始，你要接受王国华同志的领导，你要把唐东的工作好好向国华同志汇报汇报。他要你办的事一定要办好，你要特别注意保证他的安全。第二，从现在起，工委交通站改为鄂豫边省委交通站，要严格注意交通站的保密工作。第三，要严格执行保密规定。今天会议的内容要绝对保密，不能泄露谁担任了什么职务。"

刘中兴对张星江说："组织上的事，你尽管放心。你让我们去吃饭，你呢？"

张星江说："这个你不用担心。"张星江回过身握着王国华的手说："国华同志，我们过段时间再见。"

张星江和王国华这次会面所产生的历史意义，也许当时他们都没有意识到，但是历史往往是在不经意中造就的，这也往往蕴含着人们的苦心经营和坚持。

第七章　周骏鸣耕耘尖山　小石岭星火燃起

王国华在唐河毕店和张星江分手后，在刘中兴家里住了几天，对唐东区党组织和农民游击队的情况又作了一些深入了解。为此，刘中兴专门把张国廷、权景山、焦富建、刘书炳、郑谷友、孟汉昭、刘书山、刘中轩等人召集到家里，听取王国华的指示。王国华也饶有兴趣地介绍了他在中央苏区时的见闻，最后他鼓励大家一定要拿起枪杆子，把自己武装起来。

刘中兴说："我们现在最缺的就是枪杆子。星江书记也指示我们要千方百计搞到枪支弹药。"

王国华说："说得对，下一步我们必须千方百计搞到枪支弹药。我们要开展武装斗争，离不开枪杆子。枪杆子就是我们的命根子，没有枪杆子，我们就会成为敌人的活靶子；我们有了枪杆子，敌人就会成为我们的活靶子。当然，枪杆子是要想办法才能搞到手的，不想办法你就永远拿不到。现在我们已经决定要成立红军游击队，建立革命根据地，大家要做好思想准备。游击队队员要从你们中间选拔，大家随时听从党的命令，到红军游击队中去。"

王国华的几句话，深入浅出，给刘中兴和他的战友们留下了深刻的印象。张国廷当场就提出了凑钱买枪的想法。王国华鼓励大家说："国廷这个想法很好，总之要像中兴说的那样，大家一定要千方百计搞到枪杆子。搞到枪杆子，我们的腰杆子就硬实了。"

几天之后，王国华要回确山，刘中兴派刘书山、权景山一直把王国华安全送到确山境内。王国华回到确山就向豫南各地党组织传达成立鄂豫边省委的决定，并要求豫南各地党组织着手挑选游击队队员，时刻准备参加游击队。王春义、康春、柯骡等一些党员同志听了这个消息后，也都铆足了劲儿。

一天，王国华再次来到了徐中和家里。在这里，他和周骏鸣碰了一个正着，他本来不想和周骏鸣见面。因为周骏鸣去年8月在郾城被捕，而对周骏鸣被捕入狱后的情况却一无所知。所以他不想在这个特殊时期和周骏鸣见面。但是，既然碰到了，他也不能生硬地拒绝见面，尤其是在徐中和家里。

周骏鸣于1935年8月在开封出狱后，机智地摆脱了敌人的眼线，回到了确山。为了继续斗争，他也在寻找党组织。他也知道徐中和家是党组织的联络站，而且和王国华有联系，就托人要求和王国华见面，但是却被王国华以时局紧张、难以脱身为由婉转地拒绝了。王国华拒绝和他见面的原因，周骏鸣心知肚明，他也知道王国华对他有所警惕，不想和自己走得太近。他这次亲自来到徐中和的家，就是希望见到王国华，当面向王国华做些解释。

说到周骏鸣，他在确山也是一个传奇人物。他出生在确山县石滚河附近的焦老庄的一个地主家庭，1919年投笔从戎，参加了冯玉祥的西北军。1931年12月14日，赵博生、董振堂在江西领导第二十六路军阵前起义的队伍中，就有周骏鸣的身影，他当时是第二十六路军七十五旅的营长，是反对内战、拥护起义的军官之一。起义成功后，部队改编为中国工农红军第一方面军第五军团，周骏鸣升任团长。

怀着满腔热情参加了红军的周骏鸣，不久就遇上了难题。周骏鸣在江西水土不服，长期拉肚子，久治不愈。于是他向朱德总司令提出回家乡干革命的请求。朱总司令答应了他的这一要求。周骏鸣问总司令回家后如何干，总司令笑着对他说："就是打土豪分田地嘛。"周骏鸣又问："谁来带领我们干？"总司令笑笑说："你先干起来，到时候就有人找你了。"在此后的岁月里，周骏鸣一直把朱总司令的话当作继续革命的动力。

周骏鸣带上朱总司令发给他的六十块钱路费，牢记着总司令的教诲，于1931年底离开了中央苏区，并于1932年的春天回到了确山老家。

虽然有总司令的教诲在前，但是回到家乡的周骏鸣对革命的认识依然比较模糊。他要和家庭断绝来往，所以没有回到焦老庄家里，而是在石滚河街上租了两间房子，换上农民穿的衣服，像中央苏区的干部一样，下到地里和农民一起干活，趁机向农民秘密宣传共产党在江西领导农民"打土豪分田地"的见闻。在他看来，这就是干革命，只要坚持干下去，党就会派人找他了。然而，他失望了，等了一段时间，并没有什么人找他。他心想驻马店那里可能有共产党人，就跑到驻马店开了一间杂货店，企图利用做生意的机会联系上共产党人。然而他的这个尝试也一无所获，于是他只好回到焦老庄。

焦老庄虽然靠山靠水，向南就可以进入桐柏山，过了河往北走，不远处就是伏牛山余脉，但是，这里也是一个穷山恶水的地方，农民群众一年四季难得吃上一顿饱饭，家家都有揭不开锅的时候。前几年共产党在确山领导农民开展分粮斗争，竹沟、石滚河等地的许多农民群众也参加了，但最终都被反动派镇压下去了。焦老庄的一些贫苦农民看到周骏鸣又从驻马店回来了，就壮着胆子去找他。有人说："骏鸣，我们大伙都觉得你像是共产党。你要是共产党的话，就该领着我们干起来，反抗地主老财的压迫和剥削。"

周骏鸣没有承认自己是共产党，但是也没有否认自己是共产党，心里想先把革命干起来再说。于是，1933年夏天他把本村青年和周围村庄的青年组织起来，建立了一支游击队，到附近几个山寨收缴了土匪几十支枪。周骏鸣的八叔，是当地一霸，群众对他意见很大。为此，周骏鸣大义灭亲，发动群众把周老八毙了。结果此事惊动了确山县保安大队，没过几天这支队伍被确山保安大队打得七零八落，从土匪那里收缴来的几十支枪也被打没了。在事实面前，周骏鸣逐渐认识到干革命离不开共产党的领导，单凭个人的一腔热情，啥事也干不起来。

于是，周骏鸣开始打听本地共产党人的消息，他终于打听到了一条好消息。有人告诉他确山王楼一带有共产党活动，领导人就是"王老汉"，"王老汉"就是王国华。1933年7月，周骏鸣抱着试试看的态度在王楼找到了王国华。王国华那时已经是中共确山县委书记。他对于周骏鸣的到来并不意外。原来，王国华对周骏鸣回乡后的主要活动情况早就了如指掌。看到周骏鸣急于参加革命的样子，王国华耐心地向他解释了共产党的主张和政策，并在此后不久介绍他加入党组织。

从此，周骏鸣再也不是单枪匹马、单打独斗了。有了党组织做依靠，他心里有谱了。他知道党员就要服从组织的领导，党叫干啥就干啥。不久，他接受了王国华给他布置的第一个任务，要求他到驻马店东面的水屯去把被敌人破坏的党组织重建起来。当时，由于分粮斗争遭到了国民党反动派的镇压，不少农民群众产生了恐惧心理，担心遭到敌人的迫害，所以不少人都不敢接近周骏鸣。为了取得党员和群众的信任，周骏鸣放下身段，化装成卖药的郎中，手里拿着一根旱烟袋，身上背着中草药袋子，走乡串户为群众看病。碰到贫苦的老百姓看病，周骏鸣就分文不取，免收他们的药钱。他以这种独特的工作办法逐渐赢得了党员和农民群众的信任，终于把水屯乡的党组织重新建立起来，投入到新的斗争。

1933年年底，王国华到河南省委工作后，周骏鸣接任确山县委书记。由于周骏鸣有过部队的经历，带过兵打过仗，1934年8月他被调到中共河南省委，担任河南省委军委书记。正当周骏鸣踌躇满志准备大干一场的时候，省委书记李敬之、豫南中心县委书记李林木先后叛变，各级党组织均惨遭破坏，周骏鸣也成了国民党的通缉要犯，家也被查抄了。他一时无处可去，只能四处奔走，躲避敌人的追捕。也许这是周骏鸣一生中最倒霉最晦气的日子，就在他急于寻找党组织的时候，他遇到了灾星。接下来的事情则是王国华要了解的重点，也是周骏鸣要向王国华说清楚的重点。

王国华看看周骏鸣突然出现在徐中和家里，虽然没有显出不高兴的样子，但心中还是疑惑重重。他装作很随便的样子问道："骏鸣，我们很久没有见面了，你这年把子时间去哪里了？"

按照党的纪律要求，一个真正的共产党员假如被捕了，他出狱后应该把入狱、出狱以及在狱中的情况向党组织如实汇报清楚，接受党组织的审查，除非已投敌叛变或者放弃信仰不干革命了。于是，周骏鸣说："国华同志，这正是我要给你说清楚的。"接着他把自己在郾城被捕，在开封监狱坐牢，在狱中斗争以及逃离魔掌的情况一一向王国华作了说明。

中共河南省委机关被破坏后，周骏鸣四处打听省委的消息。1934年8月底的一天，周骏鸣来到在漯河火车站附近的秘密联络点，见到了联络员小卢。小卢见到了周骏鸣，神秘地说："我一直在打听你的消息，今天可算见到你了。前几天，我见到了中央联络员小马，他说要是见到你，就让你到郾城见他。"周骏鸣哪里知道，这个小卢已经叛变投敌，他按照小卢提供的线索，来到郾城见小马，不料刚一出现，就落入小马的圈套。周骏鸣发现情况不妙，转身就跑，在逃跑中他和特务发生了激烈搏斗，结果被敌人一枪击中左大腿，鲜血直流，最后终因寡不敌众被捕，被捕后关押到了开封监狱。

在狱中，周骏鸣碰到了早先被捕入狱的河南省委组织部部长兰德修。兰德修告诉周骏鸣说："老周，你我都是共产党员，共产党员要坚守自己的信仰，不能背叛党的事业，我们要坚持下去，等待时机。"

兰德修的话对周骏鸣而言是个很大的鼓舞，这更加坚定了他坚持革命的决心。于是，他说："兰德修同志，你放心好了。我就是死，也不会背叛组织，出卖同志。"

兰德修说道："老周，你知道这是什么地方吗？这里是敌人的秘密监狱，关押的都是政治犯。敌人的阴谋就是把我们关在这个与世隔绝的监狱里，切断我们和外界的联系，消磨我们的意志，逐个分化瓦解我们，我们可不能上当。现在我们要想尽一切方法，和外面的党组织取得联系。不要放过任何机会，一有机会就要想办法和组织取得联系。"

周骏鸣觉得兰德修的话很有道理，他也深信只要自己守着参加革命的初心，就能够找到机会和党组织取得联系。

国民党特务为了分化狱中的共产党人，使出了他们能够用的多种手段，硬的不行就来软的。他们以为周骏鸣是从旧军队出来的人，是个可以争取的对象，便对他展开了多次政治攻势，企图让周骏鸣反戈一击，但他们打错了算盘，周骏鸣不是那种朝三暮四、可以动摇的人。

一个特务对他说："马克思主义不适合中国国情，只有实行三民主义，跟着蒋委员长干才有出路。"周骏鸣听了，也不做反驳。他装作认真听的样子，但实际上他是左耳朵进去，右耳朵出来，根本就没有听进去，心里却想："说的都是屁话！"

为了瓦解共产党员的意志，敌人挖空心思，利用叛徒组织了一个所谓的"中共河南省委"，企图迷惑、引诱周骏鸣等人加入这个假省委。一天，叛徒王斌对周骏鸣说："老周同志，省委现在很关心你们的处境，省委认为你们不妨向当局写个悔过书，参加新成立的中共河南省委，这样就可以出狱。只要早日出狱，就可以继续为党工作。你好好考虑一下我的意见，考虑好了，就给我说一下。"

周骏鸣听了王斌的话，用鄙夷的眼光看了对方一眼，什么也没有说。他知道这是敌人耍的阴谋，这个省委根本就是一个幌子。他心里说，要我写"悔过书"，岂不是承认自己过去做的都是错的吗？但是，我没有做错什么，为什么要悔过？于是，他回到牢房之后，立即把这一情况和自己的想法告诉了兰德修。

兰德修听了周骏鸣的话，突然说道："骏鸣同志，我们的机会来了。敌人用假省委来欺骗我们、引诱我们，我们为什么不能将计就计？我们不妨假装答应他们，出了监狱就是我们的天地，我们一定能够找到逃跑的机会。"

兰德修一语点醒了周骏鸣，他觉得兰德修的话太有道理了。于是，他和兰德修一起写了"悔过书"，获得了"自由"。周骏鸣带着王斌给他布置的"任务"和"经费"，来到了郑州，随后就寻机摆脱了敌人的监视，潜入茫茫人海。他在郑州一个小胡同里找到了团省委书记小邓，向小邓说明了真相，要小邓立即到豫北通知地下党组织提高警惕，防止假省委的阴谋活动。小邓接到警报，立即去豫北了。周骏鸣则匆匆逃离郑州，回到了确山，一直住在杜李庄祖叔周凤祥家中。

王国华听了周骏鸣的汇报，并没有马上表态，因为这只是周骏鸣的说辞，还不能轻易下结论。但是，王国华心想，眼前也没有办法了解清楚，最好的办法就是在实际的斗争中考验他。革命实践就是一块试金石，是真革命还是假革命，让他到革命斗争中去，一切都会清楚。于是，王国华对周骏鸣说："骏鸣，你也清楚省委被破坏了，豫南中心县委也被破坏了，我们需要从头做起。我建议你先到确山和信阳交界的山区，到那里扎根串联，建立党组织，准备开展革命的武装斗争。"

周骏鸣欣然接受，他高兴地说："只要能够继续为党工作，要我干什么都行。也请党相信我，我一定能够完成党交给我的任务。"

周骏鸣再次接受了王国华给他分派的任务，只身来到了吴家尖山王老庄。吴家尖山位于确山、信阳和桐柏的交汇处，山高林密，峰峦叠嶂，人烟稀少，是国民党统治力量薄弱的地方。周骏鸣认为这里是建立一支红军队伍较为理想的地方。

周骏鸣选择到吴家尖山扎根，是经过一番认真考虑的。他的妻舅吴元昌就住在王老庄，他可以隐蔽在吴元昌家里。这个村子不大，只有六户人家，生活条件非常简陋，住的都是茅草房，吃糠咽菜是常有的。吴元昌家里八口人，只有两间破草房，风一吹，门窗吱吱作响。周骏鸣看到他家过着这样的日子，心都碎了。于是他亲自动手，帮助吴元昌搭建了一间小草棚，和表弟吴恒秀住在那里。

白天周骏鸣和吴恒秀一起干活，每到晚上，周骏鸣和吴恒秀无话不谈。有一天晚上，周骏鸣突然问吴恒秀："恒秀，山里有地主老财没有？"

吴恒秀说："哪能没有？天下哪里都少不了这号人。"

"地主老财们干活不？"

"人家不用干活。"

"不干活，他们吃啥？穿啥？"

"唉，骏鸣哥，你咋糊涂啦？人家有地有钱呗。他们自己不干活，但有人替他们干。"

"对呀！他们自己不干活，却有吃不完的粮食，穿不完的衣服，花不完的钱。那他们的钱，他们的衣服，他们的粮食，是从哪里来的？都是穷人干出来的。可结果呢？穷人一年到头替他们卖命，过的却是半年糠菜半年粮的日子，就像你家过的日子一样。这就是说穷人劳动的果实被地主老财们拿去了，都被地主老财们剥削走了。"

"理是这个理，可是现在都是这样，没有办法呀。"

"办法当然有。你听说过梁山泊的英雄好汉吗？他们都是一些劫富济贫的好汉。官逼民反，老百姓活不下去了，就会造反。梁山好汉就是活不下去了，才上山造反的。"

"我也听说过梁山好汉的故事，那都是多久以前的事了。"

"恒秀，现在不叫劫富济贫，现在叫天下穷人闹革命，推翻地主老财们的压迫和剥削，让天下穷苦百姓都过上好日子。"

周骏鸣这话倒也深入浅出，通俗易懂，吴恒秀好像一下子明白了许多，他说："骏鸣哥，要真的有这等事情，那俺高兴都来不及呢。"

周骏鸣看看吴恒秀听得很认真，就说："这等好事早就有了。我几年前在江西就看到了这样的事。在那里共产党领导穷人闹革命，打土豪分田地。穷人都分到了土地，吃上了白米饭，穿上了新衣裳。"

"江西离我们这里远着呢，我们这里没有这样的事。要是我们这里也有共产党，那该多好！"

"我看早晚会有的。天下的穷人哪有甘心挨饿受冻的？这里的穷人会甘心受穷？"

"你说的也对，谁愿意一辈子受穷呢？我表哥汪心泰就很不甘心，他也说过共产党和红军什么的。"

"你说的是汪心泰？你给他说说，啥时间有空了，我们在一起聊聊。"

"行，这事能成，我们俩最要好，我说句话他一定会来。"

汪心泰和吴元昌两家也是亲戚，汪心泰的家就住在附近的小石岭，在王老庄西边，只有几里路。汪心泰出身贫苦，后来被抓去当壮丁，在国民党的部队里当了一个小班长，部队在同红军作战时，他受伤后被红军收容了。红军不但没有伤害他，还给他治伤、发路费，让他回了家。回乡后他常对人说起共产党如何好，讲他在鄂豫皖苏区的见闻。

吴恒秀一听周骏鸣提出要见汪心泰，第二天就到了小石岭。他对汪心泰说："骏鸣哥同我说了不少新鲜的事，他说想见见你。明天有空儿没有？有的话，一起到东山砍柴去。"汪心泰顺口答应说："中，有空没空还不是我自己说了算？我说有空就有空。"

汪心泰是个很讲信用的人，只要他答应了的事，就一定不会失信，他如约到了东山。三个人一边砍柴一边说些老百姓的日常家事，说着说着周骏鸣问汪心泰说："心泰，听恒秀说你见过共产党和红军哩。"

汪心泰说话也很直率，他说："别提了，要说那档子事，我还真有点不好意思。我们去进攻人家，被俘虏了，结果人家不但没有打我们，没有骂我们，还给我治伤，还说愿意和他们一起干革命的留下，愿意回家的给发路费。我当时挂念着家里的父母，提出要回家看看，他们还真的给我发了两块钢洋做路费。"

周骏鸣问："你在那里有没有看到打土豪分田地？"

汪心泰说："有啊，那里的人都在打土豪斗地主，地主的地都给分了，把那些地主弄得威风扫地。人家共产党是为贫苦百姓办事的。红军的官长还专门同我们讲了红军为谁打仗的问题，我一听就感到很新鲜，很有道理。"

"你说的这些事，我也亲眼见过。我们这里要是来了共产党，我就跟着他们干。"周骏鸣接着说。

汪心泰说："我也有这想法，我们这里要是真的来了共产党和红军，我就第一个跟着他们干。"周骏鸣心中有数了，他觉得汪心泰就是他要发展的第一个党员。他决定把身份亮明了，他对汪心泰说："心泰，我要是共产党，你跟不跟我一起干？"

汪心泰好像忽然明白了什么，说了半天，原来周骏鸣是在套自己的话呢，于是就说："骏鸣大哥，你是共产党？"

"不错，心泰，我就是共产党。我们共产党要建立自己的队伍，打垮国民党反动派，让穷人都过上好日子。如果你愿意加入我们共产党，我可以做你的介绍人。"

"那当然好，我就听你的。"

两天之后，汪心泰成为周骏鸣在小石岭村发展的第一个共产党员。从此，汪心泰跟着共产党走上了革命道路。

吴家尖山有一个情况，王国华和周骏鸣之前并不知晓。王国华知道这里曾经有过革命活动，但是却不知道吴家尖山小学教书先生吴仁甫是个老共产党员。1925年吴仁甫早在武汉启黄中学就加入了共产党，于1926年5月受党组织派遣来到吴家尖山，在吴氏祠堂创办小学，秘密发展党员，开展革命活动，并于1928年建立了吴家尖山第一个党支部。后来国民党反动派勾结土匪多次洗劫吴家尖山地区的党组织，吴家尖山党支部被迫转移。到了1932年冬，吴仁甫在泌阳马谷田做匪运工作时，被桐柏县黄岗民团当作土匪抓起来投入桐柏监狱，后经党组织营救出狱。出狱后的吴仁甫，受党组织的指派，重新回到吴家尖山小学，隐蔽下来，等待时机。豫南党组织被敌人破坏后，他一时和党组织失去了联系。

吴仁甫是个很精明的人，周骏鸣突然来到尖山，不能不引起吴仁甫的注意。是敌是友，吴仁甫自然要仔细地观察一番，慎重地试探一番。为此，他几次借故接近周骏鸣，聊一些和时局关联的话题。周骏鸣当然不知道吴仁甫是共产党员，但从吴仁甫的话里，他感觉到吴仁甫是一个倾向革命，倾向共产党的知识分子。有一天，周骏鸣突然问吴仁甫："吴先生，你是有知识有学问的人，你觉得共产党咋样？"

周骏鸣提出的问题，吴仁甫早就有了答案，他说："现在的社会贫富不均。杜甫说的'朱门酒肉臭，路有冻死骨'，指的就是现在这样的社会。共产党提出打土豪分田地的口号，就是要消灭这样的社会。共产党可是代表天下老百姓利益的党派。"

周骏鸣没有想到吴仁甫竟然能脱口而出，说出这样切中时弊的话，就说："吴先生，实不相瞒，我和共产党有些联系。听你的话音，好像你对共产党也很了解啊。"

吴仁甫笑笑说："啊，你问这个呀。我也不瞒你，我确实认识几个共产党员，他们都是好样的，可惜他们都死了，而且都是为老百姓死的。当时，我难过了好多天。"

周骏鸣紧接着就说："这样说，吴先生一定是很同情他们了。"

吴仁甫说："岂止是同情？他们那种视死如归的英雄气概，我一辈子也忘不了。"

周骏鸣说："难道吴先生向往共产党？唉，吴先生，我也不给你绕弯子了，我就是共产党，你要是想加入组织，我可以做你的介绍人。"

"老周同志，我也不给你绕弯子了，我就实话实说吧。你还不知道吧？

我本身就是共产党员。吴家尖山的第一个党支部就是我建立的。"接着，吴仁甫把他此前的经历向周骏鸣简略地述说了一遍。

周骏鸣感到很吃惊，他只知道吴仁甫是个教书先生，压根没有想到他是潜伏下来的共产党员。周骏鸣突然明白了吴仁甫这些天总是有事没事地找自己聊天的原因，原来他是在试探自己。于是，周骏鸣便笑着对吴仁甫说："吴先生，怎么不早说呀？你看，一家人不认一家人，我们两个都绕了这么大的弯子。"

"老周同志，我们这里的党组织已经遭到多次破坏了，我不得不小心啊。现在，你来了，就好办了。我们需要把组织重新建立起来。"

几天之后，周骏鸣在吴仁甫和汪心泰的支持下，秘密地重建了吴家尖山党支部，汪心泰被推选为支部书记。

周骏鸣以自己脚踏实地的行动，践行了他对党组织的承诺，证明了自己是一个合格的共产党员，是一个值得党组织信赖的好同志。9月初，王国华从汝南到唐河参加省委会议，特地经过王老庄，检查了吴家尖山党组织的发展工作和准备武装斗争的情况，对周骏鸣的工作十分满意。

不久，鄂豫边省委决定在泌阳高邑西张楼野外召开省委扩大会议，专门研究开展武装斗争的问题，张星江、王国华、王春义、陈香斋、周骏鸣等人都参加了会议。因关山阻隔，时间仓促，省委组织部部长全中玉和省委委员张旺午未能赶上会议的召开。这次会议正式拉开了鄂豫边区革命武装斗争的序幕，决定以吴家尖山为依托，组建桐柏山区红军游击队，开创桐柏山区革命游击根据地，并决定把省委机关从唐河迁入吴家尖山。

会议结束后，张星江、王春义就和周骏鸣一起来到了吴家尖山小石岭附近的山顶庙里住了下来。张星江看着小石岭这个背靠天目山的小山村，觉得建立红军游击队的愿望很快就要实现，心里难免有些激动。当年在鄂北苏区打土豪分田地的革命景象，仿佛又出现在他的眼前。眼前这山这水虽说和鄂北不同，但也群山延绵不断，沟汊纵横，林木葱茏，云雾缭绕，进可出击，退可隐蔽，确实如周骏鸣所说大有用武之地。

俗话说万事开头难，对于创业者来说，创业就意味着不断地解决难题。成立红军游击队的计划要想落到实处，不但需要革命热情，更需要带着这份热情去解决所面临的所有难题，包括原先不曾预料到的难题。

张星江、周骏鸣、王春义等人在到达吴家尖山后，多次在吴仁甫或汪心泰家里谋划成立红军游击队的大事。一天在汪心泰家里，张星江故意考验汪心泰："心泰，你说我们现在最大的困难是什么？"汪心泰依然是心直口快，他说："老张同志，那不是明摆着的，没有枪呗。"

张星江肯定地说："说得好，这是我们必须解决的第一个难题。面对着武器精良的国民党反动派，我们不能赤手空拳。我们必须解决武器的问题。贺龙闹革命，是一把菜刀起家。我们要拉起红军游击队，也要有点本钱。"

在一边旁坐着的吴仁甫说："老张同志，我有个学生，他家里有一支小八音手枪，我和他父亲关系不错，我可不可以借来一用？"

这一句话提醒了大家。周骏鸣说："对呀，我怎么就没有想到这个办法呀！我六叔周凤祥家里也有一支汉阳造，我借来用用他不会不给。我当初寻找党组织，他还帮过我打听消息呢。"

张星江说："老吴，你提的办法能成。你和骏鸣都试试看。活人不能让尿憋死，办法是人想出来的，只要大家肯动脑筋，就一定有办法。"

失散在当地的红军战士老汪一直在听大家议论枪的事情，他灵机一动说："老张同志，我知道有人想卖掉家里的撅把子枪，我把他买回来咋样？"

张星江一听高兴了："那怎么不行？"

大家想来想去，眼前只能搞到这三把长短枪。但是不管咋说，这都是同志们动脑筋想出来的办法，所以张星江高兴地说："好，我们一下子就想出了借和买两种办法，这比贺龙同志当初起事的时候强多了，他当初只有一把菜刀嘛。我们先把这几支枪落实下来再说。"

几天之后，大家把枪拿到手了。吴仁甫借的那把小八音还带了两颗子弹。但是，老汪用五元钱买来的撅把子，却没有扒子钩，要配一个扒子钩才能用。周骏鸣同志借来的那支汉阳造，也带有几发子弹，但是枪栓有些毛病，有时急着用却拉不开枪栓。三支长短枪实际上只是"两支半枪"。大家面对这"两支半枪"，心里都有些说不出的滋味，总是高兴不起来。

张星江说："同志们，不要小看这'两支半枪'啊，这就是我们的本钱，有了这点本钱，我们就可以赚取更多的本钱。现在枪少不怕，我们可以凭着这点本钱向敌人夺枪，今天夺一支，明天夺两支，不出多久我们的枪就多了。"

周骏鸣说："老张说得对，夺枪也是办法，下一步我们要选定目标，夺取敌人手中的枪支弹药。"

1936年1月3日（农历腊月初九），王春义从确山回到小石岭村，跟他一起来的有康春。王春义这次到确山主要是落实游击队队员的挑选工作，他带来消息说，从确山、唐河、泌阳、桐柏、新野来参加游击队的同志一两天就到达小石岭。王春义是个急性子，他回到小石岭，就催着张星江快点把红军游击队建立起来，他对张星江说："老张同志，机不可失，时不再来，我们不如先干起来再说，今晚就把游击队先建立起来。"

张星江想了想说："也是啊，大家都盼着早点成立游击队，今晚就今晚吧。"

当天晚上，张星江和周骏鸣把王春义、汪心泰、康春、红军伤员老汪等人召集在汪心泰家里开会。会上，张星江郑重宣布桐柏山区红军游击队正式成立，同时宣布了桐柏山区红军游击队的领导成员。根据省委的决定，游击队指导员由张星江兼任，游击队队长由周骏鸣担任，王春义担任游击队副队长，张旺午负责游击队的政治宣传和后勤工作。

张星江随后说："从现在起，我们就要亮出桐柏山区红军游击队的旗帜，但是这只是我们迈出的第一步，摆在我们面前的任务很艰巨，我们面临的敌人比我们强大得多，我们面临的困难还很多。今后我们如何战斗，如何在战斗中发展，我们需要统一思想，统一步调。有什么想法，请大家都来谈谈。"

会上，有些同志很自然地想到了苏区打土豪分田地的场景，主张游击队要明确地提出"打土豪分田地"的口号。但是，张星江清醒地认识到，眼下革命正处于低潮，而游击队刚刚建立，力量还很弱小，如果现在就提出"打土豪分田地"的口号，恐怕不现实。张星江对大家说："'打土豪分田地'是个长远目标，但从我们面临的实际情况来看，我们还做不到，与其做不到，不如我们从实际出发，做那些眼前就可以做到的事情。我主张以'打坏货'这个口号代替'打土豪分田地'的口号。什么是'坏货'？老百姓心里早就有一杆秤，就是那些心狠手辣称霸乡里、奸人妻女的人，就是那些与人民为敌、发灾难财、发国难财的贪官污吏。执行'打坏货'这个政策，既可以集中力量孤立和打击老百姓最痛恨的敌人，消灭国民党基层政权中的反动分子，又可以减少敌对面，最大限度地争取社会各阶层人民群众的拥护和支持。所以，'打坏货'是个符合当前实际的政策，要把'打坏货'当作我们今后最重要的政策来执行。"

张星江的这个分析和判断，大家都觉得有道理。于是，游击队的政策问题就这样确定下来了。王国华曾经对张星江说过，王春义在苏区学习过游击战的战略战术。于是张星江就说："春义同志，你在中央苏区专门接受过游击战的训练，趁着这个机会，你来给大家讲讲如何开展游击战。"

王春义说："既然张指导员点名了，我就说说吧。毛主席在中央苏区提出了游击战的十六字方针，叫作'敌进我退，敌驻我扰，敌疲我打，敌退我追'。这是消灭敌人的最有效的战术原则。现在是敌强我弱，我们还不能和敌人死打硬拼，不能做赔本的买卖。我们眼前只能避开敌人的锋芒，在敌人不注意的地方，不注意的时间狠狠地打击敌人。我赞成张指导员前几天提出的积小胜为大胜的思想。我们攻不下县城，可以先攻取乡镇，攻不下乡镇，可以先攻占国民党的村公所。我们今天打下一个村公所，明天打下一个村公所，时间久了，就能打下乡公所、区公所，取得的胜利就会越来越大。目前，我们先把立足点放在农村，放在山区，由山区农村向山外农村、山外集镇逐渐扩张。"

张星江说："春义说得好啊。有一点我要向大家说明，我们游击队是共产党领导的红军游击队，有着铁的纪律。大家要服从党的领导，服从组织，服从纪律。这个问题，还要请骏鸣同志定出若干条例，大家共同遵守。今后，不管是谁违反了部队的纪律，都会受到严肃的处理，在纪律面前人人平等，不讲情面。今后如何行军打仗，大家要服从周队长和王春义副队长的指挥。"

周骏鸣说："其他话我不多说了。今天是我们红军游击队成立的日子，是一个值得纪念的日子。在这样的日子里我们不能没有响动。我提议'打坏货'，除暴安良，就从今天晚上开始。"

周骏鸣会前已经和张星江商量过，提议今晚就要"打坏货"，所以张星江说："'打坏货'，要从红军游击队成立之日就开始，这是周队长和我的共同的意见，下面就请周队长谈谈具体部署。"

周骏鸣说："在这之前，我和心泰也多次讨论过我们面前的敌人是谁，那就是小石岭村的联保处主任汪心乐。汪心乐就是一个'坏货'，我们就是要拿他开刀。"

汪心乐有钱有势，用钱买个联保处主任的职位。他当上联保处主任之后，就靠着国民党区公所撑腰，为非作歹，是个十足的"坏货"。汪心乐整天背着枪在寨里寨外转悠，看到哪家不顺眼，不是打就是骂，这里的群众早就恨透他了，但是大家又很惧怕他，特别是害怕他手里的那支枪，大家都敢怒不敢言，把委屈埋在心里，把苦水咽进肚子里，只能见到他就尽量躲着点。

一天，汪心乐转悠到刘先成家门口，正好看到刘先成手里拎着一只老母鸡从外面回来。汪心乐就先入为主地说："刘先成，你这老母鸡是偷来的吧？你家啥时候养过鸡？"

刘先成知道来者不善，就急忙辩解："我没有偷，我老婆坐月子，我二姐送了这只老母鸡，让我给老婆炖鸡汤补补身子。"

"放屁！你二姐家穷得叮当响，会送鸡给你？我看这鸡分明就是你偷来的。"

刘先成"不是"两个字刚说出口，汪心乐就一巴掌打了下来，还声色俱厉地说："王八蛋，分明就是偷来的，还说不是不是。"汪心乐骂着骂着又一巴掌打在刘先成的鼻梁上，打得刘先成鲜血直流。邻居们见汪心乐又在欺负刘先成，有的大着胆子出来为刘先成打抱不平，说那只鸡真的是刘先成二姐送的，汪心乐这才骂骂咧咧地走了。

刘先成回到屋里，怒火中烧，掂着一把菜刀就要去追赶汪心乐。他老婆一见丈夫要去拼命，急忙抱着他的腿说："人家手里有枪，你这不是找死吗？你死了，我们娘俩咋办？"刘先成听了老婆的话，像泄了气的皮球，叹了一口气，扔下手中的菜刀，一屁股坐在床沿上。

汪心乐不光经常欺压百姓，还是个色鬼。他看谁家的媳妇漂亮，就常常借故套近乎，轻一点用语言挑逗，重一点则动手动脚。在小石岭附近，人们都知道汪心乐和北寨外的韩寡妇有一腿，三天两头夜宿韩寡妇家里，他老婆也拿他没有办法。韩寡妇膝下无儿无女，虽说徐娘半老，却也风韵不减。一开始她觉着汪心乐流里流气，不是正经人，因此并不愿意理睬汪心乐，但是禁不住汪心乐的挑逗引诱，也就慢慢地遂了汪心乐的愿。她心想自己孤零零的，是只无枝可依的孤雁，这汪心乐虽说有点不正经，却也给她带来了快乐，让她在那漫漫长夜中不再孤单。时间久了，她就把汪心乐当作自己的依靠，一到天黑，她就盼着汪心乐，她觉得她再也离不开汪心乐了。

周骏鸣、汪心泰早就盯上汪心乐了。他们认为要"打坏货"的话，汪心乐就是第一个对象。为此，他们对汪心乐的一举一动都很关注，他们观察到汪心乐有好几天没有去找韩寡妇了，料想今晚汪心乐应该会去韩寡妇家。

康春听了周骏鸣的情况介绍，说道："这是个机会，今晚我们就一不做二不休，先把他灭了。"

张星江说："骏鸣同志，你就说怎么干吧，大家都支持你。"周骏鸣压低了声音，对游击队成立后的第一次战斗作了具体部署，决定兵分两路，一路在寨子口蹲守，一路埋伏在韩寡妇屋外。

外面的天空，阴云密布，寒风阵阵。忙碌了一天的人们早就钻进被窝里了。但是汪心乐却没有睡下，他和几个狐朋狗友打麻将打到半夜才散场。今晚他的手气不好，赢的没有输的多，麻将桌上他充大方，装出满不在乎的样子，但内心里很不是滋味。所以出了麻将屋，他想今晚运气不好，何不到韩寡妇家寻欢去？于是，他背着那支汉阳造，冒着刺骨的山风，向韩寡妇家走去。

他刚走到寨子，就被埋伏在角落里的张星江和王春义发现了。张星江暗自称赞周骏鸣和汪心泰的判断力，于是他们便悄无声息地跟了上去。

用迷信的话来说，也许是汪心乐到阎王爷那里报到的时辰到了。本来韩寡妇家里养了一只小花狗，可是汪心乐嫌那狗老是不认人，每次来它叫个没完没了，一怒之下他就把那只狗打死炖来吃了。当周骏鸣和康春来到韩寡妇家门前时，发现大门并没有上门闩。他们推开大门，悄无声息地进了院子，又轻轻地把门虚掩上。这一切做得如此轻捷，一点动响也没有。

汪心乐哼哼唧唧，唱着流行的黄色小调，来到了韩寡妇家大门前。他看大门像往常一样是虚掩着的，心想这女人真够意思，很会给自己行方便。汪心乐关上大门，径直走到堂屋，拍了拍堂屋的门。刚刚拍了两下，门就开了。原来这韩寡妇也没有睡，她坐在火盆旁边，一边烤着炭火，一边焦急地等待汪心乐。汪心乐好几天没有来了，所以，她一听到敲门声，就心急火燎地去开门。汪心乐见韩寡妇烤火烤得脸红扑扑的，立即把枪靠在门后，双手张开，一下子把韩寡妇搂在怀里，嘴上说："心肝，急了吧？"

正当汪心乐搂着韩寡妇亲的当儿，汪心乐突然挨了一闷棍，这一棍正打在他的腰窝上，他"哎呀"一声正要回头看，一支枪瞬间顶住了他的脑门，只听"呼"的一声，汪心乐就倒在地上，身子抽搐几下，就到阎王爷那里报到去了。

韩寡妇一看屋里进来四个陌生人，汪心乐死在地上，吓得浑身筛糠，哭都没敢哭出声。

一个陌生人说："韩寡妇，你听好了，我们是红军游击队。汪心乐仗势欺人，为非作歹，欺压良善，盘剥百姓，坏事做尽，罪该万死。我们今天只要汪心乐的命，还不想要你的命。你给我老实点，不许声张，不许报官，如果不听劝告，那汪心乐的下场就是你的下场。"

韩寡妇毕竟和汪心乐有私情，眼泪扑簌扑簌往下掉，但是又不敢大声哭喊。她点点头，嘴里说："俺听，俺听你的就是了，你高抬贵手，就放俺一马好不好？大爷们。"

"大爷"这个称呼是当地百姓对山上土匪的称呼，显然韩寡妇把这四个人当成山里的土匪了，她一个劲地求饶。

那个陌生人拿起汪心乐放在门后的那支枪，就和其他三个人匆匆离开了韩寡妇的家。其实，这四个陌生人，不是别人，正是张星江、周骏鸣、王春义和康春。战斗中，那一闷棍正是张星江打下去的，却没有打中汪心乐的要害。用枪顶着汪心乐脑袋的是周骏鸣，他一枪下去，汪心乐想反抗也来不及了。

这次战斗干脆利索，处决了小石岭一霸，缴获了步枪一支和子弹四颗。桐柏山区红军游击队在小石岭打响的第一枪，说不上惊天动地，但是，这一枪点燃了党在桐柏山区革命游击战争的星星之火；这一枪火花四溅，最终在江淮大地上燃起了燎原大火，实证了毛泽东"星星之火，可以燎原"的名言；这一枪在鄂豫边区风云变幻的历史上留下了浓墨重彩的一笔，让子孙后代永远铭记。

第二天太阳升起的时候，汪心乐被人打死的消息成了尖山一带的特大新闻。人们议论纷纷，说什么的都有。就在人们议论汪心乐死讯的时候，张旺午、牛德胜、朱凤昌、闫文甫、马三更、王青玉、红孩、柯骡等一批地方骨干人员从泌阳、唐河、新野、镇平、确山等地匆匆赶到吴家尖山山顶庙里，和张星江等人会合在一起，大家都因游击队初战告捷而兴奋。

第八章　打"坏货"连战皆捷　除强暴顶风冒雪

　　汪心乐的死讯，引发了敌人的各种猜测。有人说是死于情杀，有人说死于仇杀，也有人说死于土匪李毛蛋之手，而韩寡妇说杀人者自称是红军游击队。敌人分析来分析去，认为情杀或仇杀不是没有可能，但是却没有明显的敢杀他的情敌和仇敌，而"匪杀"的可能性也几乎没有。汪心乐尽管最近说过要杀掉土匪李毛蛋的话，但是这话也不一定就会传到李毛蛋耳朵里，就是传到了李毛蛋耳朵里，李毛蛋也决不会暗杀他。按照土匪的活动规律和方式，他们要杀掉汪心乐就会明目张胆杀到小石岭，在小石岭折腾一番，捞上一把才会走，但是，这些人杀了汪心乐就离开了，除了枪之外其他什么东西也没有带走。最后，韩寡妇提供的证词，引起了他们的注意。

　　敌人把目光转移到汪心泰上。汪心泰是不是红军游击队成员，他们没有什么证据，但是有人说汪心泰最近和一些身份不明的人来往密切，汪心乐的死，可能和他有重大关系。于是敌人于第二天晚上就把汪心泰的家围个水泄不通，逼迫汪心泰父亲和汪心泰交出杀死汪心乐的人。汪心泰的父亲坚决否认，为此和敌人发生了激烈的争执，在争执中被敌人残忍杀害。接着，敌人就逼着汪心泰承认雇凶杀了汪心乐。汪心泰连声大叫"冤枉"，他说最近确实有几个朋友来过，但那些人过去和自己都在国民党军队里当过兵，他们不过是到家里叙叙旧，别的什么事也没有做，再说自己昨晚一直在家里，连大门都没有出。敌人虽然没有什么确凿的证据，但又不愿意就此放过汪心泰，遂将汪心泰逮捕起来，关进了信阳监狱。在狱中，汪心泰始终否认自己杀了汪心乐，他理直气壮地说："我和汪心乐都姓汪，一笔写不出两个'汪'字，我和他同宗同祖，往日无冤近日无仇，我为什么要杀他？"敌人审来审去，也没有审出啥名堂，既没有审出杀人的动机，也没有审出杀人的证据，一年之后只好把汪心泰释放了。

　　汪心泰的父亲被杀害，汪心泰被捕入狱，对刚刚建立的红军游击队自然是一个打击。这个事情本身也说明敌人已经闻到了共产党和游击队在吴家尖山出现的气息，很可能会盯上吴家尖山。这不能不引起张星江、周骏鸣的警惕。张星江慷慨激昂地对大家说："我们游击队是在汪心泰家里成立的，汪心泰同志和他父亲把他们的家作为我们游击队的立脚点，为游击队的建立作出很大的贡献。因此，汪心泰的家仇就是红军游击队的仇，这个仇我们早晚要报。现在最重要的是，大家要提高警惕，打起精神，创造战机，多杀敌人，这既是对汪心泰一家的最大回报，也是我们自身发展的需要。"

汪心泰被捕，使游击队一成立就失去了一个可靠的立脚点，生存问题立马就表现出来了。这支年轻的红军游击队不光枪支弹药和经费来源没有着落，就连吃饭和宿营也成为大问题。穿着单薄的战士们只能在破庙里、山洞里宿营，有时候一天只能吃上一顿饭。天气晴朗时还好一点，碰上风雪天气，可谓是饥寒交迫。最难熬的是夜晚，到了晚上，山沟里嗖嗖的寒风，直往袖筒里钻，冷得人们鼻涕横流，让人彻夜难眠。

与生活上遇到的难题相比，游击队面临的压力更多来自强大的敌人。京广铁路沿线有国民党重兵把守，各县都有上百人的保安大队，各个乡镇的联保处也有二十人左右的保安队。在强大的敌人面前，红军游击队的力量自然显得很弱小。在这恶劣的环境中，游击队如何求生存图发展，成了游击队最大的问题。

张星江对大家说："同志们，我们面临着很大的困难，没有枪，没有钱。但是，没有枪，我们就继续从敌人手里夺。我们能够缴获汪心乐的枪，也一定可以缴获李心乐、张心乐的枪。年关就要来临，很快就过新年了，我们游击队缺钱缺粮，山里的穷苦人也缺钱缺粮，怎么办？办法就是多打几个'坏货'，多打土豪，从他们手中缴获枪支弹药，缴获粮食钱财。这既可以解决我们自己的困难，又可以帮助穷苦百姓解决困难。我提议趁着年关来临的机会，发动年关'打坏货'的系列战斗。只要我们发扬连续作战的精神，只要我们发扬敢于斗争的精神，我们就一定可以走出困境。"

战士们一听指导员提出要发动年关"打坏货"的系列战斗，就你一言我一语地议论起来。老汪说："指导员提出要发动'打坏货'系列战斗，我支持。我听说天目山北边有个姓常的保长坏得很，经常敲诈老百姓，加征税粮，从中获利，他手中有一支汉阳造，还有一把据说是祖传的手提大刀，锋利无比。他出门收税，总是背着那把大刀，狗腿子跟在他的后面背着他那支汉阳造，耀武扬威，人见人怕。年关将近，他必定还会催粮催款。我看不如找个机会先把他收拾了。"

老汪看大家听得很认真，就又接着说："前何庄的保长何玉山，家里也有枪，不如我们趁热打铁，把他们的枪也给缴了。"

周骏鸣说："指导员提议发动年关系列战斗，多打几个'坏货'。老汪刚才也说要趁热打铁，缴他们的枪，我看这个意见可行。"

张星江拍板说："说得好，那就趁热打铁干起来再说。我的意见是先易后难，先选容易的打，这样容易成功，也好积累经验。"

王春义说："也对，那就先对付保长何玉山。"

周骏鸣说："我看德胜同志胆大心细，收拾何玉山的任务就交给德胜同志，另派王青玉和朱凤昌一同前去，三对一，收拾何玉山应该不成问题。"

牛德胜一听队长点了"将"，就说："领导信任我，我保证完成任务。"

张星江交代说："德胜，我们现在武器差，所以大家不要死打硬拼，要学会和敌人斗智，在智斗中消灭敌人。"

几天之后，牛德胜等人背着夺取来的步枪和十颗子弹顺利地回到了山顶宿营地。

这次夺枪战斗进行得很顺利，在某种意义上说顺利得出乎意料。那天，牛德胜、王青玉和朱凤昌挑着木炭，来到何玉山家门口。何玉山的家，在前何庄最西头，独门独院，孤零零地暴露在村外小山坡下面。这样的宅院，在山区是很常见的。牛德胜敲敲何家的大门，何玉山的老婆出来一看是卖木炭的，就冲着里屋喊道："他爹，这炭不错，快过年了，要不要再买两挑？"

何玉山在屋里回答说："买就买吧，我看看。"说着说着，他从屋里走出来了。他出来一看，这木炭又粗又直，敲敲可以发出清脆的"当当"声，连声说："好炭，好炭，都挑到屋去吧。"

牛德胜等三人连忙挑起木炭进到院子里，然后又跟着何玉山进屋算钱。本来说好的价，一挑炭半吊铜钱，三挑一串五，可是进了屋，何玉山就反悔了，只递给牛德胜一串铜钱，还说一串就不少了。双方刚要争执起来，朱凤昌就用老汪给他的撅把子对准了何玉山。

何玉山也不是善茬，一看这卖炭的拿着撅把子对准自己，顿觉来者不善，闪身就要往里间去拿枪。牛德胜一看何玉山要往里屋钻，就一拳打在何玉山的天门穴上。何玉山叫了一声"我的妈呀"，就晕倒在圈椅上。王青玉趁机进到里屋收缴了挂在界墙上的步枪和子弹袋。他们刚要离开现场，何玉山的老婆从厨房跑了出来。

何玉山的老婆正在厨房里收拾锅碗瓢勺，忽然听到何玉山的叫声，就急忙跑到堂屋查看。这一看吓得一屁股坐在地上，大呼小叫起来。朱凤昌用撅把子指着那女人的头，大声说："再叫就打死你。"那女人干号起来，一口气没上来，就昏过去。这时何玉山又缓过气来，他正要站起来反抗，王青玉就用那步枪的枪托子砸在了他的头上，朱凤昌看看他还没有断气，就用撅把子补了他一枪。

王春义听完牛德胜的情况汇报，说道："小牛，你还真有两下子，你们扮成卖木炭的，何玉山恐怕到死也不知道死在谁手里。下来和常保长的战斗就看我的吧。"

几天后，王春义亲自出马，在铁木山山北处，常保长又带着狗腿子到邻村催交税款。像往常一样，常保长背着刀走在前面，那个狗腿子背着步枪走在后面。

王春义迎上前去说道："常保长好，你这是到哪儿去?"

常保长看看眼前的陌生人说："你是谁? 我怎么没有见过你?"

王春义说： "哎呀! 真是贵人多忘事，夏天我们还在镇公所见过面呢。"

王春义正说着话，突然，跟在常保长后面的狗腿子"哎呀"一声倒在地上。常保长回头看时，只见一个人手里拿着一把血淋淋的尖刀，正在抢那狗腿子的步枪。常保长正要从背上取出他那把大刀，王春义却早用那把撅把子枪对准了他的后脑勺，常保长刀还没有取出来，就命归西天了。王春义顺势取了那把宝刀，手持尖刀的康春也从狗腿子身上缴了那支步枪。一场干脆利落的战斗就这样结束了。

大家听完战斗过程，都想看看这把手提宝刀到底有多神。王春义说："好，我们就来见识见识。"他找了一根铁丝，放在石头上，一刀下去，铁丝断为两截，刀刃却不卷不裂，完好无缺。周骏鸣说： "果然是一把宝刀。"

连续取得两次胜利，大伙都很高兴。张星江提出应该把大家召集在一起总结一下经验。于是，张星江便把战士们召集起来说道："同志们，不到十天，我们就打死了两个'坏货'，缴获两支步枪和十几发子弹，还夺取一把宝刀。这虽然说不上是很大的胜利，但也是胜利。我们的目的就是积小胜为大胜，由弱变强，夺取最后的胜利。因此，每一次胜利，我们都应该总结一下经验，分析一下我们为什么能够胜利。大家说说看。"

朱凤昌说："那还用说，就是出手的时候，要让敌人意想不到，出手要快，要利索。我们几个挑着木炭到何玉山家里的时候，他们两口子根本没有想到我们是冲着他们来的。等何玉山想反抗的时候已经晚了。"

牛德胜说："凤昌说得对。我们出发时，指导员就提醒我们斗智。所以我们几个就想，对付敌人一靠勇敢，二靠机智。在时机选择上，就是要选在敌人想不到的时候，用王副队长的话说就是出其不意，攻其不备。"

周骏鸣说："你俩说得都很好。春义他们能够在路上截击敌人，消灭敌人，用的也是这一招。春义大大咧咧和常保长搭话，这样就麻痹了敌人，当常保长发现问题时，已经被春义打得措手不及了。小牛几个袭击何玉山，是利用了年关人们对木炭需求大的实际情况，春义几个能够在路上袭击常保长，那是摸清了敌人活动的规律。这在军事上叫作知己知彼，百战百胜。行军打仗，知己知彼很重要。"

王春义说："周队长说得对。当时我们确实了解到常保长要去催粮派款，我故意迎上去和他搭话，就是为了拖延时间，创造战机。因为当时康春离那个跟班的距离还比较远，还不能发起突然袭击。我和常保长搭话，一是让常保长和那个跟班的放松警惕，二是争取足够的时间让康春跟上来，凑近一点下手。"

张星江最后说："同志们说得很好啊，都说到了点子上。第一个就是每次作战要做到出其不意，攻其不备，第二个就是知己知彼，百战百胜。今后，在敌强我弱的情况下，不仅要勇敢，更要多动脑子，以智取为上。我们现在只是开了一个好头，更大的战斗还在后头，我们虽然取得了几场胜利，但是千万不能骄傲。骄军必败，这也是个常识，大家一定要牢记。"

会议结束时，张旺午宣布说："同志们，你们打了胜仗，我也要表示表示，今天上午买了几只山鸡，今晚熬一锅鸡汤，给大家打打牙祭，好好庆祝一下。"

一连几天，大雪纷纷扬扬，下个不停。上上下下，尽是皑皑白雪。凛冽的山风裹着雪花填满了沟沟壑壑，覆盖了盘山小路，从树梢上呼啸而过，发出了阵阵吼声。山村的水塘也上了冻，别说孩子们可以在上面滑冰，就是牛车也可以在上面通行。极端的天气，给游击队的生活和行动带来了诸多不便。棉被很少，大家就在地上铺上一层稻草，加盖上一层稻草，站岗放哨也只能在身上裹上稻草蓑衣。

1月16日晚上，桐柏山区红军游击队来到了桐柏县榨楼村。榨楼在桐柏县城东北方向，地处桐柏边沿，离县城一百多里路，从这里翻过大山，北面就是确山的地盘，往东离吴家尖山也不远。这地方山沟多，寒风顺着山沟一个劲地吹，吹得大家手心脚心都凉透了。大家冷得实在受不住了，干脆就不睡了，起来生火取暖。

马三更找了一个腐朽的树根和一些松毛，先把松毛引着火，松毛的火焰一会儿就把那树根也烧了起来，屋子里冒着烟，渐渐有了一些热气。因为大家都没有睡意，就围着火闲聊起来。聊着聊着，便聊起了过年。

牛德胜说："明天就是腊月二十三了，二十三过小年，再过几天就该过大年了。从我记事开始，我们家过年就没有吃过肉，包饺子用的是绿豆面皮，萝卜粉条作馅，如果有豆腐就加点豆腐。但是那些老财主过年，肉吃不完就浸在油缸里，啥时候想吃，就捞出来一块。老财们过年饺子都吃腻了，今年过年咱们能不能想办法吃上一顿肉饺子？"

康春说："想倒是想，但是咱们现在吃三顿饭还这样难，萝卜粉条饺子吃不吃得上也难说。"

牛德胜说："想吃，也有办法。"

马三更说："老牛同志，啥办法？给大家说说。"

牛德胜说："啥办法？还是让指导员说吧。"

张星江说："办法有，想吃肉饺子不是大问题，办法还是老办法，就是'打坏货'。地主老财们早就做好过年的准备了，他们有的是大米白面，有的是牛羊猪肉，不要说吃一顿肉饺子，吃十顿八顿也不在话下。我们只要把年关'打坏货'系列战斗继续进行下去，大家发愁的事情就解决了。"

张指导员一席话，把大家说乐了。王春义说："指导员说得很对，年关'打坏货'系列战斗还要继续。'打坏货'，一举两得，既能解决我们的过年问题，也能解决老百姓的过年问题。老百姓肯定会更加拥护我们，更加愿意跟着我们干。"

周骏鸣说："指导员和春义这话，我越听越有味，既然都主张继续年关战斗，我们还等什么？"

张星江说："周队长说得对，我们不等了。周队长和春义两个要尽快拿出个具体方案，看看从哪里下手。"

大家正说得热火朝天的时候，放哨的王青玉披着蓑衣进屋说："指导员，外面来了两个老乡，他们说是王老汉让他们来的。"

张星江说："好，青玉，你把他们领到隔壁去，我和周队长、王副队长一起过去见他们。"

这两个人穿得很单薄，头上裹着一条农村常见的蓝头巾，上身都是撅屁股小棉袄，腰里勒着一根稻草绳，据说勒个稻草绳可以防风保暖，山里的穷人都喜欢这样。这么冷的天气，又下着大雪，可他们都还只是穿着一双单棉鞋。

他们两个一进屋，就问："哪一位姓张？"

张星江没有正面回答他们的问话，拍拍他们肩上的雪，说："老乡，你们冒着这么大的风雪，一定有啥急事？咱们先把火生着，暖暖身子再说。"

"看来你是老张了，俺们找你有事情说。"

张星江说："没错，我姓张。还是先把火生着再说吧，不差这一会儿。"

王春义拿一捆槲叶枝，用松毛作火引子，一会儿便噼里啪啦燃烧起来。张星江拉着这俩老乡往火堆跟前凑凑，嘴里说道："快烤烤火吧。你们俩晚上吃饭没有？"

俩老乡你看看我，我看看你，没有出声。张星江看得出他俩没有吃饭，就对王春义说："春义，你交代一下，给他们做个粉条萝卜汤来，要放点辣椒，去去寒气。"王春义转身出去了。

张星江问道："外面下着大雪，你们这么急着找我，有啥事？说说吧。"

其中一个说："俺叫周三，家住罗楼。王老汉叫俺到这里找你，帮俺出口恶气。"

张星江问周三："你遇到不顺心的事了？"

另一个老乡接着说："俺和周三是一个村的，俺叫周青山。唉，咋说呢，这年，没法过了。"

周骏鸣插话说："你别急，慢慢说，到底遇到啥事了？"

周青山说："俺们村里有个张兆龙，他有十二架山十二道冲，腰缠万贯，在这一带是最有钱的，他还是保长。他家里养着三个家丁，手里有一支驳壳枪，三支步枪。他仗着有钱有枪，欺压村里老百姓，强迫各家各户出人出钱，为他修寨子建炮楼，夜间为他轮流站岗巡哨，说是为了防土匪。平日里催粮派款，拉夫抓丁，作恶多端。现在快过年了，张兆龙逼着穷人还债，这不是要俺穷人的命吗？"

周三接着话头说："我老婆十月坐月子，俺实在没有办法，就向张兆龙借了一斗稻谷。就在前几天张兆龙带着家丁到俺家逼着俺连本带利还债，俺现在吃了上顿没下顿，哪还得起啊？老婆坐月子得了产后风，为了治病把家里能换钱的都变卖了。俺求他缓缓时日，他不肯答应，逼着马上还。俺说现在实在还不了。他说限俺三天还钱，没钱就拉俺顶壮丁。这不是把人往死路上逼吗？"

张星江问周三："你们罗楼，别的人家情况咋样？"

周青山争着说："我们村穷人多，这个年都没法过了。大家派我们俩去找王老汉。大家都说，王老汉过去领着穷人闹粮分粮，找到他兴许就有办法了。俺两个好不容易在泌阳杨进冲附近找到他，他给俺们出主意，要我们找红军游击队。他对俺俩说，只要你们找到红军游击队的老张，他就一定会想办法。听了他的话，我们就来找你们了，村里的人还在等俺俩的消息哩。"

张星江听了，对周骏鸣和王春义说："这个王老汉，和我们几个还真的是心心相印呐，我们想什么他就送来什么。我们想吃肉，他就送来了猪肉；老百姓过年缺钱缺粮，他就给大家送来了大米白面。"这话说得周队长和王副队长都会心地笑了。

除暴安良，扶危济困，是共产党人和红军游击队的本分，也是共产党人顺应民心，发动群众闹革命的基本方略。趁着周青山和周三去伙屋吃饭的空子，张星江问周骏鸣和王春义："你俩啥意见？"

周骏鸣说："那有啥说的？群众都找到我们头上了，我们还能不干？"

王春义说："说的是。张兆龙为富不仁，欺压群众，不干掉他就会失去人心。"

张星江说："那就干！怎么干？周队长。"

周骏鸣说："这个事只能搞突然袭击，不能拖，拖则生变。我们要防止张兆龙察觉，他手中有几支枪呢。我看今晚就由春义带队出击，老牛、马三更和老汪参加行动，让周三和周青山带路。"

王春义说："行，你们放心，准能完成任务。"说罢，他把牛德胜等人叫到一起，把刚才的决定给大家说了一遍。临出发，张星江鼓励大家说："同志们，今晚雪大风大寒气重，真是天赐良机，敌人做梦也想不到我们会在这时候出击。有老乡带路，有群众支持和配合，我相信大家一定能够战胜风雪严寒，胜利归来。"

周三、周青山在前面带路，大家冒着纷飞的雪花出发了。雪越下越大，风越刮越急。寒风裹着雪花，打在脸上，王春义等人连眼睛都很难睁开，双手也冻得麻木起来。翻过一个山坡，来到山下。眼前茫茫一片白雪，大家分不清哪是路哪是沟；朦胧的夜色下，也看不到远处的村庄。走着走着，大家迷路了。

周三、周青山虽说是本地人，但是遇到这种情况也分不清东南西北，心里十分着急。王春义停下脚步，对大家说："着急也没有用，我们先停下来把方向弄清楚，不能把方向走反了。"

王春义看看四周环境，对大家说："我在江西中央苏区学习时，教官说过，如果行军迷了路，可以找树或者找寺庙，树干光滑的一面是南面，寺庙大门都是朝南的。现在看看有没有树，有没有寺庙。"

马三更说：　"副队长，这里一棵树也没有，也没有庙呀，到哪里去找？"

牛德胜说："小马，别急。我想地边都有小路，如果能够找到地边路埂，顺着路埂走就可以找到村庄，只要找到村庄，找个老乡问问路，还怕找不到罗楼？我提议大家排成一路横队，在前进中找田间路埂。"

王春义一听觉得有道理，称赞说："我们小牛的脑袋瓜子就是好使，就这么办。"

于是大家排成一路横队，摸索着前进，不一会儿，就发现了一条地边路埂。牛德胜双手合掌，嘴里吹着热气，搓搓手心手背，顺着路埂走在了前边，路埂尽头是一条田边小路。沿着这条小路，也不知道走了多少里路，突然听到前方隐隐约约传来了鞭炮声。于是大家便朝着鞭炮声的方向走。终于，一个村庄影影绰绰出现了，大家松了一口气。

王春义对周三说，到了村子里，你去找村子里群众问问路，就说迷路了，急着回家。周三刚说完"可以"两字，他忽然看出眼前的村子就是他们的罗楼呀！

他兴奋地对王春义说："不用问路了，我看清了，前面就是我们村。"

一听罗楼到了，笼罩在大家心头的阴云一下子就消散了。

周三、周青山更是高兴。迷了路，他们俩觉得很不好意思，甚至有点愧疚。这下好了，罗楼村终于出现在大家的面前。

王春义提醒大家小心行事，不要过早地暴露自己。但是刚到村子东头，村上的狗就狂叫起来，打更的人也在寨墙上一边连敲三声梆子，一边喊一声"招呼着"。"招呼着"是一句土话，本来是打更的人警示大家提高警惕防止坏人的，意思相当于"注意啦"或"小心啦"，但是今天却加进了特定的信号，就是三声梆子。周三说，打更的人是李老二，敲三声梆子，是他们事前约定好的，让大家不必担心。

快到寨门的时候，王春义叫大家先隐蔽起来，让周三先去联络一下。周三走进寨门，学了几声狗叫。等了一小会儿，寨门开了，李老二从里面走出来，对王春义和周三说："你们来得正好。今晚张兆龙约了周进宝和两个家丁到炮楼上打纸牌：他正赢得高兴呢，赢了还想赢。"

王春义问道："还有别的人没有？"

李老二说："没有，就是四个人，周进宝是我们的人。"

人世间，有的人仗着自己手中有钱有势，欺男霸女，无恶不作，但是他再自以为是，也有其弱点。你只要抓着了他的弱点，就抓着了他的命门。张兆龙，他有个致命的弱点，就是嗜赌如命。一到晚上就喜欢找人赌上一把。周进宝正是看中了他这一点，故意对他说："保长，过年了，不如今晚到炮楼上打打纸牌，大家在一起乐一乐。"张兆龙一听就来了精神，拉着两个家丁就上了炮楼。为了赢牌，他压根儿就没有往别处想。

张兆龙在炮楼上打纸牌，这倒让王春义担心起来，他的担心也是有一定道理的。他想，假如被敌人发觉了，死守着炮楼，那麻烦就大了。于是他问周三："会不会被张兆龙发现？如果被他和家丁发现了，他们死守着炮楼，我们的麻烦就大了。"

周青山在旁边说："问题不大，周进宝是我们的人，有周进宝暗中配合，不会出啥大事。"

王春义临时决断说："好，相信你。小牛，你和老汪跟着周三走在前边，尽量不要惊动他们，上去后见机行事。我们几个紧跟在后面，也见机行事。"

牛德胜等人蹑手蹑脚上了炮楼。隔着门缝，牛德胜看到里面有四个人。周三指指背靠着门的那人，又指指自己，暗示这人就是周进宝，是自己人。张兆龙在里面毫无睡意，他正赢得起劲儿，一个劲地催周进宝出牌。周进宝又输了，他说："今晚真躁气，赢的没有输的多，俺出去尿个尿，跑跑躁气，回来准赢。"说着就起身开门出来了。

张兆龙似乎也没有留意到周进宝的异常，就随口说了一句："你小子撒泡尿也是输，快点！"张兆龙哪里知道，周进宝出来拉尿，只是一个借口，因为刚才他已经听到了李老二发出的暗语。

趁周进宝开门的时机，牛德胜和老汪一拥而进，大喊一声："都别动，谁动打死谁！"他们边说边把枪口对准了张兆龙他们三个。张兆龙和那两个家丁被这突如其来的袭击吓得动也不敢动。老汪和随后进来的王春义、马三更，趁势缴获了他们挂在墙上的三支步枪。

牛德胜大声问："谁是保长？"

张兆龙低着头嘴里说："我是，我是，你们是哪路好汉？有事好商量。"

张兆龙穿着一件缎子面料的棉袍子，嘴里说着"好商量"，两只眼睛却也没有闲着，眼珠子不停地转动着，窥视站在他们面前的人。

牛德胜大声说："你看清楚了没有？我们不是什么山大王，我们是红军游击队。平日你欺压穷人，敲诈百姓钱粮，我们早就想找你算账了。今天晚上到你这一亩三分地就是要算这笔账，识相的快把敲诈勒索百姓的钱粮都交出来。"

张兆龙嗜赌如命这一点是毫不含糊的，还有一点毫不含糊的就是视财如命。他一听要他交出钱粮，就开始耍赖了，他战战兢兢地说："我哪有钱粮？大家交的钱粮我都上交到县政府了。"

牛德胜看张兆龙耍赖，就把张兆龙拖出炮楼，大声说："你想耍赖是不是？你以为自己做过的事别人不知道？你想清楚了，到底是交还是不交？"

张兆龙迟疑了一下，说道："我没有钱，没有粮食，你们看着办吧。"说着说着，他突然挣脱牛德胜的手，把那缎子面的棉袍子搂起来，拔出腰间的驳壳枪，扣了一下扳机，却没有响。

王春义看得清楚，大喊一声："找死呀？还想开枪？"说罢扣动扳机，一枪打在张兆龙的大腿上。张兆龙捂着腿还想跑，牛德胜见状，对准他的胸口，就是一枪。

牛德胜捡起张兆龙那支驳壳枪一看，原来压根没有上子弹，难怪张兆龙打不响。

那两个家丁跪在地上，一个劲地磕头，口口声声地喊道："饶命啊大爷，饶命啊大爷。"到这个时候他们还不明白站在他们面前的不是什么山大王，而是红军游击队。

王春义问两个家丁："你俩不想死，也可以。那就看你们两个的表现了。你们两个现在就带我们到张兆龙家里，把门叫开。"

那两个家丁平时仗着张兆龙撑腰，在乡亲们面前耀武扬威，作威作福。如今看着张兆龙死在眼前，就像断了脊梁骨的癞皮狗，一个劲地跪地求饶。他俩听到王春义的话，忙不迭地说："中中中，咋着都中。"

两个家丁带着红军游击队叫开了张家的大门。张兆龙的母亲和老婆正跪在神龛下烧香。老地主婆一看涌进来一竿子人，就知道事情不妙，于是，她就故意大叫起来，显然她是想惊动四邻八舍，来搭救她。但是她喊破了嗓子，也没有人出来救她。她还是一个劲地喊叫："你们什么人？你们私闯民宅，你们要干什么？"

王春义说："别喊了，喊也没有用。我们也不干什么，我们是红军游击队，今天就是要你把仓库打开！把钱粮分给老百姓过年。"

这老地主婆子，村里人平时都叫她"母夜叉"，面善心不善，凶狠毒辣，专门算计村里的穷人，放借一斗粮食，就要人家抵押上一亩地，还不上粮食就收地。如果没有土地作抵押，你就别想借到她家一粒粮食。靠着这点手段，她霸占了不少穷人的田产。如今眼前这些人要她交出钥匙打开仓库，她就开始耍起疯来。"哎呀呀，神仙保佑。我们都是好人。这过年过节的，你们这是要干什么？"说罢便又哭又闹起来。

牛德胜说："别装了，你家的钱，你家的粮食都是搜刮老百姓来的，你交出来，保你不死。"

谁知道，"母夜叉"越发闹得厉害。王春义觉得不能再和她纠缠下去，就一枪毙了她。张兆龙媳妇一看婆婆死了，吓得浑身筛糠，急忙把钥匙从婆婆腰里解下来，扔在地上。

打开了张兆龙家的仓库，大家可算是开了眼，除了大米白面，鸡鸭鱼肉，过年年货样样都有。周青山、周进宝等人挨家挨户叫醒乡亲们，通知大伙到张兆龙家分粮分财物。乡亲们听说张兆龙被红军游击队处死了，都大着胆子从家里走了出来。大家顾不上天寒地冻，一会工夫，就齐刷刷地集中到了张兆龙家里。

王春义看到人来得差不多了，就大声说道："乡亲们，明人不做暗事，我们是共产党领导的红军游击队,是天下穷人的队伍,是为穷人伸张正义的队伍。大家都知道,张兆龙称王称霸,欺压良善,敲诈勒索,无恶不作。他就是我们老百姓的敌人,当然也是我们红军的敌人。今后谁再压迫和剥削我们老百姓,就会落得张兆龙他们的下场。大家看看他家里的仓库,哪一样不是用我们穷人的血汗换来的?我们种了粮食,可是我们一年到头闹饥荒,粮食都给地主老财们霸占了。我们现在把张兆龙家里的粮食、财物、年货给大家分了,这就叫物归原主,这才是公平正义。"

王春义的一番话,赢得了乡亲们一片叫好声。在周三、周青山、周进宝等人的协助下,家家都领到了救命的粮食和过年的年货。罗楼的村民们脸上也露出了难得的笑容。

游击队在王春义的带领下,带着缴获的三支步枪和一支驳壳枪,带着一些钱粮和年货,在太阳刚露出地平线的时候回到了游击队驻地。

确山县西南有个大桥凹,地处信阳、桐柏和确山交界的浅山区。那里有个保长叫詹财万,平日里他依仗着自己手中的枪,经常打骂群众,敲诈勒索。俗话说,官逼民反,反对詹财万的声音一直暗潮涌动。

大桥凹有个叫张群的农民,平时爱打抱不平。腊月二十四那天,张群看到詹财万逼着本村农民张毛蛋交加征钱粮的情景,一腔怒火在心中燃烧起来。

张毛蛋看到詹财万来加征钱粮,苦苦哀求说:"詹大爷,你看看,我家已经好几天揭不开锅了,哪有钱哪有粮?"

詹财万怒气冲冲地说:"我管不了那么多,加征钱粮是上边定的,我只管催收催交。你说没有就没有啊?"

张毛蛋说:"我实在没有呀,要是有,我能不交吗?"

詹财万说:"没有,就想办法呀!"

张毛蛋说:"詹大爷,我有什么办法呀?"

詹财万恶狠狠地说:"办法?办法倒是有,看你肯不肯?"

张毛蛋说:"俺能有啥办法?"

"要不这样,钱粮我替你交了,把你家二妮嫁给我家老三,再给你加五斗谷。"一句话显露了詹财万的险恶用心。原来催粮派款只是幌子,迫使张毛蛋把张二妮嫁给他的那个傻儿子才是目的。张毛蛋一听,心想谁不知道他家老三是个傻子呀,把闺女嫁给他家老三,这不是把闺女往火坑里推吗？于是张毛蛋说："那恐怕不行吧。我家二妮还小呢。"

詹财万凶相毕露，他说："我这么说就是看得起你，别给脸不要脸。这个事情由不得你，行也行，不行也得行。我已经找人算了，大后天就是好日子，你好好准备吧。"

詹财万说罢，扬长而去。

张群看到眼前发生的事，当场没有说什么，心里却愤愤不平。到了晚上他找到张毛蛋说："毛蛋哥，你的事我看得一清二楚，詹财万就是居心不良，催交粮款是假，逼着你把二妮嫁给他那个傻儿子才是真，我们可不能把二妮往火坑里推。依我说，树挪死，人挪活，与其在这里受欺负，不如一走了之。"

张毛蛋说："兄弟，上哪儿走？我也没有啥能耐，到哪儿去不都是一样？不容易啊。"

"毛蛋哥，俺姑家在泌阳马谷田，要不我连夜送你们去那里躲一阵子。以后能回来就回来，如果不能回来就在那儿安家。你这个家，有啥好留恋的？你看看除了三间破草房和锅碗瓢勺还有啥？"

张毛蛋心想，张群说得也不错，这个家也确实没有啥值钱的东西，确实没有啥值得留恋的。詹财万咱惹不起还能躲不起？就是拿起锅碗瓢勺到外地要饭，也不能眼看着闺女落到火坑里。于是，他收拾了一些能带走的家当，连夜跟着张群逃到马谷田去了。

张群从马谷田回来后，就听到罗楼张兆龙被红军游击队处死的消息。他的第一个反应就是共产党领导的红军来了，土豪劣绅的末日来了，穷人出头的日子到了。他串联了几个穷哥们，就到山里去找红军游击队。他终于在桐柏榨楼附近找到了张星江和红军游击队。他向张星江和周骏鸣历数了詹财万的恶行，要求红军游击队帮助他们除掉詹财万。

张星江一见群众找上门来了，自然很欢迎，他说："你来得正好。詹财万的情况，我们也听到一些。昨天，我们还在商量要不要对他采取行动。现在看来，不是要不要行动的事，而是一定要行动。不过，这还需要你们配合。"

张群一看张星江答应了自己的要求，就说："可以，游击队要我们怎么做，我们就怎么做。我想提个个人的要求，不知能不能说？"

张星江说："你有什么要求，尽管说，只要是我们能够做到的，就一定会答应你。"

张群说："那我说了。我听说你们是穷人的队伍，我也是穷人，我想参加你们的队伍，你们肯不肯答应？"

张星江一听他要加入红军游击队，心里想我们游击队要发展要壮大，就需要多吸纳这样的人，但是他没有立即表态，他对张群说："你想参加我们的游击队，我们当然欢迎，可是我们眼前很困难，缺衣少食，要吃很多苦的。"

张群说："什么苦不苦，我们穷人哪有不苦的？在家也是吃苦，可那是白受苦；到了游击队吃苦，那是为穷人吃苦，为穷人吃苦合算。"

张星江说："你能这么想，我很高兴。等我们打下大桥凹，再说这个事，你看咋样？"

张群自然很高兴，他说："你们需要我做什么，尽管说。"周骏鸣说："很简单，我们需要详细地了解一下詹财万和大桥凹的具体情况，你把你知道的尽量详细地说说。"于是，张群又把詹财万和大桥凹的情况详细地介绍了一遍。

大桥凹没有寨墙，詹财万虽然有一支手枪和三支步枪，但是他家没有炮楼，几个替他看家护院的狗腿子也都回家过年去了。詹财万的大儿子和儿媳一家在驻马店开着杂货铺，二儿子大学毕业后在国民党许昌市党部当文书，家里只剩下詹财万和他老婆以及他们的那个傻儿子。他本人还是一个大烟鬼，他不仅自己抽，他老婆也跟着他抽。

张星江和周骏鸣听了张群等的详细介绍，觉得眼下就是一个为民除害的绝好时机：一来有群众的强烈要求和配合，二来詹财万虽然很霸道，但是他并没有防御手段，家里没有什么大的抵抗力量，更重要的是天降大雪，詹财万肯定毫无戒备。于是，他们和王春义随即决定连夜出击。

当晚，红军游击队在张星江的带领下出发了。从榨楼翻过天目山，一路北上。一路上冷风飕飕，大雪弥漫。山路崎岖不平，即便是白天也很难走。马三更一不留神，在转弯处一脚踩空，滑到沟下，大家七手八脚费了好大劲才把他从沟底拉了上来。他爬上来笑笑说："指导员，亏得这个沟不深不陡，要是深了陡了，我可能就光荣在这山沟里了。"

张星江也笑笑说："你可不能在这里光荣了，你的任务还没有完成呢。"这话说得大家都笑了起来。

山路转来转去，好不容易转出了大山，大家却又像到罗楼那天晚上一样迷失了方向。

"这是我第二次迷路了，怎么搞的？"牛德胜转过身问张群，"你是本地人，也搞不准方向？"

张群说："我是本地人不假，但是也很少到这里来。山里的路弯弯曲曲，有些地方是转着圈走的，再加上茫茫一片白雪，我也有一点迷向了。"

牛德胜说："也是，转来转去，把人都转晕了。"

张群也很着急，张星江心里更着急，这种情况他还是第一次遇到。为了稳定大家的情绪，他走到张群面前，安慰他别着急，慢慢想一想，把方向确定下来。

突然，大家听到不远处有狗叫声。于是，大家就朝着狗叫声传来的方向走去。走着走着，眼前出现了一个小庙。张群看到小庙，高兴了。原来，这个小庙是个土地庙，其位置就在大桥凹的东边，找到了这个土地庙，就等于找到了大桥凹。牛德胜高兴地说："我们为民除害，土地爷也在帮忙啊。"

大家加快了脚步，很快到达了大桥凹村东头。一条小路弯弯曲曲通向下面的村庄，下坡的路格外陡峭。张群悄声对大家说："这个地方路很陡，别摔着了。"他提醒别人注意，而他自己却"哎呀"一声滑倒在地，接着滚到了山坡底下。马三更正要伸手拉他，谁知立脚不稳，身子一歪，也跟着滑到了山坡下，这是马三更第二次摔跟头了。他小声骂了一句："这土地爷爷好像对我马三更有意见咋的？"大家想笑却不敢笑。尽管大家都很注意，但是还是引来了犬声一片。

张星江向后面的战士们摆摆手，示意大家先蹲下待命。他看着跌落小山坡的张群和马三更，从地上站起来了，似乎没有什么大碍。他又观察了一下村中的动静，除了狗叫声，似乎也没有别的什么反应。狗叫声稀疏下来了，张星江对大家说："我们可以进村了。"

在张星江的指挥下，战士们迅速到达詹财万的家门口。詹财万果然没有任何提防，他家大门虚掩，连门闩也没有上。也许是詹财万嫌天冷，一直躲在堂屋里，把关大门的事给忘了，詹财万做梦也没有想到红军游击队会在三更半夜找上门来。

牛德胜快步走上前，轻而易举地推开了虚掩的大门。西屋三间房子门也没有上锁，这是几个狗腿子平时住的地方。牛德胜、朱凤昌、马三更、老汪紧跟张星江冲进西屋，轻易地取走了那三支挂在墙上的步枪。

王春义带着几个队员冲进北屋，只见詹财万两口子正在床上吞云吐雾。詹财万一见有人进来，大吃一惊，把烟枪撂在一边，问道："你们是什么人？"王春义说："我们是红军游击队，今天到这里就是要替百姓申冤。"王春义说罢，没容詹财万说话，就手起枪响结果了詹财万，接着顺手摘下了詹财万那支挂在墙上的驳壳枪。詹财万的老婆见状，发疯似的扑上来，要和战士们拼命，也被战士当场击毙。一场战斗就这样迅速地结束了。

为了让村中老百姓痛痛快快地过新年，张星江随即决定把詹家的粮食、衣物和年货分给贫苦农民。他对乡亲们说："乡亲们，我们红军游击队是穷人的队伍，我们这支队伍在人民群众的支持下，已经取得了一连串的胜利。不过，现在欺压老百姓的，像张兆龙、詹财万这样的'坏货'，还有很多很多。要把他们一个一个地消灭掉，光靠我们这些人还不够，还要靠乡亲们的支持。愿意加入我们游击队的，愿意跟着红军游击'打坏货'的，可以报个名，我们热烈欢迎。"

消灭了詹财万，为民除了一大害，村中百姓喜上眉梢，拍手称快。张群和村里的几个小青年也如愿以偿，成了桐柏山区红军游击队的战士。

第九章　清匪患定计传檄　开新区杜庄遇袭

桐柏山区红军游击队年关"打坏货"系列战斗连战皆捷，队伍在战斗中迅速成长起来，在短短的两个多月时间内，部队已经拥有十几支步枪和三支驳壳枪，队员也增加到了30多人，以天目山为中心的方圆几十里的革命游击根据地初步形成。为了理顺部队的指挥系统，提高部队战斗力，张星江和张旺午、周骏鸣等人商定，把部队建制暂时编为一个事务班和两个战斗班，同时，仿照原苏区红军的建军模式，建立了战士委员会。事务班班长由副队长王春义兼任，战斗班一班班长是老汪，二班班长由战士委员会主席牛德胜兼任，康春担任了二班副班长。

天目山革命游击根据地的初步形成，为桐柏山区红军游击队的发展创造一个相对稳定的后方。但是，天目山根据地的隐患不止一个，除了"坏货"造成的隐患外，那就是匪患。

天目山历来都是土匪出没的地方。这些土匪团队，多则数百人，少的也有数十人，再加上零星的散匪，给当地的人民群众造成了极大的伤害，也给红军游击队的生存构成了潜在的危机。红军游击队要在这里站稳脚跟，必须清除匪患；根据地的群众要想过上安稳的日子，也必须清除匪患。所以，张星江专门召开了一次会议来研究清除匪患的问题。

匪患给革命造成的危害，吴仁甫永远也无法忘记。他对大家说，1928年秋，中共豫南特委领导的四望山暴动失败后，特委委员王秀柏把幸存的同志和部分枪支弹药转移到了吴家尖山一带，准备在此积蓄力量以便东山再起，不料立脚未稳，就遭到了当地土匪的突然袭击。他们不但把枪支弹药抢劫一空，而且还扣押了我们的同志。王秀柏亲自出面交涉，土匪虽然放了人，但是却不肯归还枪支弹药。这一年冬天，土匪钟啸天在国民党反动派的唆使下，竟然对吴家尖山的革命群众大打出手，将吴家尖山一带的村庄洗劫一空，他们怀疑谁是共产党就抓谁。在极端危险的情况下，吴家尖山党组织被迫转移。随后，当地的土匪更加猖狂，他们打家劫舍，拦路抢劫，经常闹得鸡犬不宁。为躲避匪患，不少人逃离了他们祖辈世代生活的地方。留下来不走的，大都是一些无路可走的，他们除了缺衣少食，还经常受到土匪的骚扰，即便是上山砍个柴或者捡点山货也总是提心吊胆。

张星江听了吴仁甫对往事的回忆，对大家说："老吴同志长期在这里坚持斗争，深知匪患的危害，我们不能掉以轻心。根据地有两大害：一个是'坏货'，一个是土匪。打'坏货'，清匪患关系着我们部队的生存和发展，也关系着根据地人民群众的根本利益。为此，我们在坚持'打坏货'的同时，必须把清除匪患提上战斗日程。"

周骏鸣说："指导员说的这个事，是个很现实的问题，前几天部队在桐柏麻杆村住宿，不料杜老倔的土匪队伍晚上也到麻杆村住宿。老百姓还以为我们和杜老倔是一伙的。幸亏王青玉及时发现，我们撤离了。要是发现得不及时，我们很可能被杜老倔咬一口。匪患不清除，今后和土匪碰面、遭遇的事情随时都可能发生。我们总不能碰到一次就回避一次，必须找到一个解决问题的长久之计。所以，我支持指导员的主张，把清除匪患提上战斗日程。"

张旺午看大家对匪患问题的议论越来越深入，就接着周骏鸣的话头说："周队长说的这个情况，应该引起我们的高度注意，我们游击队在这里活动、住宿，土匪也在这里活动、住宿，长期下去不但会引发双方的冲突，而且还会加重当地人民群众的负担。如果我们能够在短时间内清除根据地的匪患，人民群众也一定会拥护我们，支持我们。"

张星江一看大家都赞成把清除匪患提上战斗日程，就说："既然在这个问题上大家没有异议，下一步我们就把清除匪患作为部队的重要任务来执行。不过实事求是地说，土匪的人数众多，武器装备也比我们强。如何对付他们，还要我们动动脑子。这一点，还请大家考虑考虑。"

周骏鸣说："指导员说的没错，现在土匪的力量也比我们强大。所以，要彻底清除匪患，眼下我们游击队还没有那个实力。但是我认为我们可以对不同的土匪团队，采取不同的办法，能诱导的诱导，能驱离的驱离，能消灭的消灭。"

周骏鸣的这个主张，大家都很感兴趣。于是，张星江便要他具体讲讲。周骏鸣说："我的意思就是区别对待，对于人数多的大股土匪团队，我们现在没有实力和他们刀对刀枪对枪地干，谈不上消灭他们，但是他们大多数人出身穷苦，是被逼上梁山的，所以可以采取劝导的方法，诱导他们将心比心，不要做危害穷人生命财产的坏事。对小股土匪或夜聚明散的散匪，能消灭的消灭，一时消灭不了的，就用敲山震虎的办法把他们驱离出根据地。"

老汪补充说："有的土匪也很讲义气，干了不少劫富济贫的事情，也反对手下伤害穷人，比如李盼富。像他这样的，我们是否可以收编他们？"

张星江说："你提出了一个新办法，就是收编他们。但是这些人缺乏和我们一样的信仰，要想收编他们，恐怕难度很大。当然，假如他们真的愿意洗心革面，接受我们的主张和政策，我们也不妨试一试。"

张旺午说："试一试也无妨，无非是行得通和行不通两种结果，不管哪种结果，和周队长说的'诱导、驱离、消灭'不冲突，收编应该是诱导的延续。如果他们愿意接受我们的主张，接受我们的领导，我们就有希望进一步教育和改造他们，使他们成为革命的有生力量。"

大家议来议去，认为"收编""改造"也是个办法。这样，周骏鸣说的六个字，加上"收编""改造"就变成了十个字。于是，张星江说："我们不妨把这'十个字'作为目前处理土匪问题的基本办法。今后我们对土匪就按这'十个字'来处理。面对土匪，该文的文，该武的武，文武结合，不拘一格。来武的，就是武力解决；讲文的，就是宣传教育，说理诱导。那些愿意和我们站在一起反对国民党反动派的，我们也可以和他们合作，那些愿意接受我们的改编和领导的，我们就积极争取，教育他们走上革命的道路。"

最后，张星江对张旺午和吴仁甫说："旺午和吴仁甫是我们的大知识分子，对土匪的宣传教育工作离不开你们俩，我的意见是，这事就交给你俩去做。你们两个也别推辞。"

张旺午说："好，我就接受任务了。接下来我和吴仁甫仔细研究研究，共同把这件事情做好。"

吴仁甫深感此事意义重大，他对张旺午说："对这些土匪，我们应该从现实出发，当前要以攻心为上。我建议用桐柏山区红军游击队的名义，给那些土匪写一封公开信，晓之以理，动之以情，宣传我们党和红军游击队为天下穷人求解放谋利益的主张，争取他们理解我们，支持我们，起码不反对我们，不和我们作对。"

张旺午说："老吴，在这方面你是内行。听星江同志说，你曾经到泌阳马谷田做过土匪的工作哩，这封信就由你来起草吧。"

吴仁甫说："这事你也知道了，那是很早的事情了。那次差点要了我的命。马谷田的土匪李在山原来同意接受我们的领导，组织上决定派我去继续做工作。但是工作没有做成，我去了之后，李在山变卦了，他推辞说他的手下过惯了自由自在的生活，不习惯纪律约束，实际上是觉得我们的力量太小，而国民党的力量强大，跟我们合作风险太大。我只好回来复命，但在回来的路上被桐柏黄岗民团发现了，他们就把我当作李在山的人抓起来投进了桐柏监狱。要不是党组织设法营救，我这条命可能就扔在桐柏监狱了。那时组织上派人疏通，谎称我只是一个教书先生，去泌阳联系教书的事情，路上被李在山打劫了。桐柏警察局的人收了好处，就把我放出来了。"

张旺午说："好悬啊，星江同志没有说得这么详细。恐怕你也没有想到要再去做土匪的工作吧。"

"对呀，我的确是没有想到。现在，星江同志既然把任务交给了我们，我一定尽力做好。我写个初稿，你来修改。"

几天之后，张旺午和吴仁甫拿着文稿找到张星江。文稿的题目是《桐柏山区红军游击队致各路好汉的意见书》。张星江看了这个题目点头说："称他们是好汉，这用语很巧妙，这样可以拉近我们和他们的感情，消除或减少他们对我们的敌意。"接着，他把文章从头到尾看了一遍。

张旺午说："吴老师说，文稿要尽量写短一些，尽量写通俗一些。因为那些土匪能识字的很少，写长了他们看不下去，大道理他们也不好接受。只能写短些，用通俗的语言感化他们。"

张星江称赞说："老吴同志不愧是我们的先生。在文稿里简明扼要地阐述了我们党和红军游击队的主张，既好理解又好接受，真不简单啊！"接着，他念了几句："我们桐柏山红军游击队是共产党领导的一支队伍，这支队伍是为天下穷人打天下的，我们的目的就是要建立一个新社会，在这样的社会里人人有饭吃，人人有衣穿，人人有房住，过着平等自由的生活。"

张星江看到这里，用手轻轻地敲敲桌子说："写得好，写得好，一看就懂。"

文稿分成几个段落，分别陈述了国民党反动派和地主老财的罪行，天下穷人的苦难和愿望，最后提出了我们共产党和红军游击队的希望，其间重点强调了天下穷人是一家，穷人不做危害穷人的事，红军游击队希望他们多做一些对穷人有利的事，同时表示游击队愿意和他们联手共同对付国民党反动派和恶霸地主，也欢迎他们加入红军游击队。

意见书传到各个土匪山寨之后，有些土匪团队觉得红军游击队说的在理，但是他们却不打算和游击队联手战斗。李盼富就说："共产党游击队说在理，但是我们不能和他们联合。我们不和他们联合，国民党就不会打我们，如果和游击队联合了，国民党明天就会来打我们，剿灭我们。还是各干各的吧，但有一条，从今往后我们也不要招惹红军游击队，碰到他们就放开一条路给他们。"

李盼富这话其实也代表了不少土匪团队的态度。从此以后，天目山根据地里土匪下山劫掠穷人的事很少发生了，老百姓的日子安稳多了，有的土匪队伍遇到红军游击队，还主动避让示好。

天目山根据地大势稳定下来了，但是，根据地毕竟人烟稀少，地瘠民贫，物资匮乏。红军游击队要发展要壮大，就必须主动出击，把拳头伸出去，扩大革命游击根据地。那么，拳头该伸向哪里呢？

周骏鸣认为，天目山以北，就是泌阳和确山交界的山区，那里也是山脉纵横，林木茂盛，适合游击队隐蔽作战，前几年王国华领导的农民运动，在大、小乐山一带很有影响力，那里应该有一定的群众基础。所以他主张根据地的发展方向要放在泌阳和确山交界地区，红军游击队应该向大、小乐山挺进。

在大革命时期，确山的农民运动就搞得热火朝天，党在这里有着深厚的基础。但是，分粮斗争被镇压以后，特别是豫南党组织遭受大破坏之后，敌人加强了对这里的管制。大、小乐山虽然地处泌阳、确山、遂平交界的山区，丛林密布，但是距离京汉铁路很近，铁路沿线各乡镇普遍建立了保安队。红军游击队进军大、小乐山之后能不能站稳脚跟，张星江有些拿不准。张星江想到了战友王国华，他想听听王国华的意见，于是他派康春到泌阳找王国华。

王国华当时正在泌阳张楼负责党在泌阳、确山等地的日常工作。康春奉命见到他后，就把张星江、周骏鸣等人的意见转达了一遍。王国华态度很明确，他表示支持游击队进军大、小乐山，但是必须谨慎从事。他说："我们前几年领导确山人民闹分粮斗争，当时很多人都支持和拥护我们。现在，在乐山山区占山为王的高殿卿当土匪之前，和我们一起参加过分粮斗争，和我也有过一段不错的交情，现在他手下二当家张毛，原来是我们的党员。如果部队深入到乐山一带，能够争取和他们合作，也许就可以站稳脚跟。不过现在的大、小乐山毕竟不是天目山，也不是几年前的大、小乐山，能否站稳脚跟，试试才知道。同时，高殿卿、张毛也不一定就是当年的高殿卿、张毛，能不能指望上他们，也只有接触才知道。如果要问我的意见，我主张去，但是要谨慎一点，要警惕敌人的破坏。"

康春回到天目山，把王国华的意见向张星江、周骏鸣作了汇报。张星江对周骏鸣说："扩大游击区，就必须迈出第一步。我们就把这第一步放在大、小乐山了。国华也支持我们进军大、小乐山，他提醒我们谨慎从事也很及时。今后我们每到一个新的地方，一是要提高警惕，防止敌人破坏，二是严格执行部队纪律，搞好群众关系，争取当地人民群众的大力支持。只要有了这两条，我们的把握就大了。"

3月初，桐柏山区红军游击队趁着连战皆捷的声势来到了乐山山下长寿村。这个村子有一个开明绅士胡万选，当年共产党领导确山人民分粮斗争那阵子，他接受了共产党的主张，主动把家里吃不完的粮食拿出来让农民协会分给穷人，他也因此受到了当地党组织和农民群众的尊重。胡万选见共产党的游击队到了村里，便带着一百斤大米、二百斤面粉、一坛老酒和二三十斤猪肉到游击队宿营地，声称要见部队的长官。

张星江、周骏鸣听说胡万选带着慰问品要见他们，出门把他迎进了屋里。胡万选说："我带了一点薄礼，略表寸心，不成敬意，还请笑纳。"

张星江说："胡先生厚意，我们领了，日后一定加倍偿还。"

胡万选说："偿还的话就不要说了，贵军是仁义之师，我带这点东西看望你们，是我的一点心意。你们在天目山替老百姓'打坏货'的事情，我早有耳闻。最近又听说你们在天目山规劝土匪改恶行善，保障一方平安，老朽深受感动。"

张星江问道："先生这么说，对我们是个莫大的鼓励。但不知你们这里有没有土匪出没？"

"这世道就是土匪多，有多少山头就有多少帮土匪。高殿卿一伙土匪就盘踞在大、小乐山，他们经常在夜间下山，到村里抢劫，奸淫妇女的事情也时有发生。"

"这里距离县城不算很远，就没有人管？"

"谁管？自古官匪一家。县政府睁只眼闭只眼，多一事不如少一事，能推就推，能不管就不管。听说他们连打上门的小日本都放着不打，把注意力全集中在'剿共'上了。"

"先生说的是，看来您对眼下的时局很了解。"

"也说不上了解，我的儿子在开封教书，他寒假回来说过这些事。他还说他的学生前一阵子还闹罢课闹游行，抗议政府的不抵抗政策。"

"胡先生，您说的都是事实。现在，我们共产党主张枪口一致对外，共同抵抗小日本的侵略。但是蒋介石却推行'欲攘外先安内'方针，继续打内战。蒋介石放着日本侵略者不打，却把我们当成了头号敌人。我们当然不能坐以待毙，为了生存我们也不得不拿起枪杆子。"

"但是，你们的力量这么小，能行吗？"

张星江觉得胡万选的话很能代表一些士绅的心理状态，他们有些同情共产党，但是又担心共产党力量弱小，前景难料。于是他对胡万选说："怎么说呢？胡先生，我们的力量的确弱小，但是人心自有公道，老百姓会支持我们的，老百姓就是我们最大的后台，最大的靠山。就说胡先生吧，您今天不是也来支援我们吗？有了老百姓的支持，我们肯定会取得最后胜利。胜利属于人民，这一点我们深信不疑。"

胡万选若有所思地说："哦，我有些明白了，贵军代表着正义，代表着老百姓的愿望。看来这天下最终很可能就是你们的。"

胡万选的到来，表明党在这里确实有一定的影响和群众基础，但是从胡万选的话中也可以看出，这里的敌情、匪情不比天目山轻松。高殿卿这股土匪，能否金盆洗手，难以预料。游击队要在这里站稳脚跟，将面临来自国民党确山当局和山里土匪的双重压力，形势不容乐观。

于是，张星江对周骏鸣说："周队长，我们来到这个地方，对敌情、匪情都不甚了解。王国华同志要我们谨慎一些，提高警惕，是很有道理的。这一点一定要让大家都明白。从现在开始，我们的一切行动都要严格保密，要对土匪和国民党保安团保持足够的警惕。"

周骏鸣说："我现在就去安排，把你的意见同几位班长通通气，要大家做好保密工作，提高警惕性。"

胡万选说高殿卿一伙土匪就在附近活动的话一点也不假。土匪的耳目都是很灵的，桐柏山区红军游击队来到长寿村的消息，高殿卿很快就知道了。如何应付新来的红军游击队，高殿卿自有他的主张，他想王国华曾经和他拜过把子，是换帖弟兄，总不至于向自己曾经的兄弟开枪。于是他就大着胆子带着张毛等人来到了长寿村北边的山神庙，还派张毛给游击队送信，提出要见游击队队长周骏鸣。

周骏鸣一听高殿卿要见他，觉得这是一个争取高殿卿的机会，就提出要亲自去会一会高殿卿。张星江也觉得机不可失，就同意了。于是周骏鸣就在山神庙里和高殿卿进行了长时间的谈话。

周骏鸣见到高殿卿后，双方互相礼让一番，随后周骏鸣对高殿卿说："高大当家要见我，不知有何见教？"

高殿卿说："岂敢。你和王老汉应该很熟悉吧，我们当年曾经换过帖，拜过把子，一起闹过红枪会，反抗官府，替老百姓伸张正义。如今他成了共产党，我被逼无奈占山为王，人家都叫我们是土匪，人家愿意叫什么就叫什么吧。反正现在世道混乱，官逼民反，我也是被逼得没有办法才走上了这条道。我就是想见见你，听听你的说法。"

周骏鸣听了高殿卿的话，觉得他不像是那些铁了心要干一辈子土匪的人，就说："想不到大当家的说话如此爽快，骏鸣佩服。王国华也捎信要我见见你，看看你能不能和我们合作，共同对付国民党反动派，为天下穷人打天下。"

高殿卿沉思良久，没有正面回答，嘴上却说："这事咱们以后再说。今日初次见面，我带来了一点见面礼请收下。张毛，快抬出来。"

张毛这些年在高殿卿手下当上了二当家，但他并没有隐瞒当年的共产党员身份和经历，心里也很清楚共产党是什么样的党，这些高殿卿也知道，但是高殿卿也没有疏远他。张毛想过回归共产党，但是一来怕共产党不肯再接纳他，二来高殿卿待他也不薄，让他做了二把手，他不能不仁不义一走了之。因此就一直跟着高殿卿干，成为高殿卿的心腹。他一听高殿卿要他拿出见面礼，就慌忙叫两个小喽啰把一个木箱子抬了出来。

高殿卿指着木箱子对周骏鸣说："这里是两千大洋，算是我对你们游击队的一点心意，也希望今后能相互关照点，我如果遇上你们，我绝不向你们开枪。也希望你们的枪不要走火了。"接着他就要张毛拿出准备好的酒菜。

周骏鸣觉得这酒不能不喝，人家有礼在先，我们也不能无礼在后。于是，周骏鸣端起酒杯，说了些感谢的话，把酒干了，算作先干为敬。高殿卿等人也一起端起了酒杯一饮而尽。周骏鸣借着酒劲说："大当家的，我有个不情之请，为了我们今后的合作，我想把张毛留下来随我们一起行动，专做联络。"

高殿卿没有回绝，他稍微想了想，说道："那也行。他原来就当过共产党员哩。张毛，你愿意不愿意？"

张毛自然没有意见，就说："听大当家的吩咐。"

周骏鸣心里盘算着，高殿卿既然答应把张毛留下来，那么下一步争取高殿卿加入游击队就不是没有可能。他回到长寿村后，把同高殿卿谈话的情况向张星江简要地汇报了一下，并提出可以考虑争取高殿卿加入游击队。张星江也觉得这事可以从长计议。

这天晚上，事务班的同志们做了一大锅猪肉炖萝卜粉条，会喝酒的战士都喝了酒，大家美美地吃了一顿。这也是游击队成立以来，大家第一次吃上这样的饭菜。朱凤昌多喝了几杯，走起路来竟有点东倒西歪，吴仁甫开玩笑说："凤昌学会跳舞啦！"惹得大家一阵大笑。

大家刚放下碗筷，周骏鸣就下令出发了。战士们沿着山间羊肠小道走了两个多钟头，到达了确山县城西北方向的杜庄。看看天色很晚了，周骏鸣决定就在杜庄宿营。

杜庄，坐落在老乐山的山窝里，是一个普通的小山村。村子周围地势还算平坦，但是四周不远处却山峦迭起。西边和北边的山包上林木稀少，石头上长满了苔藓。庄稼地里也有一些突兀而起的石头。游击队来到这个人生地不熟的地方，一切都那么陌生。再加上经过一整天的奔波，大家都非常疲惫了，躺下不久就进入了梦乡。

宿营放哨，乃行军打仗的常识。所以，游击队领导也不敢大意，在这天晚上特地安排副班长康春放哨。康春是老同志了，游击队诞生之时，康春就是创始队员之一，如今，他又是游击队第二班的副班长，所以领导一直很信任他。到了一个新地方，领导自然要派一个可以信赖的人去站岗放哨，于是就选定了康春。站岗放哨，康春也不是第一次了，所以他一口答应了，尽管他和大家一样很疲惫。

牛德胜在多年的革命生涯中养成了很高的警惕性，虽然他也很累很困，但是为了部队的安全，在大约四更时分，他还是坚持出来查岗查哨，生怕出什么娄子。

天很黑，康春的哨位选择在麦秸垛下面，隐蔽效果也很好。牛德胜来到康春的哨位，观察了四周的动静，也没有发现什么异常。但是就在他准备离开时，他突然听到不远处的村庄有狗叫声，出于长期养成的警惕性，他提醒康春注意村外动静。他对康春说："狗叫必有原因，不要大意了。我们雪夜打'坏货'，还没有进村，村里的狗都叫了。我们要特别注意狗叫方向的动静。"

查完岗哨，牛德胜见房东家的长工刘大海起来喂牛，于是就搭把手替刘大海往牛槽里倒了几马勺料水，又用搅草棍把麦秸搅拌搅拌。刘大海吃惊地说："你一个当兵的还会喂牛？"牛德胜笑笑说："不瞒你说，我以前和你一样也是个庄稼人，别说喂牛，犁地耙地、碾场打麦俺都干过。"

两个人说着说着就走到了屋外，他们刚走出院子，牛德胜突然发现村外有手电筒的光亮，牛德胜问刘大海："你看那边有人打手电，是不是土匪？"刘大海没有多想，就说："我看不像土匪。一般来说土匪晚上出来不会打手电，因为那样他们就露馅了。我看打手电的像是国民党保安队，不过，保安队晚上也很少出来。"

尽管刘大海不是很肯定，但是牛德胜还是不敢怠慢。他急忙向张星江和周骏鸣汇报说："村外有手电筒光，估计可能是保安队来了，怎么办？"张星江说："德胜，快出去看看，看看是啥情况？把大家都叫醒。"

牛德胜还没有跨出房门，保安队就上来了，他们很快完成了对杜庄的包围，并且很快摸到了村外麦场前。

放哨的康春，见敌人来得突然，来势凶猛，一时惊慌失措，竟然不顾战友们的安危，一枪未放就跑了。他跑到周骏鸣住的西屋，对他说有敌情。周骏鸣带着张毛和康春等人一出门就和敌人交了火，他们边打边冲，趁着夜色突围出去了。

此时正是黎明前的黑暗，双方都分不清敌我。枪声一响，敌人也乱了阵脚，在村里互相射击，顿时枪声四起。伴随着枪声，村里的狗也狂叫起来。

混乱之中，住在北屋的张星江带领老汪、小陈、王保良等人也冲到了村外。住在西屋后院的牛德胜带领本班战士伏在一个粪堆旁边，在黑暗中看到七八个敌人出现在前面。牛德胜大声问对方："你们是哪一部的？"对方回答说："我们是遂平县保安团第一大队的。你们是什么人？"牛德胜没有正面回答对方的问话，却反问了一句："你们大队长姓什么？""姓桑啊。你们是什么人？"敌人这个时候也看不清谁是谁。

牛德胜判断敌人还没有看清他是谁，就回应道："我们是确山保安团的，请你们大队长过来一下。"他一边和对方说话，一边用手示意大家准备射击，冲出敌人的包围。

就在牛德胜示意大家准备战斗的时候，遂平县保安团桑大队长气势汹汹地走过来问道："听说有一股土匪在庄上，你们到底是哪一部的？"

牛德胜说："放屁，哪有土匪？我们是……"话还没有说完，就向战士们一摆手说道："给我打！"随着牛德胜的一声命令，战士们一个排子枪打了过去，桑大队长和他身边的几个保安队员应声倒在地上，死活不知。

牛德胜趁机带领战士们冲破当面之敌。他和战士们混在敌人中间又打了一阵子。敌人又互相对着打了起来。牛德胜看准敌人互相对射的空隙，带领大家冲出敌人的包围，朝着西北山坡转移。杜庄村内，依然枪声不断，犬声不绝。

拂晓时分，牛德胜带领本班战士撤到了山下。他们立脚未稳，就突然发现敌人已经占领了西边和北边的山头。显然，敌人是有备而来。牛德胜一看部队处于敌人的火力之下，连忙组织战士向西山头发起冲锋，想冲破敌人的防线，但是两次冲锋都没有成功。

敌人居高临下，以猛烈的火力疯狂地向着游击队的阵地扫射。子弹像雨点般落在游击队阵地前沿的石头上，火花四溅，"砰砰砰"一片声响。战士们躲在庄稼地里的乱石后面，不时地反击，但是似乎没有给敌人造成太大的威胁。

有人建议向南转移，牛德胜看看南面地势很平坦，向南突围就会完全暴露在敌人的火力之下。他对战士们说："同志们，杜庄那边枪声已经停下来了，敌人马上就会从后面追击上来。我们已经被敌人包围了，已经没有向南转移的可能，向南转移，只会完全暴露在敌人的枪口下面。现在，我们只有拼命夺取西面高地，才能摆脱敌人的进攻。"于是牛德胜重新组织火力，对准西山头左边的敌人阵地发起了两次强攻，但是依然未能奏效。

这时天色已经大亮，战士们清楚地看到从杜庄出来的敌人正追赶过来。牛德胜和他的战士们腹背受敌。马三更说："班长，子弹也不多了，敌人快追上来了，怎么办？"

牛德胜站在一个大石头下面，以坚定的语气对大家说："战友们，我们现在受到敌人前后夹击，后退只有死路一条，占领西山头，就是胜利。同志们，我们同敌人决一死战的时刻到了，党考验我们的时刻到了，不怕死的，跟着我向前冲啊！"

牛德胜的话音刚落，王青玉、马三更、朱凤昌、赵涛、吕进亭、秦金和、张保等党员，都把袖子往上一捋，跟着牛德胜冲出阵地。他们顾不得枪林弹雨，顾不上自己年轻的生命，一阵猛打猛冲，敌人终于向北边的山梁退却了。牛德胜和他的战友们终于攻占了西山山头。

说也奇怪，当敌人败退下去的时候，牛德胜他们却是毫发无损。虽然如此，牛德胜也不敢恋战。他心里明白，他和战友们还没有脱离险境，一旦敌人追击上来，后果不堪设想。他说："同志们，此地不宜久留，我们必须立即向泌阳铜峰方向转移。"

他们刚刚撤出阵地，身后就传出了密集的追击枪声。王青玉说："亏得班长带大家撤退得快，要不然又是一场恶战。"战士们也不管有路无路，见山翻山，见岭越岭，终于在上午九点多和张星江、周骏鸣等在泌阳大路庄附近的一个小山村里会合了。

该归队的应该都归队了，周骏鸣在清点人数时，发现张旺午、王春义、吴仁甫以及事务班全体同志都没有跟上部队。

牛德胜说："估计他们凶多吉少。我们冲到杜庄西山时听到身后枪声不断，后来枪声突然没了。"大家听了牛德胜的话，心情都沉重起来。张星江提议要派人去侦察一下情况，周骏鸣说："那就派王青玉辛苦一趟吧，要注意安全，弄清楚情况马上回来报告。"

第二天晚上，王青玉急急忙忙赶回了宿营地，把侦察到的情况向张星江和周骏鸣做了汇报。原来，在敌我双方激战的时候，王春义和战士李新世两人被敌人围困在屋子里。敌人大声喊叫，要他们投降。在夜色中，王春义对着喊话的方向一枪打去。于是保安大队的枪声噼里啪啦响了起来，把房门门板都打成了马蜂窝。

敌人摸不清屋里有几个人有几条枪，也不敢贸然往里边冲。双方僵持了一会儿，敌人又威胁要烧房子。王春义听到敌人的喊叫声，怀着对敌人的满腔仇恨把最后的两颗子弹射向敌人。最后，王春义和李新世终因弹尽无援，英勇牺牲。他们在敌人的枪林弹雨中战斗到了最后一口气，以宝贵的生命诠释了一个共产党员入党时的誓言。

在撤退中，张旺午、吴仁甫以及事务班吴狗、柯骡、孙昌、红孩等五名确山籍战士，由于手中没有武器，被敌人围困在一个院子里。双方僵持了很久，敌人看到屋里没有反抗的枪声，就端着枪往屋里冲。躲在门后左右两边的柯骡和孙昌奋起和敌人扭打在一起，吴狗和红孩看到柯骡和孙昌和敌人扭打在一起，也拿着菜刀和敌人打了起来。但是终因寡不敌众，不幸受伤被俘。吴狗等五名战士受伤后被押解到确山惨遭杀害，张旺午和吴仁甫押在确山狱中，听说还要押解到开封。

桐柏山红军游击队杜庄遇袭，虽然大部分战士杀出重围，但是损失惨重，这是桐柏山区红军游击队成立以来第一次遭到重创。一股沉闷的气氛笼罩在游击队上上下下，压得战士们喘不过气来。张星江和周骏鸣，他们二人的心情不比其他人轻松，除了哀悼死去的战友，担忧被俘的战友，他们还必须带领大家化悲痛为力量，再振雄风，继续战斗。

红军游击队进军大、小乐山后，在泌阳张楼的王国华一直在关心着前方的战事，他突然看到王青玉出现在他的面前。王青玉一见王国华就泣不成声。王国华问道："青玉，先别慌着哭，有什么事？慢慢说。"王青玉这才断断续续地说："指导员派我接你去小张庄，部队出大事了。"

王国华一听就感觉是部队在前方遭到了重大伤亡，他说："好，我去。"王国华安排侯太俊、陈香斋等人在家等候消息，就带着当地农民自卫队队员马长富等人赶往杨进冲小张庄。路上，王青玉把杜庄遇袭和部队损失的基本情况向王国华作了简要报告。王国华听到弟弟牺牲的消息，长叹一口气，说道："春义啊，哥对不起你呀！父母把你交给我，我没有把他带好呀！"王国华忍着失去手足之痛，在小张庄见到了张星江和周骏鸣。

王国华看得出张星江和周骏鸣两人心情都很沉重，本想安慰几句，但他还没有开口，张星江就说："国华同志，我们没有把春义带回来，很对不住啊。这次遭遇遂平保安队的袭击，损失太大了。张旺午、吴仁甫被俘押进确山监狱，春义等七位同志牺牲了。我们责任重大啊！"

周骏鸣跟着说："国华同志，都怪我没有把你和星江同志的意见落实好。星江同志对我说到了新的地方要提高警惕，加强警戒。部队到杜庄后要是加派一个流动哨，可能就会是另一种情况。"

王国华说："快别说了，你们也是九死一生捡了一条命啊。说实在话，开始我一听春义牺牲了，我的头都要炸了。春义从小就听我的，他跟我出来闹革命的时候，父母一再交代我要保护好他，现在我该怎样向父母交代啊！可是我又一想，干革命哪有不牺牲的呢？春义为革命牺牲，是我们全家的光荣，是父母的光荣。这样，我心情就平静了许多。现在，张旺午被俘了，全中玉还在新野那边，我们三个要团结起来，振作起来，继续战斗。眼下要紧的是总结经验教训，避免再出现这样的事情。"

张星江说："国华说的好，我和骏鸣也有这个想法。下一步，我们要返回天目山根据地休整。部队这次减员不少，张旺午被俘，春义等同志又牺牲了。为了加强部队领导，我建议国华尽快回泌阳那边，动员地方党员和革命群众参加游击队，同时调陈香斋同志到部队接替春义的副队长职务。另外，国华要派人去新野向中玉同志通报这里发生的情况，由他选派新野、唐河的党员骨干和群众参加游击队，充实游击队的战斗力量。"

康春一直在寻找机会，想见见王国华，当面向王国华检讨自己。他看到王国华从张星江和周骏鸣屋里出来，急忙迎上去说："老领导，我对不起你。"王国华也不客气地说："康春，你也是老同志了，让我怎么说你呢？你对得起我也好，对不起我也好，那都是小事，重要的是对不对得起党组织多年来对你的培养。"康春低下头，羞愧地走了。

面对游击队的重大挫折，张星江觉得应该先把党员的思想统一起来。于是，他把全体党员召集起来开了一次会，王国华也参加了会议。张星江在开场白中说："同志们，杜庄遇袭，我们损失很大，教训非常深刻。今天开会就是请大家总结经验教训，打开新的战斗局面。要说责任，我本人应该是第一个要负责任的，我应该是第一个要向大家做检讨的。游击队诞生以来，胜利连着胜利，我思想上开始麻痹大意了，对敌情缺乏应有的认识和警惕，到达大、小乐山后，我没有摸准敌情，也没有做好敌情突发的应对工作。我向大家检讨。也希望大家畅所欲言，认真总结一下，从这次失利中找出经验教训，尽快从失利的阴影中走出来，争取今后多打胜仗，打好每一仗。"

周骏鸣看张星江把失利的责任承担下来了，急忙接着说："我是战斗的指挥员，这次失利我应该负主要责任。指导员多次提醒我要警惕敌情、监视敌情，就在杜庄宿营之前，他还提醒我要提高警惕性，但是我没有把他的意见落实好，我理应深刻检讨，也请同志们批评。"

马三更本来气就不打一处来，他说："这次损失这么大，康春放哨失职，明明周围村庄狗叫得厉害，他却没有当作一回事。当敌人摸上来的时候，他本来应当开枪示警，但是他为了保着自己的性命，竟然不顾大家的性命，一枪未放，临阵脱逃，让我们失去了突围的宝贵时机，应该严肃军纪，追究康春的责任。"

马三更火气很大，但说的毕竟是事实，所以大家都纷纷支持马三更的意见。康春看到战士们群情激奋，心里也非常不是滋味，他心情沉重地说："我确实犯了严重的错误，对不起牺牲的同志们，对不起被俘的同志们，对不起同志们，请组织给我最严厉的处分。"

王国华接着说："教训是深刻的，责任是要追究的，处分也是应该的。但是，大家不要消沉，我们都是共产党员，在这关键的时候，大家要起作用，把部队稳定下来，把以后的事情做好，这才是最重要的。"

这天下午，根据张星江和周骏鸣的安排，牛德胜以战士委员会的名义召集全体战士开会，会议的中心议题就是讨论康春的责任和处理问题。会议沉寂了好长时间，大家好像有很多话要说，但又不知道说些什么。朱凤昌终于开了头炮，他说，这次杜庄遇袭，领导上也有责任，主要是思想麻痹大意。但是导致重大损失的直接原因是康春发现敌人没有立即示警，使我们失去了组织反击和突围的最佳机会。他应该为这次惨重损失承担责任。此话一出，许多战士都要求对康春执行战场纪律。

执行战场纪律就意味着处决康春，牛德胜心里很矛盾。但是，军纪是严肃的，犯了军纪就必须按军纪处理。于是，他决定就此问题进行表决。他说："康春同志的问题很严重，该不该执行战场纪律，请大家表决。"结果全体队员一致通过一项决议，要严格执行战场纪律，处决康春。

康春的心情是复杂的，他也想和同志们一起继续战斗，但是他也深深感到自己犯了不可饶恕的罪孽。他含着眼泪，摘下帽子，将日记本送给牛德胜，然后给大家深深地鞠躬说："同志们，战友们。牛德胜同志在查哨时特地交代我注意狗叫方向的敌情，要求我发现敌情要及时发出警示。但是由于自己贪生怕死，临阵脱逃，没有报警，致使部队陷于重围，致使部队受到重大损失。我对不起同志，对不起被俘和牺牲的同志，自己不配做一名共产党员，不配做一名红军战士，我心甘情愿接受军纪。"说到最后，康春泪流满面，要求给他一把枪，让他自我了结。

这是桐柏山区红军游击队成立以来第一次执行战场纪律。康春这一席话，使大家分外激动，心情也格外矛盾，不少同志都伤心地痛哭起来，有人哭着请求免除康春一死。牛德胜也犹豫了，有些主张执行战场纪律的战士也犹豫了，大家把目光投向了指导员张星江和队长周骏鸣。

张星江的心情和大家一样，有些矛盾。他想，康春的错误，确实军法难容，不执行战场纪律，就无以面对牺牲的同志和被俘的同志，更无以严明军纪，警示后人。但处决康春，又于心不忍。思前想后，最后军法还是战胜了私情。他说："同志们，我和你们的心情是一样的，大家的心情都是可以理解的，但是康春为了保命，竟然临阵逃脱，差点使我们这支部队全军覆没。纪律是铁的纪律，不管是谁，违犯了军纪都必须严肃论处。大家通过的决议，还是要执行的。我们要从康春的错误中吸取教训。"

周骏鸣严肃地说："我拥护大家刚刚通过的决议，赞成指导员刚才说的话。我是军人出身，军令如山，军法无情，这句话不是玩笑话。大家一致通过的决议，也不是闹着玩的。既然有了决议，就必须执行决议。康春的问题，不是一般的错误，而是犯罪。"接着，周骏鸣含着热泪下达了执行令。

第十章　孤峰山庙会夺枪　张星江虽死犹生

游击队在短暂的休整中，兵力得到了迅速补充，但是游击队的武器弹药难以得到有效的补充，生活问题更是困难重重。根据地老百姓已经尽力了，但在青黄不接的季节，老百姓的日子也过得紧巴巴的，要他们拿出更多的粮食支援游击队，也不现实。

于是，张星江和王国华商量，于1936年4月中旬在桐柏县回龙附近的郭竹园召开省委和游击队联席会议，集中研究部队面临的枪支弹药和经济来源问题。会上张星江提出了一个大胆的设想，就是利用桐柏县平氏镇孤峰山农历三月三庙会的机会，对敌人发动一次出其不意的袭击，夺取地主豪绅和资本家的枪支弹药和钱款物资。

平氏镇，地处桐柏县最西端，和唐河县毕店、祁仪地面交接，南面和鄂北山区接壤，东北方向与泌阳搭界。平氏镇西边有座小山，叫作孤峰山。孤峰山上有座祖师庙，祖师庙殿宇轩昂，古柏参天，四季香火不断。每年农历三月三到三月初五，依例举办庙会。庙会期间，来自湖北和河南交界地区的人们，从四面八方云集而来，赶会看戏，烧香许愿，祈福求子，叫买叫卖，算命问卦，卖艺赌博等，干什么的都有。一些地主豪绅也挎着盒子炮，或骑马，或坐轿，带着保镖和狗腿子，赶会看戏抖威风，历年如此。近年来各地的一些资本家也来参加庙会，他们在庙会现场搭起帐篷，叫卖百货，推销农用物资，而且一般都会带着保镖和防身武器。会场上，往往是几台戏班子对戏，看谁唱得好，看谁能吸引更多的观众。所以，演员也都十分卖力，奇招迭出。观众往往随着演员戏路的变化，一下子涌到这边，一下子又涌到那边。

张星江把这个情况详细地向大家作了介绍。他说："现在离三月三还有六天，我的想法是，趁着庙会期间人多人杂，秩序变化无常的机会，来个庙会夺枪，夺取资本家和地主豪绅的枪支和物资钱款。这个设想能不能行得通，请大家仔细商量一下。"这的确是个大胆的设想，但是要把这种设想变成具体的行动，达到胜利的目标，也的确需要大家商议。

牛德胜对平氏镇孤峰山庙会的情况可以说是了如指掌，因为他姑奶就住在平氏镇。他说："指导员说的情况都是事实，我小时候每年都去逛庙会。庙会期间人山人海，啥人都有。趁这个机会出其不意夺取敌人的枪支弹药，应该能够成功。但是，有个问题值得注意，两年前豫西军阀别廷芳派了一个叫刘宗阁的团长在平氏镇驻防。这对我们的夺枪战斗是一个很大的威胁。"

王国华是庙会夺枪的坚定支持者，他认为这是个大胆的设想，但是也有一些很现实的问题需要考虑清楚。他认为游击队长途奔袭，容易走漏风声，容易暴露目标，弄不好就会徒劳无功。因此要实现夺枪战斗的胜利，既要大胆，又要谨慎，特别要做好保密工作。

周骏鸣没有到过平氏镇，但是听了张星江和牛德胜的介绍，也觉得到平氏镇夺枪是个好主意，他认为这个想法如果能够实现，就能够有效地缓解游击队面临的困难。然而，周骏鸣也提出了一个很现实的问题，他说，游击队只有几支手枪，其余都是步枪，而步枪无法进入庙会现场，这样就必然会影响我们的整体战斗力。

王国华、周骏鸣和牛德胜在发言中虽然都支持张星江的提议，但是归纳起来，也提出了三个关键问题，就是长途奔袭容易造成暴露问题，步枪无法进入会场影响战斗力问题和敌人有重兵防守问题。这三个问题都是很关键的问题，一个问题解决不好，就有可能导致整个计划泡汤。张星江对大家说："大家提出的这些问题，都是实实在在的问题，都是庙会夺枪战斗的不利因素。我想提请大家研究一下，有没有办法解决这些问题。"

张星江看大家都在思考，就补充说："牛德胜说平氏镇有刘宗阁的驻军，这个情况我也知道。但是只要做好保密工作，让我们的人混进人山人海中去，敌人就很难发现我们。只要我们能够做到速战速决，等敌人发现我们时，兴许我们已经撤出战斗了。"

王国华觉得张星江这话很有道理，就接着他的话说："对，藏身于人山人海中去，敌人就很难发现我们。我想说的是，藏身也要有藏身的办法，我们可以扮成烧香的香客，扮成看戏的看热闹的老百姓，扮成买卖东西的农民。这样，敌人就很难发现我们。不过周骏鸣同志提出的那个问题确实是个重要问题，步枪进不了庙会，这样进入庙会的队员必定就少。这个问题怎么办？我建议动员各地党组织和农民游击队、自卫队参加和配合我们的行动。"

"对呀!"张星江听完王国华的话,兴奋地说,"国华这个主意好。我们现在在唐、桐、泌三县交界地区组织了多支农民自卫队或游击队,这是不可忽视的力量。我们把这些力量调动起来,参加和配合战斗,我们胜利的把握就更大了。同时,也可以让他们在实战中锻炼锻炼。"

周骏鸣说:"刚才国华和指导员都提出动员各地农民自卫队参战,我也赞成。我还是想说说武器问题,如果手枪多一些,战斗胜利就会多一些把握。我有一个想法,就是向土匪借若干支手枪,如果能够借到,一定会大大增强我们的战斗力。上次在长寿村北边的破庙里我同高殿卿有过接触,他对我们似乎没有敌意,也没有拒绝以后和我们合作。我想亲自去一趟,向他借几支手枪。"

王国华也说:"向土匪借枪也是个办法,可以弥补我们短枪不足的问题。泌阳马长富早年曾经参加过红枪会,当时和一些绿林好汉有一些交往,看看他能不能找到借枪的门路。能借到枪当然好,但是如果借不到的话,我们也不能赤手空拳同敌人战斗。我们总不能让尿憋死,实在不行的话,到时候就在庙会上买一些木锨把当武器。"

张星江说:"向土匪借枪也是迫不得已,那就试试看。我看看刘中兴那里能不能想办法向土匪借几支手枪,他们和社会上的联系多。不过借枪这事,要千万注意保密,最好不要暴露我们的具体行动计划。一旦土匪把我们的行动暴露出去,后果不堪设想。"

郭竹园联席会议进行了整整一天。围绕着平氏镇孤峰山夺枪战斗,大家各抒己见,集众人的智慧对夺枪战斗的时间、任务、参战人员、地方党组织和农民游击队的配合以及行军路线、撤退路线等问题,逐个作了深入研究,最后一致通过了平氏镇孤峰山庙会夺枪战斗的决议,并责成周骏鸣和陈香斋拿出一个具体的作战方案。

王国华当天回到泌阳东部山区,他顾不上休息,就向泌阳县委负责人侯太俊传达了省委的决定。王国华对侯太俊说:"这次夺枪战斗很重要,你要做好两件事,一是选好参战人员,二是注意保密,一点消息都不能向外边透露,对内部也一样,凡是不参加战斗的,就不要向他们透露。"

侯太俊长期从事党的地下工作,他知道保守秘密的重要性,他对王国华说:"放心吧,我们会把保密工作做到家的。现在我就筛查一下,看看哪些同志可以参加这次战斗。你有没有啥具体要求?"

说到要求，王国华说："简单地说，参加战斗的人员要意志坚强，要敢打敢拼，不怕牺牲，要服从指挥。你就按照这三个条件挑选吧。"

侯太俊按王国华的要求拟定了一个三十多人的参战名单，其中有党员、农民自卫队队员苏天广、靳老九、马长富等同志。

王国华说："人倒是不少，我们这么多人集中去到那里，恐怕会引起怀疑。为了不引起敌人怀疑，我们不如扮成去祖师庙进香的香客，你觉得怎么样？"

侯太俊连声称赞说："还是你办法多，到时候你就扮成香客头领，我和苏天广等人扮成信众。有人要问，我们就说是给祖师爷进香的。好，这办法好！"

王国华问道："马长富曾经说过，他原来和土匪李合有过一段交往，现在还有没有来往？"

侯太俊说："那都是好多年前的事情了，那时他们的关系还不错。老马参加革命后，他们之间基本上就没有来往了。你怎么突然问起这个事？"

王国华解释说："这次战斗，游击队的步枪进不了庙会，手枪又少，这样，整个战斗力会受到很大影响。假如马长富和他们还有交往的话，我想叫马长富到李合那里去一趟，看看能不能借几支手枪用。"

侯太俊明白了王国华的意图后，便对王国华说："我去问问马长富，他如果愿意的话，就让他去看看。"

马长富和李合已经多年没有来往了，能不能借到手枪，他心里没有底，但是他愿意试试。第二天下午他回来报告说，李合也很客气，但是却推辞说他们拥有的手枪也很少，使枪的弟兄们都不愿意放手。王国华说："土匪就是土匪，不肯借就算了。到时候我们就在庙会上买些木锨把当武器用吧。"

张星江在郭竹园和王国华等人分手后，就带着牛德胜、王青玉二人潜回唐河、桐柏交界一带，给唐河、桐柏两县党组织布置任务。

4月20日下午，王青玉风风火火地来到刘中兴家里。刘中兴一看王青玉来了，赶忙说道："青玉，你啥时候从部队回来的？今天到我这里应该有大事吧？"王青玉说："中兴，算你猜对了。我今天找你，是要传达张星江书记的指示。省委和红军游击队决定在平氏三月三庙会期间发动夺枪战斗，从敌人手中夺取敌人的枪支弹药。张星江书记要求你立即组织唐东党员骨干和农民游击队队员，配合红军游击队参加战斗。"

刘中兴听后说："好事啊。平氏三月三庙会，年年都有，这个我知道。每年这个时候远近的群众都到那里赶会，唐河、泌阳、桐柏以及湖北那边的一些地主老财，土豪劣绅，国民党地方大员也都来凑热闹；一些商人也都安营扎寨，做着大买卖。这些人都有钱有枪。"

王青玉说："张星江同志有具体要求，一是挑选参加战斗人员，二是想办法向土匪借若干支手枪，三是想办法解决战斗经费问题。"

刘中兴说："这些问题我来想办法，我现在就通知开会，商量一下这些具体问题。"

刘中兴对上级的指示从来不含糊，他明白时间紧迫，必须马上行动起来。当天晚上就把刘书山、刘中轩，刘书黑、刘书炳、刘明志、刘元方、刘中礼、郑谷友、焦富建、权景山、张国廷、孟汉昭、曾广玲、焦焕珍等召集起来，在双庙岗以东的河沟里开了个会。

会上，王青玉传达了张星江关于庙会夺枪的指示。刘中兴对大家说："张星江书记已经对我们发出新的战斗号召，今天把大家请来开会，就是希望大家能够参加这次战斗。这次战斗同以往的斗争不同，过去我们和敌人的斗争是背靠背，是在暗处贴标语撒传单，在暗处发动群众同敌人斗，但是这一次是同敌人面对面的斗争，是要从眼前敌人的手里夺取枪支弹药，夺取我们党和部队的急需军用物资。这对大家而言是一个考验，大家既是党员，又是农民游击队队员，我想问问大家，愿不愿意参加这次战斗？有没有胆量参加这次战斗？如果哪位同志害怕了，不想参加这次战斗，我也不勉强，但是你必须保守这个秘密。"

刘中兴话还没有说完，刘书炳不高兴地说："中兴，你这孩儿咋这样说话？谁不愿意参加啦？谁怕啦？你也不看看我们这些人谁怕死？"刘书炳是刘中兴的叔辈人，他在刘中兴面前随便惯了，说话总喜欢以长辈的口气说，而且喜欢直来直去，从不顾及对方的感受。大家对他这种说话的口气也都习惯了。不过，他这几句话却道出了大家的心声。

焦富建说："老六说得对。我们这些人怕啥球？我们虽然还没有和敌人面对面地斗过，但是我们在斗争中也不是没有经历过风险。我第一次割电线的时候，心里也呼呼跳，很怕被敌人发现。但是，第二次我就不怕了，胆量早就练出来了。"

权景山说："中兴，你就说咋干吧。我们这些人没有孬种，生来就是天不怕地不怕的人，别说从地主恶霸手里夺枪，就是在人堆里杀了他也敢。"

刘中兴和王青玉看到大家态度都很坚决，就转入了下一个议题——确定参加夺枪战斗的人员。刘中兴说："什么人参加这次战斗，我想说点具体意见，第一个是敢打敢拼的，不怕死的，胆子小的不能参加这次战斗；第二个是家庭责任大的不参加战斗，身体虚弱有病的不参加。除了我们这些人之外，还有哪些人可以参加，请大家说说。"

张国廷说："中兴说的这两条有道理，我也有这样的想法。我提议让王永国、王永庆、曾昭栓、郝家义、刘元伦、马殿友等人参加这次行动。"随后，权景山、孟汉昭等人也提出了自己的名单。

最后，大家确定了四十六名党员和农民游击队队员参加夺枪战斗。刘中兴对大家说："我们今天挑选的这些同志，都是敢干的、不怕死的。对参加战斗的每个人，我们都要替他们保守秘密，任何人都不能对外透露他们的名字。同时，也不准向任何人暴露有关夺枪战斗的消息，包括自己的父母、妻子和不参加战斗的同志。"

刘中兴强调了保密纪律后，看看刘书山说："书山小叔，星江指示我们筹集一些战斗经费，购买一些战斗物资，比如木锨把、白毛巾等，白毛巾是战斗开始后绑在胳膊上作统一标志的。这事就交给你办了，有什么困难没有？"

刘书山说："什么困难不困难，你就说要多少钱吧？"

刘中兴说："你先拿出二十块钢洋吧。"

刘书山说："看来我还是有先见之明的，你叫我通知大家来开会，我估计这次任务要用钱，就带来了三十多块，这是我这几年积攒下来的。"

刘中兴说："我也不说谢的话了，你为我们党作出的这些贡献，我不会忘记，同志们不会忘记，党组织也不会忘记的。我请在座的同志们都记着书山同志对这次战斗的特别贡献。"

王青玉说："中兴，借枪的事怎么办？"

刘中兴说："这个事有一定困难，我不敢打保票，但是也不是没有希望。我看这事就交给中轩二哥去试一试。办成了，当然好，办不成，我们也不要埋怨。"

原来，刘中轩的舅舅马建奎是地下党员，家住马庄。马庄曾经有个叱咤风云的人物，叫马天成。马天成当年杀了人，摊上了人命官司，为了躲避官府的追捕，他索性在陕西和河南交界的地方，拉起了杆子队伍，人数最多的时候有几千人，专门和官府作对，影响很大。后来，他的杆子队伍被国民党庞炳勋的部队打得七零八落。马天成被迫带着一百多名残兵败将逃回马庄。俗话说，瘦死的骆驼比马大，马天成的团队虽然被打垮了，但是长枪短炮啥都有，他的属下有时也会跑到山区干些拦路抢劫的勾当。而马建奎则是马天成的本家叔叔。刘中兴觉得通过马建奎这层关系，向马天成借手枪是有可能的，就把这个任务交给了刘中轩。

王青玉觉得此事事关重大，提出和刘中轩一起去落实这个事。刘中兴也同意了，但是又觉得向马天成借枪，总得找个正当的借枪理由。找什么理由呢？大家商量了好一阵子，也没有找出合适的理由。

刘中轩说："以我的看法，不如直说了。马天成这样的人，一般是讲究义气的，何况他是被国民党军队打垮的，所以，他也恨国民党反动派，恨地主恶霸，这和我们的目标一致。你要借他的手枪，又不讲实话，就很难争取他同意。你讲了实话，说不定他会同意，他即使不借枪，也不至于坏我们的大事。"

刘中兴说："有理，那就照你说的试试。"

让人们没有想到的是，马建奎带着王青玉、刘中轩见到马天成后，事情办得很顺利。马天成本来对国民党的军队心存怨恨，他听说游击队要夺国民党的枪，立马应允借给他们六支手枪。他说，你们替穷人办事不含糊，我借枪给你们也不含糊。不过马天成提出了一个条件，却让王青玉、刘中轩非常为难。他说："枪，我可以借，但是我要派六个人一起去，人听你们指挥，枪归他们六人使用，你们指哪儿他们就打哪儿，夺得的枪支和钱财归你们，我啥也不图。"

刘中轩问："你的人能听我们指挥吗？"

马天成说："这个你放心好了，我派马文昌跟你们一起去，他一定会听从你们的指挥，到时候让他们跟中轩一起行动，有啥事，中轩可以随时说。"

王青玉一听就知道马天成心里有所顾忌，担心老虎借猪有借无还。但是王青玉又无法拒绝他的条件。如果拒绝他开出的条件，不但借不到枪，还会招致马天成的猜忌，甚至会走漏风声。在无法再向上级请示的特殊情况下，王青玉当即答应了马天成提出的条件。

刘中兴知道这个情况后说："青玉，人家担心咱借了枪不还，也在情理之中，你也只能这样处理。不管咋说，我们借到了六支手枪，这是最重要的。他开出的条件，答应就答应了，见了领导咱说清楚就是了。"

完成了夺枪战斗的准备工作后，王青玉告别了刘中兴，带着刘书山交来的钢洋向张星江复命去了。随后，王青玉又在凤凰树附近找到王德冲、夏长兴等同志，确定了三十几个参加夺枪战斗的人员。

夺枪战斗原定发起时间是 1936 年 4 月 24 日（农历闰三月初四），但是部队的行程因故耽误了两天，战斗不得不推迟。推迟的原因是，周骏鸣见到高殿卿之后，高殿卿本来同意借枪了，但是不到两小时，他就变卦了。这样游击队出发的时间不得不往后顺延，将发起战斗的时间顺延到 4 月 25 日（农历闰三月初五），这是庙会的最后一天。

4 月 24 日，唐河、桐柏的党组织带着农民游击队到了庙会会场，他们个个摩拳擦掌，准备大干一场，不料接到牛德胜的通知，告知行动推迟了，大家只好回去等明天再来。

4 月 25 日一大早，牛德胜就在庙会旁边的山坡上见到了张星江。牛德胜把两天来侦察的敌情向张星江作了汇报。他说："庙会的情况和以往差不多，挎着枪来逛庙会的地主豪绅不少，许多金货铺里面都挂着枪，有保镖护卫。平氏保安队队员背着枪在会场上时不时地巡逻，但是比较松懈，他们常常几个人凑在一起说闲话。刘宗阁原来在平氏驻守一个团的兵力，现在只留下了一个连的兵力，庙会期间也没有看到他们到会场。"

听了牛德胜的汇报，张星江的信心更足了。恰在这时，他和牛德胜都看到周骏鸣正带着几位战士前来会合。周骏鸣告诉张星江，陈香斋带领的长枪队已经在孤峰山南面的苗花村隐蔽待命，随时接应和掩护参战人员撤退。

王国华带领的泌阳党员和农民自卫队队员也来了。王国华今天可是容貌一新！他身穿蓝布长衫，头上戴的是礼帽，手里拿的是黑漆文明棍，鼻梁上还架起了一副从来不曾戴过的浅棕色墨镜，在众人的簇拥下走向祖师大殿。面对祖师爷的神像，王国华毕恭毕敬点燃了三根又粗又长的香火，鞠了三个躬。俨然就是一个虔诚的香客。

刘中兴在人群中见到了王国华，慌忙上前打招呼。王国华拍拍刘中兴的肩膀说："你们转送来的钢洋都收到了，回去替我谢谢同志们。"

刘中兴小声地问道："他来没有？"王国华知道刘中兴问的是谁，就说："来了，刚才我才和他碰过面。他就在那边。"

刘中兴顺着王国华指的方向，在祖师庙西边的山坡上找到张星江。张星江一见刘中兴来了，兴奋地握着刘中兴的手，轻声问道："都来了?"

刘中兴回答说："都来了。你说的事，我和青玉都办妥了。不过借枪时人家提出了条件。"

张星江说："没关系，我已经知道了，就依了他们。"

多日不见，刘中兴本来想和老领导在一起多待一会儿，但是在这个特别的时刻，他只能长话短说："你还有什么指示?"

张星江说："按照原先的计划去做吧，但也要注意机动灵活，注意安全。你尽快转告大家，选好目标，听到三声枪响就动手，听到一声哨音就赶快撤离。同时还要告诉大家，要沉住气，要看准目标，看准机会，果断出手。撤离也要干脆利索，不留踪迹。"

刚说了几句，刘中兴就看到桐柏的赵明敬、赵老九、苗良田等人过来和张星江打招呼，便朝他们几个点点头，然后回到了自己的岗位上。

按照张星江、王国华和周骏鸣的战斗部署，桐柏山区红军游击队兵分三路，分别由牛德胜、马三更和老汪盯着三个大金货铺的驳壳枪和现金，伺机行动。牛德胜在庙会西南面盯上的那家金货铺格外引人注目，他们这一家拥有三支驳壳枪。另两家的壁柜上也都挂着驳壳枪。

各县来参战的人员，按照指定的行动路线，各自选定目标，重点打击带枪的地主劣绅。统一行动之前，大家就分散在赶会的群众中间，有的在喝茶，有的在看戏，有的在闲聊，有的在卖艺，有的在卖花米团，和当地老百姓没有什么不同。

庙会上三台大戏唱得热热闹闹。西南角那台戏是湖北的二黄戏，演的是《芦花荡》，戏班子老板看着人们都跑到东边看越调戏《南阳关》，心里很着急，对演员二花脸说："今天看来我们要输场子了。"二花脸说："不怕，看我的。"说罢，他在后台脱下戏装，光着膀子，走上前台，口里大叫："哇呀呀，俺张飞来也!"戏台下的观众一看这张飞光着膀子手持丈八矛带着兵将出来了，呼啦一阵骚动，纷纷跑来看二黄戏。这就叫作对戏，对戏最主要的就是比气场，比名气。谁的气场大，谁的名气大，谁得到的"戏布子"就多，以后来找他们写戏的也多，这样日子就越好过。

人们正在全神贯注看戏，突然会场上有人大喊："土匪来了，土匪来了!"人们听到"土匪来了"的喊叫声，顿时慌慌张张四下乱窜。驻守庙会的保安队也急急忙忙跑上山，在庙会四周撒下警戒岗哨。

张星江也听到了"土匪来了"的喊叫声，也看到了人们惊慌失措四下乱窜的情景。他蹲在庙门前的一颗大柏树下心里直犯嘀咕，难道是我们的行动暴露啦？反动派不是常常污蔑我们是土匪吗？就在这时，他看到匆匆前来请示的牛德胜，他问道："小牛，咋回事？"

牛德胜也弄不清是咋回事，就回答说："我也不知道，现在有点混乱，我担心你，就过来了。"

张星江说："我们要沉住气，不要慌，咱们找国华、骏鸣商量一下。"

他们两人刚走过去，就听见有人敲着锣高声喊道："老乡们，不要慌不要乱，没有土匪，刚才是个疯子乱喊的。大家该看戏的看戏，该做生意的做生意，该干啥就干啥，不要乱跑了。"喊声稳住了会场秩序，虚惊一场之后，人们又陆陆续续回到戏场，戏班子也重打锣重开张，一切恢复了正常。

牛德胜跟着张星江、周骏鸣在山坡上巡视了一遍，觉得并没有异常。张星江说："德胜，你立即通知各县农民游击队，准备行动，听到枪响，立即把白毛巾勒在胳膊上，开始战斗。"

牛德胜传达了战斗命令之后，又回到了原来的位置。西南角那家金货铺柜台外面，两个保镖挂着驳壳枪转来转去，卖布的老板把驳壳枪挂在脖子上，手里不停地给买主丈量花布，枪就在他肚子上摆来摆去。他好像有些心神不宁，也许刚才那场虚惊让他惊魂未定，也让他提高了警惕。

牛德胜盯着挂在老板脖子上的驳壳枪，心里很着急。他急切地等待着周骏鸣发出战斗信号。在焦急的等待中，牛德胜就装出买布的样子，他一会儿要老板拿出那匹红底牡丹图案的布，一会儿又要他拿出有龙凤图案的杭州丝绸被面来挑选，一会儿又说价钱太贵了。他在柜台上挑来挑去，弄得那老板很不耐烦，出口说道："我咋看你也不像是买布的，你到底买不买？没有钱别在这儿耽误我的生意。"

牛德胜说："怎么啦？嫌我穷是吗？太小瞧人了。我就要那个牡丹图案的花布，我看做被面挺好的。"牛德胜说这话的时候连他自己也觉得挺逗的，自己哪有钱买呀，这只是他的拖延战术。他心里想的是，等一下就让你尝尝老子的拳头！

买的无心，卖的有意。那老板听完牛德胜的话，拿起尺子就要量布。正在这时牛德胜看见张星江和周骏鸣向自己走来。于是，牛德胜故弄玄虚伸头向柜台里面看了看，老板误以为牛德胜发现了什么，也回头向柜台里面查看。牛德胜一看机会到了，就趁其不备，伸手就去夺那支挂在老板脖子上的驳壳枪。

老板也不甘示弱，大声叫道："你要干什么？还想抢枪咋着？吃了熊心豹子胆啦！"

牛德胜语调不高，但也字字千钧："老子什么都不干，就要你脖子上的枪！"说罢，牛德胜奋力夺得驳壳枪，一脚把柜台踢翻。

在棚子外面转悠的两个保镖听到棚子里面的吵嚷声，拔枪就要向牛德胜射击。在这危急时刻，张星江、周骏鸣及时赶到。周骏鸣眼疾手快，啪啪两声枪响，将两个保镖打倒在地，并顺手缴了他们的驳壳枪和几十发子弹。

牛德胜刚要说感谢领导的话，张星江就说："什么都别说了，赶紧参加战斗！"牛德胜接过张星江递过来的十几粒子弹，一路向庙会中间打过去。

战斗的场面真是瞬息万变，张星江刚冲上庙台，庙台左侧一个保安队头头就紧跟上来。那家伙对准张星江就要开枪。在这千钧一发的时刻，牛德胜手起枪响，连发三枪，那个家伙回头看看牛德胜，晃了两晃，倒在地上。

枪声一响，夹杂在人群中的红军游击队队员，各县参战的党员和农民游击队、自卫队队员，立即围上了白毛巾，拿起木锨把和短枪，向土豪劣绅及其带枪的狗腿子，向金货铺的资本家发起进攻。

战斗已经打响了，可是国民党平氏保安队还没有反应过来，他们还在三三两两背着枪聊天，有的还以为是老百姓在打架，背着枪挤进人群中看热闹。

有个家伙，吃得胖乎乎的，腰里挎着手枪，后面还跟着两个背着步枪的保镖。这家伙看到前面人群里打起来了，就咋咋呼呼地喊叫起来："喂喂喂，怎么搞的？要打架呀！"他的话音刚落，侯太俊、靳老九等人的木锨把已经从天而降，打在这三个家伙身上。这三个家伙一心只想着保命要紧，连忙跪地求饶，乖乖地交出手中的枪。

刘中兴、王青玉、赵明敬带着唐河、桐柏的同志们从东面冲出来，一路向西打过去。整个庙会乱了套，赶会的群众四下逃散，唱戏的演员来不及卸妆，跑向人群；土豪劣绅惊恐万状，轿也不坐了，马也不骑了，狼狈逃命，保安队根本弄不清发生了什么。大家趁着混乱，抢起木棒，砸向目标。马殿友看到高新庄二少爷走过来，就装作不小心故意撞在他身上，二少爷正要发作，他的枪已经被马殿友夺去了。谁知道二少爷身上还有一把小八音藏在长衫里面，他正要掏枪，却被郝家义一棍打倒在地，缴了那支小八音。桐柏赵老九，盯上了三盛金货铺的一个保镖，他趁那保镖往人群里观望的时机，冷不防一棍打下去，那保镖"哎呀"一声栽倒在地上，鲜血直流，赵老九乘势摘下挂在金货铺上面的驳壳枪。

直到这时候，平氏保安队方才如梦初醒，但是，在慌乱中他们一时也不知道咋办，只是一个劲地喊叫："土匪来了""共产党来了""红军游击队来了"，但是他们也不知道游击队来了多少人，所以一个劲地往人群里躲，有的朝天开枪壮胆。

一声哨响，结束战斗的信号响了。桐柏山区红军游击队带着缴获来的五支驳壳枪和八九支步枪以及布匹银圆等战利品，撤出了战斗。唐河、桐柏参战的党员和农民游击队队员也夹杂在四散的群众中撤出了战斗。红军游击队和泌阳县参加战斗的同志们一路向孤峰山以南撤退，在苗花村和陈香斋率领的步枪队顺利地会合了。

周骏鸣检查了一下参战的人数，发现除了张猛子之外都跟上了队伍，他预感到情况不妙。正在此时，几个老百姓路过，牛德胜上前打探消息，那几个老百姓说，刚才保安队打死了一个"共匪"。牛德胜一听就判断是张猛子出事了。原来张猛子撤退时跑错了方向，敌人看他背着一支步枪进入一间破屋里，就围了上来。张猛子拼命抵抗，终因弹尽无援，当场牺牲了。听到张猛子牺牲的消息，大家的心里自然不好受。但是追击的敌人就在后面，红军游击队处境非常危险，必须迅速向南转移，大家只能面对张猛子牺牲的方向默默悼念。

孤峰山庙会夺枪战斗证实了当初张星江等人的分析是正确的，当战斗结束时，保安队和刘宗阁的大兵们才得到红军游击队在庙会上的夺枪的消息。于是，刘宗阁派出部队和当地保安队一起，慌忙往南追赶红军游击队，但为时已晚。敌人追到程湾寨北山时，夜幕已经降临。双方相持了一阵子，敌人深知游击队惯于夜战，同时也摸不清游击队到底有多少人，所以，虚晃一枪便撤回至平氏镇。

敌人撤退后，张星江、王国华、周骏鸣决定按原定撤退路线向桐柏安棚一带转移。桐柏山区红军游击队和泌阳农民自卫队远途奔袭，走了两天夜路，不少战士起了脚泡，加上一天的紧张战斗，连饭也没有吃上一口，所以在转移的路上显得非常疲倦。大家饥肠辘辘，背着枪支和战利品，顺着洛河河滩，艰难地向前行进。有的战士走着走着就迷瞪起来，直打瞌睡，看到有一块平地就恨不得躺下来睡上一觉。但是敌情告诉大家，再累再饿也必须加快脚步走出险境。

经过一夜急行军，部队在拂晓时终于走出了洛河河滩，来到安棚东南的牛庄。张星江和周骏鸣看到大家实在太累了，就决定在牛庄稍事休整，填填肚子。疲惫的战士，个个灰头灰脸的，有的靠着墙根，有的靠着树根，一会儿便睡熟了。

牛庄党员温书敬看到大家又饿又累，心里很过意不去，就提出派人到安棚街买些吃的回来。温书敬对同村农民陈老笨说："老笨，你看同志们已经两天两夜没吃没喝了，你到安棚街去买些蒸馍回来，快去快回，越快越好。"

陈老笨慌慌张张跑到安棚街，但是事情办得并不顺利。买十个八个蒸馍容易，但一下子要买那么多蒸馍就不容易了。好在陈老笨脑袋瓜子并不笨，他脑子一转，心想有几个蒸馍就买几个，蒸馍不够就买些水煎包、买些五香牛肉也很好。

陈老笨买五香牛肉时突然听到了保安队要在安棚打土匪李合的消息。陈老笨慌慌张张挑起买来的蒸馍、牛肉、水煎包就往回走。他上气不接下气地走向温书敬说："你快告诉同志们，泌阳保安队到了安棚街，听说他们是受别廷芳派遣，要在安棚一带追剿土匪李合，我回来时候发现他们正集合队伍。"

温书敬带着陈老笨就去向张星江和周骏鸣汇报敌情，这时，在村外查哨的牛德胜也发现了异常情况，他发现村北有一群人都往东跑。于是，他赶紧向张星江和周骏鸣报告。张星江和周骏鸣不敢大意，立即命令部队放下饭碗，马上集合转移。

事情来得就是这么突然！牛德胜看到的那一群人正是李合的土匪团队，他们从牛庄村北向东面山里一路猛跑，保安队在后面紧追不舍。红军游击队刚一出村，就受到保安队的两面进攻。保安队一路从村西进入村子，一路从村北头包围上来。

红军游击队和泌阳保安队的这场遭遇战在所难免！一场恶战开始了。敌我双方噼里啪啦交上了火。眼见敌人来势汹汹，敌我力量悬殊太大，张星江对陈香斋说："陈香斋同志，你赶快带领步枪班的战士在前面突围，我和周队长、牛德胜、马三更、老汪在后面掩护你们撤退。"

在血与火的战斗中，张星江明明知道殿后掩护凶多吉少，但是他把最危险的殿后掩护任务留给了自己。陈香斋不同意张星江的意见，他说："指导员，你和周队长带着同志们赶快冲出去，掩护大家撤退的任务让我来！"

张星江以不容置疑的口气说："陈香斋同志，现在不是争论的时候，我以指导员的身份命令你，立即带领战士们冲出敌人的包围！"

军令如山！陈香斋说："那好，我一定能够完成任务！你和周队长也要保护好自己。"

前有敌人阻击，后有敌人追击。这支年轻的红军游击队处于敌人前后夹击中，随时都有覆灭的危险。陈香斋指挥步枪班，奋不顾身连续冲杀，终于在第三次冲杀中打开了一个缺口，冲出了敌人的包围。

步枪班战士一路冲杀，张星江、周骏鸣一路阻击后面的追兵。部队转移到姬岭寨南山沟左湾马道岭之后，又被敌人的后援部队包围了。情况十万火急！

当此生死关头，陈香斋横下一条心，心想就算自己牺牲了，也要把战士们带出险境。他把袖子一挽，拿着驳壳枪，大呼一声："党员同志们！战友们！我们被敌人包围了，现在的情况不是敌死就是我亡，我们死也要拉一个垫背的。现在我们只能向前冲，冲出敌人的包围就是胜利！是英雄还是狗熊，是好汉还是孬种，咱们战场上看。不怕死的，跟我来，冲啊！……"

步枪班的同志们一看陈香斋带头冲杀，个个精神抖擞，一起高呼"冲啊，杀啊！……"

杀红眼的红军战士心里揣着一团火，一个个像离弦之箭，冲向敌人的阻击阵地。在浴血拼杀的叫喊声中，战士们气势如虹，越战越勇，敌人的阵地终于动摇了，游击队终于杀出了一条血路，冲出了敌人的包围，消失在深山密林之中。

游击队大部队冲杀出去了。但是，掩护突围的张星江、周骏鸣等人又陷入了敌人的包围，而且，他们几个也被打散了。周骏鸣带着泌阳农民自卫队队员马长富和靳老九等人撤退到姬岭寨寨北。撤退中，周骏鸣左腿中了一枪，鲜血直流。马长富、靳老九也顾不上为他包扎，架起他就往东面的大磨山跑去，终于在山下和陈香斋带领的大部队会合。

张星江、牛德胜顺着大部队突围的方向从姬岭寨南面向东突围。这时，敌人的子弹打中了张星江的大腿，血流不止，左裤腿被鲜血染红。他忍受着常人难以忍受的痛苦，脸色苍白，大口大口地喘着粗气，豆大的汗珠从额头滚落下来。牛德胜见状，急忙把他扶起来，冒着敌人的枪林弹雨追赶大部队。

张星江和牛德胜两个人的子弹也快打光了，而敌人越来越近了，敌人一边打枪一边狂叫："捉活的""快投降吧，缴枪不杀"。张星江咬着牙说："要我投降？没门！老子就是死了，也不会投降！"

子弹打光了，牛德胜只好背着张星江，利用山岭地形和敌人周旋。翻过一个山头，张星江上气不接下气地要牛德胜把他放在地下。牛德胜把他放在一个小斜坡下，想给他包扎一下伤口。但是，张星江急忙推开牛德胜的手，喘着粗气，断断续续地说："我不行了，不要管我，你快点突围，追上部队。"

牛德胜和张星江在长期的斗争中出生入死，结下了深厚的友情，两个人的村庄也相距不远，可谓亲戚串亲戚，所以他们私下以表兄弟相称。张星江身受重伤，牛德胜自然不肯丢下张星江不管，他说："那怎么行？我背也要把你背出去，死也要和你死在一块。"

但是，张星江似乎感觉到了什么，也可能觉得自己真不行了。他流着眼泪，激动而低沉地说："表弟，革命少不了流血牺牲，但是党现在不需要你和我一块都死在这里，还有更重要的任务等着你去完成。你要活着冲出去，继续革命。今后你要牢牢记着，头可断血可流，共产党员的光荣称号永远不能丢。"

张星江说话的声音越来越微弱了："你要尽快找到大部队，替我向周队长、陈香斋副队长和同志们道歉。这次战斗失利，主要责任在我。我对敌情估计不足，致使被敌人追赶包围。我没有完成党交给的任务。我不能和大家一起战斗了，但是希望大家团结一致，坚持武装斗争，坚持到革命最后胜利。"

牛德胜坚持要背他突围，他坚持不肯，挥手要牛德胜快点走。张星江无力地说："表弟，我不行了，你快点走。"正说着说着，从姬岭寨南边山沟方向，又打来了一排子弹，一颗子弹击中了牛德胜头皮，鲜血顺着脖子直往下流。另一颗子弹击中了张星江头部。牛德胜不顾伤痛，匆忙抱起张星江就要走，只见张星江嘴唇嚅动了几下，想说些什么，但是再也没有说出来。牛德胜哭着喊着，却再也没有唤醒张星江。

张星江就这样永远离开了自己的战友，壮烈地牺牲在敌人的枪林弹雨之中！他的生命定格在1936年4月26日傍晚。

牛德胜怀着万分悲痛的心情，含着热泪，趁着降临的夜幕，迅速离开了现场。在敌人搜山的枪声中，他抓了一把土捂在头部的伤口上，忍着剧痛，与敌人在山里打转。最后他翻过了一个没有路的山头，终于躲过敌人的搜捕，在大磨山下碰到队长周骏鸣。

牛德胜看到周骏鸣一瘸一拐地往山上走，才得知周骏鸣腿部也负了重伤。周骏鸣得知张星江牺牲的消息，竟然无语哽噎。他沉默了一阵子，突然坚定地说："指导员是为掩护我们牺牲的，我们不能辜负了他的希望，我们要坚决把革命进行到底！"

第十一章　创业从来艰难多　传递星火志不移

　　盘古山北麓的一个小村子里，几十个红军游击队的战士，心情难以平静下来，他们最牵挂的是掩护他们突围的指导员张星江。这些白天从敌人包围圈冲杀出来的英雄们，还不知道敬爱的指导员已经壮烈牺牲。他们太疲劳了，有的战士已经两天两夜没有合眼了，他们顾不上衣帽不整，灰头土脸，只想找一个地方躺下，睡上一个好觉。

　　张星江牺牲了，周骏鸣被安排在马长富家养伤，牛德胜也被侯太俊安排在小侯庄养伤，夺枪战斗中夺取的钱款物资也都丢失了。为了稳定部队的情绪，陈香斋强忍着疲劳和悲痛，把党员同志召集在一起开了一个短会，他想提振一下低落的士气。

　　陈香斋沉痛地说："同志们，我首先要告诉大家一个不幸的消息，我们敬爱的指导员张星江同志在掩护大家突围的战斗中牺牲了，掩护大家突围的周骏鸣队长也负伤了，牛德胜同志头部也受伤了。现在又到了一个党考验我们的关键时刻。战士们都在看着我们党员同志，我们是共产党员，是共产党领导的红军游击队战士，我们不能悲观失望。血债血还，我们必须马上振作起来，继续战斗，为指导员和其他牺牲的同志报仇，把革命进行到底。"

　　朱凤昌感到在这危急时刻，自己作为一名老党员，作为游击队的老队员应该站出来支持陈香斋，于是，他站起来坚定地说："同志们，陈副队长说得没有错，共产党员在挫折面前不能悲观失望，面对着生死考验，我们不能趴下，我们千万不要消沉，我们要打起精神，化悲痛为力量，为指导员报仇！今天的突围战斗打得很艰苦，但是在强大的敌人面前我们没有认怂，我们跟着陈副队长，冒着敌人的枪林弹雨，终于杀出重围。这就说明我们只要发扬不怕牺牲的精神，就能够战胜强大的敌人。我们要继续发扬这种精神，完成指导员没有完成的愿望。"

　　在大家的印象中，朱凤昌不到关键时候不说话，一说就能说到点子上。他这一席话说出了大家的心声，一下子又唤起了大家的斗志。闫文甫响应说："对呀，只要我们勇敢战斗，不怕牺牲，就一定能够取得最后胜利，就一定能够为指导员报仇。"

陈香斋看大家的情绪上来了，趁势给大家继续鼓劲，他说："我小时候爱看《三国演义》，刘备多次被对手打得稀里哗啦，但是他匡扶汉室的志向始终没有改变，最后打出了属于他的蜀汉王朝。我们干革命也是这个道理，只要坚持革命理想不动摇，不断吸取经验教训，就能够一直战斗下去，就一定能够实现我们的理想。"

马三更想到眼前的处境，他说："现在，我们和其他战士一样，又累又饿。但是，陈副队长说得好，我们是党员，我们要起先锋模范作用，要带头振作起来，克服饥饿和疲劳，我这就去为同志们生火做饭。"

陈香斋说："这就对了。三更，这事交给你了。"

马三更说要为大伙生火做饭，但是粮食呢？巧妇难为无米之炊。村上的老百姓看到突然来了几十个衣帽不整的扛枪的，都以为是土匪来了。所以，很多人都锁上门上山躲起来了，把粮食也藏起来了。几个没有走的人家，也都是大门紧闭。马三更挨家敲门，就是没有一点回应，明明屋里有人，就是没有人敢开门。

突然，一个党员在一家牛屋稻草窝里发现了一小罐小米。罐子不大，是农村那种常见的黑釉罐，里面盛满了金黄色的米粒，足足有五六斤。他高兴地说："三更，有了，有了，有粮食了，我找到了一罐小米。你来看，就在这里！"

这罐小米能不能吃？马三更忽然想到部队的纪律，他说："同志，这小米对我们来说，确实很金贵，但是，我们是红军游击队，我们部队的纪律是不拿群众一针一线。所以，没有群众的允许，我们还不能吃，再饿也不能违反纪律。"

有人支持马三更的意见，但也有人说："不就是一小罐小米吗？大家饿成这样了，不如先写个欠条，吃了再说。等我们有钱了，给他一些钱就是了。"

有的人说："你说的也有道理，但是这罐米很可能是老百姓活命的米，不然人家也不会把它藏在稻草窝里。我们还是先不要动它。"

正在大家议论的时候，陈香斋刚好从外面查哨回来，他走进来说："说得好，没有老乡的允许，我们一粒米也不能动。我们是两天两夜没吃东西了，但是我们是共产党员，我们不能和老百姓抢吃的。部队的纪律是不拿群众一针一线，这是铁定的，我们不能违反。"

正在这时，这家的老大爷从山上回来了。老人家小心翼翼地伸头向院子里望了望，一见院子里几个人在说他的那罐小米，慌忙说："大爷，你们要的话，就拿去吧。别的粮食我们家也没有了。我高老头子就是一个穷种地的，家里实在也没有别的东西了。"

看来这位自称高老头子的老人家误会大家了，马三更连忙说："老人家，我就叫您高大爷吧。高大爷，我们不是山里的土匪，是共产党领导的红军游击队，是为穷人打天下的队伍，这位就是我们红军游击队的陈副队长。"

高大爷看了一下那个被称为陈副队长的人，高高的个头，白白净净的，戴着一副眼镜，赶忙跪在地上说："老总，俺不该当你们是土匪，请高抬贵手，别给俺一般见识。俺家里确实没有别的吃的了，这罐小米你们就拿去吧。"

陈香斋一看高大爷又把游击队当成了国民党军队了，赶快把他从地上搀扶起来说："老人家，您误会了，我们既不是山里的土匪，也不是国民党的队伍，我们是共产党领导的红军游击队。我们这个队伍是穷人自己的队伍，我们之间称同志。老人家，您就称呼我们'同志'好了。"

高大爷似懂非懂地回应说："哦，同志？同志。"他也不知说啥好了。他看看站在面前疲惫不堪的战士，又看看那罐小米和屋里的东西，一样也没有少，一样都没有动。突然，他激动地说："同志，你们真是穷人的队伍！真苦了你们啊！我们村上的老百姓过去多次受到土匪的抢掠，看到你们来了，都以为土匪又来了，所以都上山躲起来了。我本来也不敢回来，但是我想我这么大年纪了，我怕啥？就壮着胆子回来给大家探探路。刚才你们不肯吃掉这罐小米的情景，我也看到了。你们真的是老百姓的队伍啊！"

高大爷说罢，双手抱着那罐小米就要递给马三更，他说："同志，你们先把它吃了吧，算是我老头子的一点心意。我上山去把大伙都喊回来，给你们生火做饭。"陈香斋看到高大爷这么热心，又想到战士们忍着饥饿、连续作战的情景，也就同意了。

高大爷说罢，就转身上山了。不一会儿，村民们就陆陆续续回到了家中。有些村民听了高大爷的话，回到家里就张罗着给战士们生火做饭。陈香斋对战士们说："大家都看到了，关键的时候还要靠人民的支持，有群众的支持，我们一定能够坚持下去。"

趁着这个机会，陈香斋对朱凤昌说："老朱，你快去把大家叫醒，我有要紧的事情宣布，越快越好。"

战士们听说陈香斋有要紧的事宣布，急忙爬起来到院子里集合。

陈香斋看战士们都到齐了，就站在一棵枣树下面说："同志们，大家都想知道张指导员的情况，不瞒大家说，他在掩护我们突围时壮烈牺牲了。周骏鸣同志、牛德胜同志也受伤了，刚才我已经向党员同志通报过了。"

大家一听到和自己朝夕相处的指导员牺牲了，一时情绪失控，哭声一片。这也难怪，家有百口，主事一人，张星江就是大家的主心骨，他的一举一动都牵动着大家的心啊！他为了掩护大家突出重围，献出了自己宝贵的生命，大家能不难受吗？在一旁的群众，看到这个场面，也跟着流下了热泪。

陈香斋说："同志们，战友们，指导员在死神面前战斗到了最后一分钟，他让牛德胜转达给我们，他的唯一希望就是要我们坚持革命，坚持到革命胜利。指导员的鲜血不能白流，大家要化悲痛为力量，为指导员报仇雪恨。"

马三更像入党宣誓那样，举起右拳呼喊："将革命进行到底！为指导员报仇！""打倒国民党反动派！打倒土豪劣绅！"战士们群情激昂，都跟着马三更喊起口号，饥饿、疲惫也随之抛到了九霄云外。

陈香斋继续说："同志们，此地不能久留。这里虽说是山区，但是离泌阳县城不到二十里路，离桐柏安棚也不远，一旦敌人闻到了风声，就会跟踪过来。现在乡亲们正在为大家做饭，吃了饭我们就立即转移。"

说着说着，高大爷和乡亲们就送来了窝窝头、小米稀饭。高大爷对陈香斋深情地说："我活了六十多岁了，从来没有见过这么仁义的队伍啊。你们这些同志一个个年纪轻轻的，却舍着身家性命为穷人打天下。如今饿成这个样子，也不肯白吃老百姓的一粒米。这样的好人去哪里找啊？我们这个村子是个穷村子，也没有啥好吃的，就凑合着吃一点吧。"

陈香斋含着热泪对老人说："老人家，乡亲们的好意我们领了。可是，我们在白天打仗时，把钱都丢光了。我只能给乡亲们打个欠条，日后我派人把钱送过来。"

高大爷说道："同志，你这话我不爱听。什么钱不钱的？你们为穷人打天下，命都不顾了，我们请大家吃顿饭也是应该的，打欠条的话就不要说了。"

陈香斋说："老人家，话是这么说，但是欠条还是要打的，这是我们红军的纪律，我不能违反。今后不管什么时候，我们的同志看到这个欠条，都会认账。"

当夜，在陈香斋的带领下，桐柏山区红军游击队也不知道翻过了多少山，跨过了多少沟溪，终于在东方发亮的时分，进入了泌阳铜山沟的宿营地。

张星江牺牲了，王国华总觉得心里空落落的，难免有些悲伤，有些怅然。老战友的影子总是在他眼前时隐时现。然而，王国华毕竟是一个久经考验的铮铮铁汉，他清醒地认识到自己决不能倒下，张星江未竟的事业还需要他和同志们去完成。想到这里，王国华立即派人给远在新野的省委组织部部长仝中玉送信，通知他到泌阳研究边区的工作。

仝中玉接到王国华的信件后，眼泪丝丝，他声音低沉地说道："星江，你就这么走了！我们该怎么办？"

论交往他和张星江长期并肩战斗，有苦一起吃，有难一起当，不分你我。论感情他和张星江亲如兄弟，友谊之深厚，人尽皆知。面对王国华的来信，仝中玉陷入了深深的思念之中，往日一幕幕场景仿佛就在眼前。

1927 年，他们两个经张友辅介绍先后加入了中国共产党，后来一起参加了鄂豫边区苏维埃运动，一起在新野白落堰被选为中共鄂豫边省委委员，一起力挽狂澜组建中共鄂豫边区临时工委，一起推动了唐河、泌阳、桐柏、新野、镇平党组织的恢复和发展，一起在白莲洼逃出敌人的魔掌，一起策划了武装斗争的星火。这一幕幕往事恍如昨日，使得仝中玉倍感伤情。

仝中玉拿着王国华来信，看了一遍又一遍，心里想的全是张星江的人和事。突然，他在桌子上铺开一张白纸，拿起毛笔，写了两行苍劲的大字：

出师未捷身先死

长使英雄泪满襟

仝中玉要用杜甫《蜀相》中这两句诗，来评价战友，来纪念战友。他没有落款，没有写明写这两句诗的用意，也没有写下自己的名字，这也许是他的高明之处，因为他担心被有心人发现。他把毛笔往桌子上一扔，对送信的人说："走，到泌阳去。"

仝中玉急急忙忙赶到了泌阳东部山区，在红军游击队驻地见到了王国华，随后二人在张楼见到了正在养伤的周骏鸣，三人在一起开了一个小型会议。会上，王国华说："星江牺牲了，但他没有完成的事业还要继续下去。张星江同志点燃的星星之火，还要传递下去。目前，我们不能群龙无首，我提议省委书记由仝中玉同志担任，他同时兼任红军游击队指导员。"

仝中玉说："这个担子我可以挑起来，但是我能力有限，而眼前我们遇到的困难，关系着鄂豫边区党组织和红军游击队的生存和发展，在这样一个节骨眼上，我希望大家支持我的工作，同心同德闯过难关。我提议今后省委一班人要定期研究工作，特别是在做重大决策时一定要充分听取大家的意见。"

仝中玉这个话也许是对前一段省委工作经验教训的一个总结。王国华和仝中玉一样，都是直性子，有一说一，有二说二，肚子里没有花花肠子，他说："好，你说要定期研究工作，重大决策要集体研究，我同意。省委成立以来我们省委一班人还真的没有坐在一起研究过工作，连成立省委的会议和张楼省委扩大会议，你和张旺午都没有到场。当时时间仓促，是个原因，但也有计划不周的问题。"

仝中玉说："我没有别的意思，只是想强调一下我们的工作原则，重大决策一定要集体研究。俗话说兼听则明，偏听则暗，我们在研究中把不同意见放在一起加以比较，就可以分清利弊，为制定正确决策提供依据。省委组织部部长一职，我看由国华同志接任较好。"

王国华说："我也不客气了，革命工作总得有人干。宣传部部长就由邓一飞同志担任吧。同时我建议周骏鸣、陈香斋两个都进省委，担任省委委员，分别兼任游击队队长和副队长。"

仝中玉说："那就这样定了。"

在鄂豫边区革命斗争再次面临重大危机的关头，仝中玉、王国华他们展现了坚韧的战斗精神，挑起了领导鄂豫边区革命斗争的历史重任，传递了革命武装斗争的星星之火。应该说，这是鄂豫边区革命的幸事，也是桐柏山区红军游击队的幸事。红军游击队重整旗鼓，又踏上了征程。

周骏鸣腿上的伤口持续发炎，而消炎的药物在当地又买不到，他勉强撑了几天，随后连下地走路都非常困难了。因此，省委决定把周骏鸣秘密转移到驻马店附近疗伤。战士委员会主席牛德胜也在侯太俊的安排下先后隐蔽在小侯庄、小靳庄和牛庄等地治疗头伤。桐柏山区红军游击队一时间全靠省委委员、游击队副队长陈香斋支撑。

一天，仝中玉接到陈香斋的信函，希望仝中玉早日到游击队上任，主持游击队的工作。陈香斋在信中说部队在战斗中把子弹打光了，经费也丢光了，目前武器弹药无法得到补充，战士们士气比较低迷，思想上出现了一些波动，有的战士提出要请假回家，也有个别人不辞而别，三十多人的队伍目前只剩下二十多人了。

接到陈香斋的来信，仝中玉心急如焚。这支游击队在战斗中接连两次失利，现在只剩下二十多人了，但这也是我们坚持革命武装斗争的火种，有了这个火种，才能烧出燎原大火。所以，他认为眼下最要紧的是做好部队的思想稳定工作，把这支队伍带出困境。想到这里，他和王国华商量了一下，就立即动身赶到了游击队驻地。

五月的天气，已经渐渐热起来。但是，由于居无定所，长时期的奔波劳累，陈香斋的关节炎越发严重了，他拖着不听使唤的双腿，把仝中玉迎到屋里。

仝中玉和陈香斋两个很早以前就很熟悉了，在原鄂豫边省委新野白落堰会议上，陈香斋也被选为省委委员，那时他们就互相认识了，陈香斋那种朝气蓬勃的气质给仝中玉留下了极深的印象。看到眼前陈香斋走路艰难的样子，仝中玉吃惊地问道："香斋，你这腿咋成了这个样子？"

陈香斋回说："我也不知道咋会突然严重起来。"

仝中玉说："是不是没有休息好？"

陈香斋说："也有些关系。这段时间环境恶化，一直在山沟里打转转，有时一天要转移几次，不得不在悬崖下边，石头上面，山洞里面休息睡觉。也许是这些地方湿气太重，这样关节炎也恶化了。"

仝中玉说道："有道理，环境恶化，居无定所，风里来雨里去，寒热不均，是很容易加重关节炎的，要抓紧时间治疗啊。下一步，有啥打算没有？"

本来是说关节炎，可是这两个战友不自觉地谈起了工作，陈香斋说："牛庄突围战斗之后，敌人忽然如梦初醒，他们把近半年来桐柏山区发生的事件联系在一起，已经认定桐柏山区出现了共产党的红军游击队。联系到平氏夺枪战斗，他们觉得共产党的游击队在光天化日之下，在上万群众之中，在他们保安队和驻军的眼皮底下抢枪，这可是惊天大事。现在敌人已经调集兵力加紧'围剿'游击队，同时也加大了对地方群众的控制，制定了更加严格的保甲制度，这种形势对我们十分不利。"

仝中玉说："这些情况我已经听说了一些，形势的确很严峻。但越是在这样的形势下，我们越要做好部队的稳定工作。当务之急，就是做好部队的稳定工作，把我们继续革命的火种保留下去。部队稳定下来了，我们就可以有效地对付国民党军队的'围剿'。"

仝中玉和陈香斋分析了目前的形势，对下一步的战斗也作出了初步设想。他们商定游击队马上投入打'坏货'的战斗，以实际行动向人民群众表明，共产党领导的红军游击队并没有被反动派消灭，游击队依然在战斗，依然是他们的希望。同时也向战士们证明，只要坚持斗争，就能够渡过眼前的难关。为此，仝中玉对陈香斋说："我们先全体开个会，统一一下思想。"

在游击队全体指战员会议上，仝中玉和陈香斋先后讲话，鼓励大家不要被眼前的困难吓倒，要拿出战胜敌人的勇气，拿出战胜困难的信心。最后，仝中玉深情地说："省委和我感谢大家能够留下来和我们一起坚持战斗。我和香斋同志已经商定了一个计划，就是要主动出击打'坏货'，让老百姓恢复对我们的信心和信任，找回老百姓对我们的支持，找回我们战胜敌人的勇气和信心。具体行动，大家听香斋副队长的号令。"

确山县竹沟镇西南有个岭下村，村中有个叫臧先海的联保处主任，近日来非常活跃。他到处煽风点火，散布谣言，说什么山里的红军游击队输光了，剩下的人不多了，就像秋后的蚂蚱，蹦跶不了几天了，他们的头头周毛和王老汉也不行了，到处躲藏不敢露头，那个大头头张吭吭早死了。更让人不能容忍的是，臧先海还恐吓村里群众说："千万别跟着红军游击队瞎哄哄了，今后要是见到红军游击队必须马上报告，知情不报者以'通匪'论处。"

听到群众的报告，仝中玉和陈香斋决定"打坏货"就先从臧先海下手，打他个措手不及，杀一儆百，由此挽回红军游击队在人民群众里的声望。

由于陈香斋行走不便，这次行动就由仝中玉指挥，这还是仝中玉第一次指挥战斗。借着忽明忽暗的月光，仝中玉带领马三更等战士，在山间小路上走了两个多钟头才到达岭下村。到了村子前面，仝中玉才发现，岭下村虽说没有寨墙，但是臧先海家却是高墙大院，靠山临水，要想从前门进入他的宅院并不容易。

于是，他让马三更等人潜伏在路边，同时派人去侦察一下臧家大院后山的地势，看看有没有可以利用的地方。说来也活该臧先海栽在红军游击队手里，派出侦察的队员还没有回来，臧先海就挎着驳壳枪从邻村喝酒回来。他一路上似乎很得意，嘴里还哼着山里流行的小曲。走着走着，他被绊了一脚，来了一个嘴啃泥。他嘴里骂骂咧咧地说："他娘的，啥东西不长眼，绊了老子一脚？"他还没有从地上爬起来，几支枪就对准了他的脑袋，瞬间他的驳壳枪也被缴了。他还以为是土匪劫道，爬起来说道："大爷，大爷，有话好说，有话好说。"

"什么大爷大爷的，你把我们当什么人啦？我们是红军游击队，你不是说我们完蛋啦？今天就让你看看我们完没有完？你不是吓唬老百姓说发现我们就报告吗？今天，我们就站在你面前了，我们倒要看看你敢怎么处置我们？"

"哎呀，我的老天爷呀，我哪里敢胡说呀？肯定是有人想害我，故意说我坏话。"

他一边回答着马三更的话，一边准备寻机开溜。突然，他挣脱马三更的手，一下子跳进路边的水塘里。马三更也急眼了，马上开枪，臧先海倒在没腰深的水塘中，再也没有露出水面。

枪声打破了山村的寂静，一时间犬声大作。马三更问仝中玉："怎么办？"仝中玉没有细想，就说："你去敲他家的门，就说臧先海喝醉了酒，下坡时掉到山沟里摔伤了，要他家人赶紧去把他抬回来。"

马三更壮着胆子上前去敲臧家大门。也许是刚才那阵子狗叫声早就把臧家的人惊醒了，马三更刚刚敲了几下门，就从门里面传出声音来："是谁敲门？"

马三更说："是我呀，快开门，臧主任喝酒喝醉了，掉到沟里摔伤了，快出来把他抬回来呀。"

"哦，等等。"门"吱"的一声开开了，出来的是臧先海的弟弟臧先旺，他说："我哥在哪儿？在……"

臧先旺的话还没有说完，马三更就说："在这儿！"马三更边说边用枪顶住了臧先旺的天灵盖，说道："想活命的快把你家的那支枪交出来，把你家大洋交出来！"

臧先旺心里想肯定是哥哥在外面惹祸了，结了仇家。他想，也只能拿钱消灾了。于是他说："我答应你们，只要不杀我哥，什么都好说。"

为了保住性命，臧先旺乖乖地交出家里的步枪和五百块大洋。

临了，仝中玉问臧先旺道："知道我们是谁不？"

臧先旺摇摇头表示不知道，仝中玉示意马三更："告诉他！"

马三更说："告诉你也无妨，明人不做暗事，我们就是桐柏山区红军游击队。臧先海欺压老百姓，和我们红军游击队作对，诋毁我们红军游击队的声誉，刚刚他企图跳水逃跑，被我们打死在水塘里了。以后你要是敢欺压老百姓，和游击队作对，你哥的下场就是你的下场。"

臧先旺听到哥哥已经被打死了，吓得浑身直哆嗦，想哭也不敢哭，想骂也不敢骂，嘴上不停地说："不敢，不敢。"

游击队带着缴获的驳壳枪、步枪以及钢洋，迅速地消失在后山山坡上。臧先旺站在那里动也不敢动，眼睁睁地看着红军游击队消失得无影无踪。忽然，他"哥呀"一声大哭起来。他把全家老少都叫了起来，点起火把，在水塘边找了半天，也没有找到臧先海的尸体，直到第二天早上，臧先海的尸体才浮出了水面。

"臧先海被红军游击队处死了。"有人说得有鼻子有眼，说亲眼看到红军游击队回来了，从他们村前经过，排着长长的队伍，一眼望不到头，眼看着他们奔向岭下村。也有人说："臧先海，他活该！和游击队对着干能有好下场？"

竹沟一带的保长、联保处主任们，听到了臧先海死亡的消息，也都收敛多了，一到晚上他们就早早关门闭户，躲在家里大门不出。就是大白天出门，他们也要看看黄历出了门也是小心翼翼，生怕碰到红军游击队。

国民党确山、桐柏、泌阳当局得知这一情况之后，联名要求省府派兵加紧"围剿"山里的红军游击队。仝中玉明白，红军游击队面临的更大挑战还在后面。

陈香斋的关节炎越来越重，行走越来越艰难，急需离队治疗。于是，仝中玉连忙写信要周骏鸣归队主持游击队的军事工作。

周骏鸣在驻马店养伤期间，得到一个老中医的精心诊疗，伤口逐渐愈合。接到仝中玉的书信后，他急忙赶回部队。这时，敌人正以百倍的兵力疯狂"围剿"红军游击队，夜以继日地围山搜山，企图把游击队消灭干净。在强大的敌人面前，红军游击队只能在山中不停地打转转，有时不得不一天转移几个地方宿营。

一天，周骏鸣带着游击队在一个小山村宿营。上午村里来了一个卖盐的，当时大家也没有留意，认为就是一个生意人。不料到了晚上保安队就摸上来了。原来那个卖盐的就是敌人的侦探。庆幸的是当夜是月黑头，伸手不见五指，战士们利用夜幕，凭着对地形的熟悉，手拉手从村后翻过一座山岭，转移到了山后，才躲过了一场恶战和伤亡。

第二天，周骏鸣对仝中玉说："我在驻马店养伤时，从报纸上看到河南省绥靖公署调集了几个营的兵力，从桐柏、确山、泌阳三个方向向游击区压来，形势不容乐观，弄不好我们随时会有全军覆没的危险。因此，我建议将部队化整为零，机动灵活地打击敌人。"

"化整为零！"这四个字一下子提醒了仝中玉，他想：周骏鸣说得对呀，我们现在目标较大，敌人咬着不放。我们不妨缩小目标，化有形为无形，让敌人捕捉不到目标，而我们则可以机动灵活地打击敌人。再说，敌人捕捉不到目标，过不了多长时间就会自行滚蛋，那时我们再集中起来打击敌人岂不更好？

仝中玉说："好啊，周队长，这个主意好，你具体说说怎么个化整为零法？"

周骏鸣说："这几天我一直在思考这个问题。我的想法是，将游击队划分为三个支队，你、我和邓一飞三个人一人带一个支队，分散到确山、泌阳、信阳吴家尖山活动，伺机对敌人发动袭击，等形势好转后再化零为整，把部队集中起来。"

仝中玉说："好，我们马上和国华、一飞研究一下。"

在省委会议上，大家无异议地通过了这个计划，并作出了化整为零的具体安排。省委宣传委员邓一飞带领第一支队，战士七人，配备步枪五支和驳壳枪两支，到信阳吴家尖山和桐柏东部山区活动。周骏鸣带领第二支队，战士十人，配备步枪六支和驳壳枪四支，在桐柏以北和确山以西活动。仝中玉带领第三支队，战士九人，配备步枪五支和驳壳枪两支，坚持在泌阳东部山区活动，和敌人周旋。会议还明确以仝中玉这一支队为中心，每半个月碰头一次，交流情况，研究工作。

桐柏山区红军游击队进一步成熟了，在敌强我弱的情况下，游击队化有形为无形，避免了和敌人的正面交锋，达到保存自己、消灭敌人有生力量的目的。这确实是个高招。不过这三支小型战斗集体，遇到的战斗环境各不相同，战斗的经历和战斗的结局也不尽相同。

　　吴家尖山是桐柏山区红军游击队诞生的地方，应该是群众基础比较雄厚的地方，但是邓一飞到达吴家尖山的时候，吴家尖山正笼罩在白色恐怖之下。敌人强化了对当地老百姓的统治，声称凡是资助红军游击队的，给游击队通风报信的，和游击队有联系的一律严惩，轻的罚款抄家，重的坐牢杀头。在敌人的严密控制下，一些群众顾虑重重，见到游击队员，大多远远避开。游击队失去了群众的有力支持，连吃饭问题都无法解决。有个叫罗德三的战士开始闹情绪了，他说我们为老百姓打天下，可是他们看着我们天天挨饿，却见都不敢见我们，再干下去没有什么意思了，不如散了吧。在他的影响下，七个队员一个个撂下手中的枪，都离开了部队。邓一飞想挽留他们，但是终究挽留不住。邓一飞眼睁睁地看着他们一个个离开了部队，只好一个人怏怏归队。

　　邓一飞带领的第一支队伍出师不利，但是周骏鸣带领的第二支队却有意外收获，不但没有减员，还增加了十几名新战士，大大地提升了游击队的战斗力。

　　第二支队潜伏在石滚河附近的山沟里，打了几次"坏货"，解决了游击队的吃饭问题，部队的情绪稳定下来了。有一天，周骏鸣正在休息，突然有人要见他。来人叫崔振刚，他是党的地下工作人员，自称受王老汉的指示要见周骏鸣。崔振刚在确山县城火车站打零工。火车站有一个班的国民党驻军。时间长了，崔振刚和这个班士兵的接触也多起来。在接触过程中，他发现这些国民党的兵，都是穷苦出身，班长刘四喜常常牢骚满腹，骂那些当官的克扣粮饷，不顾弟兄们的死活。有一次，刘四喜在士兵面前大骂那些当官的坏良心，要了几次粮饷也不给。崔振刚刚好从他们面前路过，就凑近刘四喜说："老总啊，小声点吧，别让外人听到了。"刘四喜瞪了一眼崔振刚，想说什么但又把话收回去了。一个小小的班长敢骂长官，崔振刚还是第一次看到，崔振刚突然萌生了一个想法，他想要是能够说服这些国民党的兵反水，加入红军游击队，那该多好啊。但是又一想，这似乎不太可能！能，还是不能？崔振刚想来想去也没有个定见。这时，他想到了老领导王国华，他想听听领导是啥意见。

　　王国华听了崔振刚的想法，觉得这个想法好是好，但是能不能实现，他心里也没有数。他对崔振刚说："你的想法很大胆，但是，能不能实现不好说。不过，事在人为，你不妨试试，试一试才知道行不行。但是，你要特别小心，千万不要暴露个人的身份。"

得到王国华的支持，崔振刚便有意识地接触班长刘四喜。在一般人心目中，国民党兵对老百姓个个都是凶神恶煞的，非打即骂。但刘四喜不同，他对老百姓比较和气，为人挺正派的，而且心直口快，有啥说啥。一天，崔振刚看到刘四喜从驻地走出去，就迎上去套近乎，他说："刘班长，到街上去呀？"

刘四喜看了一眼崔振刚，爱理不理地说："是呀。"

崔振刚说："巧了，我活干完了，正要到街上办点事，咱们一起走吧。"

刘四喜没有拒绝。崔振刚就和他一起走出了火车站。路上，崔振刚故意问道："刘班长，听口音你是山西人吧？"

"对呀，你咋知道？"

"俺也是瞎猜的，俺过去帮东家运大麦到去山西，再从山西运回来陈醋，俺到过山西哩，俺听过你们山西人说话。你们山西陈醋，在我们这里可是出了名的。"

"哦，这么巧？我大大就是做醋的。"

"哎呀，以后俺要是有机会再去运陈醋，就找你大大帮忙。"

"你找不到他了。我大大死了，家里早就不做醋了。"

"啊！对不起，我不该多嘴。你大大咋死的？"

"别提了，提起我大大的死，我心里就难受。他是被恶霸挤兑死的。"

"有这事？"

"我大大做的醋，在我们那里是远近出了名的。邻村的恶霸说我大大抢了他家的生意，三天两头来找碴儿。他们仗着人多势众，把我家作坊砸了，还把我大大打成了重伤。不久，我大大就带着满肚子怨气死了，我妈不久也死了。"

"那后来呢？"

"后来军队招兵，我想报仇，就报了名当了兵。长官看我有点文化，前两年让我当了班长。"

"哎呀，原来刘班长和我一样，都是苦命的人呐。以后有了出头之日，别忘了回去报仇。"

"这事我倒是想过。"

两个人越说越近乎，崔振刚趁势说："唉，说起报仇，其实也很难，凭你一己之力太难了。天底下的恶霸太多了，你杀他一个，却杀不了天下的恶霸。你报得了家仇，却报不了天下的仇。"

"这事我也想过。可是谁能够把天下的恶霸杀完？谁能够报得了千家万户的仇？"

"刘班长，俺听得多了，也不知道是真是假，听说共产党的部队，是专门为千家万户老百姓报仇的，是天下恶霸地主的死对头。"

"你这话，我在麻城打仗时也听人说过。听你这话音，我咋觉得你像是共产党哩！"

"刘班长，可不能开这等玩笑，弄不好俺要坐牢的。俺咋会是共产党？俺连个共产党的影子都没有见过。"

"跟你开玩笑的，看你紧张的。你没有见过共产党，我可见过哩。前几年我们部队在湖北黄安、麻城那边跟红军作战，我被人家俘虏了。我心里想这下子完蛋了，谁知道人家把我放了，还给了我两块大洋。我拿了大洋，可又不想回家，家里人都没了，回去日子咋过？于是，我又回到了我们的老部队。"

"俺也听人家说过，湖北那边有共产党，有红军。你说他们共产党到底是好还是坏？"

"老崔头，这话我只对你一个人说，你可别乱说。我被红军俘虏后，看到红军官兵上下一致，当官的和当兵的吃的一个样，穿的一个样，和我们部队不一样。"

"有这等事？"

刘四喜沉默了。

又过了两天，崔振刚干完活刚要回去，刘四喜把他喊着了："老崔头，等一下。"

崔振刚转头问："刘班长，喊俺有啥事？"

"也没有啥事。"刘四喜嘴里说没有啥事，但是他的眼神告诉崔振刚他有话要说，"前天我回来后，就一直觉得你话里有话，你是不是共产党？"

崔振刚小声说："我不是，但是我一个朋友是。这里不是说话的地方，咱们到前面茶馆里说去。"

车站附近的茶馆，是个人来人往的地方。那些下苦力的干了一天活儿后，常常来到茶馆的大厅里泡壶茶，往瓷碗里一倒，吹吹热气，端起来就喝。来茶馆喝茶的也有些是有头有脸的人，他们在候车时也会来到茶馆，到楼上雅间坐下，要壶信阳毛尖和瓜子，一边品着茶香，一边嗑着瓜子，消磨时间。茶馆跑堂的一看崔振刚跟着一个老总来了，急忙弯着腰喊了一声："来了，这位老总，楼上请。"

刘四喜走在前面，崔振刚跟在后面，上到茶馆二楼雅间坐了下来。刚坐下，跑堂的就送上来一壶茶和一碟兰花豆，嘴里喊道："这是明前毛尖，请慢用。"

刘四喜好像对茶并不感兴趣，他捏了个兰花豆，问崔振刚说："你刚才说的朋友是谁？在哪儿？"

崔振刚摸不透刘四喜的意图，当然不肯贸然明说，便问道："刘班长，共产党和他们的游击队现在都跑到大山里去了，你问他们干啥？"

刘四喜说："不瞒你说，弟兄们半年都没有领到军饷了，军饷给那些当官的层层克扣了，到了底下连吃饭都紧巴巴的。这几天弟兄们憋了一肚子气，拱着我闹饷，要找长官讨个说法。我劝大家先忍一忍，看看有没有别的办法。"

崔振刚说："现在当官的没有一个心不黑的，人们都说国民党无官不贪，大官大贪，小官小贪，一年四季就会征粮加税，欺压老百姓。你们闹饷，闹也没有用，闹不好脑袋就搬家了，还不如另做打算。"

"对呀，老崔头，我就是想另做打算的。对了，你还没有说你的朋友到底在哪儿？"

"他呀，他原来也是个当兵的，在西北军当过营长，几年前在江西跟共产党打仗，打着打着就跟他们军长一起，投奔了共产党。"崔振刚说的"营长"就是周骏鸣，不过他没有提周骏鸣的名字。

"有这事！我也听说过风言风语。说我们西北军有个军长带着一万多人在江西前线投了红军。现在他人呢？我想见他。"

"莫不是你也想投奔红军？这事关系重大，可不是闹着玩的，你可得想好了。听说他们在大山里面打游击，生活很苦的。"

"他营长都可以不当，我一个小小的班长算啥？你没有看见，在国民党军队当官的烂透了，跟着他们有啥好处？说不定哪一天在战场上死了，都不知道是为啥死的！我和弟兄们都不想干了！"

"说的也是。俺在茶馆里听说书，有句话叫什么'良禽择木而栖'。要不，我到山里给你探探路？不过，四喜兄弟，这可是杀头的事，我一家老小的命都攥在你手里了，你可千万要保密呀。"

"这，你放心！"刘四喜说，"我等你的消息。"

崔振刚初步摸清了刘四喜的态度，就急急忙忙去找王国华汇报。王国华一拍大腿，说："好事，好事。没有想到你老崔干了一件大事！这件事做好了，可是大功一件。机会不能错过，你现在就去石滚河橡树沟找周骏鸣队长，把情况跟他说说，争取刘四喜他们反水，加入游击队。"

崔振刚见了周骏鸣，把事情的来龙去脉说了一遍。周骏鸣说："老崔同志，你干得好啊！这样吧，我和刘四喜见见面，如果他真的愿意参加游击队，我们巴不得呢。"

于是，崔振刚带着周骏鸣在确山县城西路口车马店约见了刘四喜。刘四喜见了周骏鸣，开始有些拘束，也不知道怎么开口。周骏鸣看他有些拘束，就亲切地问道："小刘啊，听老崔说你家是山西的？想家不想？"

刘四喜叹了一口气说："想啊，有时候也想爹娘，但家里什么人都没有了，想也是瞎想。"

周骏鸣说："山西那个地方我很熟悉的，过去我在西北军当兵，去过不少地方呢。你在部队里干得好好的，怎么不想干啦？"

没想到刘四喜竟然反问道："那你为啥放着营长不当去当红军？"

此言一出，周骏鸣觉得这小伙子有点个性，于是他笑笑说："你问得好。我为什么要当红军？因为红军是为穷人打仗的，是和天下劳苦大众站在一起的，打红军就站到了劳苦大众的对立面，就会与穷人为敌。我想站到劳苦大众这一边。你呢？"

周骏鸣又把问题丢给了刘四喜，他想看看刘四喜怎么回答。刘四喜也没有多想，他说："我知道了。我愿意跟着你干，从现在起，你叫我咋干，我就咋干！"这话不多，却也态度鲜明，更像一个军人对长官的回话。

周骏鸣听了这话，更是从心里欣赏刘四喜，他说："小刘，你要跟着我干，我欢迎。但是，你跟着我干，是要吃苦的，你怕不怕？"

刘四喜说："我听说游击队是官兵上下一致，同甘共苦，你们能吃苦，我也能。我恨的是当官的只管吃香喝辣，却不管弟兄们的死活，这太不公平了！"

刘四喜对革命的认识未必很深，但周骏鸣觉得也很正常，哪一个革命战士生来就懂革命？自己当初对革命的认识不也是朦朦胧胧吗？一个人只要他是真心实意地要革命，他就会在斗争中不断地加深对革命的认识。想到这里，他说："小刘，我代表游击队欢迎你加入我们的部队，共同为天下穷人打天下。"

刘四喜的愿望实现了。1936 年 5 月 26 日夜，刘四喜带上全班战士十二个人、十二支步枪和一批弹药，以"练兵"为名到达了石滚河黑毛沟，正式加入了红军游击队。这是桐柏山区红军游击队成立以来想都没有想过的事情！为了欢迎刘四喜弃暗投明，周骏鸣特地组织了一次狩猎，打了一头野猪和几只山鸡犒劳大家。

第十二章　跳出敌人包围圈　开辟敌后新战场

泌阳东部山区是敌人"围剿"的重点，敌人在这里投入了一个营的兵力，再加上泌阳保安团的兵力，对游击队实行了拉网式的搜捕。仝中玉率领的第三支队和敌军相比，力量悬殊太大了。第三支队只能昼伏夜出，避开敌人的锋芒，和敌人绕圈圈。游击队的宿营地本应选在可靠的村子里，但是这样的村子并不多。而且即便是很可靠的村子，也不能住得太久，住的时间长了，敌人就可能闻到风声，让游击队和村子里的群众处在危险之中。为此，仝中玉不得不经常率领大家转移宿营地，有时只能在山洞或密林中宿营，最让人头疼的还有山林中的蚊虫，它们无处不在，让人彻夜难眠。

一天天挨黑时，仝中玉带领第三支队来到了高邑小李庄，准备在村里宿营。刚吃过晚饭，村里的李大爷来到了驻地。李大爷问仝中玉道："指导员同志，你们现在昼伏夜出，不停地转移，常常连饭也吃不上一口，大家也很心疼。可是，现在敌人也经常夜间出动，到处搜捕游击队。万一敌人夜里摸进村了，我们躲都躲不及，大家就会一起遭殃。"

从李大爷的口气看，他和乡亲们心里确实有些担忧，担心有一天会遭遇敌人，这种担忧也不是没有道理。仝中玉笑笑对李大爷说："大爷，谢谢乡亲们对部队的关心和照料。敌人现在确实很猖狂，没日没夜地搜捕我们。您老也不要怕，您告诉乡亲们，我们正在研究转移宿营地点。假如敌人来了，也是瞎忙乎一场，您老放心回去吧，我们不会让乡亲们受连累的。"

李大爷连忙说："我不是赶你们走，实在是那帮兔崽子最近太猖狂。前几天，敌人到了铜山下面小河湾，硬说村里有人通共，让游击队在村里宿营了，就放火烧了老百姓十几间房子。所以我就想提醒你们，要多防备着点。"仝中玉说："李大爷，小河湾的事情，我也知道了。反动派坏事干尽，不得人心，他们不会有好下场。我们迟早会找他们算总账，把他们收拾干净。"

李大爷离开后，仝中玉就带领第三支队离开这个村子。在转移的路上，仝中玉心想，李大爷说的也是实实在在的实话。游击队要生存，人民群众也要生存。人民的利益高于一切，为了保障人民的生命财产安全，游击队必须另寻出路，不如主动跳出敌人的包围圈，转移到敌人的后方，开辟敌后新战场。

第二天，仝中玉找到王国华，他说："国华同志，省委其他同志现在都不在这里，但是事情紧急，我只能和你商量一下。"

王国华说："是啊，现在情况这么复杂，我们几个人也很难凑到一起，有啥事也只能我们两个先商量了。"

仝中玉说："国华，现在的形势你也看到了，敌人把'围剿'的重点放在了泌阳东部山区。他们日夜'追剿'我们，对游击队和当地老百姓造成了很大压力。但是，东方不亮西方亮，现在唐河、新野是他们防御薄弱的地方。与其部队被敌人包围在泌阳东部山区无法施展拳脚，不如我们主动跳出敌人的包围圈，到敌人的后方去，在机动中消灭敌人，壮大自己。等敌人撤出泌阳后，我们再回到泌阳。"

王国华对第三支队面临的形势当然看得很清楚，他也感到第三支队如果继续在泌阳东部打转转，迟早有一天会和强大的敌军遭遇上，到那个时候，游击队就很可能遭到重创，甚至全军覆没，所以他对仝中玉提出的"跳出敌人包围圈，开辟敌后战场"的主张很支持。于是两人商定由仝中玉带着马三更、朱凤昌、闫文甫等人转战到唐东地区和新野，其余五名战士暂时分散隐蔽在群众家中，把无法携带的步枪交给马长富隐藏起来，另外商定仝中玉每半个月回泌阳一次，研究总结工作。

仝中玉带着闫文甫、朱凤昌和马三更等三位游击队队员和两支驳壳枪，几经辗转来到了唐河县毕店镇的小牛庄。小牛庄，庄小名气不小，在共产党员的眼中，它也是唐东红色堡垒村之一，进了小牛庄就有了安全保障。

仝中玉来到小牛庄党员赵明敬家的时候，正碰上在赵明敬家养伤的牛德胜。仝中玉到来之后，向牛德胜传达了游击队化整为零以及转战唐河、新野的决定。牛德胜当时就提出要跟着仝中玉一起在唐河坚持战斗。有牛德胜襄助，这自然是仝中玉求之不得的。不过，仝中玉有些担心牛德胜的伤情，于是问道："德胜同志，你的伤势怎么样？"

牛德胜本来可以静下来好好养伤，但是，革命的使命感使他无法静下心来。他忘不掉自己肩上的担子，忘不掉张星江牺牲前的嘱咐，他要用自己的行动来证明共产党人的意志是铁是钢，不管走到哪里，都不会熄灭心中的革命烈火。听了仝中玉的问话，他诙谐地回答说："仝指导员，我本名叫'牛得胜'，'得'是'得到'的'得'，那点伤不算什么，我已经'得胜'了。"他一边回答仝中玉的问话，一边解开裹在头上白布，让仝中玉看了看伤疤。

仝中玉看了看，说道："好，你归队吧，今晚我们就去找刘中兴。"

牛得胜一听要找刘中兴，他说："仝指导员，前些天，我已经和刘中兴、张国廷、权景山、焦富建、赵老九等人取得了联系，大家商定要在唐东开展'打坏货'的斗争。"

仝中玉听了牛得胜的报告，称赞说："德胜同志，你干得好。"

仝中玉当天夜晚就和牛得胜一起赶到了粪堆王村。粪堆王也是唐东红色堡垒村之一，村子里穷人多，共产党员多，农民游击队队员多，仅参加平氏夺枪战斗的就有十四五人，这在唐东是独一无二的，这也给仝中玉留下了深刻的印象。

刘中兴第一次见到仝中玉是在1933年11月，此后他多次聆听仝中玉的教诲，接受仝中玉布置的任务。看到仝中玉和牛得胜深夜到此，刘中兴预感要有大的行动，就问仝中玉道："仝委员，有新任务吗?"

牛得胜说："中兴，我忘了给你介绍了，张星江同志牺牲后，老仝同志现在已经接任鄂豫边省委书记和红军游击队指导员了。"

刘中兴即刻对仝中玉说："哎呀，你看我还不知道哩。张星江同志牺牲的消息，还是牛得胜同志对我说的，我心里一直很难过。仝书记，你来了就好，我们一定要替张星江同志报仇啊!"

仝中玉看得出刘中兴心里非常沉重，就说："中兴，我刚听到星江牺牲的消息，心里也十分沉重。但是光难过也没有用。我们只有忍着悲痛，狠狠地打击敌人，消灭敌人，才能不辜负他对我们的希望。"

刘中兴说："难过归难过，战斗归战斗。你说吧，下一步怎么办，我听你安排。"

仝中玉说："听说前一段时间你和德胜多次商量'打坏货'的事情。下一步我们就要正式开始'打坏货'的斗争，向敌人夺枪，向敌人要钱，不断地壮大自己。我们手中的枪越多，我们的力量就越大，我们胜利的机会就越多。"

仝中玉说话深入浅出而又饱含哲理，在党内也是出了名的。刘中兴听了仝中玉一席话，回答说："仝书记，你说到我心里了，明天我们就开会，专门研究夺枪的事。"

第二天上午，刘中兴把刘书山、刘中轩、张国廷、焦富建、郑谷友、权景山、焦焕珍等人叫到家里，听取仝中玉的指示，并商议如何落实仝中玉的指示。

张国廷说："我有个本家弟兄张万林，他是党员，现在在老牛坡给地主扛长工，他曾经对我说，老牛坡几家地主老财都有枪。近来，我一直在琢磨到老牛坡夺枪，也和中兴商量过，但是我们还不知道怎样下手。仝书记，你看该怎么下手？"

仝中玉问刘中兴："中兴，这个事你怎么看？"

刘中兴说："我同国廷商量过，我觉得可以干！但是夺取谁家的枪？怎样夺？我没有想好。国廷刚才说咋下手，我想亲自找张万林了解一下具体情况，再决定如何行动。"

仝中玉觉得刘中兴的想法很实际，就对刘中兴说："中兴，你的意见很对，要夺取敌人的枪，就要把情况搞清楚。你明天就去找张万林，把情况搞清楚，今后每一次战斗，都要把情况弄清楚。这叫作'知己知彼，百战不殆'，这一点很重要。"

刘中兴是那种一点就通的人，他听仝中玉这么一说，就说："好，我听你的。"

张国廷插话说："正好，张万林昨天回来了，他爹张三猫生病了，万林说回来给他爹看看病再回老牛坡。明天我和中兴一起去找他。"

仝中玉说："那好，行动的时候朱凤昌同志和你们一起去。"

第二天上午，刘中兴和张国廷刚到张万林家里，就看到张万林手里提着三包草药回来了。他一看刘中兴来了，心里估摸着有新任务。他和刘中兴、张国廷说了几句家常话，就一起走出村子，在一块高粱地边，三人坐了下来。

张万林说："中兴，今天你找我一定有啥事。"

刘中兴说："你猜对了，我也不绕弯子了。我们决定到老牛坡夺枪，找你就是为这个事。我想听听具体情况。"

张万林说："到老牛坡夺枪？这是国廷的主意吧，我对国廷说过老牛坡老财们有枪的事。"

张国廷说：　"万林，老牛坡老财们有枪的事情，确实是我告诉中兴的。"

刘中兴说："万林，夺他们的枪是我和大家共同商定的，不知道你是咋想的。"

张万林听他们两个这么一说，就兴奋起来，他说："平氏夺枪战斗之后，我就想过把他们的枪夺了。我们要同地主老财斗，手里就得有枪，不能总是赤手空拳吧。"

刘中兴说："你这么想，算是和我们想到一起了。我找你，就是想把情况弄清楚，商量一下咋下手。这样吧，你先说说老牛坡的情况。"

张万林说："那好说，情况都在我心里。"接着，张万林把他知道的情况详细说了一遍。按张万林介绍的情况，老牛坡有三家地主拥有枪支弹药。头一家牛进财，是老牛坡保长，他家里拥有一支手枪和两支步枪，他弟弟牛保财有一长一短两支枪，张万林就是给牛保财家扛长工的。他们弟兄二人院墙挨着院墙。所以要夺取他们两家的枪有些难度，因为他们是亲弟兄，一家有事，另一家不会袖手旁观。村南头地主牛树岭也有一支步枪和一把手枪，他家独门独院，离南寨墙不远，只要翻过寨墙，很快就可以接近他家。不过，最近他们几乎已经联合起来，天天晚上派人上寨墙值更巡逻。

刘中兴边听边想，张万林说完了，刘中兴也想了一个初步计划，他决定这次夺枪就夺牛树岭的。刘中兴说："万林，这次战斗，你来带路。具体战斗由国廷指挥，我这个腿还在化脓，就不去了，大家都要听国廷的指挥。你把大家带到南寨墙外，剩下来的事由国廷等人来做，你就不要参加了，免得你被人认出来。"

当天晚上，云集云散，月光忽明忽暗，唐东区农民游击队由张国廷带着出发了。参加的人不多，除了朱凤昌外，还有本地的郑谷友、权景山、刘书山、刘炳文和张万林，刘炳文是第一次参加这样的行动，其余的几位都是老手了。老牛坡离粪堆王村不算远，一路上也算是很顺利，大家不大功夫就来到了老牛坡的南寨墙下面的一块高粱地里。在高粱地边，张万林指了指翻墙的地段。

张国廷带上其余的同志刚刚走出高粱地，突然，寨墙上传来了呵斥声："什么人？"原来，月光穿透云层，他们的身影还是被值更的人发现了。随着值更人的呵斥声，寨墙上几束手电光射向高粱地边，光束不停地来回晃动，寻找着目标。寨内更是犬声大作。眼前发生的这一切是张国廷等人原本没有想到的，朱凤昌急忙要大家蹲下，退回高粱地。刘炳文心里有些紧张，趴在地上动也不敢动。大家都退回高粱地里面了，他还在外边趴着。刘书山赶紧拉了一下他的脚，要他退到地里面。这时候，寨墙上又有人一声接一声地高呼："招呼着！""有土匪了，大家要小心了！"

朱凤昌见状，对张国廷说："根据我的经验，他们已经发现我们了，硬闯是进不去了，我看不如撤吧？以后再找机会。"

张国廷也感到值更人这么一咋呼，寨内一定会有警惕和准备，看来是进不了寨了。所以，他对朱凤昌说："老朱同志，看来也只能这样了。"

这次夺枪战斗无功而返，张国廷有些失落。刘中兴对他说："你不必这样。这次失利，是我计划不够周密。我们选择了月夜行动，在月光下人家很容易发现目标。我们需要总结一下，看来夺枪也需要天时地利，这次是因为时机没有把握好，上次马家寨夺枪，我摔在深沟里伤了腿，现在还在化脓，那是没有注意地形。我们要好好总结总结，争取下次得胜回朝。"

过了两天，仝中玉和牛德胜再次来到了刘中兴家里，听完刘中兴、张国廷的汇报，仝中玉鼓励大家说："没有关系，权当我们练兵了，要争取把下面的战斗打好。"

大家正在商议接下来的战斗目标，只见焦富建急急忙忙赶来了。他看大家都在座，就问仝中玉："仝书记，亲戚家的枪管不管夺？"刘中兴一听就知道他指的是谁，对仝中玉说："焦富建说的亲戚我知道，是王家庄保长王守义，他是富建的远房亲戚，和我也沾点亲戚关系哩。他家里有一杆步枪，王守义虽然是保长，但是人没有什么恶迹，我们开始发动赈灾斗争时，串联周围保长们出面向区公所陈情，他也参加了。"

仝中玉说："哦，是这样啊，就是说他在政治上还不是我们打击的对象。中兴，我的意见是，他的枪也可以夺，我们现在太缺乏枪支弹药了，但是不要伤及他的性命，也不要暴露我们的身份，要做到来无踪去无影。"

焦富建说："要夺他的枪，眼前就有个好机会。这几天小李庄正在唱五妮戏，五妮戏在我们这里很有名气。王守义爱看戏，十里八乡只要有戏，他是场场必到。小李庄离王家庄只有四五里地，他准去。等他看戏去了，我们悄悄潜入他家里，把枪'偷'出来，岂不更好？"

仝中玉说："中兴，富建这个主意好，你们跟德胜几个好好合计合计。

富建和你只要指个路就可以，不要出面了。就由德胜几个人去就可以了。德胜，你记着我们只要枪，不要伤及性命，他和富建、中兴还沾点亲戚关系呢。"

刘中兴说："还是领导想得周全，我和富建两个都不好直接出面，万一碰面了不好说话。富建引引路就行了。"

牛德胜选了廖天一、齐小个、许光合和郝家义等人跟他一起行动。这四个人都不是本地人，和王守义从无交集。

晚饭后，王守义果然早早地套上牛车带着一家老小去小李庄看戏去了。牛德胜收到消息后，立即向王家庄走来。快到王家庄时，牛德胜突然问焦富建："王守义家里有狗没有？"焦富建在前面说："有，是个柴狗，很凶。你咋会问这个？"

牛德胜说："你说他带着全家看戏，连看门的都没有留。我就想他家一定有看门的狗。如果狗叫起来，招惹邻居出来察看，怎么办？"

焦富建说："是啊，我怎么没有想到这一点。不过，这也好办，前面就是我家，我回去拿出两个馍，狗一叫就扔给它两个馍，它就不叫了。"

这办法真灵验。牛德胜等人刚来到王守义家的大门口，就听得柴狗狂叫起来。廖天一摘开一扇门板，齐小个立马扔进去一个馍。狗狗见了馍，"唔，唔，唔"几声就啃馍去了。

牛德胜等人乘机进入王守义家卧室，用手电照照后墙，心中大喜，原来这支崭新的汉阳造就挂在墙上。他顺手取下，背在身上就往外走。那柴狗看到有人从屋里出来，又唔唔唔地叫起来，齐小个赶紧又扔了一个馍，它又去啃馍去了。

牛德胜等得手后，几个人就分手了。廖天一同牛德胜等分手后，突然想到曾赵庄老表家看看。谁知道，这一看竟然惹出了大麻烦。

廖天一当晚来到老表曾广林家里，喝了几盅酒后，突然向曾广林透露说，刘中兴、牛德胜他们偷走了王家庄王保长家的枪。在农村社会关系非常复杂的背景下，廖天一的言论无疑就是一颗炸弹，为刘中兴和牛德胜招来了致命的危险，因为王守义和曾广林也有着一层亲戚关系。

曾广林虽然也是穷人出身，但他却反对共产党，反对村里成天跟着刘中兴跑的年轻人。他曾经对曾广玲、曾昭栓说过，别再跟着刘中兴瞎胡跑了，到头来你们死都不知道是咋死的。当时，大家对他的话也没有往深处想，因为大家都是亲戚套着亲戚，想必他不至于把事情做得太绝。

这天晚上，廖天一说这话是有意还是无意，人们无从知晓，因为从此之后人们再也没有见过他，也可能是他担心党组织找他的麻烦，逃到外地隐身了。但是，曾广林却动起了歪心思，他第二天就找到小马庄张凤鸣和土匪马小个，几个人商量着要找个机会把刘中兴做了。

几天后，刘中兴到曾赵庄走舅家。他三舅一见到他，就催他快走："你和牛德胜夺了人家的枪，人家知道了，曾广林他们正准备下手杀你，你还敢来？"听了三舅的话，刘中兴来不及考虑，就急忙找曾赵庄地下党员焦焕珍、曾广玲、曾昭栓商量对策。焦焕珍说："老表，别怕，有我们在，他别想动你一根汗毛。"说罢，他们几个人当即背着铲子把刘中兴送到了小仝庄。

到了小仝庄，刘中兴分析自己和曾广林并没有什么过节。事情过去几天了，如果他真想要自己的命，可以直接到大河屯镇公所报告。要那样的话，自己恐怕早就给抓起来了。所以，刘中兴觉得这事还有挽回的余地，正所谓冤家宜解不宜结。想到这里，刘中兴决定先警告一下曾广林。他派人给曾广林捎口信说："我和你无冤无仇，你为什么要无中生有加害我？如果你再无事生非，小心你的狗头！"

曾广林毕竟也是个穷人，他也没有同刘中兴死磕到底的正当理由，当时他说要杀刘中兴，可能也只是一时冲动。他听到刘中兴传来的口信，吓得寝食难安，连忙托刘中兴的三舅捎信求和。

这正是刘中兴希望看到的结果。于是刘中兴又捎信给他，让他到老牛桥王永庆家里见面。曾广林到了王永庆家里，一见到刘中兴，二话不说，就扑通一声跪倒在地上，连声道歉说："老表，对不起了。你看这事误会了，你大人不计小人过，别往心里去。"

刘中兴见状，顺势给了他一个台阶下，说道："老表，起来吧。你我都是穷人，活得都不容易，你咋能胡说呢？我们是亲戚，看在我们老表一场，我也不计较了。以后别再出这样的事了。"曾广林连声称是。一场夺枪斗争的风波就这样平息了。

仝中玉知道这个情况后对刘中兴说："你这事处理得很好。现在我们多争取一个人，多团结一个人，就多了一个人的拥护。你们这里搞起来了，新野那边也要搞起来。下一步，我要带着游击队几位同志到新野去。唐东这个地方，你要继续配合牛德胜同志，齐心协力，和敌人斗智斗勇，充分发挥你们的优势，继续夺取敌人的枪支。"

仝中玉要转战新野的决定，牛德胜已经知道了。仝中玉离开唐东不到几天，牛德胜就来找刘中兴说，反动派对群众的控制越来越严，为了防范共产党和游击队，他们正在推行居留证制度和枪支登记、"清乡"查户口、留客报告等制度。按他们的规定，16 岁到 60 岁的老百姓，不分男女，出门要开出门证。没有出门证，就可能遭到盘查，甚至被当作土匪关押乃至枪杀。这对游击队可能会造成严重的影响。

刘中兴说："这个你不用担心，开具出门证，我这里不成问题，我可以帮助解决。我们这边选了一个我们信得过的人当保长。这个人就是刘听雨，他弟兄三个只有三亩半坟茔地，我们选他当保长，当初是经过张星江书记同意的。他现在对外是保长，实际上是为我们办事的。但是，国民党这样一折腾，其他保就难说了。"

牛德胜说："说的是啊。我想主动进攻，杀一儆百。你看怎么办好？"

刘中兴说："敌人想捆着我们的手脚，没有那么容易！我支持你的意见，主动进攻，戳戳他们的马蜂窝。依我说，我们的第一拳就要打痛他们，要打就打张子龙。"

张子龙是张子彪的弟弟，张子彪是国民党河南省政府主席刘茂恩手下的一个团长，曾经跟随刘茂恩在安徽"剿共"。刘茂恩当上了河南省政府主席，就把张子彪调到唐河当县民团总团长。张子彪依仗刘茂恩的势力，实际上掌控了唐河的军政大权，横行霸道，说一不二，推行居留证制度、清查户口都是他的主意。其弟张子龙狗仗人势，当了大河屯镇联保处主任，称霸一方，还长期霸占了农民张铁头的老婆，是一个十足的"坏货"。

张铁头迫于张子龙的权势，一直忍着内心的憋屈。前一段时间，他终于忍受不了了。他就找到了姐夫焦焕珍，把肚子里的苦水一股脑倒了出来，希望焦焕珍帮他出出这口恶气。

牛德胜说："中兴，你的想法很大胆。但是，干掉张子龙并不难，问题是干掉他之后，一定会引起张子彪的激烈反应，我们要提前想清楚可能会发生什么情况，想好对付他的办法，不给他留下一点把柄。"

刘中兴说："那就看我们的计划严密不严密了。"于是，这两个战友商量了一个行动计划。

张子龙家住大河屯镇，其宅院是一进二的院子，大门外面就是街道，平日人来人往，要进入他家很容易被人发现。所以，一定要想个办法既瞒过路人的眼睛，又能够让张子龙上钩。为此，牛德胜提出了一个作战计划，刘中兴听后连声称妙。

夏天天黑得晚，在落日的余晖中，一个"国民党军官"带着四个"士兵"在一个"老乡"的指引下进入大河屯镇，然后顺着大街，大摇大摆地向张子龙的家走去。这个"军官"正是牛德胜本人，带路的"老乡"就是权景山。

权景山人高马大，性格刚毅，他镇定地走到张子龙家门前，敲了敲张家的红漆大门，操着浓重的本地口音喊道："屋里有人吗？"里面传出话来："谁呀？""是我。这位老总要来号房子，后面的队伍马上就到。"

张子龙果然中计。他一听是国民党的老总来号房子，慌忙把门打开，走出了大门。谁知张子龙一出大门，焦焕珍就顺势闯了进去，而后拉着他闪进门内，一枪结果了他的性命，缴了他不离身的驳壳枪。游击队也不恋战，结果了张子龙，便迅速撤离了现场，一点痕迹也没有留下，等张子龙老婆发现时，来人已经无影无踪了。

张子彪听到弟弟的死讯，难消心中之恨。他想："我一个国民党军团长、县民团总团长，连自己的亲兄弟都保护不了，真是邪门了。是谁敢在老子头上蹭痒？活腻了吧？老子这回一定要查个水落石出！"于是，他当天夜里就带了一干兵丁，进驻了大河屯镇。张子彪到了大河屯，又是查访张子龙的左邻右舍，又是清查户口，闹得鸡犬不宁，但是查来查去也没有查出一点头绪。

不知道什么原因，第二天下午，张子彪突然带了八个保镖闯进粪堆王村，直接到了小地主刘二少家里，过了很长时间才从刘二少家里出来。他们说了什么？刘中兴自然不清楚，不过也引起了他和同志们的高度警惕。

为了转移视线，刘中兴找人故意放出风声，说张子龙死于情杀，是他堂弟杀的。张子龙的堂弟叫张子怡，张子怡当时担任大河屯镇民团联防大队长。张子怡平时流里流气，常常和张子龙的老婆在一起打情骂俏，让张子龙觉得下不了台面，甚至怀疑张子怡已经给他戴了绿帽子，心里非常窝火，曾经放出话来要找机会教训教训张子怡。张子怡听到消息，就先下手为强杀了张子龙。

杀死张子龙的"凶手"到底是谁？大河屯附近的人们议论了很长时间。对情杀的传言，很多人都不相信。人们说，张子龙的亲哥哥是唐河民团总团长，张子怡就是有天大的胆，也不敢把张子龙杀了。张子彪对此也是半信半疑，又觉得家丑不可外扬，于是借口张子怡维持地方治安不力，连自家兄弟都保护不了，就撤了张子怡大队长的职务。

张子彪心里清楚，除了共产党人，没有别的人敢干这事。但谁是共产党？他一点头绪也没有。他听说粪堆王可能有共产党，可是刘二少却对他说那些传说都是别人瞎编的。张子彪虽然没有找到什么头绪，但他还是以唐河县政府和民团总团的名义联合发了一个告示，说什么近来"共匪"活动猖獗，要求各区（镇）乡严格执行居留证制度，发现"匪情"立即上报，不得隐匿不报，隐瞒不报者以"通匪"论处，云云。

牛德胜和刘中兴用计杀了张子龙，震慑敌人的目的达到了，而张子彪连谁是"凶手"也没有查到。这件事让牛德胜、刘中兴以及游击队队员们很受鼓舞。

处死张子龙后不久，唐东地下党员杨二趟向牛德胜反映说，唐河原集中营营长柳家续家里有一长一短。柳家续这个人，是个大地主，练过武功，20世纪20年代末期到30年代初期曾任唐河县集中营营长，多次抓捕共产党人，滥杀无辜无数，可谓血债累累，人们都说他是"活阎王"。后来，因为和他的上司争风吃醋，被上司设局罢了官，他一气之下回到了老家潘柳庄。

潘柳庄离粪堆王不远，牛德胜就去找刘中兴商量。牛德胜问刘中兴："认识柳家续吗？"

刘中兴说："认识，这个人个子很高，长得很威猛，满脸横肉，一脸凶相，出门腰里挂着枪，没人敢惹他。"

牛德胜说："我听说他有血债？"

刘中兴说："柳家续是这一带大地主，也是出了名的恶霸，前些年是县集中营营长，能没有血债吗？"

牛德胜说："能不能干掉他？如果能够干掉他，也算是为民除害，为冤死在他枪下的百姓和牺牲的同志报仇。"

刘中兴说："好，我给你说说柳家续的情况。我小时候经常在潘柳庄南沟里放牛割草，对那里的地形很熟悉。站在沟岸上边就可以看到他家，他家在村子西头，是一进三的宅子，前几年他为了防土匪，在院子里还修建了炮楼。"

"中兴，你的意思是？"

"我的意思是大白天闯进去不大可能，就是夜里也不容易。要想干掉他，还得智取。"

"中兴，要不要再扮一次'国军'？不过再好的办法用过一次，再用就不一定管用。你看还有没有别的办法。"

"据说，张子彪和柳家续走得很近，当年柳家续当上集中营营长，是张子彪推举的。我们可以利用这一点，谎称张子彪请柳家续到唐河商议'清乡'，追查杀害张子龙凶手的事，把柳家续骗出来再说。"

牛德胜连声称妙，当晚他带领赵老九、赵明敬、王玉亭、张国廷、郑谷友、权景山、焦富建、焦焕珍等农民游击队队员，赶到了潘柳庄南大沟。到达时已半夜时分。虽然，弥漫在空气中的热气已经消散，但大家还是汗流浃背。大家藏在深沟里，牛德胜对这次战斗做了最后的陈述。

潘柳庄是不大的村子，只有十几户人家。游击队进村后，悄悄地包围了柳家续的家。王玉亭上前敲门，里面传出很不耐烦的话："谁呀？深更半夜的，敲什么敲！"

王玉亭说："柳先生，我是送信的。张子彪团长下午写了一封信，要我连夜给你送来，他想请你到县城去一趟，说有大事和你商量。"

这么多人进村，再隐秘也躲不过狗的耳朵。村子里犬声此起彼伏，叫个不停。也许，是狗的叫声引起了柳家续的警觉。再加上柳家续的警惕性本来就很强，所以不管王玉亭怎么说，他就是不开门。柳家续说："送信？送信也不选个时辰？哪有深更半夜送信的？有事天明再说，事情再急也不差这一会儿。"

显然柳家续已经看出了破绽，他上了炮楼就开枪。在黑暗中，他竟然打伤了王玉亭的胳膊，疼得王玉亭嘴里直吸溜。看来大家不仅低估了柳家续的警惕性，也低估了他的枪法。

就在大家感到无奈的时候，事情突然有了转机。原来大暑天天气闷热，屋里面常常让人难以入睡，柳家续的儿子柳思聪刚好和村里的几个半大孩子在麦场里睡觉。柳思聪平时总觉得他父亲太小心谨慎了，别人打个喷嚏也害怕。他睡得懵懵懂懂，听到枪声就往家里跑，正好被游击队逮个正着。于是，赵老九就向柳家续喊话："柳营长，开门吧，你儿子在我们这里。我们不为别的，就是想要你家的一长一短。想保着你儿子的命，就把枪交出来。"

柳思聪边哭边喊："爹呀，救救我，两支破枪重要还是您儿子的命重要？快给他们吧。"

这一招果然很灵。柳家续就这么一个宝贝儿子，为了保住他儿子的性命，随即停止了抵抗，乖乖地把枪从门缝塞了出来，一支步枪，一支驳壳枪，还带有十来发子弹。因为担心柳家续耍花招追击游击队，牛德胜要求柳家续出门送游击队出村。到了村外，王玉亭气不打一处来，又担心柳家续日后报复，端起枪对着柳家续就是一枪，柳家续应声倒在地下。柳思聪一看他爹倒在地下，跪在地上一个劲地磕头求饶。

游击队带着柳思聪一路南行，过了毕店镇就东拐西拐，最后把柳思聪看押在龚庄龚三炮家里。牛德胜忙着给王玉亭包扎伤口，游击队队员们也都累了，各自找地方休息去了。留下来看押柳思聪的两个队员一开始也挺精神的，他们看着柳思聪低着头，显得一副很老实的样子，也就放松了警惕，竟然迷迷糊糊地睡着了。柳思聪一看机会来了，挣脱绳索，起身就跑。队员们发现柳思聪逃跑时，已经没法追了，于是大家就急忙撤出了龚庄。

柳思聪慌不择路，慌慌张张跑到毕店区向国民党区党部报告。他哭得一把鼻涕一把泪，诉说了当晚的遭遇。但是，他连自己被关押在什么村子也没有看清，是什么人干的更说不清楚，只知道他是从毕店南的一个村子里逃出来的。区长马自立反复问他到底是哪个村子，他说了半天也没有说清楚。

马自立区长听了柳思聪的报告，分析来分析去，认为一定是土匪干的。于是就按照柳思聪指示的大概方位，派了一帮民团来到新庄村折腾了大半天，以抓土匪的名义把村民牛富轩抓起来押到了唐河县城。毕店区党部糊里糊涂地抓人，牛富轩糊里糊涂被抓，人心自然不服，牛富轩更是不服，他极力为自己辩白。牛富轩说他就是一个种地的，当天夜里一直在家里，什么地方也没有去过，什么人也没有到过他家，村里的老百姓都能作证。

国民党唐河当局也苦于无证据，连审案的人也觉得无法定牛富轩的罪，甚至有人觉得是马自立为了贪功，故意冤枉好人。再加上地下党暗中活动，当局只好把牛富轩释放回家。

牛德胜和刘中兴等人夜聚明散，神出鬼没，频频得手。王国华接到牛德胜的报告，十分高兴，他觉得他和全中玉决定跳出敌人包围圈这步棋走对了。全中玉在新野这边的战斗也颇有收获。他带着马三更、朱凤昌、闫文甫等人转战新野之后，当地党员樊仲甫、韩俊昌等同志也加入了游击队序列。他们在群众的协助下，频频出击，夺取敌人步枪五支，驳壳枪四支，小八音手枪一支，又吸收了几位新战士，战斗力逐渐提升。

新野东北方向有一个沙堰集，是沙堰区公所所在地。区公所常年住着一个保安队，有十几支步枪。保安队队长姓闫，名佐烨，他经常挎着盒子炮，带着民团下乡搜刮民财，在这里作恶多端。人们都恨他霸道凶残，给他取个绰号"闫作孽"。乡下老百姓看到他来了，远远地就互相提醒，要大家提防点。

沙堰这一带有个风俗，农闲的时候，当地一些绅士就会找个由头请戏班子演戏，或祝寿庆生，或纪念亡人，或显摆功德。那些面朝黄土背朝天的穷苦农民，也乐得借机放松一下疲惫不堪的身子，放下手里的农活儿，跑到镇上看戏。到时候，保安队也常常出面维持秩序。

朱凤昌向全中玉报告说沙堰集后天有戏，请的戏班子是南阳著名的宛梆剧社，他建议利用这个机会夺取保安队的枪支。全中玉和朱凤昌、闫文甫、马三更等人合计，都认为是个不错的机会，决定在戏场夺枪。韩俊昌、樊仲甫等都是新队员，全中玉担心他们没有经验，到了戏场慌乱，就特意叮嘱他俩说："戏场上人多场面大，你们不要慌乱，要沉住气，目标要看准，下手要快，得手就撤。"

戏班开锣那天，全中玉带着马三更、朱凤昌、闫文甫、樊仲甫、韩俊昌等游击队队员先后潜入戏场。进入戏场后，全中玉发现沙堰集保安队早就到了，他们背着枪正在维持戏场秩序，他对马三更说："这里的保安队好像有所防范，你赶快告诉大家，要提高警惕，见机行事。得手后不要恋战，迅速撤退。"

戏台就搭建在沙堰南门外不远处，当天上演的是传统剧目《铁弓缘》。戏台上演得热热闹闹，戏台下的观众个个全神贯注。但是有一个人，他似乎不是在看戏，他在观众后面走来走去，神情好像有些紧张。他在戏台的东北角站了一小会儿，突然回头往沙堰集里走。此人正是"闫作孽"。

"闫作孽"的动向早就被朱凤昌和樊仲甫看在眼里。他刚刚走出戏场，朱凤昌和樊仲甫两个就一前一后跟上来了。"闫作孽"发现有人在跟踪他，就加快了脚步，边走边拔出驳壳枪。后面的朱凤昌和樊仲甫生怕到手的鸭子飞了，紧追不舍。眼看"闫作孽"就要逃进南寨门，朱凤昌手起枪响，将"闫作孽"打了一个嘴啃地。樊仲甫跑过去伸手缴了"闫作孽"手中的驳壳枪，高兴地拿着枪在脸前晃了几下。

枪声一响，戏场炸开了锅。看戏的人们四散逃命。原本维持秩序的保安队夹杂在民众里面，排成一字队形，猫着腰注视着前方。仝中玉也夹杂在人群中，正好在一个保安队队员背后。他拔出手枪对着那个队员的后心就是一枪。不料在关键时候，他那支枪太不争气了，扣了枪栓却没有打响，原来驳壳枪枪栓出了毛病。那个保安队队员发现有人用枪顶着了他的后心窝，立即调转头察看。仝中玉一手抓住了他的枪，一手拿着没有打响的驳壳枪在他脸上晃了一晃，厉声喝道："快丢手，再不丢手就打死你！"那个保安队队员连声说："给你，给你，给你"，把枪一缴弯着腰就开溜了。

仝中玉等人带着缴获的一长一短，在混乱中火速撤离现场。回到宿营地的第二天，仝中玉就接到了王国华从泌阳捎来一封信，希望仝中玉回泌阳商议下一步工作。仝中玉转战唐河、新野将近一个月了，按原来的约定他早该回泌阳和王国华等人碰头了。他想带着大家一起回泌阳，但闫文甫却提议到他家附近活动几天，再夺几支枪。仝中玉觉得闫文甫的提议可行，于是就决定让马三更、朱凤昌、樊仲甫、韩俊昌等人留下和闫文甫一起继续战斗，等他从泌阳回来后一起离开新野。

仝中玉经唐东匆匆赶到了泌阳，在游击队驻地铜山沟的小河洼村见到了王国华和周骏鸣等人。战友们重新聚集在一起，大家自然有许多话要说。

王国华对仝中玉说，形势的发展和我们当初预料的差不多，前来"围剿"红军游击队的敌人，把泌阳东部山区拉网式"过滤"了几遍，也没有发现红军游击队的踪迹，于是他们就高调宣布"剿匪"胜利结束。现在，敌人已经撤走了，隐蔽在群众家里的队员也都归队了，马长富也把枪也从牛屋里取出来了。敌军撤出了游击区，桐柏山区红军游击队该实施化零为整的计划了。

仝中玉决定马上回新野带领游击队队员归队。可是，他万万没有想到，就在他离开的短短几天内，战斗在新野的游击队遭到了重创。

闫文甫带着大家回到他的家乡之后，一心想多消灭几个敌人，多夺取几支枪。有一天下午他们发现有两个保安队队员在乡下转悠，其中一个挎着盒子炮，像是个当官的。闫文甫和朱凤昌等人一商量就尾追上去，发现此人正是他们寻找的叛徒，后来当了皮店区保安队队长的闫增辰，于是当机立断将闫增辰击毙，另一个扔下枪就跑。大家缴了一支驳壳枪和一支步枪后，就去追击逃跑的敌人，但是追了很长时间也没有追上。结果不但敌人没有追上，天也黑了，想回到宿营地已经太晚了，于是他们找到了一个破庙住下来了。他们在破庙里一觉醒来时，阳光已经透过破损的窗子投射到屋里。朱凤昌赶紧喊醒大家准备启程。走在最前面的是樊仲甫，走在中间的是闫文甫、朱凤昌和马三更，和樊仲甫保持着大约半里路的距离，走在最后面的是万宝祥。

他们刚走到王寨北边的路口，就和迎面走来的王寨保安队遭遇上了。樊仲甫披着一件白布衫，腰里插着驳壳枪，口袋里装着四五粒子弹。保安队拦着他要检查，他眼看要露馅，就把布衫一扔，拔出驳壳枪对着敌人连开两枪，两个保安队队员应声倒在地上。樊仲甫边打边跑，其余的保安队员先是愣了一下，接着跟在他后面紧追不舍，枪声不断。樊仲甫撒开双腿，不顾命地往前跑，渐渐和敌人拉开了距离。

朱凤昌、闫文甫、马三更一看敌人追赶樊仲甫，很担心樊仲甫的安危，于是他们拔出枪从敌人后面射击。保安队一看有人从后边射击，便放弃追赶樊仲甫，掉转头把朱凤昌三人围了起来。双方噼噼啪啦打了一阵子，闫文甫头部中枪，当场牺牲。朱凤昌、马三更看着自己的战友刚才还活蹦乱跳的，说牺牲就牺牲了，心里实在难过。他们忍着悲痛打出了剩余的全部子弹，最后被围上来的敌人抓着当场枪杀了。

万宝祥听到前面激烈的枪声，急忙加快脚步要上前参战。但是激烈的枪声已经停止了。他判断朱凤昌等三位同志，不是被抓捕就是已经牺牲了。万宝祥硬着头皮走近的时候，敌人正在查看朱凤昌等三人的尸体。他想掉转头往回跑，但是又一想，如果掉头往回跑，肯定会引起敌人的怀疑，那就更危险了。他也是急中生智，把插在腰里的小八音往高粱地里一扔，慢腾腾地走向保安队，还明知故问道："这都是一些啥人？"

那些保安队队员看看他一副本地老百姓的装束，也没有在意，随便问道："你是哪庄的？"万宝祥用手指指西北方向的一个村子说："就是那庄的。这几个人咋会有枪啊？"

保安队队长厉声说："不关你的事，快滚！"万宝祥极力掩饰着内心的悲痛，又不得不装出若无其事的样子，慢悠悠地向王寨走去。当晚他和樊仲甫潜回现场时，朱凤昌等人的尸体已经被敌人转移走了。他俩费了好大劲，在高粱地里找出了那支小八音。

幸运逃出魔掌的樊仲甫和万宝祥把这一切告诉仝中玉的时候，仝中玉平静的表情掩饰不住他内心的波澜，他一会儿走出屋子，一会儿又走进屋里，出出进进足足有十几趟。他在想，朱凤昌、闫文甫、马三更，当时只要掉转头就可以保全自己，但是为了掩护和挽救战友的生命，他们奋不顾身冲了上去，把一腔热血洒在了这片热土上。这大勇大义，也只有我们共产党人才能做到。他含着眼泪对樊仲甫说："樊仲甫同志，我们一定要记住，将来胜利了，要在王寨建造一座烈士纪念碑，让我们的子孙后代永远记住他们的英名！"

第十三章　石滚河南山激战　李家庄夜袭告捷

全中玉带着樊仲甫、韩俊昌、万宝祥等游击队队员和长短枪支，一路昼伏夜行，在一天晚上到了粪堆王村。就在这个时候，全中玉突然头晕目眩，昏倒在地，此后一连多日高烧不退。刘中兴请来了张国廷的父亲张先生为全中玉把脉问诊。之所以请他为全中玉诊治，一是他的医术在十里八乡也算得上是小有名气，二是出于安全考虑。张先生详细地询问了全中玉的病情，说这个病像是积劳过度，冷热失衡，再加上急火攻心所致，先开几服草药试试。

全中玉一连吃了十几服中药，却不见一点转机。他心里很着急，大家也跟着着急。这时，牛德胜风风火火到了粪堆王。

牛德胜对全中玉说："你回新野时，和王国华同志说好一到新野就带着队员归队，但是半个月过去了，没有你一点消息，也不知道你在哪里。王国华同志有点着急，他希望你早点回泌阳主持大局，所以派我来找你。"

原来，王国华见全中玉迟迟没有回到泌阳，心里很是放心不下，就派牛德胜到新野、唐东寻找全中玉，希望全中玉能够尽快回到泌阳。牛德胜找了几个地方，最后才找到了粪堆王。

全中玉说："我也想早点回泌阳，但是身体不争气，一直高烧不退，已经吃了十几服中药了，现在依然是老样子，连走路的力气都没有。"

全中玉大病缠身，牛德胜看得清楚，就说："你现在这个样子，也无法走路。要不，你就留在中兴这里治病，把病治好了再回去。我回去把情况向王国华同志报告一下，如果有啥新情况，我再来找你。"

全中玉说："看来也只有如此了。这样吧，你先回去。我给国华写封信，把闫文甫、朱凤昌、马三更等同志牺牲的消息告诉他。你回去时带上樊仲甫、韩俊昌、万宝祥等新战士以及枪支弹药，我病情好转一些就马上回泌阳。"

于是，牛德胜带着樊仲甫、韩俊昌、万宝祥和唐河的郑谷友、刘书炳、赵明敬、赵老九等七位战士及五支步枪、两支驳壳枪和一支小八音回到了部队。桐柏山区红军游击队在经历严峻的考验之后，终于实现了"化整为零到化零为整"的战斗转换过程，开始了新的战斗。

游击队在队长周骏鸣的带领下，在信阳和桐柏交界的天目山中，经过短暂的整顿，于8月底转战到了确山石滚河附近。周骏鸣对石滚河的山山水水、一草一木都很熟悉。这里是生他养他的地方，也是他探索革命、走向革命的地方。周骏鸣很在意这个地方，这次他把部队带到石滚河，也是想在这里开创一个新的局面。

新任中共确山县委书记段永健知道周骏鸣带队到了石滚河，就急忙到石滚河南山和周骏鸣见了面。段永健也是老革命了，此前他和王国华一起从苏区回到河南。段永健回到叶县后发现当地党组织已经遭到了破坏，他到处寻找党的上级组织，但一无所获。后来，他终于打听到了王国华的消息，有人告诉他张星江和王国华在豫南建立了中共鄂豫边省委，并建立了一支红军游击队，于是他就和许昌的李子健等人一起来到确山，和王国华取得了联系。

段永健到达石滚河南山时，王国华刚好也在游击队。在研究工作时，段永健对王国华和周骏鸣说："石滚河联保处和保安队对县委的工作是个很大的威胁，这个威胁一天不除，党组织就很难在石滚河扎下根来。不如及早端掉这个联保处和保安队。"

王国华也有这样的看法，他说："从现实情况看，这确实是一个大威胁。石滚河联保处和保安队不但威胁着地方党组织的生存和发展，也同样威胁着游击队的生存和发展。我们要在这里生存和发展，要扩大游击区，就必须想办法解决这个威胁。"

石滚河联保处主任兼保安队队长赵景轩，几年前就是镇压当地农民运动的凶手之一，臧运来等几个农民运动积极分子都死在他手里。对赵景轩这个人，周骏鸣并不陌生，论辈分周骏鸣管他叫姑父。但是赵景轩多次在公开场合痛骂周骏鸣是"逆子"，是"乱党贼子"，甚至放出狂言说，抓着周骏鸣，赏两千大洋。周骏鸣被通缉后，周骏鸣的父亲受牵连被抓到确山大牢，周家本指望赵景轩出手营救，但是赵景轩却一直以案情重大为借口，不肯出面周旋。

前些时候，赵景轩听说共产党的游击队最近又回到天目山一带，生怕有朝一日游击队打上门来，于是就加强了戒备。他强令各家各户出钱出人，增购枪支弹药，备料准备修寨墙建炮楼。为了防止游击队打上门，他最近还充实了石滚河保安队。

段永健提出要打掉石滚河联保处，他并不知道周骏鸣和赵景轩之间有一层亲戚关系，但是王国华是知道的，王国华想听听周骏鸣的意见，因为周骏鸣的意见很重要。于是，他对周骏鸣说："你的意见是啥？"

这样的事情，周骏鸣已经不是第一次碰到了。他刚从江西苏区回来不久，就认定他八叔是当地的地主恶霸，是革命的敌人，于是他果断地抛开亲情的困扰，处死了他的八叔。事过之后，有人骂周骏鸣六亲不认，连本家叔叔都不肯放过。此后有人问周骏鸣后悔不后悔，周骏鸣坦然地回答说道："有什么好后悔的？他称霸乡里，残害百姓，是革命的敌人，还不该死？"这个事情在同志之间，在当地群众之间流传很广。也正是因为这个事情，当地的穷苦百姓才愿意跟着周骏鸣干革命。

周骏鸣听到王国华的问话，心里清楚王国华已把决定权交给他了。在亲情和革命大义面前，孰轻孰重，周骏鸣自然分得清楚，他没有犹豫，他选择了革命大义。他以坚定的语气对王国华和段永健说："我支持你们的意见，大家不要顾忌赵景轩是我八叔这层关系。要干，现在就得加紧准备。这样的事宜早不宜迟，赵景轩的围寨目前还没有修建起来，等修建起来了，再来打就难了。"

周骏鸣的话，让段永健刮目相看，也让他很感动。段永健说："周队长大义灭亲，敢作敢当，让人敬重。"

王国华说："骏鸣同志在大是大非面前，从不含糊，的确让人敬重。但是我们要除掉赵景轩，还有一个问题，据说赵景轩从不独自出门，一出门就带着保安队，少则几个，多则十几个。如果这个情况属实，我们恐怕也不好下手。我们要想个办法才行。"

周骏鸣若有所悟地说："对呀，想什么办法好呢？前段时间我们成功地搞了一次策反，再来一次怎么样？"

王国华马上问："你想再来一次策反？"

周骏鸣说："宋江三打祝家庄，头两次都失败了，第三次成功了。为什么？主要是安排了内应，搞了一个里应外合。如果我们能够策反一两个保安队的队员，里应外合，先打死赵景轩，使联保处、保安队群龙无首，我们就有了成功的把握。"

段永健对这个想法很感兴趣，他说："这个主意很好。我觉得这个计划若要成功，关键是要选派一个得力的同志，去做策反工作。我看县委委员陈老末适合做这个工作。陈老末是本地人，胆大心细，人脉广，点子多，口才又好。他去做这个工作准成。"

陈老末是当地人，给人们的印象就是随和、仗义，热心帮助别人，所以石滚河一带的老百姓都知道小陈凹有个陈老末，但是，人们却不知道他的共产党员身份。石滚河保安队队员大都是当地人，不少队员也认可陈老末的人品。其中，赵景轩的护兵李大毛的家就在小陈凹附近，陈老末和李大毛很早以前就认识。陈老末到石滚河街上赶集就经过李大毛家门前。李大毛进了保安队，陈老末到石滚河街上赶集，遇到李大毛，也会寒暄几句。这个李大毛家里也很穷，他的父亲常年有病，是个病秧子，干不得力气活，日子过得很艰难。李大毛跟着赵景轩干就是为了混饭吃，赵景轩看李大毛年轻力壮，人又很老实听话，就叫他做了自己的护兵。从此，赵景轩走到哪里，李大毛就跟到哪里。

一天上午，陈老末背着一只果子狸到石滚河街上，故意在联络处大门口停了下来。几个小孩儿一看见果子狸，都跑过来看稀奇。这时，李大毛从门口出来，正好看到一群小孩儿围着陈老末，就问道："老末，你这是干啥哩？"

陈老末回答说："哎呀，俺正找你呢，我昨晚在山里下了夹子，逮了一只果子狸，你要不要尝尝鲜？"

李大毛说："尝尝就尝尝，多少钱？"陈老末说："老弟，见外了不是？你要的话，便宜给你了，都是乡里乡亲的，什么钱不钱的，你看着给吧。"

趁着给保安队送果子狸的机会，陈老末对李大毛说："老弟，俺听说前一段竹沟岭下有个保长给红军游击队杀了，也不知道是真是假？俺还听说红军游击队最近就在桐柏回龙那边，他们可是专门打你们保安队的。要我说，你们可得防着点。"

谁知李大毛说了这样一句话："防啥防？他们来无影去无踪，你咋防？他们都在暗处，你看不到他们，他们却能够看到你。防他们吧，你连他们的影子都看不到；不防吧，他们一下子就冒出来了。最近听赵主任说，游击队到了附近的山里，叫大家警惕点。为此，大家整天提心吊胆的，我正想不干了。"

"咿——谁信呢？你是赵景轩的跟班，干得好好的，怎么会不干了？"

"信不信由你。你是不知道，这差事危险不说，关键是老百姓在背后吐唾沫星子骂俺。"

"骂人的话，俺也听到一些。"

"老末，你听到些啥？"

"老弟，没法说，都是些辱骂人的脏话，俺不说也罢。还不是因为这些年来你们到乡下加征粮税？"

"俺对这些事也看不惯呀，我爹也反对加征粮税，可是赵景轩要这样干，俺只是个跟班的，俺能说啥？"

"说得也是。老弟，你也不必紧张，想开点。咱这地方虽说靠山临水，但山是穷山，水是恶水，三天两头受灾，不是旱就是涝，老百姓哪有好日子？你爹不是也经常吃糠咽菜吗？可赵景轩还一个劲地加征粮税，老百姓能不骂娘吗？老百姓骂你骂得还是轻的，骂赵景轩是连他八辈祖宗都骂上了，甚至有人说他死也不得好死。"

"唉，不说这个了，要不是想混口饭吃，我也不会跟着他干了。"

"老弟，你真不想吃这碗饭了，是不？"

"不说了，不说了。"李大毛说，"你那果子狸要多少钱？后天上午来给你钱。"石滚河镇是个小集镇，三天逢一集。李大毛要陈老末后天来取钱，正是算着逢集来的。

陈老末说："好，还是那句话，你看着给吧，多少都行。"

第三天上午，陈老末背着两只山鸡找李大毛，说道："昨天下午我在山里打了两只山鸡，送给你。"

李大毛说："果子狸钱还没有给你呢，正好你来了，给你，你数数，够不够？"他一手递过几张票子，一手又接过了山鸡。

要钱只不过是一个幌子，钱多钱少不是目的。陈老末接过票子，口里说道："够了，够了。你猜俺昨天到山里打山鸡时碰到谁啦？"

"你碰到谁啦？"李大毛问。

"周毛，就是在焦老庄当过营长的周骏鸣。"

"他呀？他现在是政府通缉的要犯，是红军游击队队长，赵景轩说逮住他就有重赏呢。"

"可是，俺听说他手下有很多人，山上的土匪都怕他呢。他还向俺打听你呢，他说李大毛家里那么穷，为啥跟着赵景轩跑？跟着赵景轩跑，早晚会赔上性命。他还说你不替老百姓着想也罢，咋不替自家想一想？还说，要是有机会想见见你。"

李大毛一愣，说道："他真是这么说的？俺要是见了他，他不把俺活剥啦？"

"不会吧，俺看不出他跟你有啥仇。"

"仇，倒是没有。不过俺跟着赵景轩当了这么多年的跟班，在他们共产党眼里俺就是敌人。"

"俺把你前天说的话对他说了，他说李大毛要是真不想干了，也是好事。他还说，都是乡里乡亲的，如果你愿意脱掉这身衣服，到游击队跟着他干，他也欢迎。"

李大毛说："这话当真？"

"那还能有假？咱们村挨着村，抬头不见低头见，俺会骗你？"

李大毛说："他有没有说啥时候见俺？"

陈老末一看有戏了，就故意吊一吊李大毛的胃口，他说："这个，他没有说。你要是想见他，俺就替你去问问。反正俺一个穷光蛋，俺啥也不怕。"

李大毛急忙说："问问也行，不过这事千万不要声张。俺和俺爹的命还攥在赵景轩手里呢。"

陈老末一听这话，就听出了李大毛的心思，只要保证他和家人不出人命，他就会脱离赵景轩。于是，他当天晚上就找到了周骏鸣。他说，李大毛心里应该很矛盾，他想脱离保安队，不想再干伤天害理的事，又担心赵景轩会报复他；他也想见见你，又怕游击队容不得他。

周骏鸣听完陈老末的报告，眼睛一亮说："好啊，他只要愿意见我，我们的事就好办了。老末，你再辛苦一趟，告诉他后天晚上我在他家里等着他，当面把话说透。"

当陈老末再次来见李大毛的时候，李大毛迫不及待地问："你问得咋样？"陈老末就把周骏鸣的话给他转达了一遍。当天下午，李大毛找到赵景轩请假，说他爹头疼的老毛病又犯了，捎信要他回去看看。赵景轩也没有怀疑，嘴里还说："孝子啊，回去吧，给你两天假。"

夜里，周骏鸣和李大毛作了一次长谈，从共产党闹革命的初衷聊到眼前的斗争，一直谈到大半夜。

李大毛过去听的都是赵景轩说的那一套反共宣传，听了周骏鸣的话才恍然大悟，才知道共产党所做的一切都是为了让穷人过上好日子。于是，他说："周队长，我过去走错了路，跟着赵景轩跑了这么多年，做了不少错事，你要是能够原谅我，我就跟着你干！不知道你收不收我？"

周骏鸣等的就是这句话，他说："大毛，你要是真心投奔我们，我敢保证你的安全。赵景轩是住在前院还是后院？"

"赵景轩住在后院北屋，他住西间，我和冯天来住东间。后院东西两边是高墙，东墙有一个小侧门。保安队和联保处都在前院，北屋是办公的地方，西屋是伙房，东屋是保安队住的地方。"

周骏鸣说："大毛，你愿不愿意立功？"

"立功？怎么立？"

"大毛，对于你来说就是举手之劳。我们已经决定要打联保处和保安队，到时候你提前把后院的侧门打开就行。"

"周队长，这个我可以做到，但是你得保证我爹我妈和我老婆孩子的安全。"

"你放心好了，消灭了保安队和联保处，杀了赵景轩，你和全家就安全了。"

这一天终于来了。夜半时分，李大毛悄悄地打开了联保处后院的侧门，游击队几个战士迅速占领了后院，另一部分冲进了前院。

这时从北屋里走出一个人，韩俊昌以为是赵景轩听到了游击队动静，出来观察情况，因此开枪就打。那人"啊"的一声栽倒在地上。击毙了"赵景轩"，韩俊昌也没有来得及验明正身，就急忙进入了前院。

那些保安队并没有睡觉，他们正围在一起赌钱，也许吵嚷声让他们没有听到刚刚那声枪响，他们的兴致高着呢。游击队的战士们冲进来时，他们还在吵嚷着下注。手枪班班长老汪大喝一声："都别动！谁动就打死谁。"

保安队看到十几个人端着枪突然闯进来，一片惊慌。有人跑过去取枪，枪还没拿着，就被老汪一枪毙命。其他保安队员或站或坐，待在原地动再也不敢动，任凭游击队收缴了他们的枪支弹药。

老汪对那些保安队说："明人不做暗事，我们是红军游击队。赵景轩刚才已经被我们打死了，今后谁再和我们作对，谁再祸害老百姓，谁就和赵景轩一样的下场。现在，你们最好待在屋里别动，谁动就打死谁！"

老汪等人出了保安队宿舍，李大毛追上来说："不好了，赵景轩从后窗逃走了。"老汪连忙去察看，发现韩俊昌打死的不是赵景轩，而是赵景轩的护兵冯天来。

赵景轩逃跑了，老汪预感到他一定不会善罢甘休，一定会进行疯狂的报复，于是，就急忙回去向周骏鸣汇报。周骏鸣也觉得事态严重，部队必须立即撤退到石滚河南山上，做好应战准备。

赵景轩在睡梦中听到一声枪响，又听到护兵冯天来的惨叫声，他断定出大事了，最大的可能就是游击队下山了。他连忙去叫李大毛，却发现李大毛不在屋里。他也来不及多想，就急忙从后窗跳出，逃出联保处后院。他手里掂着驳壳枪，沿着池塘边的小路，一路小跑，跑到了石滚河北头骡马店，也不管老板同意不同意，牵出一头豹花马，翻身上马。赵景轩骑在马上，对店老板说了一声"明天上午还你马"，说罢就向确山县城逃去。

赵景轩来到确山县保安大队的时候天还不亮，哨兵问他口令，他当然回答不出。那哨兵一拉枪栓就要开枪，吓得赵景轩急忙大喊："不要开枪，不要开枪，我是石滚河联保处主任、保安队队长赵景轩，我有紧急军情要见霍大队长。"

说来也巧，那个姓霍的大队长，昨天在酒楼吃请，也不知道吃了什么不干净的东西，晚上拉了几次肚子。这会儿他刚拉完肚子从厕所里走出来，忽然听见大门口有人喊着要见他，于是他边往大门口走边骂道："是谁他妈的在这里大呼小叫地乱咋呼？"

"是我，赵景轩，石滚河的赵景轩。霍大队长，我有紧急情况向你报告！"

"啊，是你呀，有啥事？进来说。"

赵景轩进了大门就说："霍大队长，不好了。共产党的游击队打进石滚河联保处了，保安队被他们拿下了，我的护兵冯天来也被他们打死了，另一个护兵李大毛不知去向，很可能投靠共产党了，要不是我反应快从后窗户跳出来，恐怕就见不到你了。"

霍大队长问道："共产党的游击队？有多少人？"

"我当时只顾跑，哪顾得上看？搞不清楚有多少人，不过人少了，不然他们也不敢攻打我的联保处。"

"看看你那熊样，几个'共匪'就把你吓成这样子。要你们快点把寨墙建起来，把炮楼盖起来，可你们就是不上心，就知道拖、拖、拖。活该！等着吧，天明了我去找县长。"

赵景轩挨了一顿骂，一时觉得老脸不知往哪儿搁，但是一听霍大队长要他等到天明才去报告，马上急眼了，他说："大队长，十万火急呀，不能等了。"

霍大队长说："你急个屁呀？这会儿你就知道急了，要你建寨墙修炮楼你咋不急？"

赵景轩被霍大队长骂了一通，连个屁也不敢放了。他哭丧着脸坐在那里，好不容易熬到天明。

霍大队长领着赵景轩去见县长张胖子时，集市上的店铺都开张了。张县长昨晚和几个局长搓麻将搓了大半夜，这阵子他虽然已经醒了，但是还在床上躺着不想起来。这时候，县府的文书敲敲门，小声说道："县长，保安大队霍大队长来找你，说是有军情报告，十万火急。"

张县长一听有紧急军情报告，也不敢怠慢，连睡衣也没有换，就走出了卧室。霍大队长一看张县长出来了，急忙说："张县长，大事不好了，红军游击队昨晚攻占了石滚河联保处，把保安队一锅端了。"

听了霍大队长和赵景轩的报告，张县长气不打一处来，大声训斥道："霍大队长，你是干什么吃的？不知道军情急如火吗？这么大的事为啥不早点报告？还等什么呀，快调兵去'剿'呀。你还想让他们站稳脚跟不成？"

骂完了霍大队长，张县长对着赵景轩又是一顿臭骂："窝囊废！你这个保安队长是咋当的？你的保安队给人家一锅端了，你事前就一点也没有察觉？平日就会吹牛拍马屁，关键时候就掉链子。要你们这些人，能有啥用？"

霍大队长本想邀功，没想到挨了县长一顿臭骂，他满肚子委屈，本想辩解几句，但见张县长发了大火，也就不再辩解了，只是傻傻地站在那里。

张县长一看更火了，大声斥责道："还站在这里干啥？还不快快调兵去？"

霍大队长这才急忙集合县保安大队全体人员，并调集了胡庙、竹沟等几个乡镇保安队，号称二百精兵，直奔石滚河。他声言要对红军游击队发动一轮强力攻势，要把驻石滚河的游击队一个不剩地消灭干净。但是他到了石滚河，连个游击队的影子也没有发现。有人对他说，游击队上山了。于是霍大队长就决定第二天进山"围剿"游击队。

敌人不会甘心失败，这一点周骏鸣已经想到了，他也做了一些战斗准备。他决定把部队撤退到南山陈冲地一带，选择了防御阵地。第二天一大早，敌人就追击上来了。

战斗打得很激烈，从早上一直打到挨黑。敌人的火力很猛，机枪喷出的火舌一个劲地往山顶延伸。游击队占领着地理优势，控制着山头制高点，不时向敌人阵地点射，只要敌人一露头就开枪。敌人的子弹打在石头上，火花四溅，但是敌人始终没有占到多大便宜，他们幻想一举消灭游击队的企图没有得逞。

周骏鸣毕竟军事经验丰富，随着时间一分一秒地过去，他深感这样对峙下去拼消耗对游击队是极为不利的，游击队经不起这种消耗。看看夜幕就要降临，周骏鸣果断地命令游击队迅速向山顶转移。

就在转移的路上，出现了一个山寨，游击队知道这是土匪的山寨。山寨里的土匪也看到了山寨下面的游击队，他们大声喊："你们是什么人？"

游击队的战士回答说："我们是老共，后面就是国民党保安队。我们同他们已经打了一整天，你们听到枪声没有？你们要是好汉就请让个道。"

也许山寨上的土匪不愿意和红军游击队作对，也许他们自知共产党的游击队得罪不起，也许他们也反对国民党保安队，总之，他们没有阻止游击队向西撤退，只是对空放了几枪，就故意大声喊叫："老共的队伍向东跑了！老共的部队向东跑了！"

霍大队长听到"老共的队伍向东跑了"的喊叫声，就命令手下向东追去。而红军游击队在周骏鸣的指挥下，沿着寨子外围一路向西撤退到了甘卢冲一带。

甘卢冲十里长，两头小中间大，两岸都是大山，山下一条小溪直通石滚河干流。游击队到了山下的一个小村子，村上的老百姓看到刚刚下战场的红军游击队，都围了上来问长问短，有的忙着给战士们烧水做饭。

第二天上午，游击队正准备继续向西边大山里转移时，保安大队又追上来了。霍大队长采取的办法是从甘卢冲两头向中间挤压。受到敌人两头夹击，游击队的阵地不断缩小，不得不往甘卢冲西边的山顶上转移。

班长刘四喜接到周骏鸣的命令，带领六位战士占领了制高点，掩护部队撤退。守着这个制高点，游击队就可以安全撤退，失去这个制高点，敌人就会迅速追击上来。因此，争夺制高点的战斗非常激烈。仰攻的敌人尽管死伤惨重，但是仗着人多武器精良的优势，轮番往上进攻。敌人借着山石的掩护，慢慢向上移动。

在激烈的对射中，刘四喜等三位战士壮烈牺牲，另有三人也身负重伤，情况十分危急，眼看保安队就要占领制高点。在这关键时刻，周骏鸣率领几个战士返身回到制高点，对着仰攻的敌人打了一个排子枪，敌人停止了进攻。游击队趁着战斗的间歇摆脱了敌人的追击，向泌阳铜山沟方向迅速撤离。

霍大队长发现游击队向泌阳方向撤退了，就命令保安队一路穷追不舍。下午，保安队追到焦竹园附近的时候，只见一个砍柴的老汉挑着两捆槲叶，从铜山那边晃晃悠悠走来。霍大队长要赵景轩把这老汉叫过来问话。

霍大队长对这老汉上下打量了一下，突然劈头盖脸喝道："老头，从山上下来的？"他也不等这老汉回话，就接着喝道："老实说，看到游击队没有？"

砍柴的老汉心想，这家伙凶神恶煞，肯定不是个好东西，不如往大的说，吓唬吓唬他，看他咋的？于是就装作一副无辜的样子，摇摇头说："啥游击队？我没有看到。不过，我下山时倒是看到有百十个人进山了，有的人手里还拿着破枪，枪把上有很多窟窿。不知道这些人是不是你们要找的人？"

霍大队长一听，暗自吃了一惊。什么带窟窿的枪？这不是手提机枪吗？他断定游击队有了援军，再看看太阳也快要落山了，心想再追赶下去，恐怕要吃大亏。他迟疑了一会儿，转身对保安队队员说："撤！"

赵景轩一听霍大队长要撤，这会儿真的急眼了，他说："撤？大队长呀，眼看就要大功告成了，为什么撤？"

霍大队长说："不撤还能怎么样？你不看看天也快黑了，游击队已经进山了，他们又有了援军。现在不撤，不是找死？游击队的事，我们从长计议吧。"说罢，他带着保安队，掉头向确山方向回去了。赵景轩心有不甘，但是也无可奈何，只能垂头丧气地跟着霍大队长一起回确山去了。

赵景轩跟着霍大队长回到县城后，越想越生气。他想，他虽然没有把寨墙炮楼修建起来，但是他的联保处、保安队大院也是围墙高筑，防守严实，游击队怎么能那么容易进入大院？再说，他的保安队也不是吃素的，怎么一枪未放就让共产党的游击队给端啦？这里面一定有人通共，做了共产党游击队的内应。想到这里，他更加觉得李大毛可疑，为什么战斗发生时没有看到李大毛的影子？想必李大毛就是游击队的内应。于是，赵景轩急忙把自己的疑惑向霍大队长和张县长详细述说了一遍。

张县长听了赵景轩的话，也断定一定是内部有人通共，为游击队的行动提供了方便。不然的话，游击队怎么能轻而易举地就攻占了联保处？所以，他对霍大队长说："你赶快带上你的人返身进驻石滚河，对原来的保安队队员和联保处人员进行审查，挨村挨户清查户口，尽快把那些通共分子一网打尽。"

霍大队长连忙表态说："张县长，你放心好了，这次一定不让你失望，不把那些通共分子查出来，我就不收兵。"

第二天上午，霍大队长带上赵景轩和县保安大队杀回了石滚河，然而他们发现那些保安队队员因为怕追究责任，早就跑得无影无踪了。于是，霍大队长在石滚河开始了大搜捕，他们挨家挨户清查人口，一连折腾了好几天，闹得石滚河鸡飞狗跳。在敌人的搜捕中，陈老末和失散的游击队队员罗大云不幸被捕遇害了。

桐柏山红军游击队和确山保安大队激战两天，于第二天天黑之前转移到了泌阳铜山沟一带。在突围中部队和地方党组织都蒙受了重大的损失。多位战士牺牲，三位战士重伤，重建不久的确山县委也被破坏了。因此，部队里面出现了一些埋怨情绪，有人说这次战斗对敌情估计不足，明知敌人一定不甘心失败，一定会回来报复，却没有及时从石滚河撤退到安全地带。

王国华听说部队受到了重大损失，立即从泌阳马谷田赶到部队，为大家加油打气。他对大家说："同志们，部队在同敌人激战中，一些战友牺牲了，一些战友受伤了，我们都很难受，但是再埋怨也没有用。我们这支部队一开始只有六个人，几支破枪，只能消灭单个的敌人，可是现在我们已经有了三十多人，拥有了几十支长枪短炮，而且可以一下子端掉敌人的一个联保处、一个保安队了。这说明什么？说明我们的部队正在成长，正在壮大。今后我们还会继续成长，继续壮大。这次受点挫折不要怕，怕的是受点挫折就说丧气话。谁也不是圣人，打仗就会有胜有败，就会有顺利有挫折。只要我们善于总结经验教训，保持旺盛的战斗意志，我们就能够越战越强。"

王国华的一席话，句句说到了人们的心坎上。周骏鸣说："国华同志提醒得对。过去我们确实不够重视总结战斗经验教训，犯了一些本来可以避免的错误，遭受一些本来可以避免的损失。在石滚河战斗中，赵景轩逃跑了，我也估计到了敌人会报复，但是没有估计到敌人会来得这么多，这么快，因此没有及早带领部队远离石滚河，没有及时避开敌人的锋芒。今后，吃不透敌情的仗我们不打，没有胜利把握的仗我们不打。"

王国华说："我在中央苏区学习时，教官说红军打仗有个十六字口诀，就是'敌进我退，敌驻我扰，敌疲我打，敌退我追'。面对强大的敌人，我们不能死打硬拼，不能把所有的家当都押上去。周队长说要知己知彼，也就是说我们不但要知道敌人的情况，也要知道自己能吃几个馍，不要想一口吃成一个胖子，要一口一口来。我们打的是游击战，游击战游击战，就是在游击中灵活机动地消灭敌人。大家看中央红军打仗该退的退，该扰的扰，该打的打，该追的追，多灵活呀，我们要学着点。"

听了王国华和周骏鸣的讲话，战士们心里敞亮多了。部队休整一段时间后，转移到了泌阳盘古山一带。泌阳盘古山并不高，但是名气很大，国内闻名，远近皆知。原因不在于别的，而在于山上有座盘古庙，四季香火不断。相传盘古是开天辟地第一人，自南北朝以来文人学士到此顶礼膜拜者数不胜数，留下了大量诗词篇章、篆文碑刻。盘古山接连桐柏和泌阳，南麓与桐柏相邻，泌阳县的大磨村就坐落在盘古山北麓。桐柏山区红军游击队在安棚牛庄突围后曾经在这里作过短暂的停留。

盘古山虽然坐落在两县交界处，但是红军游击队要想在这里站稳脚跟也不容易。原因是这里有一个强大的对手，就是号称"泌阳南霸天"的李天修。李天修家住盘古山下的李家庄，此人可谓劣迹斑斑。传说李天修的远祖是明朝的一个王爷，后来开枝散叶，有一支在唐河做了官，其后人也有落户在唐河与泌阳地界的。李家庄附近村子的李姓人家，都自称是王爷的后裔，族情观念很强，平常来往密切。李天修虽然辈分不算高，但是他身高力壮，足智多谋，敢作敢当，所以族人遇到事情都愿意听他的。

李天修本人也自命不凡，他在当地不但以霸道出名，还以反共反革命出名。他联合了附近几个村寨的李姓豪绅，相约互相支援，共同抵御红军游击队，甚至狂妄地叫嚣要拿共产党游击队的头颅祭拜天地。当年红二十五军转移从李家庄附近路过，李天修慑于红军的威力，不敢轻举妄动。后来，红军游击队牛庄突围抵达盘古山北麓一个小山村的时候，李天修准备当夜偷袭游击队。要不是游击队副队长陈香斋及时率队撤离，游击队就有可能再受重创。

　　夏初一天下午，李天修正在吸大烟，吸得晕晕乎乎，有人报告说红军游击队正在攻打出山庄。李天修把烟枪一扔，忽然来了精神，大喊一声："走！快集合人马，去救出山庄！"但为时已晚，他带着一干人马快到出山庄山寨时，有人报告说红军游击队得手后就迅速撤走了。李天修只得怏怏而归。事后，李天修还发了一通脾气，大骂出山庄的大地主李天成不听他的劝告，麻痹大意，让游击队钻了空子。

　　红军游击队轻易拿下了出山庄，处决了李天成，收缴了出山庄山寨长短枪七支，还缴获了李天成家的五千多大洋。这件事让李天修坐立不安，为了防止游击队攻打他的李家庄，他和村里其他地主商议要增购枪支弹药，加固寨墙和防卫工事。那些地主也都觉得李天修是为大家好，都愿意分摊钱款买枪修寨。不出一个月，在李天修控制下的李家庄，就拥有了二十多支长短枪。他本人除了拥有一长一短两支枪外，又特地购买了一支手提冲锋枪。新修的寨墙上面修建了女墙和射击孔，环绕寨墙，还在东南西北四个方位建造了四座炮楼，白天派人轮流值守，夜里有专人值更巡逻。

　　有个从战场上逃回来的老兵痞子对李天修说，他在部队宿营时，营地四周都拉上铁丝网，以防备敌人突然偷袭。李天修听了，灵机一动，马上派人到南阳购置了铁丝网，安装在寨墙外围，铁丝网上还挂上了许多小铃铛，只要铃铛一响，就会向守寨的发出警示信号。

　　李天修非常欣赏他的杰作，对人自夸说他的李家庄固若金汤，红军游击队要是敢来进攻就叫他们有来无回。附近各村的地主们看到李天修的防御体系都羡慕得不得了，有的也要学着李天修那样，强迫村里的老百姓出钱，购买枪支弹药，筹办修建围寨。

　　李天修这样的地头蛇，对游击队无疑是个巨大的威胁。王国华和周骏鸣觉得从游击队的长远发展看，必须拔掉这颗钉子。泌阳县委书记侯太俊也认为除掉"南霸天"，有利于泌阳党组织和农民自卫队的生存和发展，所以，他非常支持王国华和周骏鸣的这个决定，为此，侯太俊专门派出农民自卫队队员到李家庄附近侦察敌情和地形，还为配合游击队进攻李家庄制作了木梯。

　　比起李天修的火力装备，红军游击队还是差一大截子。这一点周骏鸣心里十分清楚，要想取得胜利，靠硬攻肯定会造成伤亡。再来一次里应外合？显然没有这样的条件。在战前的会议上，大家想来想去也没有拿出什么好主意。正在这时，天公作美，一连下了几天暴雨，将李家庄东寨墙冲出了一个大口子。这对游击队来说，真是天赐良机。

周骏鸣了解了这一情况后，当即决定把这个缺口作为进攻的突破口，而且他认为能不能从这里攻进去是这次战斗的关键，所以应该选派精兵强将担此重任。他从队员中挑出十个战士，组成了突击组，由牛德胜率领。其余战士分为两个战斗小组，分别由老汪和樊仲甫带领。每个组配备一个爬墙用的梯子。一旦突击组进入寨内，其他两个组即刻跟进，分别占领李家庄的炮楼。侯太俊也把当地农民自卫队骨干马长富、靳老九和在当地养伤的红军老战士孙子膜等人分散在各小组参加战斗。

天黑之后，红军游击队就在周骏鸣、侯太俊的带领下，神不知鬼不觉地出发了。大雨过后，路特别滑，加上黑天墨地，伸手不见五指，所以不时有人跌倒在地，弄得浑身都是泥水。不过，这并没有阻挡住游击队前进的步伐。

李家庄越来越近，寨里寨外的狗也开始狂吠起来。守寨的人听到狗叫，似乎也有些警觉，一声接着一声呼喊："招呼着！"不知这是互相提醒，还是胡乱咋呼给自己壮胆？

就在犬声和敌人的咋呼声中，牛德胜带领的突击组已经到了东寨墙缺口处。但是，情况有了新变化。李天修的警惕性太高了，东寨墙倒塌的那个缺口已经被李天修重新垒起来了。要不要由此突破？牛德胜没有多想，他觉得既然来到这里，就该奋力前进，要拼才能赢。于是，他第一个钻过了铁丝网。但意外还是发生了，当战士们往里面顺递梯子时，碰响了铁丝网上的铃铛。

值更敌人听到铃声，一面拉动枪栓，一面又大呼小叫地起来，"招呼着"的声音连绵不断，手电筒一个劲地往铁丝网上照射。战士们只好趴在地上，一动也不动。说句迷信话，也真是天佑红军游击队。在此紧张时刻，寨墙外面有几头野猪正在寻找野食，听到寨墙上拉动枪栓的声音和守寨人的大呼小叫声，竟然吓得哼哼唧唧，边跑边叫，四处乱窜。守寨人一看这情形，以为是野猪碰到了铁丝网，就骂了一声："他娘的，原来是几头猪啊！"

机不可失，时不再来，牛德胜和突击组抓住这个机会把梯子靠在原来的缺口处，一个一个登上寨墙。接着，牛德胜等人顺着守寨人的梯子，下到寨内，直奔东寨门，把东门守寨人堵在屋里，缴了他们的枪，随后打开了东寨门。周骏鸣率领着后续部队也进入了东寨门，乘胜扩大战果，顺着寨墙神速占领了四个炮楼，收缴了炮楼上值守的枪支弹药。

紧接着，牛德胜和突击组战士将李天修包围在宅院里。牛德胜向李天修喊话："李天修，你听好了，我们是红军游击队，你固若金汤的围寨已经被我们拿下来了，炮楼也被我们占领了，你家现在也被我们包围了。缴械投降是你唯一的出路，顽抗到底就是死路一条！赶快出来投降吧！"

李天修骨子里就是个死硬派，哪里肯降？他声嘶力竭地吼叫着："老子生来就不知道投降两个字咋写的，看枪吧！"说罢，他端着冲锋枪，一边往外冲一边扣动扳机扫射。可惜，他的枪没有打响，因为在慌乱中他把子弹匣装反了。就在他准备重新安装子弹匣时，被赶来的周骏鸣一枪毙命。

老红军孙子膜拿着刀冲进院内，不料门后窜出一个敌人，从背后一刀砍在孙子膜的左胳膊上，顿时鲜血如注。孙子膜心里清楚，这是你死我活的斗争，他忍着剧痛反转身将敌人刺死。孙子膜本名叫什么，人们无从知晓，只知道他是湖北人。红二十五军长征时，他因伤势严重被地方党组织安排在马谷田东箭碑村一户孙姓农民家里养伤，为了掩护身份就取名叫作孙子膜。李家庄战斗受伤后，他被安排在马长富家里养伤，两个月后到陕北找到了原部队，这是后话。

几乎在孙子膜冲进去的同时，牛德胜和突击组战士也冲了进去。牛德胜缴获了那支带花眼的手提冲锋枪，接着又带着突击组冲进内院，搜出了李天修家里的驳壳枪和长枪，并缴获银圆一批。

李天修平时在寨子内说一不二，也曾经和其他地主豪绅立下山盟海誓，说好遇到危险时互相支援。可是，当李天修家被包围的时候，寨子里的其他地主豪绅一个个都做了缩头乌龟，没有一个愿意出来支援。

击毙了"南霸天"李天修，打扫完战场，天也快大亮了。游击队也不恋战，迅速集合队伍，出寨转移。战士们背着缴获的枪支弹药以及银圆，要多高兴就有多高兴。牛德胜心中高兴，他想试一试那支手提冲锋枪的威力，于是，他扣动了扳机，对着正前方"哒哒哒"就是几下，这也算是庆贺凯旋吧。

第十四章　齐心合力固根基　智取强攻壮军威

　　全中玉的病情一直不见好转，所以心里很着急。一天，他对刘中兴说："中兴，我这个病恐怕一时半会儿也好不了，在你这里也住很长时间了。你这里虽然说是很安全，但这世上没有不透风的墙，如果时间久了，我担心会给大家惹来意外的麻烦。为防止意外，我想转移到别的地方。"

　　刘中兴说："要不然，我们再换一个医生给你看看，吃几天药再说？"

　　全中玉说："不必了。你先把我送到牛夏庄夏长兴家里，剩下的事情我来想办法。"

　　夏长兴也是党员，为人忠诚可靠。刘中兴听了全中玉的话，心里很不是滋味，总感觉对不起他，但是一想，他说的话也有道理。张星江生前曾经反复叮嘱过，要绝对保证领导的安全，如果领导的安全出了问题，不仅仅是自己严重失职，而且会给党组织带来更大的伤害。于是，刘中兴派张国廷、焦富建两人连夜护送全中玉到了牛夏庄。

　　几天后，全中玉忽然想到了太白顶寺庙里的僧人郭永亮，他知道郭永亮懂一些医术，到郭永亮那里治病再好不过，那里既安全又安静。于是，在夏长兴的护送下，全中玉转移到太白顶寺院。郭永亮一看全中玉形容憔悴，脸色苍白，就问道："两年不见，施主为何病成这样？"

　　全中玉就把发病、治病的情况仔细地向郭永亮述说了一遍，然后说道："我到这里来，就是想请郭师傅大发慈悲，治一治我的病。"

　　郭永亮听了，双手合掌说："阿弥陀佛，我佛慈悲。"说罢，便为全中玉把脉，然后说道："施主这病应该是积劳成疾，急也急不得，要慢慢调理才行。你就安心在这里养病吧，我先给你采几服草药试一试。"

　　郭永亮虽然入了佛门，不关心尘世，但是，作为同乡他还是愿意伸出援手的。他亲自在山上采集草药，让小和尚为全中玉煎药，很是用心。全中玉一连吃了十几服草药，慢慢退烧了，自觉精神清爽多了，于是，他就想尽快回到游击队去。

　　正当他急于去寻找游击队的时候，夏长兴来到了寺院，专门看望全中玉的病情。还没等夏长兴开口，仝中玉就问："小夏，近来有游击队的消息没有？"夏长兴说："消息是有一点，前段时间牛德胜回来一次，他对刘中兴说游击队在盘古山附近李家庄打了一个漂亮仗，还要刘中兴往前线输送兵员，王永庆、王德冲、白道文、刘书炳等人都跟他一起去游击队了。"

仝中玉若有所思地说："既然在李家庄打了胜仗，我分析他们应该还在泌阳东部山区。我这几天一直想回泌阳，你要是没有别的事，就跟我一起去找他们。"夏长兴想都没想就满口答应了。于是，他们告别了郭永亮，踏上寻找游击队的路。

路过李家庄庄西地时，仝中玉特地留意了一下。李家庄寨墙上空落落的，一个人也没有，西寨门半闭半开，寨墙外边的铁丝网还横挂在那里，铁丝网上面的铃铛却没有了。过了李家庄，正好碰到了几个到陈庄赶集的农民，仝中玉就试着和他们搭话："老乡，你们这是往哪儿去呀？"其中一位年轻人指指前面的陈庄说道："家里没有盐了，想去街上买点盐。"仝中玉又试着问道："听说你们这一带最近打过一仗？"那年轻人说道："可不是嘛，前些日子共产党的红军游击队攻下了李家庄，把'南霸天'打死了。"就这样，仝中玉和那些农民有问有答聊了起来。

仝中玉说："'南霸天'是谁？"

"你是外地人吧？你不知道'南霸天'？'南霸天'就是李天修。"

"哦，知道了。刚才你说是红军游击队打死了'南霸天'，你们看见红军了？"

"那倒是没有。游击队打完仗就走了，俺想看也看不到。听说游击队收缴了李家庄几十支枪呢。"

"怎么？听你的口气，你还想见见他们？"

"他们走后，俺听说他们专门和地主老财作对，老百姓恨谁他们就打谁，人们都说他们是穷人的队伍。"

"这话，我也听人说过。"

"要真是那样，俺也想找他们，跟着他们干一场！但是，俺找不到他们呀。他们来去无踪，打完恶霸老财就走了。有人说他们到大山里面去了，也不知道真的假的。"

到陈庄街的岔路口时，仝中玉对这几个老乡说："老乡们，你们赶集去吧，我要到城里办点事。"仝中玉说要去泌阳城里办事，其实他和夏长兴两人根本就没有进城的打算。他们到了县城南渡口，沿着泌水河南岸小路，一路向东走去。仝中玉走在路上，一直回味着刚才那位青年农民说的话，他突然对夏长兴说："小夏，刚才那年轻人的话对我们也是个启发，我们过去是打一枪换一个地方，虽然打疼了敌人，但是却没有把群众充分鼓动起来，组织起来。所以我们一走，一切还是老样子。这个问题应当引起我们的注意。"

夏长兴说："仝书记，那年轻人还说他想找游击队，又说不好找。不知道他说的是真是假？"

仝中玉说："我看可能是真的，游击队'打坏货'，替老百姓出了一口恶气，老百姓指定会从心里向着游击队。他们想跟着游击队'打坏货'，也是顺理成章的。这就给我们提了个醒，'打坏货'的战斗，不能打完就走，要把那些愿意参加游击队的年轻人吸收进来。"

仝中玉带着夏长兴终于在泌阳铜峰山下的一个小村子里，找到了游击队，和王国华、周骏鸣等见了面。

仝中玉大病初愈，眼窝深陷，人都瘦了一圈。明眼人一看就看得出，他的身体依然十分虚弱。王国华看到仝中玉这个样子，语带自责地说："我只知道你病了，但没有想到这样严重。早知道这样，就该派牛德胜去给你捎个信，叫你在唐河多住几天。身体是革命的本钱，要多注意休息啊。"

仝中玉对王国华和周骏鸣说："哎呀，最厉害的那几天，我也想过很可能熬不过去了，要不是刘中兴他们和太白顶庙里的执事郭永亮，我也许真的就见不到大家了。"

牛德胜和战士们听说仝中玉大病初愈回到了部队，都争着跑来问长问短，也有些战士劝他多休息几天，等身体好起来了再说工作的事。但仝中玉是一个闲不住的人，他放不下工作。

在王国华的安排下，仝中玉一边养病，一边在泌阳县委书记侯太俊等人的陪同下，先后在泌阳马谷田、焦竹园以及桐柏回龙、榨楼等地做了一些调查研究工作，了解当地党员和群众的思想现状，听取当地党员和群众对根据地建设的意见和要求。

在调查座谈中，仝中玉发现游击区存在两大突出问题。一是一些地方的农民自卫队还没有形成坚强的领导核心和骨干力量，还没有形成强大的战斗力，和唐东农民游击队、泌阳东部农民自卫队比较，存在不小差距；二是由于战斗频繁，省委和游击队对宣传工作、组织群众的工作还不够重视，存在"单打一"的现象。仝中玉提出的这两大问题，在游击区确实是客观存在的，原因也是多方面的，关键原因是大家忙于战斗，对各地农民自卫队的工作和群众的工作无暇顾及，投入的精力太少了。

仝中玉联想到李家庄附近那位年轻人的话，联想到白色恐怖来袭时游击区群众的心理状态，联想到几个月前游击队不得不一天转移几个宿营地的情况，他深深感到群众的宣传工作和组织工作必须加强，红军游击队每到一地，都要把动员群众、组织群众参加革命当作一项重要政治任务来完成，使广大的人民群众真正成为红军游击队的坚强后盾。他打算把自己的想法提到省委会议上，让大家研究研究。

恰在此时，在驻马店附近治腿养伤的陈香斋也归队了。陈香斋治腿养伤的事情，仝中玉是知道的，当时陈香斋关节疼得连走路都很困难了。现在陈香斋归队了，仝中玉问道："香斋，你的腿咋样？"陈香斋拍拍膝盖笑着说："没啥大碍了，走起路来灵便多了。这次治腿也多亏了那个老中医潘金选，他配置的膏药最后起了效果。"

由于陈香斋病愈归队，中共鄂豫边省委和桐柏山区红军游击队的全套班子成员终于能够齐聚一堂，来筹划未来的大事了。1936年12月中旬，省委在泌阳玉和寨召开了一次重要会议。在这次会议上，王国华和仝中玉等人对根据地建设和游击队的发展都提出了重要意见，仝中玉强调省委和红军游击队在加强军事斗争的同时，也要加强根据地的群众工作和农民自卫队工作。他说："我们现在需要全面加强根据地的工作，红军游击队不能单打一，也不能东打一枪西打一枪，打一枪就走人，要和群众工作，和农民自卫队的工作结合起来。对各地农民自卫队，既要发挥他们夜聚明散的优势，也要帮助他们克服过于分散的弱点，帮助他们形成相对稳定的领导核心和战斗核心。"

"不能单打一"这个提法，大家还是第一次听到。这会不会让人产生误会？让人误以为他是在批评游击队前段时间的战斗？为了避免产生误会，仝中玉解释说："我说的不能单打一，并不是对前段时间工作的批评，实事求是地说这既是我们前段时间工作的经验，也是我们前段时间工作的薄弱环节。"

王国华过去也多次想过这些问题，他在苏区中央党校学习的时候，教员就讲过红军是执行政治任务的武装集团，不能持单纯的军事观点。仝中玉的这些提法和自己不谋而合，于是，他说道："中玉同志提出的这些问题，我过去也看到了，也想纠正这些问题，但是由于战斗一个接着一个，我们把注意力都放在打仗上了，对各地党组织的领导，对群众的宣传和发动，尤其对各地的农民游击队或自卫队的工作，我们做得太少了。一些地方的农民自卫队由于缺乏领导核心，根本没有形成战斗力。现在这些问题提出来了，我们就该研究研究，统一认识，统一思想，齐心协力，把根据地建成一个相对稳定的后方基地。"

仝中玉和王国华的话引起了大家的深思，邓一飞是管宣传工作的，他说："你们两个说的情况，我从吴家尖山归队后也反复思考过。当时吴家尖山笼罩在白色恐怖中，同时又处于青黄不接的季节，群众思想上有顾虑，生活上有困难，但是如果做好了群众的宣传发动工作，依靠群众解决一下游击队生活问题也不是不可能的。但是我当时只看到群众有顾虑有困难，却没有想到群众也可以帮助我们想办法解决困难，没有想到依靠群众'打坏货'，在战斗中解决困难。而周队长却在群众的支持下打了几个'坏货'，解决了困难。这个教训很深刻呀，我有责任啊。"

仝中玉说："一飞同志也不需要忙着自责，我们现在总结过去，是为了开创未来，不是要追究哪个人的责任。要说责任，我也有责任，我离开新野才几天，闫文甫、朱凤昌、马三更他们都牺牲了，他们可是游击队的骨干啊。由于我对敌情判断错误，麻痹大意，没有带他们及时归队，才会出现后来发生的事情。当时，我接到国华的口信后，如果及时带他们一起回泌阳，也就不会有之后的事了。"

玉和寨省委会议在总结经验教训的基础上，确定了红军游击队的发展壮大要和发动群众、组织群众、加强各地农民自卫队工作结合起来的方针。同时，会议对省委委员的分工进行了新的调整，会议决定王国华任省委书记，周骏鸣任组织部部长，邓一飞任宣传部部长，仝中玉任红军游击队指导员，陈香斋任红军游击队队长，李子健任红军游击队秘书。

仝中玉和陈香斋这两个老战友，再加上李子健这个消息灵通、善于沟通的"笔杆子"，大家工作起来可谓配合默契。为了保证游击战争稳固有序地推进，他们对桐柏山区红军游击队在1937年春节前后的工作做了一个整体设想。这个设想说来也很简单，就是春节前在桐柏山革命游击根据地普遍建立、健全农民自卫队，抽调各地农民游击队或自卫队骨干到泌阳东部山区学习游击战的基本战略战术。春节后发动系列对敌战斗，开创桐柏山区游击战争的新局面。

　　一天傍晚，李子健从驻马店回来，拿回来一叠最近的《中央日报》，其中，一些关于"西安事变"的消息引起了仝中玉等人的极大关注。仝中玉敏锐地觉察到在日本加紧侵略的大背景下，国内形势将会发生急剧变化，抗日将成为党的主要任务。于是，他和省委其他领导研究决定，要在根据地广泛宣传和发动民众抗日救国，并在唐东、泌阳的王店、邓庄铺、马谷田、大路庄以及桐柏东北部广大地区普遍建立农民抗日自卫会，建立以青壮年为主的农民抗日自卫队。为了加强对泌阳农民抗日自卫队的领导，他们决定派牛德胜出任泌阳东部抗日自卫大队总队长。从此，桐柏山区红军游击队的斗争和地方农民抗日自卫队的斗争就更加紧密地联系在一起了。有了各地农民抗日游击队或抗日自卫队的大力配合和支持，桐柏山区红军游击队蓄势待发，准备向敌人发动一轮新的进攻。

　　1937 年农历正月初二那天，仝中玉、陈香斋和李子健三人来到宿营地村外，野外还是寒气逼人。不过，山沟里积雪下面，流水开始涌动，在阳光的照射下，冒着丝丝升腾的蒸汽。山坡上青松傲然挺立，寒风霜雪也没有改变它的苍郁劲拔。

　　仝中玉对他们二位说："初一过去了，算起来游击队成立也一年零一个月了。为了纪念游击队的诞生，我们也该实施系列战斗计划了。我想利用年后人们忙着走亲串友的机会，对敌人发动一次进攻，二位有什么想法？"

　　陈香斋说道："我在驻马店治腿期间，听说乐山山下有个大地主，叫做罗云喜。他家有地一千多亩，还在驻马店开了一家粮行，有钱有枪。这个人太刻薄，确山闹饥荒那年，一些良心未泯的地主都向农民协会捐献粮食，救济饥民，然而罗云喜说他家粮食多的是，但是宁可给狗吃也不给那些穷光蛋。给狗吃，狗会给他看门，那些穷光蛋只会革他的命。此话一传出，王国华就带领农民，夜间砸开了他家仓库，分了他家的粮。罗云喜趁着农民分粮的机会连夜跑到了驻马店，随后又到确山县政府和省政府告状，请求省府派兵围捕农民协会领导人。此后，他便购买枪支，雇了七八个保镖替他看家护院、守护粮行。我建议就将他作为第一个目标。"

　　"原来你早有目标了。"仝中玉说，"现在，正是农村走亲串友的高峰期，群众要走亲串友，地主资本家也一样，不如我们也到他家'拜拜年'。"

李子健说："陈队长，指导员说到罗家'拜年'，这个'年'要'拜'好啊！唐东农民游击队利用农历二十三过小年的机会，处死了联保处主任李竹文。据唐河的同志报来的消息，李竹文的儿子在南阳读书，唐河农民游击队就以替他儿子送信为名，'拜访'了李竹文。指导员提出到罗家'拜年'，那我们就'拜拜'。"

陈香斋笑笑说："那行，既然大家都想到一块了，我们就来一次'走亲串友'，去他家'拜拜年'。"陈香斋虽然不是豪门大户出身，但他家也是书香门第。他父亲既是教书先生，也是当地出了名的乡村医生，所以，陈香斋从小耳濡目染，对于农村那一套交往礼仪还是比较熟悉的。他对"拜访"罗云喜还是有把握的。

罗云喜的家就在确山西南老乐山山下罗庄，罗庄是一个比较大的村子，村子里有六七十户人家。罗云喜家围墙坚固，都是用从山上采集的石块砌成，石头缝里都灌注了掺和了糯米浆的石灰，炮楼就建在大门楼上面。这在当地也算得上是保险级别很高的宅邸了。

正月初六那天小晌午，从驻马店方向来了两个骑马的人，跑在前面的，戴着一副墨镜，后面的像是个跟班的，手里拎着一个礼盒。再往后看，好像都是一些走亲戚的，三五成群，稀稀拉拉。在农村春节走亲戚都这样，不紧不慢，赶上吃午饭就可以。

说快也快，那两个骑马的转眼来到了罗庄，径直来到了罗云喜的家大门口。"墨镜"和"跟班"翻身下马，"跟班"把礼盒交给"墨镜"，把马拴在拴马石上，就上前去敲门。

大门"吱"的一声开了缝，看门的从门缝里往外一看，门外站了个陌生人，就问道："你谁呀？"

"跟班"回答："去禀报你家老爷，就说我家少东家特来拜访。"

看门人往外看看，拴马石上拴着两匹马，马前面站着的人，高大魁梧，长袍礼帽，还架着一副墨镜，器宇轩昂。于是他连忙去往后院通报罗云喜。罗云喜一听有个少东家找他，心想可能是生意上的事情，也没有多想，就连忙戴上他的圆顶黑帽，穿上那件新做的蓝布棉袍，走到了大门口。

"墨镜"一看罗云喜出来了，慌忙说："罗老板，恭喜发财。"

罗云喜看看对方，心想这是哪里的少东家呀？怎么没有一点印象呢？但是碍于面子，罗云喜又不好直说，就说道："你看我老糊涂了，怎么一下子记不起您啦？"

"墨镜"说："罗老板，你怎么会认识我呀？我刚从许昌过来，家父在许昌开了通许粮行，想在驻马店开个分号，听说罗老板在驻马店也有粮食生意，特来拜访。"

"墨镜"这么一说，罗云喜也不好再问对方姓甚名谁了，干这一行的怎么会不知道通许粮行的王老板呢？罗云喜连忙回说："想必你是王老板的公子了，快到屋里。"

"墨镜"跟着罗云喜进了大门，"跟班"紧随其后，手里拿着礼盒。刚进入客厅落座，罗云喜就吩咐佣人准备茶水。趁着这个机会，"墨镜"说："罗老板，我给你带了一样礼物。"他边说边打开盒子，说时迟那时快，"墨镜"突然从礼品盒里拿出一把崭新的八音小手枪，对准了罗云喜的头。罗云喜吓得直哆嗦，一句囫囵话也说不成，一个劲地重复："你这是？有话好说，好说……"

"墨镜"对他说："罗老板，对不住了。我们是红军游击队，很早就知道你了。你平日搜刮民财，鱼肉乡里，总是和共产党和老百姓过不去。我们今天到你这一亩三分地，就是要和你好好说道说道。"

罗云喜一听是共产党的游击队来了，吓得面如土色："你们，你们到底要干啥？你们，这是？……"

"墨镜"声音不大，却字字千钧："干啥？你听好了，壬申年确山大饥荒，你不肯分粮给穷人也罢，却谩骂穷人是窃贼盗贼？有没有此事？"

罗云喜不敢狡辩，连声说："我错了，错了，那都是几年前的事了，请手下留情，留情啊。"

"事后，你向省府报告，请求派兵镇压农民协会，有没有这事？"

"我想想，我想想。"

"少来这一套！自己做过的事还用想？回答我的问题！"

"啊，想起来了，有这个事。我错了，可是主谋不是我呀！"

"你少说废话，不是你是谁？"

"是……是……是卢家湾的卢玉楼。"

"墨镜"用手枪在罗云喜眼前晃晃说："实话告诉你，你的老命早就攥在我们的手心里了，可现在大过年的，我们并不想取你性命。"

罗云喜心里松了一口气，慌忙对"墨镜"说："那你们想要干什么？"

"墨镜"说："别的什么也不干，只要两样东西，一是枪，二是钱。"

罗云喜心都凉了，家里有钱不假，但那是他的命根子呀，有枪也不假，但那是用来保护命根子的呀。但是，罗云喜毕竟阅历丰富，他又一想，钱没有了，以后还可以再赚；枪没有了，以后还可以再买；性命没了就啥也没了。于是他指指炮楼说："那些东西都在炮楼上，你们要的话，都给你们了，算是弥补我以前的罪过吧。"

"跟班"的一听，立即走到大门口，把手一招，突然出现了十几个手持驳壳枪的人。原来，"跟班"是游击队手枪队队长老汪，这十几个人都是手枪队战士。至于"墨镜"，不是别人，正是桐柏山区红军游击队队长陈香斋。

手枪队迅速打开炮楼门锁，收缴了上面的步枪六支，子弹数百发和贴着封条的一箱现大洋。炮楼上平时都住着保镖，过年的时候本来是轮流值守，可是这天上午那个值守保镖陆小学突然接到家信，说是他母亲快要归天了，要他赶快回去，罗云喜就同意他回去了，而顶班的保镖还没有回来。

收缴了炮楼上的枪支弹药和那箱现大洋，老汪留下两个战士控制炮楼，就带着其余战士站在客厅门口。老汪贴着陈香斋的耳朵说了几句话。陈香斋对他说："罗老板，不客气了，钱和枪我们已经拿到了。你的那把驳壳枪呢？现在是国难当头，日本人已经打到我们的家门口了。我们要抗日救国，需要枪需要钱，但是国民党反动派却要我们的脑袋，今天我们来你这里要钱要枪，也是不得已而为之。希望你不要再去报官了，再去报官，下次就没有这么客气了。"

罗云喜彻底怂了："你们不杀我，我已是感激不尽，哪敢去报官？我好事做到底，这把驳壳枪，也给你吧。"说罢，他掀开棉袍子，取出驳壳枪交给了陈香斋。

陈香斋也不想在此久留，以免夜长梦多，他说："既然罗老板这样说了，我们也就不打扰了。"

在老汪的指挥下，战士们很快把缴获的武器捆好，和现大洋一起装进布袋里，而后放在两匹马的马背上，一路上人不停步，马不卸鞍，匆匆回到了泌阳铜山沟宿营地。

之后传来消息说，罗云喜心疼钱，但是又不敢报官，心里很憋屈，为此他大病了一场。当地老百姓却说，红军游击队没有要他的命就不错了。

节后初战告捷，大家都很高兴。过年的时候，战士们连一顿饺子都没有吃上，为此，陈香斋还专门派人买来十几斤肉和萝卜，包了一顿饺子，给大家补了年夜饭。

饭后，仝中玉拉着陈香斋说："这次以智取胜，值得大家庆贺。但是要告诫战士们不要骄傲，不要因为今天的胜利就飘起来了，实际上今天的胜利也带有侥幸因素。"

陈香斋说："你说得对，今后的路还长着呢。这次胜利给我的感觉也是有点侥幸。假如罗云喜多一个心眼，多一点警惕性，想一想年初六怎么会有陌生的生意人造访？假如他识破了陆小学接到的家信是我们传去的假信，或者让替换的保镖回来后才肯放陆小学回家，事情可能就没有那么顺利了。"

仝中玉说："不过总的说来，我们这次胜利还是建立在对敌情的准确判断上的。你和老汪骑着马前去拜访，就会解除他一大半心理防线，谁也想不到游击队还有马骑。造假信也算是奇招儿。但单单这些还不够，没有你的机智勇敢，临机决断也是不行的。"

陈香斋说："你就别夸我了，我当时心里也是直扑腾。在罗云喜那儿，我又得到了一个意外的情报。我同罗云喜算账时，他突然透露了一个人，说出了当年请求省府派兵镇压农民分粮斗争的主谋。"

"谁？"

"罗云喜说，这个人是卢家湾的卢玉楼，他的实力不可小觑，在省政府有靠山。他现在是卢家湾联保处主任，身兼保安队队长。"

"卢家湾在什么地方？"

"在确山西南芦庄附近，临近信阳吴家尖山。四周都是山，只有芦庄附近地势比较平坦。你的意思是？"

"我想不如趁着大家士气正旺，偷袭卢玉楼。"

"我也有这个意思。干这事就得马上干，不能拖久了，拖久了，罗云喜的事情就传开了，卢玉楼就会警觉起来。"

"香斋，这事不能拖，但也不能急，卢家湾和罗庄不同，卢玉楼手下有保安队，具体情况我们还不清楚，所以需要先派得力的同志去把敌情侦查清楚，再作具体部署。我们要打有把握的仗。"

派谁去执行侦察任务呢？对那里情况熟悉的只有老汪和牛德胜，老汪刚刚执行任务回来，喘口气还是必要的。最后仝中玉和陈香斋决定派泌阳东部自卫大队总队长牛德胜去执行这次侦察任务。牛德胜接到全中玉和陈香斋的指示，先带着樊玉先、李新让两个自卫队队员见了全中玉和陈香斋，然后约定三天后在何大庙会合。

何大庙北面不远处就是大桥凹，往南不远处就是罗楼，这一带都是牛德胜曾经战斗过的地方，他对这里的地理形势还是比较熟悉的。他们翻山越岭，一天后终于来到了卢家湾附近的山坡上。山坡上的积雪还没有化完，山路上冷冷清清，牛德胜想问问路，却连个人影也没有。正在发愁的时候，突然看到山路上迎面走过来一个人，牛德胜看了一眼，是一个中年男子，背着一个袋子，大冷天还穿着一双单鞋。

牛德胜等人加快了脚步，迎面上前问道："大哥，跟你打听一下，卢家湾在哪里？"

那人看看牛德胜，牛德胜也看看他，双方都感到有些面熟，牛德胜抢着说："你是罗楼的吧，你姓周，对吗？"

"对，俺是周三呀，你是小牛老弟，你还记得我？"

"记得，记得。你这是去哪里啦？嫂子咋样？"

"别提了，情况不好，我老婆坐月子落下的病一到冬天就犯。我刚刚在小河庄亲戚家里借点钱，准备给她看病，亲戚又给了我十几斤大米，这年头难啊。你们这是去哪儿？"

牛德胜并没有急于回答他的问题，他摸了摸口袋，掏出两个大洋，塞到周三手里："别嫌少，一点儿心意。"

周三推开牛德胜的手说："这哪儿行啊，我不能要你的钱，你们也挺难的。"

"老周大哥，你就别推了，回去给嫂子治病要紧。"

周三眼泪丝丝地接过大洋，又问道："你们准备到哪儿？"

"我们呐，准备去一趟县城。这里离卢家湾还有多远？"

"不远，我刚从卢家湾西寨外过来，就在山下边。你们从那里过要小心点。"

"为什么？"

"你们不知道？寨子里有个叫卢玉楼的联保处主任，是个心狠手辣的家伙。寨里养着十几个保安队，他们怀疑谁，谁就倒霉，不死也会把你打残。"

"有这么厉害？"

周三指指卢家湾的方向说："听说他家在省城有后台，认识省政府的人。这两年为了防止红军游击队打上门，修起了寨墙，盖了炮楼，就这样他还担心不保险，在他家院子里又建了一个炮楼。"

牛德胜说："你这么一说，还真的要防着他点。卢玉楼家在寨子那头？"

"他家在寨子东头，寨墙外面是他家的鱼塘。"

"哦，周大哥，你快回去吧，天不早了，嫂子在家等着你回去呢。"

牛德胜和周三分手后，向前面走了几里路，就看到卢家湾寨子了。远远望去，卢家湾的寨墙并不是四四方方的那种寨墙，而是依山就势而建。樊玉先对牛德胜说："你看南边靠山的地方，是就着山体建的，寨墙蛮高的，墙里墙外的山坡上有不少松树呢。"牛德胜好像是在回答樊玉先的话，又好像不是，他喃喃自语："这是个好地方。"其实他早注意到那个地方了，他觉得把这个地方当作突破口倒是不错的。

他们沿着小路从寨墙西面来到北寨门附近，一座小桥连着寨门和小溪的对岸。他们几个刚刚走过卢家湾，就发现从寨内走出一个人，于是，他们故意放慢了脚步。不一会儿，后面的人跟上来了。

牛德胜故意问道："大哥是走亲戚的吧？"

那人说："你说对了。"

牛德胜又问："我们刚才从那边过来，看寨子里有一家还盖着炮楼，像是很有钱的人家吧。"

那人回答说："是，那是卢玉楼家的炮楼，别人谁修得起？人家钱多，烧的呗。"

牛德胜说："是啊，花那么钱修炮楼，有啥用？"

"有啥用？咱们说没用，他说有用。现在有钱人，都搞这个。修了炮楼，就能保命保钱。你看那寨门上的炮楼，都住着保安队。听俺亲戚说卢玉楼家的炮楼也住了两个保安队，专门替他看家护院。"

"这么说，还真是有钱人。"

"唉，说了半天，你们是到哪儿去的？"

牛德胜说："我们是去石滚河那边的，还得走快点，要不今天到不了家了。"

那人到了一个岔路口，用手指指东边说："我快到家了。山路不好走，常常闹土匪，你们小心点。"

那人走远后，牛德胜对樊玉先和李新让说："山里人就是实在，我们还没有说什么，他啥都说给你听。我们也该去会合地点了。"

何大庙的南山沟里，有一处荒废的寺庙，也不知道里面供奉的是哪路神仙。寺庙的围墙和厢房早已坍塌，厢房屋顶上的大梁一头还悬在墙体上面，历经长期的风雨侵蚀已经有些腐烂了。大门虽然还在，但也是摇摇欲坠了。大殿的门窗虽说有点破破烂烂，但墙体完好，遮风挡雨还行。靠近后墙的神像已面目全非，多处开裂，蒙上了一层厚厚的尘土，还有几张破蜘蛛网。平时很少有人到这里，用"人迹罕至"四个字形容，倒是很贴切。

牛德胜等人到达寺庙时，已经是深夜了。李新让找了几根干木棒，生了一堆火。大家掏出凉透了的高粱面馍，在火上烤烤，就吃起来了。没有水，大家嗓子眼儿干得直冒烟。樊玉先说："刚才进来时，我看到外面好像有个水坑，我去看看有水没有。"牛德胜说："好，新让，你跟他一起去。"不一会儿，两个从外面带了一铁壶清水回来。樊玉先把壶煨在火堆上，不一会儿水就热了。他自己尝了尝，说道："还行，怪甜的。"他们三个人你喝几口，我喝几口，像喝酒一样，喝得有滋有味。

牛德胜三人潜伏在这破庙里，苦苦等一天。挨黑时，仝中玉、陈香斋终于带着战士到了。

牛德胜捡重点向仝中玉、陈香斋汇报了卢家湾的地形和敌情。听完了牛德胜的报告，陈香斋问："德胜，你看这个仗该怎么打？"

牛德胜说："从昨天到现在，我也一直在琢磨这个问题。从北门打进去，中间隔着一座小桥，难度太大；直接从东头攻打卢玉楼，墙外有个鱼塘，障碍较大。南面那段建在山坡上的围墙，倒是可以作突破口。但是翻过围墙后，下面是一个比较陡峭的山坡，有一两丈高。可能就因为这个原因，卢玉楼才没有在这里建炮楼。"

陈香斋说："卢玉楼认为这里保险，我们就把他认为保险的地方作为突破口。但是我们攻打卢玉楼家的时候，要是其他两个炮楼的保安队前来支援怎么办？所以，我想还是要分兵牵制北寨门炮楼和西炮楼。"

牛德胜说："从里面牵制那两个炮楼很要紧，但是打起来之后也要防止北寨门的敌人过桥逃跑。我建议在北寨门小桥的对面，也要放点兵力，虚张声势，既能牵制敌人兵力，又能防止敌人向北逃跑。"

最后陈香斋一锤定音，一个战斗方案就这样定下来了。仝中玉说：

"香斋，定下来了，你就下达作战命令吧。"

陈香斋说："好，我们就这样干。指导员，你带领樊仲甫等四位长枪队战士到达北寨门对岸河边，听到寨内枪声响起，就向北寨门炮楼开火，牵制敌人火力。其余战士从南面围墙进入，下到陡坡底部，然后老汪带领五名战士向北寨门炮楼附近运动，王青玉带领五名战士运动到西寨门炮楼附近，一旦敌人支援卢玉楼就开火阻击。我和牛德胜带领其余战士直奔卢玉楼家。各战斗组以攻打卢玉楼家的枪声为信号，做好战斗准备。"

游击队出发的时候，月亮已经升起来了。正月的天气，夜晚还是有点寒气逼人，不过大家走了一阵子，头上也都冒出了热气。到达卢家湾时已是后半夜了。

陈香斋和牛德胜带着战士们顺利地到达南围墙下，陈香斋看了看，觉得攀着松枝就可以站在墙头上。樊玉先是山区长大的，自幼就跟着他爷爷上山采药，爬树这样的小把戏他经历得多了。他对陈香斋说，我先来试试，我过去后在墙内接应大家。

樊玉先抓住松树枝荡了一下，双脚落在围墙上，接着轻轻一跳，就跳到了墙内。大家学着他的样子，一个个来到墙里面。樊玉先又率先从陡坡往下运动，快到坡底的时候，一脚踩到雪窝了，身体一下子失去平衡，坠落坡底，把脚崴了一下。大家下到坡底后，牛德胜问樊玉先咋样，樊玉先说不碍事，揉揉脚脖子就行了。

三个战斗组分成三个方向奔向了各自战斗的位置。

陈香斋、牛德胜等人来到卢玉楼家大门口时，突然听到有人大叫一声："什么人？站着！"

听到有人喊叫，陈香斋等人迅速在大门两边的院墙下边隐蔽下来。原来，在炮楼上值守的一个保安队队员小解，在月光的照射下透过炮楼的窗子，影影绰绰看到有人向卢家大门走过来，就大叫了一声。这一声不打紧，把另一个保安队队员也惊醒了，他问道："你喊啥？"

"我看像是有人向大门口走来。"

"真的？我们要招呼好了，别让土匪偷袭了。"

陈香斋对牛德胜说："看来只有来硬的了。"牛德胜说："别慌，干脆我们对着炮楼打两枪，吸引敌人的注意力，让樊玉先趁机从这边院墙上翻过去，把大门打开。"

陈香斋果断地说："樊玉先，你带着李新让一起去，你们要机灵一些，趁着我们和敌人交火的时候，迅速翻过去打开大门。"

樊玉先找到一个火力死角，准备翻墙。那边的陈香斋对准炮楼就是两枪，炮楼上立马还击。听声音，炮楼上的枪声不是一般的枪声。牛德胜对陈香斋说："听枪声，不是步枪，应该是冲锋枪。这枪威力很大，我们要注意。"

樊玉先已经翻过了院墙，当他接近大门时，突然一颗子弹打中了他的大腿，他"哎呀"一声跌倒在地上。原来卢玉楼听到枪声，慌忙披上大棉袍，拿着手枪就跑出来察看。他看到有人从墙上翻过来了，就开了一枪。李新让踩在牛德胜的双肩上，正要翻墙，他看到樊玉先跌倒在地，先怔了一下，然后对准从屋里出来的黑影就是一枪，那黑影"哎呀"一声就退回到屋子里。樊玉先顾不上疼痛，一瘸一瘸来到大门口，用枪把子砸开了铁锁，打开门闩，就瘫倒在地下。陈香斋、牛德胜等人猫着腰鱼贯而入，分头控制了卢玉楼的住室和炮楼大门。

炮楼上的冲锋枪还在对着院墙"哒哒哒"地射击。炮楼下面门口的战士用刺刀插进门缝，拨开门闩，就往楼上冲。他们冲到楼上，从门缝里往里边打了两枪，大声喝道："缴枪不杀！"这下子，炮楼里的两个保安队队员彻底慌了。里面的枪声停了，但就是不肯开门，他们哀求道："大爷们，我们把枪扔下去，饶了我们吧！"

陈香斋看到那两个保安队队员把两支冲锋枪和两支步枪从炮楼窗子里扔下去，就大声喝道："饶你们可以，快把门开开，不然就不客气了。"那两个保安队队员无可奈何地开了门。陈香斋对两个战士说，看好他们两个，敢跑就打死他。陈香斋占领了炮楼，他看看外面，只听北寨门那边也交上火了。

老汪看到有人从北寨门的炮楼上下来了，对着炮楼门口就是几枪，敌人迅速退回去了，退回炮楼的保安队队员居高临下，开始还击。全中玉在小河对岸，一听寨内打起来了，也同时对准炮楼开了火。炮楼上的敌人不得不两面还击，哪里敢下炮楼？

牛德胜让李新让照料樊玉先，带人把卢玉楼包围在屋子里。牛德胜对卢玉楼大声喊道："卢玉楼，你已经被包围了，院子里的炮楼已经被我们拿下了。早早开门投降，免你一家老小一死。"

卢玉楼哪里肯听，他从屋里传出话来："我的人马上就打过来了，谁投降还说不定呢！"牛德胜为了给对方制造心理压力，大声喊道："卢玉楼，听到没有，北寨门的枪声也已经没有了，我们已经占领了炮楼，你现在不投降，还等到何时？"

话音刚落，只听得里面"砰"一声枪响，卢玉楼自杀了。陈香斋赶过来查看时，卢玉楼已经没有了生命的迹象，那一枪是对着太阳穴开的。

卢玉楼自杀时，北寨门的战斗还在继续，敌人还在零星地还击。对岸的全中玉和寨子里面的老汪为了避免不必要的伤亡，也不敢贸然发起进攻。

天快大亮了，双方还在僵持着。这时卢家大院的战斗已经结束了。战士们在炮楼上放了一把火，火光冲天。陈香斋替樊玉先简单地包扎了一下，就带着缴获的手枪一支、步枪两支、冲锋枪两支和五千多钢洋，押着两个俘虏，向北寨门方向走过来。

这时，王青玉突然跑来报告说："卢玉楼家响起激烈的枪声之后，驻守炮楼的两个保安队队员不战而逃了。我们上炮楼时，发现窗子旁边还吊着一根长长的麻绳，一直伸向墙外。"

北寨门炮楼上的敌人看到了卢家大院炮楼火光冲天，加上受到两边夹击，知道大势已去，有人主张投降，有人说投降就是送死，不如等到天明看看情况再说。

老汪看到陈香斋、牛德胜等人赶过来了，他说："炮楼上的敌人这一阵子没有还击，也没有其他动静。要不要冲上去？"

陈香斋果断地说："老汪，向敌人喊话，告诉他们卢玉楼已经死了，叫他们不要心存侥幸，赶快扔下武器投降。"

老汪冲着炮楼喊道："炮楼上的听好了，你们已经被我们封锁在炮楼上了，你们的主子卢玉楼已经自杀了，我们把他的炮楼也烧了。劝你们赶快投降，再不投降我们就要烧炮楼了。现在给你们五分钟时间考虑，过了五分钟再不投降，就不要怪我们不客气了。"炮楼上沉寂了一阵子，突然有人喊道："你要我们投降，你们是什么人？"

陈香斋对老汪说，告诉他无妨。于是老汪大声说道："我们是红军游击队。卢玉楼勾结反动派，残害农会会员，我们到此就是来清算他当年的罪行的。我再给你们一个忠告，投降是你们唯一的出路。只要放下武器投降，我保证不伤害你们性命。"

炮楼上又沉寂了很久。陈香斋说："注意防止敌人拖延时间，以拖待变。老汪，你对着炮楼上的窗口再打几枪试探一下。"

老汪对着炮楼的小窗子连打几枪。只听到上面的人喊道："不要打了！不要打了！我们投降！我们投降！"接着，他们就把枪从炮楼上扔了下来，牛德胜数着总共有十支步枪。接着，从炮楼门口依次下来了10个保安队队员，加上卢家大院炮楼的两个俘虏，共12人。

看着眼前这些俘虏，陈香斋把党对俘虏的政策对他们讲了一遍。这些俘虏，你看看我，我看看你，没有人说愿意回去，也没有人说愿意留下。陈香斋说："那就不勉强了，你们好自为之吧，都回家去吧。"

第十五章　定协议密会友军　陈香斋血沃征程

卢家湾战斗之后，在仝中玉、陈香斋的指挥下，红军游击队又趁势打下了几个土围子，缴获了十几支步枪和一批数量不菲的银圆。适逢此时，文敏生、冯景禹、张明河等一批青年才俊也加入了桐柏山区红军游击队的序列，为红军游击队注入了新的活力。好消息一个接一个，极大地鼓舞了游击根据地军民的信心，游击队迅速发展到了一百三十多人，呈现出一派兴旺的势头。游击队在充实手枪队、步枪队的基础上，另成立了少先队和宣传队，把新参军的小青年编入少先队，把一些有文化的革命青年编入宣传队。这样，既加强了部队的战斗力，也增强了部队宣传、发动群众的号召力。

然而，仝中玉、陈香斋率领着胜利之师回到了泌阳铜山沟宿营地的时候，一些不确定的因素正在发酵，一个重要的消息就是东北军突然进驻泌阳。东北军进驻泌阳，显然是冲着红军游击队来的。

一天晚上，仝中玉刚睡下不久，哨兵就把他叫醒了，原来当地一个老百姓急着要见仝中玉。仝中玉连忙起身出门，他一看来人不是别人，而是焦竹园农民抗日自卫队队长叶枫。

叶枫一见仝中玉就说："仝指导员，大事不好了。今天我去王店卖山货，突然发现沿途一些村庄进驻了国民党军队，王店街上也出现了不少国民党兵，有的还在街上采买军需。我看他们好像不是路过，像是要长期在我们这里安营扎寨，就多了一个心眼，问了杂货铺的程老板。程老板告诉我说，街上的兵都是东北军，他们是奉命进驻泌阳的。我心想东北军这个时候到泌阳，可能是冲着我们红军游击队来的，所以我赶集回来就急着来找你了。"

仝中玉听叶枫这么一说，睡意全无。他对叶枫说："好你个叶枫，警惕性很高啊。谢谢你，你先回去，我们有办法对付他们的，请你放心。"话是这么说，但是仝中玉心里直打鼓，东北军说来就来，此前也没有一点预兆，是福还是祸？他一时难下定论。如何应对这突如其来的情况，他马上去找陈香斋商量。

陈香斋看仝中玉有些着急，就说："指导员，你先别急。是福不是祸，是祸躲不过。东北军进驻泌阳，是一件大事。估计王国华他们都已经知道了，我看应马上去找王国华，共同商量一下。"

他们说话之间，李子健来了。李子健前些时候已经离开红军游击队，调去省委做王国华的秘书，协助王国华处理省委日常事务。他连夜赶到游击队，为的也是东北军进驻泌阳山区的事情。

李子健对仝中玉和陈香斋说："进驻泌阳的东北军，是周福成的一二九师。这个师是张学良的王牌师，也是促成西安事变发生的主力军之一，对促进国共合作抗日起了重要作用。现在他们进驻泌阳，是受刘峙的命令来'围剿'红军游击队的。"

听完李子健的情况介绍，仝中玉和陈香斋才知道，西安事变后，蒋介石背信弃义，不仅扣押了张学良，还采用威胁、利诱和调防等多种手段，企图分化和瓦解东北军。蒋介石把周福成的一二九师划归河南省绥靖公署主任刘峙指挥，并令其开拔到泌阳山区，向桐柏山区红军游击队发动"清剿"。这一决策实在高明，一来可以借刀杀人，借东北军的手"剿灭"桐柏山区红军游击队，二来可以借机削弱、分化、瓦解东北军。严令之下，周福成不得不就范。当前，周福成已经将师部设在泌阳县城，并将该师主力王理怀团部署在王店、高邑、马谷田、邓庄铺一线，摆出"围剿"红军游击队的架势。王理怀的团部和一营驻守高邑，二营驻守马谷田，三营驻守王店。他们除占据了王店、高邑、马谷田、邓庄铺等集镇外，在一些较大的村庄也驻扎了部队，在营地拉起了铁丝网。前几天有消息称，东北军在泌阳西关设卡，拦截了一批从新野、唐河、镇平到根据地参加游击队的青年知识分子。东北军这一举动已经给鄂豫边省委和桐柏山区红军游击队造成了极大的压力。但是从目前的情况看，东北军还没有马上发动进攻的迹象，所以，王国华等人的意见是静观其变，以静制动，灵活应对。

有了省委和王国华这个意见，仝中玉说："这下子我们心中有数了。我估计东北军眼前还不会对我们发动全面进攻，但是摩擦恐怕难以避免。俗话说得好，有备无患，现在什么情况都可能发生，我们要做好最坏的打算，免得在突发情况面前手忙脚乱。"

陈香斋补充说："以静制动，灵活应对，关键就在于静观其变，随时了解东北军的动向。这很重要，请子健转告国华同志，一定要密切注意东北军的动向，千万不能大意了。"

　　驻守王店的三营营长叫吕伟绩，此人善于逢迎，也善于见风使舵。西安事变那阵子，吕伟绩看到他的上司、他的同事、他的下级都要求联共抗日，他觉得不能违背大家的心愿，所以在西安事变中他选择了站在大多数人的一边。后来，东北军内部少壮派和元老派内斗加剧，吕伟绩选择了观望，他要看看风摆向哪一边。吕伟绩带着他的三营进驻到王店之后，并没有忘掉上峰给他们下达的"剿共"命令，但是部队里许多人都感觉受到了不公平待遇，吕伟绩也很憋屈，自然地和大家一起发发牢骚，出出怨气。

　　一天，吕伟绩营的排长查小锁下乡采办军需，发现张楼群众马长青很是抵触，就把马长青当作土匪抓了起来，严刑拷打，逼迫马长青承认自己是土匪。马长青是共产党员马长富的弟弟，他虽然不是红军战士，但他和共产党交往密切，对红军战士的铮铮铁骨极为敬佩。面对东北军士兵的拷打，他没有被吓倒，情急之下，他大声高喊："你们凭什么说老子是土匪？老子不是土匪，老子是共产党领导的红军游击队，你们打吧，老子不怕死！怕死还当红军？"

　　这一喊不打紧，竟让这些士兵大吃一惊。他们放下手中的鞭子，问道："你也是红军？骗人的吧？"马长青看看对方不打了，觉得有些蹊跷，就硬着头皮回答说："老子就是红军，那还有假？"查小锁一听，赶紧说："快给他松绑，原来是红军朋友啊。这真是大水冲了龙王庙，自家不认自家人啊！"

　　士兵们慌忙给马长青松绑，连称："误会，误会。"原来这些士兵在西安事变前后曾经多次同红军打交道，红军主张团结抗日，让这些来自东北的汉子非常感动。他们一听马长青说自己是红军，态度马上来了个一百八十度的大转弯。查小锁对马长青说："老马，既然你是红军，我们就是朋友，去见见我们营长吧。"

　　查小锁在乡下采办军需抓住了一个红军游击队队员，让吕伟绩也觉得有些意外，因为此前东北军也没有侦察到附近有共产党的游击队。吕伟绩看到站在眼前的马长青，笑着说："哎呀，原来你是红军啊，怎么不早说呢？我们也不知道你是红军啊。误会了，误会了。你们是主张联合抗日的队伍，我们东北军发动西安事变也是为了抗日，我们过去就是朋友了，今后就继续做朋友嘛。"说罢，他吩咐手下说："快准备酒菜，给老马压压惊。"

东北军的士兵、排长到营长，都相信马长青是红军，马长青也只好将错就错，一错到底，他硬着头皮说："压惊就不必了，我现在要马上回部队去。"马长青说得斩钉截铁，吕伟绩更加深信不疑，认定眼前这个马长青就是红军。

吕伟绩说："既然老马急着回去，我也不能勉强。你稍等一下。"吕伟绩说罢，便走出房门，不一会儿他从外面走进来对马长青说："马兄弟，今天这事，我们王团长已经知道了，他要我替他给你道个歉。你想马上回去也可以，你回去给红军游击队的长官捎个信，就说我们团长王理怀请他到高邑团部谈判，谈谈今后合作的大事。"

马长青回到张楼，急忙和马长富一起到小王庄找到了省委书记王国华。王国华听了马长青传递过来的消息，感到有点意外，因为他也没有料到东北军会主动邀请红军游击队去谈判。他突然想到了不久前李子健从北方局带回来的指示信，这封指示信要求和国民党当局谈判。现在东北军已经主动提出要谈判，要合作抗日，我们何乐而不为？于是，他立即找到李子健，要李子健给仝中玉写信，请仝中玉马上回省委机关，商议和王理怀谈判的事宜。

仝中玉自从参加革命以后，还没有参加过任何一次谈判，这是他第一次和国民党部队谈判，谈什么？怎么谈？要达到什么目的？这些问题他心中都没数，他也觉得要先和王国华等人好好商量商量，商量出一个基本意见。

临出发前，仝中玉想到了一个人，这个人就是刚到红军游击队工作的文敏生。文敏生到游击队后就一直协助仝中玉抓游击队的政治思想工作，仝中玉认为这个年轻人有文化、有见解，讲究实际，办事沉稳，很有前途。所以遇到这事，仝中玉就想到了文敏生。仝中玉对文敏生说："小文，东北军要和我们谈判。我现在要跟王国华等同志商量对策，你就和我一起去吧。"

文敏生一听就说："仝指导员，这是好事啊，我们要抓住这个机会，如果谈成了，就会解除我们红军游击队目前遇到的威胁，对今后部队的发展也大有好处。"

仝中玉以赞誉的目光看了文敏生一眼，说："说到点子上了，走吧，我们现在就到省委去。"

离开游击队驻地，不到半天工夫，仝中玉和文敏生两人就来到了王国华的驻地小王庄。王国华一见到仝中玉，就把王理怀邀请游击队领导谈判的经过简单地介绍了一遍。

仝中玉说："这个事看着好像很意外，但是也在情理之中。他们提出谈判，这本身反映了东北军不愿意和我们闹对立，不愿意和我们兵戎相见，他们更愿意和我们友好相处。只是，我自己没有谈判的经验，所以谈什么，怎么谈，需要省委共同商量。"

王国华说："我也是这个意思，找你过来就是共同商量个意见。"

李子健说："现在，东北军占据了主要的集镇与村庄，对游击区构成了弧形包围，现在又邀请我们谈判。他们是真谈还是假谈，还难以下最后定论。但是有一点可以肯定，这些来自沦陷区的东北军有抗日的强烈愿望，但是蒋介石却派他们来打红军游击队，估计他们在心理上很矛盾。这一客观事实，必定影响他们对我们游击队的态度，影响他们谈判的态度。"

仝中玉说："子健说得有道理。他们现在应该处于两难境地。从现在的情势看，我们和他们之间有一个共同点，那就是都有抗日救国的愿望，合作抗日应该是双方的最大公约数。我们要充分利用这个最大公约数，化解他们'剿共'给我们造成的压力，也化解他们的两难处境，达到合作抗日的目的。合作抗日，应该是谈判的重点。"

王国华说："王理怀邀请我们谈，就是要谈合作抗日。这样看来，我们就把友好相处，合作抗日作为双方谈判重点，围绕这个重点，我们要提出我们的具体的要求，最主要的要求，就是要他们保证不向我们发动进攻，不能祸害老百姓。至于他们的要求，只要是合理的，我们也应该答应。北方局不是要我们和国民党谈合作吗？现在，东北军主动要谈判，那就谈吧。"

就在这时，一直在倾听的文敏生说："我支持几位领导的意见。我提个建议，这次谈判能不能分为两步走，第一步先摸清对方的态度和意向，把要谈的具体事项定下来，第二步进入正式谈判，达成协议。"

仝中玉听了，心里想："我果然没有看错这个年轻人，他这个两步走的意见太有见地了。有了第一步，我们的谈判就有针对性，就多了一份谈判成功的可行性。"于是，他说："小文这个意见值得我们思考。"

最后大家商定，谈判分为两步走，第一步由李子健出面谈，第二步由仝中玉出面谈。

于是，李子健以红军游击队代表的名义给吕伟绩捎口信，表示红军游击队愿意和东北军进行谈判，共同抗日，并且邀请王理怀到张楼村马长富家协商谈判事宜。

王理怀邀请红军游击队到高邑谈判，而游击队却邀请王理怀到张楼谈，王理怀会不会屈尊到张楼？大家都有点担心。显然，这点担心多余了。王理怀虽然没有来，但一二九师师长周福成派他的联络参谋田作舟作为代表来了。谈判的级别更高了，田作舟可以不经过中间环节直接把谈判的情况报告给周福成。李子健赶到马长富家里时，田作舟早就到了。

田作舟，辽宁抚顺人，三十出头，长得很帅气，一派军人气质，严肃而又不失随和，吃的住的都不甚讲究。他在马长富家，吃的是高粱面窝窝头，住的是在牛屋搭的草铺，他也没有嫌弃。李子健和他初次见面少不了寒暄了几句，彼此介绍了一下自己的身份，而后就进入了正题。从谈话中看得出田作舟心情十分郁闷，念念不忘家乡和家乡的亲人。他说自九一八事变部队仓促撤退以来，就和家人失去了联系，无日不思念父母妻儿，现在是有家难归。

李子健试探说："田参谋，听说你们一二九师在西安事变中是打头阵的？反蒋抗日都是冲在前头的。"

"李代表，打头阵不假，但也不能简单地说我们反蒋。我们大部分官兵的妻儿老小都在东北，做梦都想打回东三省，收复失地。我们发动西安事变，不是反对蒋委员长个人，我们的目的是要求蒋委员长停止内战，停止执行'欲攘外先安内'的政策，团结全国各党各派一致抗日。"

"田参谋，西安事变已经过去几个月了，贵军现在奉调从陕西来到我们这里，不知贵军打算如何看待我们红军游击队？"

田作舟没有正面回答李子健的话："李代表，据我所知，贵党贵军现在已经不提反蒋抗日的口号了，现在贵党贵军是主张联蒋抗日的，对吗？"

李子健反问道："对倒也对，不过我们不反蒋，蒋委员长却派大兵压境，把我们包围在一个狭小的山区地带，目的是要砍掉我们吃饭的家伙。贵军怎么看这个问题？"

"李代表，听你的话音，你是在说我们东北军吧。那就打开天窗说亮话，我们根本不想和贵军发生冲突。在陕西前线，我个人是和贵军打交道最多的人，周恩来将军我也见过，我个人对你们合作抗日的诚意是深有体会的。所以我和许多同僚都深信红军是朋友。我们到这里驻防，也有难言的苦衷，我军并不愿意和贵军发生冲突，但上峰的命令，作为军人我们也不能不服从，也不敢不服从。"

"田参谋，这么说前段时间贵军在泌阳县城堵截到游击区参加抗日的青年，在一些地方抓捕我们的工作人员，也是迫不得已？"

"李代表，误会了。当时我们接到当地的报告，称那些过境泌阳的人是土匪，我们也误认为是土匪。为了部队安全，我们不得不出此下策。如果知道是你们的人，也许就不会发生那样的事情。过去的事情已经过去了，那些人我们已经放了。我们希望双方来个约法三章，不再发生那样的事，今后继续做朋友。"

李子健和田作舟都在试探着对方的态度，从下午谈到晚上，一直谈到第二天早上，双方达成了一些共识，其核心就是不搞对抗，防止擦枪走火，友好相处，合作抗日，同时双方还决定了在高邑进行正式谈判的时间。

王国华、仝中玉听了李子健的汇报后，觉得下一步谈判应该围绕着怎样防止擦枪走火，怎样合作抗日这个主线来谈。王国华对仝中玉说："东北军现在已经表现出了谈判的诚意，我们就谈下去。这是两军的谈判，他们派王理怀、田作舟出面，我们这边你去最合适，你是游击队指导员嘛。"

仝中玉没有推辞，他答说："那好。谈判是大事，由省委共同商量决定，具体的谈判我去。我提议文敏生和李子健随我一同前去，有事也可以有个商量。"

仝中玉、李子健和文敏生到达高邑王理怀的团部时，王理怀亲自带着团部的主要人员到团部外面欢迎仝中玉一行。当然，这也是周福成特意安排的。双方互相寒暄之后，王理怀就说："西安事变时，周恩来将军和我们谈过话，我们记忆犹新，他是个了不起的大政治家，我们上下都很佩服他。我军和红军早就是友军了，没有想到在这里还能和你们相遇。"

仝中玉一看王理怀这么热情和直爽，又口口声声称双方是友军关系，遂产生了一种如释重负的感觉，从心里感到这次谈判应该会很顺利。于是，他也深情地对王理怀说："谢谢贵军的诚意邀请，也谢谢王团长对我们的热情欢迎，让我们有机会结识了你们这些没有见过面的老朋友，使大家能够坐在一起说说心里话。"

王理怀说："不要客气，不要客气，以后我们都是自己人了，里面请吧。"

双方参加正式谈判的人不多，代表一二九师师长周福成的是王理怀，还有师部联络参谋田作舟以及该团副团长、参谋长等人，红军游击队方面是全中玉、李子健和文敏生。在会谈中，王理怀流露出了强烈的抗日报国情怀，他对西安事变后一些人离间、分化东北军的阴谋十分不满，他说刘峙把他们调到这里来就是个大阴谋，目的就是让东北军和红军鹬蚌相争，他好坐收渔翁之利。因此，他非常希望和红军游击队握手言欢，合作抗日，避免出现使亲者痛仇者快的事情。

王理怀的想法和王国华、全中玉之前的想法十分接近。全中玉也讲述了红军游击队想和东北军弟兄友好相处、合作抗日的愿望和要求。谈判双方都有诚意，所以，谈判进行得很顺利，没有唇枪舌剑，没有尔虞我诈，没有暗中较劲，也没有绕弯子，当天上午就达成了合作抗日的协议。

双方在协议中约定，两军互不攻击，东北军不进山"清剿"红军游击队，红军游击队也不要在靠近东北军营区的地方活动，如果不得已相遇，双方均应朝天开枪互相避让；东北军向红军游击队提供情报，以防备地方反共势力的进攻，必要时东北军向红军游击队提供武器支援；双方任何一方受到攻击时，另一方有义务协助反击；红军游击队不封山，开放集市交易，协助东北军公买公卖，采办军需物资，东北军有义务保障群众利益，不损害群众的利益。

全中玉和王理怀等人达成协议后，王理怀说："这个协议就不要形成文字了，防止一些别有用心的人抓住把柄从中破坏，还希望你们能够理解。我说过的话绝对算数，绝不反悔。"

全中玉此前已经了解到国民党特务已经渗透到了周福成师，所以他认为王理怀说得也在理，而且王理怀说得又是那么坚决，也就认可了王理怀的意见，他说："这个协议虽然是口头协议，却是一个反映双方真实意向的协议，王团长说说过的话绝对算数，这我相信。我也表个态吧，我说过的话也绝对算数，我们保证遵守和维护双方达成的协议。"

红军游击队和东北军达成了协议，自然是好事一桩。大家把这看作是统战告捷。但是王国华、全中玉等人心里还是不那么踏实。全中玉对王国华说："王理怀本人合作抗日的态度是积极的，但是周福成部已经渗透了不少特务，周福成和王理怀能够在多大程度上左右一二九师的行动，还需要继续观察，还不能说达成协议就可以高枕无忧了。"

王国华说："是啊！周福成、王理怀内部也有反对派，也渗进了特务，他们上面有刘峙，刘峙上面还有蒋介石。如果刘峙、蒋介石知道了我们之间有协议，就一定会找麻烦，我们不能不防着点。"

仝中玉和王国华的担心并不是多余的。周福成和红军游击队秘密谈判的事，隐藏在其中的特务们很快就知道了。特务特务，嗅觉就是灵敏。特务们不但知道了谈判的牵线人是吕伟绩，而且还知道了谈判达成了口头协议。他们如获至宝，认为立功的机会到了，因此他们一面向上司报告，一面加快了分化周福成部的步伐。

在特务们的煽动下，一些反动军官频频发难，反对和共产党合作。这些人人数不多，但是他们有特务撑腰，活动能量不小。吕伟绩是两军谈判的最初牵线人，他甚至多次声称自己是红军的老朋友，但是，在国民党特务的拉拢、利诱下，他感到升官发财的机会来了，很快就上了贼船。在吕伟绩的指使下，其属下多次挑起事端，抓捕共产党的地方工作人员，还企图向红军游击队发起突然袭击。

有一天，馆邑村省委印刷处的员工正在紧张地印制抗日救国的文告，突然有村民慌里慌张跑来报告说，有二十多个东北军官兵正向印刷处走来，有点来者不善的样子。来人刚刚说完，这支部队就出现在印刷处大门口，并迅速进入院内，一字排开。带队的军官高声喊道："这里谁是管事的？"

这阵势，印刷处主任刘家才还是第一次见到，但多年的革命履历练就了他沉稳机灵的性格，他不慌不忙地从车间里走出来，满脸堆笑地对着那个军官说："老总，我就是这里负责的，请问你们有啥事？"

那军官说："啥事？有人揭发你们印刷反政府传单。我们奉上峰命令，要查封你们的印刷厂。"

刘家才说："哎呀！老总，这可冤枉死我啦。我们哪里敢反对政府呀，我们做的都是正当的生意，平常也就是给学校印点作业本、练习簿什么的，哪敢干那些杀头的事呀？借给我们个胆，我们也不敢呀！"

那军官也不再说话，他对着士兵说："进去搜！"那伙士兵一拥而上，都到车间搜查去了。

刘家才显得很冷静，他不怕他们搜，因为过去每一次印刷"违禁"的文稿之后，都会随时处理得一干二净，正在印制的是号召抗日救国的文告，即使被他们搜到也不怕，难道号召团结抗日也有罪？他担心的是这些丘八把印刷器械毁坏了，所以他一个劲地央求那个军官说："老总，我们还指望着这些机器混饭吃呢，手下留情啊！千万别坏了机器。"

那军官还是不答话，不一会儿，有个士兵抱着一捆文告从屋里出来向他报告说："王副排长，搜到一捆印刷品。"刘家才这时才知道那个军官是个姓王的副排长。王副排长转身问刘家才："这是什么？是作业本还是练习本？"

刘家才说："哦，王排长，刚才一紧张就忘了说了。我们一个伙计往县城城隍庙小学送作业本，看到有人在大街上撒传单，就捡了一张拿回来。我一看，是要人们防着小日本侵略的，是叫大家团结起来抗日救国的，就翻印了几百张，都在这里。王排长，你要觉得不妥当，我就把它烧了。"

王副排长抽出来一张看了一看，只见标题写的是：抗日救国，人人有责。他把这张文告扔在地上，对刘家才说："今天你碰到我，算你走运。碰到别人，不砸掉你的印刷厂才怪哩？奉上峰的命令，这个印刷厂我封了，你有话同我们长官说去。"

刘家才心想，你们东北军不是要求合作抗日吗？怎么说封就封？这真是秀才遇到兵，有理也说不清。不过，他又想，今天的事情绝非偶然，挡也挡不住，他要查封就让他先封吧，以后再想办法吧。于是，他就站在一边装作很无奈的样子，看着这些大兵在印刷车间门口贴上了封条。王副排长封了印刷厂，带上那捆传单，押着刘家才复命去了。

吕伟绩派人查封馆邑印刷处，虽说没有打砸机器，但是省委千辛万苦建立起来的印刷处却无法运作了。刘家才被王副排长一干人押到了连长那里，连长看看文告，嘴里骂道："妈了个巴子，这算哪门子反政府呀？还不把人放了！"刘家才急忙告谢，退出了连部。

这件事当天就传到了鄂豫边省委机关和红军游击队。王国华本来要向东北军讨个说法，但是还没有来得及行动，又发生了另一件事。

吕伟绩查封印刷处事件的第二天，省委宣传部部长邓一飞从信阳回馆邑村，他一看印刷处被查封了，馆邑村也无法住下去了，就急忙带着马谷田农民抗日自卫队队长高大娃和王店区委书记宗仁林去找王国华汇报情况。

他们三个一路小心翼翼，生怕再遇上东北军。但是，越是怕啥，就越是来啥。他们走着走着，迎面来了一个班的士兵。他们躲闪不及，被这些士兵围了起来。东北军的班长一看邓一飞和高大娃腰里插着手枪，就对士兵说："把他们抓起来！"宗仁林说："老总，我们都是这里的老百姓，你们为什么要抓人？"

那班长说："你是老百姓，那他们两个呢？老百姓大白天出门腰里还别着盒子炮？"

邓一飞说："啊，为这个呀？老总，你是知道的，我们这一带经常有土匪出没，我们买枪只是为了防身，没有别的意思。"

班长说："你别跟我说这个那个，你有理就跟我们连长说去吧。"

邓一飞、高大娃他们两个无法证明自己的身份是老百姓，就被东北军扣押下来了。因为他们两个是从馆邑村出来的，又都带着手枪，所以被认定是游击队队员，企图图谋不轨，随后就被押解到了开封监狱。邓一飞不久被释放出狱，回到了游击区，而高大娃却没有那么幸运，他在狱中被敌人折磨致死。宗仁林虽然也被怀疑是共产党，但是没有任何证据，加上王店不少群众作证担保，吕伟绩无奈之下把他放了。

吕伟绩虽说放了宗仁林，但还是心有不甘，总想着把共产党的领导机关连根拔掉。他发现高邑和王店之间的小王庄村，经常有陌生人出出进进，判断小王庄很可能是共产党的领导机关所在地。于是，他就窥测时机，准备对小王庄发动突然袭击。

一天，吕伟绩接到密报说，有几个外地人刚刚进入小王庄。他觉得机会来了，就派兵突然将位于小王庄的省委机关团团围住，当场抓捕了省委秘书李子健、泌阳县委书记吕大昌等六位同志，虽然李子健、吕大昌等人被陆续释放了，但省委机关也因此瘫痪了。所幸王国华当天出外办事没有回来，才躲过了这一劫。省委机关被破坏了，从此，王国华等人只好随军行动。

接连发生的三件事情，让王国华、仝中玉等人更加警觉起来。王国华对仝中玉说："中玉同志，看来我们和东北军达成的协议并不保险。"

仝中玉说："是啊，协议虽然给我们带来了短暂的休整机会，但真的不足以让我们高枕无忧。从现在起我们要更加密切地注意东北军的动向，防止反动军官制造新的事端。另外，我建议派人到王理怀那里，把近几天发生的情况向他通报一下，看看他们有什么说法。"

　　仝中玉建议向东北军通报情况，此前王国华也有这样的想法，但是他们哪里知道周福成承受的压力正在不断加大，他本人刚刚受到了刘峙的严厉训斥。刘峙得到特务的密报之后十分恼火，当即就给周福成发了电报，痛斥周福成等人"擅离职守，不'剿共'反而私自招抚共军"，责令周福成部立即向游击队发起进攻，"违者撤职，严惩不贷"。

　　周福成看了电报，他心里也很恼火，对刘峙的命令颇有抵触情绪。他担心向红军游击队发动进攻会落得个不守信用、破坏合作抗日的骂名，有违他的初衷。但是军令如山，如果公开拒绝执行刘峙的命令，他更担心他的一二九师会被肢解，多年来跟随他出生入死的弟兄们的前程也都没了。在两难之际，他想到了协议中有一条是随时向游击队通报情报。他觉得向游击队通报消息，是个两全之策，一来可以取得游击队谅解，二来可以让游击队及时调整部署，远离他们的驻防区域，避免冲突。想到这里，周福成决定派王理怀亲自出面向王国华、仝中玉通报情况。

　　王理怀亲口保证过自己说过的话是算数的，可是他的属下吕伟绩却接连做出了破坏协议的事件，让他十分尴尬。现在师长要他去通报情况，实际上也给了他一个台阶下。见到王国华和仝中玉后，他除了代表周福成表示歉意之外，还多次表达了他本人的歉意。在通报情况之后，王理怀建议红军游击队进入信阳一带的深山里暂避一时，地方工作人员也要谨慎行事，防范特务密探。

　　王理怀带着歉意而来，带着遗憾离去。对此，王国华和仝中玉也感觉到了。王理怀走后，仝中玉对王国华说："周福成、王理怀在这种情况下还能够跑来向我们通报情报，也算是用心良苦。现在看来，周福成师内部反动军官力量不容忽视，刘峙的目的就是要彻底地消灭我们。王理怀建议我们游击队撤到信阳山区，也是好意。为了保存实力，避免部队遭到反动分子的突然袭击，我们不妨将部队转移到信阳境内，伺机而动。"

　　不久，吕伟绩的第三营就公开背叛了双方的协议。吕伟绩发现失去了的目标，就多次派兵到农村骚扰百姓，抓人捕人，一些省委和县委的工作人员也被捕了。吕伟绩把这些人押送到师部，企图给周福成出难题。田作舟等人看到吕伟绩如此不把师长放心眼里，都在暗地里痛骂吕伟绩不仁不义，是东北军的叛徒。有人还指责王理怀这个团长当得窝囊，连个下属都管不住。所以，他们也想给吕伟绩一点颜色看看，吕伟绩前脚走出师部，他们就把抓来的人给放了。

形势一天天恶化，省委和红军游击队也作出了最坏的打算。然而，桐柏山区红军游击队刚刚转移到吴家尖山，形势又发生了新的变化。刘峙一纸命令，将周福成师调离了泌阳东部山区。刘峙虽然严令周福成"进剿"红军游击队，但他更担心周福成明里去"剿共"，暗中通共，长此以往，周福成部有被"赤化"的"危险"，万一周福成部被"赤化"了，委员长可饶不了自己，于是又急急忙忙下达命令，干脆把周福成的一二九师调离泌阳，省得夜长梦多。

泌阳县东部山区的邓庄铺，东连着确山县境，南接桐柏县境，往西就是泌阳县的高邑、王店和马谷田，战略地位十分重要。但是，这里一直被国民党反动派把持，成为国民党反动派插在桐柏山革命游击根据地的一颗硬钉子。邓庄铺寨墙高筑，十分坚固，敌人沿着寨墙修建了碉堡和七座炮楼，从防守的角度看，可谓无可挑剔。红军游击队要想把根据地连成一片，就必须拔掉这颗钉子。

邓庄铺联保处主任王彦朗更是仗着泌阳县头面人物王友梅的支持，一贯专横跋扈。王彦朗认为枪杆子决定一切，手中有了枪杆子，老百姓就不敢不听他的，叫他往东他就不敢往西。多年来，他之所以敢变本加厉地催粮派款，迫害群众，就因为他手中握有枪杆子。

王彦朗手下有一支几十人的保安队，装备精良。东北军撤离时，反动军官还给王彦朗留下一批枪支弹药。因此，王彦朗更加有恃无恐，根本不把红军游击队放在眼里。他嘲笑说，那帮游击队就是一伙啸聚山林的要饭花子，穿的是破衣烂衫，衣裳里长满了虱子；吃了上顿没下顿，经常拿树叶子当饭吃。他还说游击队只有几十条破枪，每个人才几粒子弹，在山里瞎转悠，连土匪都不如，土匪在山里还有个窝，而他们连个窝也没有，只能东躲西藏钻山洞。所以，他多次扬言要带领他的保安队和红军游击队比个高低。

红军游击队早就想拔掉邓庄铺这颗钉子了，为此也作了多次研究，一直在寻找战机。陈香斋对全中玉说："我们同王彦朗的战斗势不可免，我们要做好战斗准备，只要时机一到，立即出击。"

全中玉问他说："香斋，你是不是已经有了具体设想？刚好，国华同志也在这里，也一起听听。"

陈香斋说："我考虑很久了，也确实有点想法。我总的想法是，不能同王彦朗死打硬拼，他的寨子坚固，武器精良，防守力量强，如果死打硬拼，造成重大伤亡不说，也不一定能够攻下邓庄铺。所以，我就设想在邓庄铺外面打一个伏击战。一旦王彦朗走出邓庄铺，就打他一个伏击，打他一个措手不及，先把王彦朗解决了。解决了王彦朗，树倒猢狲散，他那保安队就好解决了。"

陈香斋这个设想，关键在于"设伏"的前提，"设伏"的时机，"设伏"的地点。前提就是王彦朗肯走出邓庄铺，时机就是他什么时候走出邓庄铺，地点就是他出现在什么地方。把这些情况搞清楚了，消灭王彦朗就有了较大的把握。但是，眼前这些都还是未知数。所以，仝中玉认为，当务之急就是把这些情况侦察清楚。

王国华对陈香斋伏击王彦朗的设想非常感兴趣，而且他认为这样的时机很快就会出现，他说："中玉说要尽快侦察清楚伏击的时机地点，这对打好这一仗很重要。从目前我们掌握的情况看，伏击王彦朗的时机指日可待。王彦朗虽然警惕性很高，但是他这个人傲气十足，喜欢显摆自己，炫耀武力。往年，收麦的季节一过，他就会带着保丁下乡催粮派款。现在，收麦的季节已经过去了，我看他最近就会到乡下催粮派款，只要他走出邓庄铺，我们伏击他的机会就来了。"

陈香斋一看王书记和指导员都同意伏击战的设想，而且都提出要尽快侦察清楚有关敌情，就说："那好，我这就派侦察员程大来去摸摸王彦朗的老底。"

6月19日，侦察员程大来回到驻地向仝中玉、陈香斋报告说，王彦朗最近几天要率领民团到铜山沟征收税粮。仝中玉对陈香斋说："程大来侦察到的情况还有点笼统，王彦朗到铜山沟的准确时间、行动路线，我们尚不清楚。这一点很重要，弄清楚这一点，我们才能确定伏击的时间、地点。不如请程大来再辛苦一趟，把准确的时间和王彦朗必经的路线侦察清楚，然后确定伏击点。"

仝中玉一语提醒了陈香斋，他说："对呀，大来说的情况只是大概，就照你说的办，让他带两个人再去一趟。"陈香斋当即把程大来喊来，如此这般交代了一遍，程大来应声去了。

第二天夜里程大来回来复命的时候，已经是半夜了。他向陈香斋报告了第二次侦察的情况，他说："王彦朗明天就下乡，和往常一样由远而近，先到远一点的小陈庄，而后到冯庄、丁下庄。我发现在小陈庄到冯庄的路上，有一段路两边都是高粱地，可以隐蔽兵力。"

陈香斋说："好啊，你小子会动脑筋了。你先去睡一觉吧，顺便叫周国林班长到我这里来。"

在周国林到来之前，陈香斋的作战方案就定下来了。陈香斋对周国林说："明天王彦朗要走出邓庄铺了，他在小陈庄收完税，会去小陈庄西边的冯庄、然后往北到丁下庄等村子征收粮税。我和你带十六名战士埋伏在小陈庄到冯庄的高粱地里，这是他的必经之地，一旦王彦朗进入伏击圈里，我们就开枪，争取一举消灭，不留后患。打掉了王彦朗，邓庄铺的敌人就会群龙无首，我们再想办法解决邓庄铺里面的敌人。你马上把大家叫醒，在天亮之前到达伏击点。"

兵贵神速，陈香斋一边派人向驻在新庄的仝中玉通报，一边带着周国林等战士出发了。月光下，陈香斋发现这片高粱地果然是打伏击的好地方。高粱长势喜人，已经人把高了，战士们隐蔽在这里，很难被人察觉。但是，陈香斋和战士们从黎明一直等到小晌午，也没有见到王彦朗的影子。

发生了什么情况？陈香斋不得而知，心里很着急。正在这时，程大来报告说，王彦朗在小陈庄收完粮税，直接带着五六个保安队队员从三岔路口转向了丁下庄，看来不会去冯庄了。

王彦朗为什么要变更收税路线？是察觉出前面有游击队埋伏，还是其他原因？一时无法判断清楚。但是眼看到手的鸭子岂能让它飞走？不能啊。战场的形势常常是瞬息万变，有些情况根本无法提前预知，指挥员也只能根据变化的敌情随机应变，作出战术调整。于是，陈香斋当即决定把伏击战改为追击战。他对周国林说："伏击不成，不如我们主动追击这个王八羔子，把他消灭在丁下庄村外。"周国林说："听队长的。"于是，陈香斋率队向丁下庄追去。

其实，王彦朗并没有想到今天会遇到红军游击队，而是他在小陈庄超额完成了他的任务，所以，他决定过几天再去冯庄，先把丁下庄的粮税清了。他边走边扇着扇子，一副得意扬扬的样子。跟在他后面的一个保安队队员说："王主任，今天多收了两三成，要不要多给弟兄们几个赏钱？"王彦朗回头刚要回话，突然发现后面有人追来，他大叫一声："不好，有人追赶咱们！"说罢拔腿就跑。这些保安队队员也跟着他向邓庄铺方向跑去。

陈香斋一看王彦朗带着保安队逃跑了，边追击边开火。跑在后面的几个保安队队员，躲闪不及，受伤倒地，被缴了械。王彦朗不顾一切拼命地狂奔，陈香斋带领周国林等人一口气追击到邓庄铺南坡上，眼看就要追上，不料守寨的保安队看到游击队追击王彦朗，几十支枪便一齐向游击队射击，接应王彦朗进了寨门。

看着王彦朗在强大的火力掩护下进入寨门，陈香斋只好决定撤出战斗，另寻战机。就在他指挥撤退的时候，一颗流弹击中了陈香斋的腰部。他"哎呀"一声，急忙用手捂着伤口，指挥大家赶紧撤退。大家撤退到一个地坎下面时，周国林急忙脱下布衫，撕成两半，给陈香斋包扎伤口。但是，陈香斋伤势严重，流血不止，生命垂危。周国林见状，连忙背起他就跑，在战士们的护卫下，一口气跑到了大靳庄。

马长富闻讯，急忙赶来把陈香斋隐蔽到大靳庄东头的磨房内，还请来了村医给陈香斋疗伤。村医看看陈香斋的伤势，摇摇头说："伤势很重，失血太多，我尽力了，你们还是快到城里另请高明吧。"闻讯赶来的李子健决定立即派人到县城请医生为陈香斋治伤，但为时已晚。

陈香斋终于醒过来了。同志们围着他，轻声地呼唤着他。他双眼微微一睁，微笑着说："都在呀？"然后他要大家扶着他半躺在草垫子上，要来了笔和纸。他预感到自己已经不行了，他要给同志们写下最后的遗言："全指导员，同志们，我是不行了，我要追随张星江同志去了。我没有看到胜利，就离开你们，是个憾事。希望你们跟着党努力奋斗，革命到底……中国共产党万岁！"

陈香斋队长，怀着事业未竟的遗憾，怀着对革命胜利的向往，怀着对党的无限赤诚，于1937年6月21日永远地离开了和他一起出生入死的战友们！是年，他29岁，他用自己的热血谱写了一个共产主义战士的光辉人生，他的业绩，他的英名，将永远留在传递星火的人们心中。

第十六章　党中央指引方向　奏凯歌兄弟联手

1937 年 3 月，省委和红军游击队在同东北军谈判之前，李子健从北平带回了北方局的指示信。这封指示信是鄂豫边区党组织和上级党组织失去联系近三年之后收到的第一封指示信，大家都很高兴。

李子健拿出了夹带在杂志中的三张白纸，郑重地交给了王国华。仝中玉担任过鄂豫边省委技术书记，自然知道要用显影的方法才能看到上面的字迹。于是，仝中玉用显影方式阅读指示信的字迹，他看了看内容，对王国华摇了摇头。王国华问道："中玉，你这是啥意思？"仝中玉回答说："我念念吧。"于是，他把北方局的指示信从头到尾念了一遍。大家本来以为，这封指示信会给大家带来莫大的鼓舞和希望，谁知这封指示信却给大家带来了深深的困惑和不解。

指示信要求鄂豫边省委和桐柏山区红军游击队停止执行土地革命时期的各种政策，要宣传和建立抗日民族统一战线，要和国民党地方当局进行谈判，争取合法地位，将红军游击队改编为合法性地方武装。除了指示信上写的内容之外，李子健还转述了北方局一个领导的口头建议，那位领导提出为了建立抗日民族统一战线，必要时可以解散红军游击队。

然而，桐柏山区革命游击根据地面临的实际情况是，国民党地方当局一直把红军游击队视为"土匪""共匪"，而且正在调兵遣将"围剿"这支小小的队伍，企图把这支队伍消灭干净。在这种情况下，争取合法地位，把部队改编成合法性地方武装，无异于自寻末路。至于解散游击队，就等于自行放弃枪杆子，把自己置于死地。因此，省委一班人对这封指示信反应很强烈。

仝中玉冷静下来后分析说："建立抗日民族统一战线，国共合作，抗日救国，这确实是大趋势。北方局的指示，就目前全国范围内的形势而言也许是对的，但是就我们这里的情况而言，显然不太实际。谈判也好，争取合法地位也好，都要讲究实力，只有我们的实力强大到他们拿我们没有办法的时候，他们才会承认我们的合法性，才会和我们谈合作。解散游击队这种提法，我分析应该是某个领导个人的意见，我们党不可能放弃革命的武装斗争，所以我们不能同意他的意见。"

全中玉这一番理论分析，大家都没有异议，但问题是北方局的指示信要不要执行？如何执行？这让大家陷入了两难境地。执行吧，这个指示明显不符合根据地的实际情况；不执行吧，又违背了下级服从上级的组织原则和政治纪律。议到最后，大家认为北方局的指示要传达贯彻，但是现实情况也要向上级党组织反映，请求新的指示。因此，省委决定在上级党组织新的指示到来之前，先按照指示信的要求传达贯彻。

正在大家困惑不解的时候，北方局又传来了新指示，要求省委派人到北方局汇报工作。王国华、全中玉等人觉得这是一个向北方局陈述意见的好机会。于是省委决定派省委组织部部长周骏鸣到北方局汇报和请示工作。出发前，王国华反复交代周骏鸣，要他如实把桐柏山区红军游击队面临的处境汇报清楚，向北方局提出暂缓执行北方局指示的要求。4月中旬，周骏鸣带着省委和红军游击队的重托秘密来到了北平。他按照李子健提供的接头地点和接头暗号，顺利地见到了北方局的领导。北方局领导听了周骏鸣的汇报和要求之后，也深感事关重大，当即决定派人护送周骏鸣到延安向党中央汇报情况，聆听党中央的指示。于是周骏鸣几经辗转，终于赶在五一节之前到达了革命圣地延安。

停止"打坏货"的严重后果很快就出现了，省委和游击队失去了经济来源，几个月下来，就坐吃山空了。王国华、全中玉等人为此十分焦虑。

一天，全中玉对王国华又说到了部队的经费问题，全中玉说："国华，我们现在又遇到了严重的危机，吃饭都成了大问题，再这样下去，一定会严重影响部队的稳定。所以，我们能不能想一个变通的办法解决一下眼前的困难？"

王国华听全中玉的话音，觉得全中玉心里可能已经有了办法，就问道："中玉，你说的变通的方法指什么？"

全中玉说："现在，我们已经不提'打坏货'的口号了，但是有的人还在坚持'欲攘外先安内'的反共立场，继续'围剿'我们游击队。这种行为明显是同国共合作抗日救国唱反调，同全民族抗日救国的愿望唱反调。他们这种行为，恰恰迎合了日本人和汉奸的心愿，从某种意义上说，他们和汉奸没有什么两样。所以，我想是否可以以'打汉奸'的名义，打几个和国共合作、抗日救国唱反调的人。这样既可以杀一儆百，警告那些破坏合作抗日的人，也可以缓解一下我们眼下的经济拮据。"

"中玉，你怎么不早说呢？"

"哎呀，我也是这两天才想到啊，再说我也没有想清楚。"

"我看这办法行得通，我支持你。"

"既然你也赞成，我们就试试。不过我这个办法也只能缓解一时，要想从根本上解决问题，恐怕还要等上级党组织的最新指示。"

王国华笑着说："缓解一时也是好事啊，总比坐在这里什么也不想什么也不干好吧。说不定缓解几天，上级党组织就来了新指示。"

按照全中玉提出的这个变通的办法，游击队先后以"打汉奸"为名，派手枪队到唐河、桐柏打了几个坚持反共、反对国共联合抗日的土豪。这虽然缓解了经费紧张的状况，但终究未解决根本问题。于是，一股抵触和不满情绪便在共产党人中迅速蔓延起来。一些战士思想开始动摇了，有的称病请假回家，有的干脆不辞而别，部队减员不少。

在王国华和全中玉为此而纠结的时候，唐东交通站交通员刘书山匆匆忙忙来到了游击队的驻地，交给王国华一封信，信是刘中兴写给王国华的。刘中兴在信中向王国华报告说，唐河县委书记段永健和鄂豫边省委特派员方德鑫等七人在唐河凤凰树村开会时被捕，随后被押送到了唐河监狱，目前，县委机关已经瘫痪。

段永健化名老常，于 1936 年底出任唐河县委书记。1937 年 4 月，段永健对刘中兴说："现在上级领导要求我们停止执行原来的政策，要求我们停止'打坏货'，和国民党建立抗日统一战线，争取合法地位。今后我们不要再去'打坏货'了，我考虑成立一个抗敌委员会，你也参加进来。我们就以抗敌委员会的名义和国民党唐河当局以及地方上有影响的实力派人物谈判，合作抗日。"

刘中兴听了他的意见之后，感到有些不理解，他问道："你说什么？同国民党谈判？争取合法地位？现在可能吗？"

段永健一看刘中兴顾虑重重，就说："中兴同志，我看你是被国民党的白色恐怖搞怕了，不敢和他们谈吧？"

刘中兴也是个直脾气，说话喜欢直来直去，不喜欢藏着掖着，他直接回答道："我不赞成你的意见。不是我不敢跟他们谈，而是人家根本不跟我们谈。谈判，一靠实力，二靠时机。论实力，人家根本没有把我们放在眼里，不会买账；论时机，他们现在日夜想的就是消灭我们，连做梦都想把我们赶尽杀绝，在这种情况下，你怎么跟人家谈？”

段永健见刘中兴明确地拒绝了他的意见，心里多少有些不好受，但是当着刘中兴的面他又不便发火。于是，他缓和地说："你先不要拒绝。不管怎么说，我这个提议也是为了执行上级指示，我们作为下级应该执行。你是老同志了，下级服从上级，这也是党的组织原则，你再考虑考虑吧。"

刘中兴说："不是我不愿意执行上级的决定，我们不得不考虑我们面对的实际情况。平氏夺枪战斗之后，别廷芳就对我们下了黑手。'老别清乡'，三天之内不准保释，抓住共产党员就地枪决，我们许多党员、游击队队员就是那时被当作'土匪'杀害的。现在，国民党唐河当局根本就不承认我们共产党的存在，对共产党员采取的办法是发现一个逮一个，轻的坐牢，重的杀头。突然冒出一个共产党同人家谈判，人家认这壶酒钱吗？"

刘中兴这话说得确实太直，太呛人，呛得段永健下不来台。于是，段永健也不再说什么，连午饭也不吃就准备离开粪堆王。

刘中兴一看段永健生气了，饭也不吃了，为缓和气氛忙说："常书记，饭总得吃吧。我这个人脾气直，说话也直，你千万别生气。就按你说的，让我再考虑考虑。"

段永健抬头看看太阳，已是日当午时，也道："好，那就听你的，今天中午就在你这里吃了。给大娘说一声，做简单点。"

当天下午段永健和刘中兴告别后，内心总感到有些不畅快。到了牛夏庄，他对夏长兴说："看来中兴同志接受省委单线领导时间久了，有点骄傲，我的话他听不进去。"夏长兴说："他那个人我了解，就是脾气直了一些，你也不要放在心上，其实，他对你还是很尊敬的，很可能他对上级的指示不太理解，但是，他对党还是忠心耿耿的。"听了夏长兴的解释，段永健说："你说的也是，我和中兴有过多次接触，他一向都很关心我的健康和安全。可能就像你说的，他现在对上级的指示还不太理解。过段时间我再找他仔细谈谈吧。"

过了几天，在凤凰树村附近党员的支持下，段永健就以共产党员的身份，求见毕店乡乡长牛耀春。

牛耀春是土生土长的本地人，在当地也算得上是有头有脸的人物。他早就听说过毕店一带有共产党的地下活动，毕店区区长也提醒过他，但是他一直没有探听到确切的消息。现在突然来了一个自称是中共唐河县委负责人，心里暗自吃惊，心想原来共产党就在他的眼皮底下！他表面上显得波澜不惊，口里连声说"欢迎，欢迎"，又是端茶又是让烟。双方坐定之后，牛耀春试探着问段永健说："我和先生素不相识，连先生的尊姓大名也不知道，不知先生找我有何贵干？"

段永健看牛耀春没有回绝他的意思，就说："牛乡长，打扰你了。我姓常，您就叫我老常吧。我奉我们党的指示，准备成立抗敌委员会，想邀请牛乡长参加，大家合作抗日，不知牛乡长感不感兴趣？"

牛耀春也不知道他这个"老常"是啥来头，他手下到底有多少人，有多大能耐，因此也没有拒绝，他更想摸摸老常的底细，于是就顺水推舟说："啊，常先生啊，抗日救国是国家大事，但不知常先生有何高见？"

段永健觉得牛耀春似乎很开明，于是，他就把党建立抗日民族统一战线的政策给牛耀春说了一个大概，并提出和牛耀春共同组建抗敌委员会。

牛耀春听得倒也很耐心，中间也没有插话，但是他对组建抗敌委员会一事既没有答应，也没有拒绝。他说："常先生的话句句在理，本人非常佩服。不过这样的事情是大事，望常先生容我好好想一想。"

段永健觉得初次接触牛耀春的目的已经达到了，就说："那好，我等着牛乡长的好消息。"说罢就起身告辞，牛耀春也没有执意挽留。

牛耀春虽然还没有摸清"老常"的底细，但是也摸到了"老常"的意图。段永健一走，老谋深算的牛耀春立即将情况向唐河县文县长作了报告。他在电话中对文县长说："文县长，出大事了。我这里突然冒出了一个自称姓常的共产党，他还说他是中共唐河县委负责人。他今天上午来找我，说要成立抗敌委员会，和我们合作抗日。文县长，你看要不要把他抓起来？"

文县长说："你慌什么？我还以为出了什么大事哩，就这事啊，你先不要理他，也不要惊动他，先摸清共产党的家底，看看他们有多少人，最近都在干什么。把情况摸清楚了，再抓他们也不迟。"

牛耀春一听文县长的口气，就明白下一步该怎么办了。他装作什么也没有发生，暗中却虎视眈眈，随时准备动手抓捕段永健。

凑巧这个时候，省委特派员方德鑫冒着酷暑炎热，来到刘中兴家里。他向刘中兴传达了省委的最新指示。按照省委的要求，一方面各地要争取同国民党地方当局和开明士绅建立统战关系，争取党的合法地位；另一方面要求坚持独立自主的原则，保持高度的警惕性，防止国民党反动派借机搞垮党组织和农民抗日自卫队或游击队。同时，省委还要求加强抗日救国的宣传工作，大力开展"抗战救国，人人有责，有钱出钱，有力出力"的宣传，号召各界支持对日作战。要求地方农民抗日游击队，不再提"打坏货"的口号，今后的重点就是打击汉奸，打击破坏抗日的反动分子。刘中兴感到方德鑫带来的这个指示很及时，顿觉豁然开朗，他觉得找到了今后工作的基调。

方德鑫是个警惕性很高而又心细的人。下午，他离开粪堆王的时候，顺手带走一把蒲扇。他看到蒲扇把柄上写有刘中兴三个字，于是他连忙用茶水擦掉了上面的字迹。刘中兴说："方大哥，这么细心啊。"方德鑫说："中兴，我们这些人都是提着脑袋过来的，不细心不行啊。万一我出了意外，别人一看扇子把柄上有你的名字，就会给人抓住把柄，就会连累你。我们千万大意不得。"

从刘中兴家里出来，方德鑫就直接到凤凰树和段永健见面，传达省委的最新指示。段永健听了说："看来我错怪了中兴同志，我只对他讲了'合作'的一面，没有说'保持独立性'的另一面。难怪他反应那么强烈。"

方德鑫说："我已经把省委的最新指示给中兴同志传达过了，他对省委的指示还是很拥护的，他表示要布置下去，大力开展'抗日救国，人人有责'的宣传。"

当天晚上，段永健把凤凰树附近的党员积极分子召集在一起，听取方德鑫传达省委指示。

张星江牺牲后，敌人凭借从他身上搜集到的一些信息，寻踪追迹，破坏了张新一党组织，敌人把怀疑的目光也投向了凤凰树，但因没有确凿证据，只能作罢。然而，凤凰树的政治格局却发生了新变化。村里的牛大力当上了保长，此人对共产党闹革命一直耿耿于怀，认为族侄牛德胜加入共产党，迟早会闯出大祸，殃及牛氏族人，因此一直反对村里几个年轻人跟着牛德胜瞎胡闹。从段永健出现在凤凰树起，他就注意上了这个陌生人。最近牛耀春也要他睁大眼睛，注意共产党的动向，有情况立即报告。牛大力就盯紧了村里来往的客人。

这天牛大力见井楼方家寨的方德鑫进了村，附近牛夏庄的夏老大、夏老二等人也前后脚进了村，就猜测段永健等人一定有重大活动。于是，他急急忙忙跑到毕店向牛耀春报告。

牛耀春自从得到文县长的指示后，一直没有闲着。牛耀春听了牛大力的报告，觉得鱼上钩了，所以他立即带上保安队向凤凰树扑来。段永健召集的会议才刚刚开始，就在毫无防备的情况下被敌人包围了。段永健一看牛耀春气势汹汹包围了会场，并没有惊慌失措。他平静地问道："牛乡长，你这是何意？"牛耀春不屑一顾地回答说："不瞒你说，本人奉县政府的命令，要把你等抓捕归案。"

段永健理直气壮地说："牛乡长，我们也没有犯罪，凭什么抓我们？"

牛耀春说："犯没犯罪，你说了不算，我说了也不算，有理你到县里说去。"牛耀春说罢，手一摆，对保安队说："把他们都带走！"

刘中兴听说段永健、方德鑫等人被捕了，内心十分着急。他第一个反应是，尽快使唐东党组织进入更加隐秘的状态，尽快把这个消息报告给省委。他把向省委报告的任务交给了刘书山。唐河传来的消息，让王国华、仝中玉等人更加清醒地认识到，要摆脱面前的困境，必须坚持实事求是的精神，重新调整政策的执行。

在大家的期盼中，终于等来了好消息。1937 年 8 月，党中央派胡龙奎随周骏鸣来到桐柏山革命游击根据地，胡龙奎也是党中央直接派来参加鄂豫边省委领导工作的第一人。王国华拉着胡龙奎的手，激动地说："可把你们盼来了。"仝中玉急切地问周骏鸣："骏鸣，我们现在是江河日下，困难重重，党中央有什么新的指示？"周骏鸣说："有，我先给你们一个定心丸，党中央叫我们招兵买马，猛烈地发展。具体的情况我们慢慢说吧。"

单是"猛烈地发展"五个字就足以让大家备受鼓舞。王国华决定立即在泌阳碾盘沟召开扩大会议听取党中央指示，研究下一步的工作。

原来，周骏鸣到延安后，在新任中共河南省委书记朱理治的陪同下受到了中央领导同志的接见。中央领导同志听了周骏鸣的汇报，当即表示，党适时地提出建立抗日民族统一战线，是抗日救国的需要。国共合作抗日是大趋势，是大局。至于如何执行统一战线的政策，要具体情况具体分析，要从各地的实际情况出发。国民党是因为消灭不了红军主力，才被迫同我们谈判。现在，他们不会和你们谈判，相反他们会调集兵力"围剿"你们，你们要有所警惕。他们也不会承认你们的合法存在，因为你们的力量不够强大，你们要猛烈地发展，根据地巩固了，游击队发展壮大了，国民党无法消灭你们了，就不得不找你们谈判，就不得不承认你们的合法地位。所以，你们要猛烈地发展红军游击队，发展游击根据地，在实现和国民党地方当局合作抗日之前，不能停止军事行动。

中央领导同志的一席话，让周骏鸣茅塞顿开，一切顾虑、一切疑团顿时烟消云散。

有了党中央的指示精神，省委和游击队该如何执行政策就清楚明确了，大家心里敞亮了。用王国华的话说："弥漫在我们头上的迷雾拨开了，我们可以放开手脚大干一场了。"

在碾盘沟会议上，胡龙奎传达了党中央对改组省委领导班子的意见。根据党中央的意见，省委决定仝中玉任鄂豫边省委书记，胡龙奎任省委组织部部长，李子健任省委宣传部部长，刘子厚任省委统战部部长，王国华任红军游击队指导员，周骏鸣任游击队队长，冯景禹任游击队副队长。

仝中玉说："感谢党中央和同志们的信任，今后的工作还要靠大家的帮助和支持。党中央的指示，把我们前进的路照亮了，解决了我们执行什么政策的问题。今后的工作总的说就是围绕两条线展开，一条是开辟统一战线新局面，在这方面子厚同志和张明河同志都很有经验，相信不久就可以实现建立统一战线的目标；另一条是开创武装斗争的新局面，猛烈地发展和壮大游击队，使之成为一支使我们的对手不敢小视的力量。"

不久，邓庄铺发生了一件出乎所有人意料的大事件。一天傍晚时分，邓庄铺东寨门外出现了一支队伍，穿着清一色的国民党军服，扛着多挺机枪，声称要进驻邓庄铺。有人赶快去通知联保处主任王彦朗。王彦朗自从上次被红军游击队追击以来，一直龟缩在邓庄铺家里，很少走出大门，生怕再遇到红军游击队。这天他正躺在床上吸大烟，忽然有人来报告说，一支国民党军队要进驻邓庄铺。王彦朗急忙跳下床，换上一身新衣裳，就带着一干人来到了东寨门。他一看这支部队的装备，心中大喜，他对身边的人说："太好了，国军来了，你们看看国军的机枪，看看国军的军威，我们还怕游击队个球？打开寨门，迎接国军。"

寨门打开了，这支部队雄赳赳气昂昂，排着整齐的队列进了寨内。王彦朗恭恭敬敬把"国军"迎入联保处，又是递烟又是倒茶，殷勤备至。

部队的一位"长官"看了他一眼，问道："你是这里的联保处主任？"

王彦朗急忙说："是是是，鄙人叫王彦朗。我们日也盼夜也盼，就盼着国军来给我们撑腰。不知长官贵姓？"

那个"长官"不慢不快地说："免贵姓闫。"

王彦朗说："哦，是闫长官。闫长官年轻有为，一看就前途无量。"

闫"长官"说："过奖了。我的部队准备今晚进驻邓庄铺，有什么问题没有？"

王彦朗说："没有，没有，我们巴不得你们常住在我们这里，保我们一方平安呢。我正要向长官报告呢，我们这里有一支共产党的红军游击队，一直在桐柏山区闹腾，闹得我们常年不得安生。"

闫"长官"打断王彦朗的话问："你说什么？这里有共产党的游击队？"

王彦朗说："是，他们就在这桐柏山一带出没，不久前我们还同他们打了一仗，打死了他们的队长陈香斋。听说游击队的头子一个叫王国华，一个叫周骏鸣。我斗胆请求闫长官出兵，把他们'剿灭'了。"

闫"长官"又问道："你说有红军游击队，我们怎么没有发现？他们现在在哪儿？"

王彦朗说："现在他们就在南面的大山里。他们这些人经常在附近山里打转转，行踪不定。我们也是防不胜防。这一下好了，有你们在，他们想跑也跑不了了。"

听罢王彦朗的话，闫"长官"突然冲着门外喊了一声："来人！"

话音未落，从门外进来四个卫兵。闫"长官"指着王彦朗对卫兵说："把他捆起来！"

王彦朗一看闫"长官"要捆他，装出一副可怜相说："长官，你这是为什么？难道我说错了什么？"

闫"长官"说："你什么也没有说错，错就错在你把我们当作自己人了。实话告诉你吧，我们是从淮河南岸打过来的红军二十八军，本人就是红军营长。"

王彦朗"哎呀"一声瘫倒在地上。闫营长当场宣布："王彦朗图谋不轨，与红军为敌，与人民为敌，罪大恶极，拉出去毙了！"

王彦朗怎么也没有想到，他就这样糊里糊涂地被拉到邓庄铺东门外，结束了他反共反人民的一生。

闫营长处决了王彦朗，又缴获了邓庄铺联保处各种枪支四十多支和一大批弹药，大摇大摆地撤出了邓庄铺，消失在桐柏山的深山密林中。原来闫营长在和王彦朗的交谈中，意外得知这里还活跃着一支党领导的红军游击队，于是他当机立断处决了王彦朗。从邓庄铺出来后，他就按照敌人指示的方向，带着部队进入桐柏山寻找游击队。

红军二十八军打下邓庄铺，处决了王彦朗，又消失在桐柏山区。消息传来，仝中玉、王国华、周骏鸣等人都感到意外。仝中玉说："听星江同志说过，红二十五军转移时，曾经留下一支队伍在鄂豫皖边区牵制敌军，不知道是不是他们打过来啦？"

王国华说："是不是这支部队，现在还无法断定，但是从他们处决王彦朗、收缴邓庄铺的武器来判断，他们应该是我们自己的部队。我主张派人去和他们联络一下。"

周骏鸣一听就说："事不宜迟，我们现在就派张明河进山寻找他们。"

张明河不负众望，一路追赶，终于在桐柏与确山交界处的狗芭蕉村见到了闫营长。闫营长一看桐柏山区红军游击队派人来了，就说："来得巧啊，我们也在寻找你们，没有想到你们先来了。"

张明河说："我总算找到你们了。我们很长时间没有收到党中央的消息，也没有收到兄弟部队的消息，战斗打得很艰苦，遭受了多次挫折。直到最近我们才和党中央联系上。我来的时候，省委书记仝中玉叮嘱我一定想办法找到你们，他说找到你们，我们今后的战斗就不会孤立无援了。"

闫营长说："我们二十八军是红二十五军长征后留在鄂豫皖边区坚持斗争的部队，我们的军长就是高敬亭，军下面直接设立营，军部直接指挥到营。我们原来也不知道你们在这里坚持斗争，我们还是从邓庄铺敌人那里知道了你们的消息。现在好了，既然找到了你们，互相支援没有问题。"

张明河同红二十八军接头之后，迅速回到游击队驻地，向省委和游击队领导作了汇报。王国华、周骏鸣当即率领桐柏山区红军游击队来到了桐柏狗芭蕉村，和红二十八军胜利会师。两军会师，气势大增。

王国华对闫营长说："你们兵不血刃，拿下邓庄铺，处决了王彦朗，听到这个消息，你们不知道我们有多高兴！6 月底在追击王彦朗的战斗中，我们游击队的队长陈香斋同志不幸中弹牺牲，我们一直想找机会替他报仇。现在可以告慰陈香斋同志的在天之灵了，谢谢老大哥部队了。"

闫营长说："谢什么呀，我们都是自家人了。我们这次是奉高军长的命令，从淮南出发，一路打到桐柏山区。前两年我们也和党中央失去了联系，也不知道你们在这里坚持战斗。要不是王彦朗要求帮他打游击队，我们可能现在也不知道你们。要是早点知道，我们早就联合在一起了。"

王国华说："说到和党中央的联系，我们不久前才和党中央联系上，中央最近指示我们，要求我们猛烈地发展，迅速扩大部队，扩大根据地。中央的指示，是周骏鸣和胡龙奎同志带回来的。周骏鸣同志现在是省委委员、游击队队长。骏鸣，你向闫营长说说具体情况。"

于是，周骏鸣把党中央的指示向闫营长传达了一遍，接着他又把桐柏山红军游击队的情况向他们作了简单的介绍，最后周骏鸣说："不怕你们笑话，我们现在的武器装备与你们相比差得很远，看到你们的武器装备我就眼馋呐。下一步我们要扩大游击队，扩大根据地，还希望你们帮我们打几次胜仗，给我们的游击队壮壮军威。"

闫营长说："这没有问题！只要是打国民党反动派，什么事都好说。不知你们有什么具体打算？"

王国华笑笑说："我和周队长正有件事向你们求援。具体情况，让周队长说吧。"

周骏鸣说："那好，我就说了。在信阳邢集西北有个地主围寨，叫蔡冲。蔡冲是根据地东部地区的一个反动堡垒，我们想打掉这个堡垒，但是，我们现在的力量还不够。如果攻下蔡冲，我们游击队就有了更大的回旋余地，也有助于我们建立一个更加稳定的根据地。所以，我们很久以前就想攻占蔡冲，但是蔡冲却是一个很难啃下去的硬骨头。"

闫营长说："周队长，你说说蔡冲的具体情况，我们也好研究个作战方案。"

于是周骏鸣一口气把蔡冲的敌情、地理环境介绍了一遍。蔡冲有个很出名的大地主，名叫蔡象山。蔡象山家大业大，霸占了方圆十几里的土地，拥有金钱无数，还专门纠集蔡姓家族、佃户和长工二十多人，组成了守寨蔡家军，拥有长短枪三十多支，日夜站哨巡逻。在"防匪"的旗号下，蔡象山在村子里修起了坚固的围寨，建造了三座炮楼，东、北、西三面是围寨高墙，南面紧靠着一个大水塘，水塘边和围墙外围架起铁丝网，可谓易守难攻。据说几年前，大杆子头崔鸡毛曾经率领土匪千人，向蔡冲发动进攻，最后也没有攻进去。

听完这个介绍，闫营长说："听你这么一说，如果死打硬拼，恐怕我们一营也很难取胜。我们只能想办法智取。"

周骏鸣说："看来我们想到一块了。我提个初步意见，你们看可行不?"周骏鸣把自己的意见说了一遍,闫营长一听就说:"好,就这样干!"

月朗星稀,秋风习习,惯于夜战的桐柏山区红军游击队在柔和的月光下从狗芭蕉村出发了。一路上部队绕过村庄,专走田间小路,拂晓前就抵达了蔡冲,迅速把围寨包围起来。周骏鸣本来想,等寨子里有人出来了,就叫他给蔡象山捎个信,如果蔡象山拒绝信中提出的要求,就发动进攻,这也算是先礼后兵,可是等到天大亮也不见有人出来。周骏鸣只好把侦察员小冯叫到跟前说:"小冯,我这里有王指导员写的一封信,你想办法给蔡象山送去。"小冯拍拍背在后面的弓箭说,"队长,这个容易,我把这封信射进去行不?"周骏鸣说:"可以是可以,但是要保证能让蔡象山收到。"小冯说:"好办,我先向里面喊话就是。"

小冯走到寨门近处,朝着里面大声喊道:"里面的听好了,我们是红军游击队,我们首长给蔡象山先生写了一封信,请你们马上交给蔡先生。"

这时只见寨门围墙上露出一个人头,骂骂咧咧地说:"是谁敢在这里撒野?也不看看这是什么地方?"小冯也不答话,一箭射去,正好落在围墙里面。

王国华在给蔡象山的信中说:面对日寇侵略,共产党和主力红军已经和国民党合作抗日,希望他顾及民族大义,帮助桐柏山区红军游击队解决若干经费,支援一些枪支弹药。如果能够慷慨解囊,我军自当感谢不尽。

蔡象山看完书信,奸诈地笑笑说:"小小的游击队,也想吃天鹅肉!走,上炮楼看看。"蔡象山上了炮楼,环顾一下四周,只见一些游击队队员在围寨外面站着,就破口大骂说:"你们这些穷小子穷急眼啦,还是咋的?要我出钱出枪,杀猪慰问,这都很容易,但是我有一个条件:你们先送上两百颗人头来交换。癞蛤蟆还想吃天鹅肉?识趣的快滚!"

周骏鸣对大家说:"蔡象山敬酒不吃吃罚酒,那就来硬的。"于是他下令进攻。顿时枪声大作,双方你来我往打了一阵子。突然,游击队的枪声停了,纷纷向东北方向逃跑。蔡象山在炮楼上看得分明,一支装备精良的"国军"出现在游击队的后面,游击队落荒而逃。蔡象山也没有多想,就对手下喊道:"救兵来了,不要再打了,快打开寨门,让'国军'进来。"

这支"国军"进入大寨后,迅速分兵占领了三个炮楼,吹起了集合号。先前撤退到后山的红军游击队听到号声,立即回头冲进蔡冲,收缴了蔡冲长短枪四十多支,子弹数千发,并打开蔡象山的仓库,缴获了一批银元和元宝。原来,这支"国军"正是红二十八军一营,游击队进攻、后撤，一营在游击队后面放枪、进寨后吹集合号，这一切都是一营和游击队事前商定的作战方案。"国军"出现，游击队后撤就是为了给蔡象山造成错觉，使他误判误断；吹集合号，就是知会游击队反身进寨。

直到游击队冲进蔡象山家里，蔡象山方如梦初醒。他看大势已去，便趁着大家不注意时逃跑了。蔡象山家大业大，但却是个抠门的主儿，平日不甚讲究穿戴。这天他穿着一件旧衣服，咋看也不像个大地主的样子，所以他从战士们眼前走过的时候，大家都没有察觉到他是蔡象山。蔡象山逃跑了，但是跑得了和尚跑不了庙，红军游击队火烧了他的三个炮楼，动员周围村庄的群众，分了他家的粮食和浮财。

红军游击队在红二十八军的支援下以零伤亡的代价攻占了蔡冲，当地人民群众放起了鞭炮，庆贺游击队的胜利。几天后，一个老乡走进游击队驻地，对周骏鸣说，蔡象山家里的钱财，你们收缴的只是一小部分，他家地下还埋了许多大洋和元宝，这些都是他多年来搜刮老百姓的血汗钱。于是，周骏鸣命令红军游击队再次进兵蔡冲。按照老乡的指点，果然在蔡象山家的厅堂下挖出了银圆四千多块，元宝三十多个，一个银元宝就重达五十两，三十多个元宝，那可是一千五百多两啊。红军游击队自成立以来还是第一次收缴这么多的不义之财啊！

转眼到了1937年9月底，红二十八军特务营营长林维先奉军长高敬亭的命令，率领部队再次进入桐柏山区，并在邢集附近和桐柏山区红军游击队取得了联系。林维先这次带特务营进军桐柏山，目的很明确，就是要帮助桐柏山区红军游击队横扫在游击区的敌人据点。这两支兄弟部队，从吴家尖山出发，直指确山石滚河。

一年前，赵景轩的石滚河联保处和保安队，一夜之间被红军游击队端掉了。为此，赵景轩颜面尽失。他虽然保住了联保处主任和保安队队长的位子，但是，他并没有找回张县长和霍大队长对他的信任。新上任的县长全子杰，更是打心眼里瞧不起他，一上任就想换掉他。赵景轩也听到了一些传言，心里七上八下，十分不安，生怕全子杰端掉了他的饭碗。他决定去见见这个新任的县长。

赵景轩一见全子杰，就说："全县长啊，共产党的游击队在夜间偷袭了我的联保处和保安队，我一直想重建保安队，买枪买子弹，报这一箭之仇，把共产党游击队在石滚河的根基彻底清除干净，还请全县长成全。县长啊，你就相信我一次吧，一定要帮帮我啊。"

全子杰说："不是县府不相信你，也不是县府不支持你，你也让大家太失望了。游击队打上门了，你却浑然不知，你要我怎么信任你？给你再多的枪又有什么用？"

赵景轩一看全子杰没有心软，便苦苦哀求说："县长啊，我当时确实看走了眼，没有想到护兵李大毛竟敢背叛我。我保证以后再也不会出这样的幺蛾子了，再也不会让他们的阴谋诡计得逞了。念在我对党国忠心不二的分上，你就给我一次立功赎罪的机会吧。"

看着赵景轩苦苦哀求的可怜相，全子杰的心软下来了。但是，全子杰却又不准备拿实际行动支持他。全子杰说："你对党国忠心不二，大家也知道，那就看以后的表现了。保安队你可以重建，枪支弹药你也可以买，只是近来县府里亏空太大了，拿不出钱支持你，你自己能不能想点办法？"

赵景轩听了全子杰的话，可谓是喜忧参半，喜的是自己的位子保住了，忧的是重建保安队需要不少钱哩，他到哪里去找这么多钱哪？但是，他又一想，只要全子杰答应了自己重建保安队的要求，自己就可以名正言顺地向老百姓要钱。向老百姓加派钱款粮税，这可是他的拿手好戏。想到这里，他千谢万谢辞别了全县长。

回到石滚河，赵景轩就打起了他的如意算盘。他以防"土匪"的名义，大肆催粮派款，搜刮民财，不愿意出钱的就以"通匪"论处。一时间闹得民怨沸腾，反对者甚多。赵景轩不顾民怨，费了九牛二虎之力，终于重建了一支十几人的保安队。

正当赵景轩做着美梦的时候，有人向他报告说，红军游击队又到石滚河南山了。赵景轩觉得这一次再也不能麻痹大意了，他赶紧拿起电话筒向霍大队长报告。

霍大队长在电话中问赵景轩："游击队来了多少人？到啥地方啦？"

赵景轩回答说："有人报信说，他们好几百人哩，还说他们扛着几挺机枪，人已经到了石滚河南山。我看他们像是冲着石滚河来的。"

赵景轩正在和霍大队长通话时，忽然又有人向赵景轩报告说，游击队已经下山了，有一小股部队已经过河了，正向石滚河集市扑来。霍大队长在电话那一头也听得一清二楚，他大声斥责道："好你个赵景轩！你真是个窝囊废！上一次，人家打到了你的院里头，你还在睡大觉；这一次，人家都快到了你的门口了，你现在才知道，要你这号人有啥用？你自己看着办吧!"霍大队长说罢,怒气冲冲地把电话筒"啪"地扔在桌子上,骂了一句:"真是个窝囊废,该死的老东西!"便愤然走出办公室的大门。

霍大队长的骂声,赵景轩自然也听得一清二楚,他孤立无援,还挨了一通臭骂,又急又惊,捂着心口,竟然出溜在桌子下面,嘴唇张了几张,话还没有说出口,就上西天了。那些保安队队员见赵景轩死了,自觉保命要紧,哪里还顾得上赵景轩?他们扔下枪支弹药,就四散逃命去了。

特务营和游击队没费一刀一枪,就拿下了石滚河,收缴了保安队的枪支弹药,接着在南河滩上召开了群众大会。王国华在大会上历数了赵景轩的累累罪恶,号召人民群众勇敢地站出来,跟着共产党闹革命。长期受到压抑的石滚河人民群众,一看是王国华、周骏鸣带着部队打回来了,无不拍手称快,有的人家还把自己的子弟送上了部队。

游击队和特务营在石滚河稍事休整,就浩浩荡荡直奔泌阳邓庄铺。邓庄铺的王彦朗被红二十八军一营处死之后,王彦朗的妹夫禹华楼当上了邓庄铺的联保处主任,他在国民党泌阳当局的支持下,很快就重建了一支三十多人的保安队。一天,禹华楼得到情报称,红军游击队没费一刀一枪,就拿下了石滚河,目前兵分三路扑向邓庄铺。这个消息让禹华楼胆都快吓破了。他想,游击队来势凶猛,锐不可当,还是走为上策。于是,禹华楼带着他的保安队,连夜逃到了高邑。

高邑区党部主任禹建业一看本家兄弟禹华楼逃命来了,于是,觉也不睡了,二人密谋了一阵子,决定固守待援。可是,他们没有想到的是,派出救兵的人还没有走出高邑大寨,游击队和特务营的部队已经从东、南、北三个方向把高邑寨包围起来了。

进攻的枪声划破了黎明前的黑暗,禹建业、禹华楼顿感情况不妙。禹建业问禹华楼:"大哥,你看咋办好?"

禹华楼心想:"这里是你的一亩三分地,你却问我咋办?"于是他说:"老弟,我也不知道咋办。要不,咱们趁着天还不亮赶紧走吧,保命要紧。"

禹建业说:"我也是这个意思。不过,我们一枪未放就走了,上面追究下来怎么说?依我看,我们走之前,开枪还击一下还是很必要的。一来可以好迷惑一下游击队,延迟一下他们的进攻,二来也好摸清我们突围的方向。"

禹华楼说:"还是老弟有见识,就依你的。"于是他命令保安队朝着游击队进攻的方向打了几枪，就从西门逃出来了。禹华楼一边跑一边回头看了一下，太阳就要升起来了，他对禹建业说："老弟，幸亏我们撤得快，慢一点恐怕就跑不出来了。"

两人正在暗自庆幸，正前方突然响起了机枪的"突突突"声，禹建业大叫一声："不好，路给他们堵住了。大哥，你带你的人赶紧往北边山上撤，我带着我的人向南边松树林里撤，你看咋样？"禹华楼说："好，听老弟的。"不料，他们刚撤出几步，两边就响起了激烈的枪声。原来，他们闯进了游击队和特务营预设的伏击阵地。

游击队和特务营把禹建业和禹华楼的保安队团团围了起来，枪声不断，杀声不断，禹建业和禹华楼的保安队很快就乱了阵脚。

林维先大声喊道："禹华楼，你听清楚了，我命令你们马上缴械投降，不然叫你们后悔不及。"

禹华楼问："你要我们投降，你是什么人？"

林维先回答说："我嘛，我行不更名，坐不改姓，我就是红二十八军特务营营长林维先。你们要想活命，就赶快放下武器，我可以饶你们不死。"

禹华楼对禹建业说："老弟，咋办？依我看不如把枪缴了算了。命只有一条，死了啥都没有了。"

禹建业说："事到如此，也只好这样了。"

于是，禹华楼喊道："林营长，君子一言驷马难追，我们按你说的放下武器，还请林营长不要食言，千万不要向我们开枪。"

林维先说："那是自然，你放心就是了。"于是，禹建业和禹华楼的保安队，依次把枪放在地上，站在一旁待命。禹华楼、禹建业投降了，从此，国民党泌阳当局孤悬在泌阳东部山区的邓庄铺据点，再也没有人敢来进驻。

特务营和游击队，一路猛冲猛打，接连打下邓庄铺、高邑，可谓凯歌高奏。马谷田的国民党区党部主任宋家辉，闻风丧胆，马也不骑了，枪也不要了，丢下枪支弹药就带着他的保安队逃命去了，他对人说："共产党的游击队稀罕枪，把枪留给他们，他们就不会追击我们了。"

第十七章　王国华攻占贾楼　冯景禹化敌为友

桐柏山区红军游击队迅猛发展壮大，声威如日中天，让敌视它的人不得不刮目相看。鄂豫边省委机关和红军游击队趁势进驻邓庄铺，不久省委机关又迁往铜山脚下的焦竹园。

1937年9月底，在省委会议上，王国华提议在新的形势下游击队要伸出拳头开辟新区。这应该说是游击队过去一直想做而没有做到的事。王国华说："过去我们一直想伸出拳头开辟新区，但是由于各种条件限制，所以我们一直局限于现在这一亩三分地里。今天不同了，我们的部队发展很快，人数已经多达三四百人，拥有两三百支长短枪支，我们的拳头已经硬实了，已经有力量去做这件事了。"

全中玉说道："国华这个提议不错。这确实是我们过去一直想做但是没有做成的事。今非昔比，我们已经有力量去做成这件事了。有力量去做，就不能错过时机。在国华这个提议的基础上，我们需要研究出一个行动的方案来。"

于是，大家围绕着"伸出拳头，开辟新区"的问题，进行了深入的讨论。最后，全中玉把省委的总体方案归纳为三句话：向南巩固发展；向北开辟泌阳东北；向东相机占领竹沟。向南巩固发展，就是巩固以天目山为中心的老根据地，把触角伸向信阳邢集附近；向北开辟泌阳东北，就是把游击区扩大到泌阳的贾楼、毛胡张、板桥、沙河店等地；向东相机占领竹沟，就是看准时机攻占确山重镇竹沟。

1937年10月初，在王国华和冯景禹带领下，红军游击队挺进到泌阳东北方向的大小尖山、老虎山一带，这里是泌阳、确山和遂平三县交界地区，也是敌人统治力量最薄弱的地方之一。游击队在各地宣传党的抗日救国的主张，在当地引起了强烈的反响。

这里的老百姓早听说过共产党和红军游击队，但亲眼看到共产党领导的红军游击队，还是第一次。开始，他们有些胆怯，总是和游击队保持一定的距离。游击队来了，他们就静静地站在一边看着。但是，他们渐渐地发现这支部队和以往他们见到的部队不一样。眼前这支部队穿得稀松平常，但纪律严明，不拿老百姓一针一线，一有空就帮助老百姓挑水、劈柴，而且特别关照那些穷得叮当响的村民和孤寡老人。那个被称为王老汉的王国华，在老百姓面前一点架子也没有，见人总是笑呵呵的，问长问短。于是一些胆子大的，开始围着王国华问东问西。王国华也总是用老百姓的语言解释他们提出的各种问题。他们终于明白了这支部队是专门为天下穷人打天下的，明白了这支部队和过去见过的部队不一样的原因。

老虎山下有个石湾村，靠山靠水，有林有田，然而村里的农民群众却常年为吃穿发愁。山里的土匪时不时地下山强迫百姓交保护费，国民党当局也经常加征粮钱，老百姓苦不堪言。村里有个叫石老栓的老人，对新来的红军游击队观察了好几天。一天，他忽然对王国华说："长官，我想问个问题可以不可以？"

王国华笑着说："老哥哥，我们不兴叫这个，'长官'是国民党军队里的称呼，叫长官就见外了。"

"你们的部队，不叫长官叫啥？"

"老哥哥，我也是穷人出身，我原来也是个种地的老把式，啥农活我都干过。只因为忍受不了地主老财的欺压，我才参加了革命，我们的战士也都是穷人出身，所以在我们的部队里官兵都是平等的。部队上很多人都叫我王老汉，老百姓也有不少人叫我王老汉，你也叫我王老汉吧。"

"叫你王老汉？俺叫了，你可别生气。"

"看你说的，我生什么气啊。你叫我王老汉就对了，你叫我王老汉，我听着亲切。你不要这么拘束，有什么问题只管照直说。"

石老栓见王国华这样平易近人，说的话都是老百姓平常说的话，也就没有那么拘束了。他说道："那我可说了，你说你们是穷人的队伍，穷人有了难处你们管不管？"

王国华说："穷人的事情就是我们自己的事情，咋能不管呢？有啥事，你就直说吧。"

"眼前我有个很揪心的事，愁得我饭也吃不下，觉也睡不着。"

"那你就慢慢说来听听。"

"我儿子给贾楼联保处抓壮丁去了。我今年六十多岁了，家里全靠儿子维持生计，儿子被抓走了，儿媳妇天天在家里哭。我一点办法也没有，你们帮帮我吧。"

事情还得从贾楼镇联保处主任贾云阁说起，贾云阁在国民党地方当局的支持下，建立了自己的联保队。他仗着手里有枪，横行乡里，说一不二，人们又恨他又怕他。现在，上边要求他送一百名壮丁，贾云阁以为发财的机会来了。他借机大肆抓人，抓了近三百人，然后让老百姓拿钱赎人，有了钱就放人，没有钱的就充作壮丁。这一带老百姓平日遭受土匪和地方当局的双重盘剥，日子都过得紧巴巴的，哪里有钱赎人？石老栓正为这事发愁，他希望游击队帮助他把儿子石文亮救出来。

王国华问石老栓："石大哥，村里有几个人被抓？"

石老栓说："我们这个村有六七个人被抓，现在都关在贾楼炮楼后院。你们要救救他们呐！我儿子要是回不来，我这日子就没法过了。"石老栓越说越伤心，说着说着竟老泪纵横，泣不成声。

王国华见石老栓一个劲地抹眼泪，就安慰说："老哥哥，你别难过，你们的事就是我们红军游击队的事，我们管定了，你把心放在肚子里就是了。"

石老栓刚走，游击队副队长冯景禹就从外面进来了。他一进屋就骂道："这家伙真不是东西。"

王国华说："啥事把你气成这样？我正急着找你呢。"

"指导员，你急着找我？"

"是，村里石老栓刚从我这里走，他儿子石文亮和村里六七个青年被贾楼联保处主任贾云阁抓了，他希望我们把他儿子救回来。我刚刚答应他了，你看咋办？"

"指导员，我刚才骂的就是贾云阁。有几个老乡对我说，县里要贾楼出壮丁一百，但是贾云阁却抓了三百，有的村几乎家家都有人被抓，老百姓怨声载道。贾云阁让老百姓拿钱来赎人，钱到放人，可是穷人家哪里有钱赎人？所以他们要求部队帮助他们把人救出来。依我看这可是除暴安良的机会，不能让老百姓失望。"

"冯副队长，你我想到一块去了。你先派人摸摸敌情，我们要打一场有准备的仗。这一仗是我们开辟新区的第一仗，一定要打好。打好了，群众就会拥护我们，从此我们也能够在这里站稳脚跟。"

"敌情，我已经初步了解过。据村里老百姓讲，贾楼这个镇子，地方不大，但是寨墙高筑，墙体宽厚，并排可以走三四个人，寨墙外有寨壕沟，常年积水。所以要拿下贾楼，我们必须做好战前准备，不能有半点麻痹和轻敌思想。"

"好！你挑选几个擅长攀岩的战士，练练夜间翻越高墙的本事。为了达到出其不意攻其不备的效果，凡是部队住的村子三天之内只进不出，严密封锁消息。"

贾楼这一带，自进入伏天以来，连续两个多月没有下雨了，有些村庄的池塘也都干涸了。这天上午还是蓝天白云，可是挨黑时分却是乌云满天。从东北方向吹来的风明显带着雨腥味，有经验的人都说老天爷要下雨了。果然入夜之后，东北风裹着雨点紧一阵慢一阵下了起来。这雨，是山里百姓盼望已久的及时雨，但却给游击队攻打贾楼带来了不便。不过，冯景禹认为，下雨天，也常常是敌人懈怠的时候，雨下得越大，敌人也许就越懈怠，这对游击队而言不是坏事。

身单衣薄的战士们顶风冒雨出发了。村民们听说红军游击队要攻打贾楼，纷纷把自家的雨帽和蓑衣送给了战士们。但冷风裹斜雨，直往战士身上洒落，战士们戴着雨帽也抵不住雨水的侵袭，不大一会儿，衣服就湿透了。

冯景禹鼓励大家："同志们，这点风雨算不得什么！贾云阁和他的保安队现在正在睡大觉呢，这正是我们消灭他的好机会。加把劲，打下贾楼，我请大家喝羊肉汤。"听了冯副队长的话，战士们乐了，有个战士俏皮地说："好，我们等着喝羊肉汤吧。"

山里的路转来转去，走了很久还没有走出山区。王国华问带路的石老栓："石大哥，还有多少里路？"石老栓说："快了，顺着眼前这条路往下走，走上十来里路就到了。"真是天遂人愿，刚下了山，雨停下来了。贾楼影影绰绰出现在前面。游击队神不知鬼不觉抵达了贾楼南寨墙下。

王国华和冯景禹抵前察看，发现这壕沟里面积水不多了，原来几个月没有下雨了，壕沟里的水给蒸发得差不多了。王国华大喜，他小声地对冯景禹说："我上次从这里路过，壕沟里的水还是满当当的，这水都到哪里去啦？让龙王爷收走了吧？"冯景禹差一点没有憋住笑，他心里就佩服王国华的幽默和乐观。他察看了一下寨墙，小声说："指导员，你看，西边的寨墙上好像有人走动。"

他的话刚落音，"招呼着"的叫声就伴随着敲梆子的声音从寨墙的西头向东头走去。这是贾云阁的巡逻队在巡逻放哨，也许是他们喊累了，这声音到了南寨门楼就消失了。

冯景禹一看战机来了，立即叫来王兆七和樊玉先两个攀爬高手。王兆七、樊玉先两个早就铆足了劲头，蹚过脚脖深的水，来到寨墙底下，王兆七蹲下身，樊玉先踩着王兆七的双肩，王兆七起身将樊玉先顶上去，只见樊玉先纵身向上，伸手扒着墙头，翻身上了寨墙。又见樊玉先顺下一条绳子，王兆七抓着绳子，手攀脚蹬迅速上了寨墙。二人不敢停留，直奔南寨门楼。

巡逻的保安队队员其实并没有睡大觉，他们在值班室内打麻将。王兆七、樊玉先两人冲到值班室时，门是关着的，只听得里面"呼呼啦啦"搓麻将的声音。樊玉先猛地用脚踢开门，由于用力太猛，他立脚未稳倒在门口。那些保安队一看，大声斥责："干什么？干什么？找死也不看看地方？"王兆七用枪指着这些保安，大声喊道："都别动！我们是红军游击队！谁动打死谁！"樊玉先起身来，伸手取下挂在墙上的两支步枪，而后迅速下了寨门楼，打开了寨门。王国华、冯景禹一看寨门打开了，率领大队人马冲进寨内。

游击队刚进寨门，突然寨门楼上面响起了一声清脆的枪声。原来，俘虏乌小毛对王兆七说他要尿尿，谁知道这家伙刚出门撒腿就跑。事发突然，王兆七对着乌小毛就是一枪，却未中目标，乌小毛一闪身就消失在视线之外。王国华听到这个情况后说："跑就跑了，权当他替我们给贾云阁报信去了。"

乌小毛果真是去给贾云阁报信的。贾云阁睡得正香，乌小毛的敲门声把他吵醒了。他睡意朦胧地问道："三更半夜的，是谁敲门？"乌小毛急忙回答说："我呀，乌小毛。"贾云阁满脸不高兴地穿好衣服，从屋里走了出来，说道："乌小毛，你这王八羔子，天还不亮就喊，有啥球事？快说！"乌小毛慌忙说："贾主任，大事不好了！红军游击队钻进寨内来了，我看到寨里寨外都是他们的人，看样子有几百人呢。要不是我跑得快，我这一百多斤就撂在寨墙上了。"

贾云阁大吃一惊，他做梦也没有想到，红军游击队会在这个时候攻进他的贾楼大寨。但在乌小毛面前，贾云阁却极力掩饰着内心的恐慌，他强装镇静地对乌小毛说："慌什么慌？我们有人有枪有炮楼，几十里外就有国军驻防。一打起来，国军听到枪声能不赶来支援我们？去，快去集合保安队，马上进入炮楼。"

不一会儿，二十几个保安队员跟着贾云阁进了大院中心炮楼。这时天已经亮了。贾云阁看到红军游击队正向他的炮楼包围过来，就大声喊话："红军游击队的弟兄们，我是这里的联保处主任贾云阁，请你们的长官答话。"

王国华正要上前答话，冯景禹急忙把他拉到一边说："指导员，我估计贾云阁是在耍阴谋，想以拖待变。你同他答话，要注意隐蔽，防着敌人的冷枪。"

王国华点点头说："我差一点忘了隐蔽。"王国华侧身进入一间屋子，隔着窗子说："贾云阁，我是王老汉，事情到了这一步，你还有什么话要说？"

贾云阁也隔着炮楼窗子说："久闻你王老汉的大名，失敬了。我和你素不相识，前世无冤，今世无仇，不知为什么要进攻我们贾楼？"

王国华厉声说道："贾云阁，你听好了。我和你确实前世无冤，今世无仇，但是我们共产党人讲的是天下老百姓的冤和仇。你假借拉壮丁之名，私自扩大名额，压榨穷苦百姓的钱财，害得许多穷苦人妻离子散，家破人亡。这个冤仇，我们不能不管。"

贾云阁回声说："抽壮丁是县里的意思，我是这里的联保处主任，我不能不办。你要替老百姓喊冤报仇，去找县政府去。咱们还是井水不犯河水的好，你走你的阳关道，我走我的独木桥，最好谁也别碰谁。"

贾云阁这话，其实是话里有话，绵里藏针，他的意思就是："我也不是好惹的，我不怕你们。"王国华当然听出了这层意思，他严厉地说："贾云阁，说什么县里的意思，县里叫你抽一拉三了吗？分明是你借机搜刮民财，欺压良善。我现在就是要替老百姓讨回公道，人是你抓的，钱是你要的，我劝你把人全部放了，把钱退了，不然别怪我王老汉不讲情面。"

贾云阁狞笑了一下说："话既然说到这里，那我就不说什么了。王老汉，我也不是好欺负的。今天，你退出贾楼算你识相，如果不退，我奉陪到底！你也别怪我不客气！"

炮楼上的机枪响起来了，红军游击队也开始还击。冯景禹组织了几次进攻，都没有成功。贾云阁的人躲在炮楼里，不停地向外射击。他们武器精良，弹药充分，除了步枪，还有一挺机枪。而游击队连手榴弹也没有，炮楼前面又是一片开阔地，游击队要发动进攻就会完全暴露在贾云阁的视线内。

王国华和冯景禹又仔细观察了一下炮楼周边的环境，发现炮楼东面不远的地方有三间土坯房。冯景禹提出调整作战方案，他说我们家乡叶县有出越调戏，叫《火焚绣楼》，我们今天就来个火焚炮楼。随后他命令突击组带着柴草，在火力的掩护下，绕行到土坯房里，想办法接近炮楼底层，放火烧楼。

游击队突击组在土坯房的后墙上打了一个墙洞，顺利地进入房内，炮楼就在对面。但是在突击组接近炮楼时，还是被上面的敌人发现了，子弹啾啾地倾泻下来，把前进的路封死了。趁着敌人机枪手换装子弹的机会，王兆七猛地起身要往前冲，不料一颗子弹打来，正中左胸，他倒在地上再也没有爬起来。游击队队员看着自己的战友牺牲，悲痛万分，发誓要拿下炮楼，活捉贾云阁，为王兆七报仇。

炮楼久攻不下，王兆七又壮烈牺牲，大家都很焦急。王国华对冯景禹说："这样强攻恐怕还会有更大的牺牲和损失，需要想想别的办法。"

冯景禹说："是啊，强攻确实有困难。但是，我们也不能这样拖下去，一是经不起武器消耗；二是贾楼地处交通要道，有利于敌人增援。所以，战斗不能拖下去，拖的时间长了，对我们很不利。"

于是，他们商定在保持武装进攻的同时，向敌人展开新一轮政治攻势。王国华说："贾云阁这个人看来很顽固，直接喊话恐难奏效。不如另想办法。"

就在这时，石老栓从后面凑过来对王国华说："我刚才想起了一个老熟人，他叫贾旺财，就住在贾楼街上，他儿子也是保安队的。过去他曾经对我说，他本来指望儿子帮助他打理生意，但是贾云阁却逼着他儿子加入保安队。如果不当保安队，贾云阁就要收回租借给他家的门面房。收了那两间门面房，就等于断了他家的生计。所以贾旺财的儿子当保安队也是被逼的。"

王国华听罢，灵机一动，心想："对呀！那些跟着贾云阁当保安队的人，有几个不是穷人出身？有几个家里没有难言的苦衷？"于是，他对冯景禹说："有办法了。贾云阁要顽抗到底，但是，那些保安队的家属不可能让他们的亲人为了贾云阁搭上性命。那些人可都是穷苦人出身，我看可以动员保安队的家属向炮楼里的亲人喊话，叫他们的亲人放下武器投降。这样，就不怕贾云阁他不投降！"

冯景禹对王国华的主意连声叫好，于是，王国华急忙把石老栓叫过来对他说："老哥哥，战斗的情况你也看到了，敌人死守着炮楼不肯投降。

我想去见见那个贾旺财,我有话对他说。"石老栓说:"这个不难,我带你去。"

王国华见到贾旺财就说:"老贾,我叫王老汉,你怕不怕我?"贾旺财回答说:"你就是王老汉呀,俺听说你是专门为穷人打抱不平的,俺就是个穷卖杂货的,俺为什么要怕你?"

王国华说:"这就好。我们现在打的是贾云阁,贾云阁借着抽壮丁的机会,抽一抓三,从中敲诈老百姓,把老百姓逼进了绝境。这样的人你说该不该打?现在我们准备火烧炮楼,但是想到那些保安队队员都是受贾云阁蒙蔽的,好多队员也是穷苦出身,所以不到万不得已,我们还不忍心烧炮楼。听说你儿子也在炮楼上。你看这事咋办才好?"

贾旺财虽然说不害怕王老汉,但是一听说游击队准备火烧炮楼,心里一急,也不知道说啥好。王国华看出他心里十分矛盾,就和气地说:"老贾,我的目的就是请你和其他保安队家属联系联系,大家一起在炮楼前喊话,叫里面的保安队放下武器,缴械投降……"

贾旺财不等王国华把话讲完,就说:"我明白了你的意思,你是要俺把家属们叫到一起,向炮楼上喊话,但是他们打死了你们的人,你们游击队能饶恕他们?"

王国华说:"这个嘛,你就相信我王老汉吧。我们共产党和游击队为的就是天下的穷苦人。我们欢迎保安队放下武器,只要他们缴械投降,我们保证一律宽大处理,一个不杀。愿意跟着我们抗日救国的,一律欢迎。不愿意跟着我们干的,我们也不为难他们,回家好好种地去就对了。"

贾旺财心中有底了,他听说过王老汉是个很讲义气的人,于是,他说:"那好!我去把家属们都喊来。"

贾旺财是个做小生意的,平日里对街坊邻居少不了给些好处,也算得积德行善吧。不一会儿,他就说服了四五个家属。贾云阁的父亲听说游击队要家属们对炮楼喊话,他担心红军游击队会灭了他全家,也表示愿意帮助喊话。

这一招果真灵验。贾云阁一看不少保安队的家属出现在炮楼前,连他爹都出现在家属群中,也不敢开枪了。游击队趁机把王兆七烈士的遗体抬出了炮楼大院。

贾旺财大声喊道:"炮楼上的,都听我说。红军游击队准备火烧炮楼,但是想到大家都是穷人出身,所以不忍心烧炮楼啊。刚才游击队的王老汉对我说，只要你们放下武器，向游击队投降，就能够既往不咎。"

炮楼上的保安队队员听到贾旺财的喊话，心里可说是七上八下，疑虑重重。想缴械投降，又担心贾云阁不答应，还担心游击队说话不算数。不投降吧，游击队真的火烧炮楼，性命难保。贾云阁呆呆地坐在凳子上，看样子也十分揪心，他更担心他爹的性命，毕竟他爹现在就在游击队手中。但是，他还是心存幻想，幻想国民党军队会来救他。

双方又僵持了一会，王国华打破了沉寂，大声喊道："炮楼上保安队的弟兄们，我知道你们都是穷人出身，你们不为自己着想，也要替家里妻儿老小想一想。我也知道你们现在在想什么，你们一定在想我们游击队说话算数不算数。这个你们放心好了，只要你们缴械投降，我保证你们不死，保证你们可以和家人团聚。"

王国华这几句话，一下子就突破了那些保安队队员的思想防线，有人开始把枪支弹药扔下了炮楼，随着时间的推移，扔下来的枪支弹药也越来越多。贾旺财的儿子下到楼底将炮楼打开了。贾云阁眼看大势已去，像斗败的公鸡一样，也只好不情愿地跟着他的保安队下了炮楼。游击队收缴了他们的枪支弹药，把贾云阁绑了。

游击队攻占炮楼后，迅速打开了后院的大门，救出了被贾云阁关押的数百名壮丁。但是，群众，特别是那些喊话的家属都担心贾云阁日后报复，强烈要求游击队为民除害，免除后患，他们高呼："打死贾云阁，打死贾云阁！为红军战士报仇！为老百姓报仇！"贾云阁听到群众的呼声，心惊胆战。他自知罪孽深重，趁着人多混乱的机会翻墙就跑。樊玉先发现贾云阁逃跑了，大叫："贾云阁跑了！"几个群众听见"贾云阁跑了"的喊声，拿起镢头①就去追赶。贾云阁拼命地跑，几个群众拼命地追。跑着跑着，贾云阁突然一头栽在地下，再也没有爬起来，有人说他是心梗。

王国华、冯景禹率领游击队和贾云阁斗智斗勇，攻占了贾楼重镇，解救了几百名壮丁。这让当地的老百姓看到了希望，有不少热血青年加入了红军游击队。石老栓的儿子石文亮也加入了当地的农民抗日自卫队。

在乡亲们送别红军游击队时，石老栓突然跑到王国华面前说道："指导员同志，乡亲们让我给你捎句话，大家希望游击队好事做到底，派兵把山里的土匪也给消灭了，让老百姓踏踏实实过几天安稳的日子。"王国华

---

① 一种挖地的农具。

笑笑说："老哥哥，你的话我记下了，请你告诉乡亲们，我们一定不会让大家失望的。"

红军游击队攻占贾楼后，鄂豫边省委于 1937 年 10 月底在泌阳邓庄铺召开省委扩大会议，决定正式打出抗日救国大旗，将桐柏山区红军游击队改编为"豫南人民抗日独立团"，团长由周骏鸣担任，冯景禹任副团长，王国华任政治委员兼政治部主任，文敏生任政治部副主任。这表明鄂豫边省委领导的革命武装斗争又进入一个新阶段。

在这次省委扩大会议上，王国华想到了石老栓临别时说的那些话。他说："我们在贾楼打掉了贾云阁，老百姓都拍手叫好，叫好的同时，他们又提出了新要求，希望我们进山把土匪消灭了。最近我也了解了一下当地的匪情，根据老百姓的反映，老虎山、青松岭一带，盘踞着几股土匪团队。最大的一股土匪号称有一两千人，匪首叫朱二愣。这些土匪经常下山抢掠，为非作歹，当地的老百姓苦不堪言。为保一方平安，我看应该把剿匪这件事提到日程上来。"

王国华稍微停顿了一下，又接着说："不过我也想过，有不少土匪也是被逼上梁山的，他们和地主恶霸不共戴天。所以，我们进山剿匪，要采取区别对待的政策，把一般匪众同那些惯匪区别开。对那些普通匪众我们也可以把他们收编过来加以教育、改造，争取他们加入我们的队伍。如果能够做到这样，那可谓一举两得，既清除了匪患，又可以壮大我们的队伍。"

王国华这个提议引起了大家的热议，周骏鸣说："这个提议我支持。天目山根据地刚刚形成的时候，星江同志就和我们研究过清除匪患的问题，当时还提出了区别对待的'十字'方针，就是'诱导、驱离、消灭、收编、改造'这十个字。但那时由于我们的力量很小，有些事情还做不到，有些事情还来不及做。现在不同了，我们可以做了。"

不过也有的人顾虑重重，他们说无论是穷苦百姓，还是地主老财，还是国民党地方当局，都反对土匪。如果收编土匪，就让国民党反动派有了攻击我们的借口。也有人认为土匪不可靠，不值得信任。杜庄遇袭前后，平氏夺枪前，我们也曾经做过他们的工作，还向他们借枪，但是他们始终心存疑虑，始终同我们保持着距离。所以不能对他们寄予太大的希望。

全中玉一看大家出现了不同意见，就说："大家说的都有一定的道理，依我看，大家不妨换一个角度想一想，现在不仅是老百姓要求清除匪患，就是地主老财也要求清除匪患，国民党地方当局也不反对清除匪患。从这一点上说，我们抗日独立团进山剿匪，老百姓会拥护我们，社会上一些开明绅士也会拥护我们，地方当局嘴上不说心里也会赞成。所以，这件事做好了，也有利于我们打开建立抗日民族统一战线的局面。从总体上说，是利大于弊，所以我认为国华的意见可行。"

王国华对他的提议又作了进一步解释，他说："大家有顾虑也很正常，过去土匪确实不买我们的账。但是大家可以想想，过去我们是啥情况？现在是啥情况？用中玉的话说，叫作今非昔比。我们已经变得强大起来，他们已经不敢小瞧我们，我们说的话他们都得掂量掂量。他们是一股社会破坏力量，这不假。但是经过教育改造，使他们从此改邪归正，回归社会，他们就可能转变为抗日救国的生力军。"

经全中玉、王国华这么一说，心有疑虑的同志也觉得王国华的提议有道理。于是，省委决定抽出兵力进山剿匪，提出了把消灭匪患和巩固、发展根据地结合起来，和部队的发展壮大结合起来，和建立抗日民族统一战线结合起来的方针。

王国华是那种雷厉风行，说干就干的人，会后他就找到了老班长刘世跃。他对刘世跃说："世跃同志，我想交给你一个特殊任务，不知你有啥想法没有？"

刘世跃并不知道啥任务，就问道："政委，那要看是啥特殊任务，要看我有没有能力完成。"

王国华说："世跃同志，我相信你可以完成这个任务。我知道你曾经和山里的山大王有过一段交往，对他们的活动有所了解。所以，我准备派你到老虎山朱二愣的杆子队伍开展工作，你可愿意？"

刘世跃问道："政委，我和朱二愣根本就不认识，这工作怎么做？"

王国华说："你认识不认识朱二愣没有关系，你只要想办法潜入到他们的团队中，就有机会做工作。你的任务是宣传党的抗日救国政策，争取分化瓦解这支杆子队伍，如果有可能就拉出一部分人走上革命道路，加入豫南人民抗日独立团。你敢不敢去？"

刘世跃一听心里不免有点紧张。朱二愣生性多疑，一些惯匪也是心狠手辣，弄不好徒劳无功，甚至会搭上自己的性命。但是，为了保护一方的平安，为了独立团的发展壮大，他豁出去了。他对王国华说："王政委，只要能够争取他们一部分人投奔我们独立团，我就是死了也值。"

王国华摆摆手对他说："先不要说死不死的，你要有信心，背后有独立团给你撑腰呢。到了那里，要多和那些底层的匪众交朋友，宣传我们的政策，宣传抗日救国，谈人生出路，使他们认清抗日救国的大势，争取他们早日反正，加入我们的部队。当中有一个叫刘老闷的，为人仗义，你可以先同他联系联系，做做他的工作，看看能不能从他那里突破。"

刘世跃听了王国华的话，心里有数了。几天后，他带着两个战士顺利地打入了朱二愣的杆子队伍。他很快发现这支杆子队伍比较松散，名义上是一伙，但是一伙之下却有多个小团伙，刘老闷是其中一个小团伙的头目，手下有百十号随从。当年刘老闷的妻子、女儿都被恶霸强奸后饮恨自尽，刘老闷一气之下烧了恶霸的粮仓，上山投靠了朱二愣，后来还在朱二愣手下做了小头目。随后不久，刘老闷也渐渐地建立起属于自己的小团伙。刘老闷虽然上山为匪了，但是他有个信条，他相信天下穷人都是最无奈最值得同情的人，不能让自己妻女的惨状在别的穷人身上重现。所以他一直用这个信条约束手下，只可劫富济贫，不可欺负穷人，不可抢劫穷人，更不可奸人妻女。他听说红军游击队纪律严明，对穷人秋毫无犯，内心早就有几分敬意。

刘世跃了解了这个情况，就主动接近刘老闷，时不时地向他透露一些共产党的抗日救国主张，透露一些红军游击队"打坏货"的事迹。有一天，刘老闷突然问刘世跃："老弟，你老实对哥哥说，你是不是红军游击队的？"

刘世跃觉得没有必要隐瞒下去了，就回答说："你说的对，我就是，你知道共产党的抗日独立团吗？我就是独立团的，独立团政委王老汉要我找你。"接着他把自己来到这里的目的告诉了刘老闷，他说："王老汉知道你心里苦，又很讲义气。他很希望你能够带领大伙走正道，加入我们红军抗日独立团，一起抗日救国，一起为国家建功立业。我把话已经挑明了，还希望你三思。"

刘老闷没有当场答应，他说当初在自己最无奈、最艰难的时候，朱二愣收留了他，回来又让他当了小首领，不能就这么离去，即便走也要他打个招呼，看他咋说。

半个月过去了，有一天刘老闷找到刘世跃说："我把你们的抗日救国的主张向大首领透露了一点，他问我是不是听到了共产党的宣传，我说是。他又问我有什么想法。我说听说共产党的游击队是为穷人打天下的部队，很多人都想参加他们的游击队。"朱二愣听后说："人各有志，不能勉强。你们谁要是愿意找游击队，我也不为难你们，去留自便。但是有一条，不能坑害我。只要不坑害我，我们就还是兄弟。"

刘世跃对刘老闷说："既然如此，我们就该马上行动起来，防止夜长梦多。"刘老闷回答说："你说过你是王老汉要你来的，我要先见一见王老汉，亲自听一听他对我们是怎么看的，见了面再说后面的事。"

刘世跃心里觉得刘老闷心里还是有些疑虑，不过他又一想，刘老闷从一个受欺压的农民到参加杆子队伍，是他人生的一个急转弯，而如今他要投奔红军游击队，这毕竟是他人生的又一个急转弯，而且也关系着他手下百十号随从的前途。他要求见见王国华也是人之常情。因此就答应了。

几天后，在贾楼附近的一个小山村里，刘老闷见到了王国华。王国华给他的第一印象就是平易近人，说话直爽。王国华拉着刘老闷的双手，连声表示欢迎他加入独立团，称赞刘老闷带着百十号人马加入抗日独立团，是抗日救国的忠义之举，为抗日救国立了大功。

刘老闷最关心的莫过于出路问题，他不加隐瞒地问王国华："王政委，你看我这百十号弟兄怎么安排才好？"王国华说："这个事好说，带过来的人可以组建一个连队。刘世跃当连长，你当副连长，另外，你要是没有意见，我准备派几个干部去做思想教育工作。"刘老闷从心里感到王国华说的话很坦诚，句句在理，也就表示服从安排了。

抗日独立团对土匪的清剿与收编、改造并举，使得一些土匪也开始重新思考自己的出路和前程，有的金盆洗手，有的缴械投降，不肯下山投降的也不敢到村子里祸害老百姓了。国民党政府办不到的事，共产党办到了。老百姓都说共产党干得好。就连国民党地方当局和一些地主豪绅也不得不对共产党刮目相看。

确山县留店开明绅士宁世杰目睹时局的风云变幻，对豫南人民抗日独立团"合作抗日"的主张深表赞许，逢人就说："共产党的军队，吃的不咋样，穿的不咋样，但是人家抗日救国，士气高昂，心里面想的是国家兴亡，想的是老百姓，必将成大气候。这样大仁大义的军队，我们作为乡绅不能不支持。"他公开发起募捐活动，为抗日独立团捐献钱粮。

有人对他说："老弟，你何苦呢？共产党就是一群杀人放火的'共匪'，给他们捐献钱粮，那不是养虎为患吗？"

宁世杰说："老兄，我们过去看人看走了眼，骂人家是'共匪'，骂错了，有尽力剿匪保护一方平安的'匪'吗？现在国难当头，民族危亡，共产党不记前仇，呼吁合作抗日。除了共产党还有谁能做到这一点？有些人整天骂共产党，但是他们自己为抗日救国做了什么？"

宁世杰一席慷慨激昂的话，说得那位老兄面红耳赤，无言以对。为了表达他对抗日救国的支持，宁世杰听说独立团从附近经过，主动捐献了一千大洋，还把亲侄子送到独立团当兵。在他的感召下，一些良心未泯的乡绅也开始响应抗日救国、人人有责的主张，纷纷捐钱捐粮，支持独立团的抗日活动。

不过，也有人同宁世杰大唱反调，宁世杰的醒世良言并没有唤醒他们的良知。周骏鸣率团进军信阳邢集后，号召社会各界有钱出钱，有力出力，抗日救国。大梨园村的徐立臣却公开反对说："确山宁世杰上共产党的当了。共产党宣传抗日救国，就是一个'赤化'宣传。他们打着抗日救国的旗号，实际上是为了避免国军的'追剿'，是为了向我们要钱要粮。我们要小心为妙，千万不要上了共产党的当！"

徐立臣在当地也算得上是一个重量级的人物，在桐柏山红军游击队诞生之前，他就以防止"匪患"的名义建立自己的庄园队伍。这支三十多人的庄园队伍，拥有长短枪三十多支，弹药无数。而且，围绕着大梨园周边地形，修筑了坚固的围墙，在寨内四角各修筑了一座炮楼。徐立臣要大家提防共产党的抗日独立团，当地有些乡绅也很赞同。

冯景禹说："像徐立臣这样的人，如果听之任之，他就会继续和我们唱对台戏。我提议以王政委的名义先给徐立臣写封信，提出合作抗日的要求，看看他有什么反应。如果他不肯合作，继续和我们作对，我们就不妨兵戎相'谏'，杀杀他的威风。如果他能幡然悔悟，就最好不过了。"

这封以王国华的名义由文敏生执笔的信函，既写了共产党主张联合社会各界抗日救国的缘由，也写了共产党不计前嫌，希望和国民党以及各党各派联合起来共同抗日的愿望，最后希望徐立臣以国家和民族利益为重，慷慨解囊，捐助钱粮，资助抗日独立团购置枪支弹药。

大家本以为徐立臣看了这封信，思想会有一个转变，不料，徐立臣看了书信，自言自语地说："怎么样？我说的没错吧！共产党说到底，还是跟我们要钱要粮。想得倒美，门儿都没有！"然后，他不假思索地给王国华写了一封回信，竟然狂妄地声称："区区小事，何足挂齿！但请贵部割下人头一百个，头来钱往，公平交易。"

看罢徐立臣的回信，周骏鸣大怒。他对王国华和冯景禹说："徐立臣如此狂妄，不顾民族大义，想学蔡冲的蔡象山啊！"冯景禹生气地说："既然他不听劝告，那只有兵戎相'谏'了。"王国华说："徐立臣太小瞧我们了，教训他一下也可以。但他不仁，我们却不能不义。如果他服软了，愿意支持我们抗日，也可以再给他一次机会，算作是化敌为友吧。"

几天之后，豫南人民抗日独立团副团长冯景禹带着一队人马出发了。这支穿着国民党地方保安队服装的部队，押解着几个穿着破衣烂衫的"土匪"，大摇大摆地出现在大梨园村寨门口。

徐立臣自从回复王国华的书信后，一直心神不定。他心里想，自己虽然不愿意赞助他们，但是也不该把话往绝处说。不管咋说，王国华说的是抗日救国，请求的是支持，而自己却有些不近人情。但说出去的话，泼出去的水，收是收不回来了。假如共产党打上门来，蔡象山的结局就是自己的结局，想到这里他心里直打战。不过他还是心存侥幸，觉得水来土掩，兵来将挡，加强防卫就是了。于是他把护庄队队员召集在一起，要求大家日夜巡逻，谨防红军队伍进攻，特别是要谨防红军队伍夜间偷袭。

徐立臣号令下来，护庄队加强了戒备。冯景禹带着一干队伍出现时，守寨的马上大声喝问道："站住，你们是干什么的？再向前一步，我们就开枪了！"

冯景禹开腔骂道："眼睛瞎了？没看到我们押着几个'土匪'吗?"

守寨人虽然有所警惕，但是看看眼前这支保安队来头不小，又确实押着几个"土匪"，于是这警惕性立马打了五折。几个守寨的慌忙从寨门楼下来打开寨门，把这支队伍迎进了寨门。只见部队进寨之后，迅速分兵占领了四个炮楼。

冯景禹对一个守寨人说："我们抓了几个'土匪'，土匪们可能很快会围攻过来，你马上带我去见徐先生，商议防御土匪的大事。"

几个守寨人一听保安队长官要和徐先生商议防御土匪，连最后那点警惕性也消失了。他们二话不说，带着冯景禹和一队战士，连通报都没有就进了徐立臣家里。徐立臣一见是县里保安队到了，连声说"欢迎欢迎"，还端上了上好的信阳毛尖茶。大家坐定之后，徐立臣说："长官光临小寨，兄弟有失远迎，请长官海涵，恕罪！恕罪！"

事情到了这个分上，冯景禹觉得这戏也该收场了。他不紧不慢地说道："哪里！哪里！只是那一百个人头忘了带来，还请见谅。"俗话说，锣鼓听音，说话听声。徐立臣一听，心中大吃一惊，嘴上说："你是?"

"鄙人就是豫南人民抗日独立团副团长冯景禹。听说你要我们抗日独立团拿来一百颗人头，才肯资助我们的部队抗日，今天我不请自到，特地来会会徐先生。"徐立臣听罢，面如土色，浑身筛糠，一下子瘫倒在地，口称："我有罪，我有罪！冯团长，你大人不计小人过，饶了我吧。说了那些混账话，我也有些后悔，我真是该死呀！"

冯景禹暗自觉得好笑，心想："这人明明是狗熊，还要充硬汉。"于是，他说："起来吧，徐先生，你也不必害怕。眼下国难当头，我们共产党主张全国各党各派团结起来，枪口一致对外，抗日救国。难道你连这点都想不明白?"

"冯团长，明白了，明白了。老朽愚昧，请恕罪。"

"现在有两条路，一条路就是继续反共反人民，破坏团结抗日，甘当民族的败类。另一条路就是站在人民一边，抗日救国。抗日救国，人人有责，有钱出钱，有力出力。何去何从，你自己看着办吧。"

"冯团长，我明白了，我愿意站在人民一边，抗日救国，抗日救国。"

"我们共产党不计前嫌，说话是算数的，也希望你不要让我们失望。"

徐立臣心想："自己说了那么绝情的话，共产党却不杀自己，看来这共产党的部队的确是仁义之师，是国家的希望，和传说中的说法根本不一样。"于是他又是道歉，又是感谢不杀之恩，他说："冯团长教训得对，国家兴亡匹夫有责，你这么一说，老朽茅塞顿开，我真是混蛋！我今天对着徐门祖先发誓，今后我再也不和你们闹对立了，如违背誓言，天打雷劈。请冯团长相信我，放我一马。我一定为独立团抗日救国效犬马之劳。"

冯景禹觉得徐立臣说的应该是心里话，就说："那好，还希望徐先生说话算话，不要失言。"

徐立臣听过冯景禹的话，连声说："是是是，一定一定。"说罢，徐立臣当即表示把寨子里的枪支弹药交给独立团抗日，并吩咐人抬出一千大洋，捐助抗日独立团。

冯景禹说："那我也不客气了，这些武器比什么都好，一千大洋我也收下了，我给你打一个收条吧。徐先生今天为抗日救国干了一件大好事，共产党人是不会忘记的。希望徐先生以后坚持以抗日救国事业为重，发挥你的影响力，引导乡绅和民众多做团结抗日的好事。"

徐立臣念及共产党大恩大德，大仁大义，千谢万谢，一直把冯景禹和独立团的战士送出寨门口。

第十八章　独立团边谈边打　周庆鸣竹沟暴动

桐柏山区红军游击队的存在，始终是河南绥靖公署主任刘峙的一块心头大石，他听说游击队越战越强，正式打出了豫南人民抗日独立团的旗号，心里十分窝火。1937年10月底，他给信阳公署武专员下达命令，令他出面纠集罗山、信阳、确山、泌阳、桐柏等五县的保安团，进驻信阳邢集镇，向抗日独立团发动进攻，企图在全面实现国共合作抗日前消灭或吞并这支力量相对弱小的红军队伍。

不过，刘峙的压力也与日俱增，一方面豫南人民抗日独立团声威与日俱增，接二连三攻占了邓庄铺、马谷田、贾楼等重要集镇，战斗力越来越强；另一方面全国人民和根据地周边各县开明士绅抗日救国的呼声与日俱增，纷纷要求和共产党领导的红军游击队谈判，合作抗日。无奈之下，刘峙只好委托武专员派人给抗日独立团捎信，要求周骏鸣到蔡冲谈判。

有了上次和东北军谈判的经验教训，全中玉在省委会议上分析说："现在，全国团结抗日是大趋势，我们和国民党的谈判也已经是箭在弦上。但是，他们昨天还在集结兵力进攻我们，今天突然要和我们谈判。他们是真谈还是假谈？他们要是真谈，首先就必须撤军，这是一个前提。为了防止他们借谈判的名义，对我们发动突然袭击，或借谈判的名义扣押周骏鸣同志，我提议先派一个谈判代表到他们那里探探虚实，看看他们的反应。"

省委统战部部长刘子厚支持全中玉这个意见，他对大家说："全书记这个意见是稳妥的，也是切合实际的。据有关情报透露，南方某地，国民党借谈判的机会把我们的游击队缴械整编了，这是个教训。我们需要摸清对方的真实意图，今后的谈判才会更有针对性。"

派谁做谈判代表呢？全中玉提出一个人选，就是豫南人民抗日独立团政治部副主任文敏生。文敏生曾经参与和东北军的谈判，有一定的谈判经验，是个合适人选。全中玉这个提议得到了大家的一致同意。会后，遂派人知会武专员说，独立团同意谈判，但是谈判地点应改在吴家尖山。

为了保证文敏生的安全，周骏鸣亲自带领部队把文敏生送到吴家尖山谈判地点附近。周骏鸣等人到达吴家尖山时，武专员的部队已经占领了对面的山顶制高点，保安团的哨兵隐约可见，这显然不是一个谈判应有的阵势。为了避免擦枪走火，周骏鸣留下了文敏生等谈判人员，自己带领部队悄悄向泌阳铜山沟方向转移了。

此时的文敏生，心里并不轻松。他有一种莫名的预感，谈判虽然是对方首先提出的，但是这次谈判顺利不了，对方发起刁难是免不了的。但是为了团结抗日的大局，他觉得就是龙潭虎穴今天也要闯一闯。想到省委对他的信任，想到他身后战友们的支持，文敏生觉得有一股强大的力量在支撑着他。文敏生整整衣帽，径直走到了武专员的军营。军营大门两边站着两个哨兵，还有一个带班的。哨兵拦下文敏生大声问："干什么的？"文敏生正要回答，带班的陈副官过来了。陈副官打量了一下文敏生，然后问道："你是来谈判的？"文敏生说："没错，请你通报一下武专员，我是豫南人民抗日独立团政治部副主任、谈判代表文敏生。"

陈副官没有为难文敏生，也没有进去通报，就直接带他去见武专员。谁知道武专员一见文敏生，就来了一个下马威。面对共产党派来的这个年轻人，武专员开口就撂下了一句狠话："年轻人，你回去吧，我不跟你谈，你不够资格。要谈就请你们团长周骏鸣来谈，周骏鸣不来，一切免谈。你回去捎个信，周骏鸣如果不肯来谈，就等着我去把你们消灭好了。"

文敏生吃了一惊，他没有想到武专员一开口就是恐吓威胁。文敏生正想回怼他几句，不料武专员却摆摆手，转身对陈副官说："你带他去吃顿饭，好歹他也是共产党派来的代表，吃了饭叫他赶快走人。"

文敏生感到谈是谈不成了，他也不想和武专员过多纠缠，便平心静气地说："谢谢武专员好意，饭我就不吃了，我这就回去，把你方的态度和意见带回去。"

仝中玉见文敏生无果归来，立即在邓庄铺紧急召集王国华、周骏鸣、刘子厚等人商议，他分析说："武专员今天还以武力威胁我们，声言要消灭我们，显然缺乏谈判诚意，但现在看他还没有把谈判大门关死。所以，我主张谈判要继续，但是战斗也不能停，边谈边打，以打促谈。我们的仗打得越好，谈判就越有底气。"

周骏鸣说："对，只要他们不放弃吃掉我们的企图，我们就一刻也不能停止战斗，这也符合党中央的指示精神。前一段时间，我们提出要相机攻占竹沟，现在时机来了。只要能攻占竹沟，就能够增加我们谈判的筹码。"王国华也主张立即攻占竹沟。

仝中玉说："攻占竹沟是我们此前定下的目标。但如果现在就攻占竹沟，国民党会不会说我们破坏谈判？这是个很实际的问题。所以，我们要想个办法，既要拿下竹沟，又要让他们无话可说。"

王国华说："办法是有，最好的办法是让当地党组织发起暴动。半年前，我已经派周庆鸣潜伏竹沟，秘密建立党组织和农民抗日自卫队。现在，他在竹沟已经秘密建立了党组织，在竹沟附近的农村秘密建立了农民抗日自卫队。时机是否成熟，不妨听听他的意见。"

周骏鸣补充说："我从延安回来的时候，庆鸣和杨秀峰来找过我。他们说竹沟镇镇长周全斌比较开明，赞成共产党抗日救国的主张，但是他说话不管用，竹沟联保处主任徐景贤和保长卢子尧等人都是当地地头蛇，他们根本不听周全斌的。我对庆鸣说你们要充分利用这个矛盾，从内部瓦解敌人，一旦有机会，我们就可以里应外合攻占竹沟。临走时，他们说缺武器，我还送给他们两支驳壳枪，七颗子弹，现在该派上用场了。"

仝中玉说："既然如此，这事宜早不宜迟，让周庆鸣来一趟，听听他的意见。"

竹沟镇坐落在确山以西七十华里的山区，镇上有居民五百多户，人口两千多人，这在山区的集镇中算得上是一个规模较大的集镇。国民党地方当局在竹沟镇设立了镇公所，此外还设立了一个联保处和两个保公所，建立了保安队，对原有寨墙还进行了加高加固修缮，在四个寨门上修建了坚固的炮楼。

镇子里最反动的家伙要算联保处主任徐景贤，他的势力最大。徐景贤的老窝在竹沟镇南面的大罗庄，他拥有土地四百多亩，在竹沟镇和大罗庄建了两处庄园，大罗庄庄园也建有炮楼。徐景贤知道红军游击队的厉害，很早就加强了竹沟的防务，一年四季在寨门口盘查过往客商和行人，还一度强制把农贸交易市场从镇内移到东寨外的河沙滩上。年初，有七个商人路过竹沟，徐景贤硬说他们是共产党的探子，抢了他们的货物，还把他们拉到东寨门外的河沙滩上杀害了。人们都说徐景贤疯了，对过路的商人说杀就杀。最近，他听说武专员要和红军游击队谈判，抵触情绪很大。他到处散布流言蜚语，说什么"共产党是假抗日，合作抗日是为了救自己"，"跟共产党谈个啥？灭了它就一了百了了"。周庆鸣和徐景贤有着一层亲戚关系，是徐景贤家里的常客，对这些情况，当然是了如指掌。

周庆鸣接到了王国华的通知，就和杨秀峰一起连夜赶到了邓庄铺，向省委和独立团领导详细地汇报了工作的最新进展。他说："竹沟镇镇长周全斌的护兵朱建选，已经成为我们的地下党员，周全斌多次对朱建选说不要去反对和干扰共产党的抗日救国宣传，他们宣传抗日救国，没有错。他在竹沟镇虽然说话不当事，但是面子上徐景贤等人还是很尊敬他，有事还是要找他商议。另外，我们派党员李英辉利用私人关系主动接近徐景贤的护兵张国汉，派党员张一山主动接近卢子尧的护兵白子顺，经过我们做工作，张国汉和白子顺都站到了我们这边，多次帮助我们打听消息，配合我们的行动。"

仝中玉听了周庆鸣的汇报，称赞说："庆鸣同志在这么短的时间内做了这么多工作，实在不容易。现在，我们就想知道，如果由你们出面发动竹沟暴动，你有没有胜利的把握？"

周庆鸣回答说："这怎么说呢？现在，我们有十几个同志可以参加战斗，如果独立团能够派人助我们一臂之力，就一定能够成功。"周庆鸣这个反馈，应该是很实际的。仅仅靠他们自己的力量，显然难度太大，如果有独立团相助，暴动就有了成功的把握。

周骏鸣说："那好，独立团就派王勋带个小分队配合你们。王勋对竹沟镇的情况也很了解，不过，王勋只能暗中支持你们，竹沟暴动主要靠你们。"

仝中玉说："庆鸣同志，周团长说的也是省委的意思。现在国民党要和我们谈判，我们也答应谈了。我们现在是边谈边打，以打促谈。如果竹沟暴动成功，就可以增加我们谈判的筹码，达到以战促谈的目的。但是，为了创造谈判的气氛，独立团不便公开出面。所以竹沟暴动的任务就交给你了。庆鸣同志，这个意思你听明白没有？"

周庆鸣说："我知道该怎么办了，对外叫竹沟暴动也行，叫竹沟起义也行，党这么信任我，要我领这个头，我听党的。"周庆鸣说罢，看了看仝中玉、王国华、周骏鸣等人，又说道："各位领导。如果在'竹沟暴动'这四个字前面再加上三个字，那就更好了。"

仝中玉问道："你想加上哪三个字？"

周庆鸣说："加上'周庆鸣'三个字呗！"

这三个字一说出，竟让大家忍不住笑了起来。仝中玉说："好，加三个字就加三个字。庆鸣，下面主要看你的了，千万别让大家失望。"

周庆鸣、杨秀峰和独立团王勋等人带着省委和独立团领导交付的任务回到了竹沟。他们来不及吃饭，就急忙召集张国汉、白子顺、朱建选、刘文、张一山、李英辉等人到杨秀峰家里开会，策划暴动的工作和部署。

会上王勋对大家说："省委指示我们立即准备暴动，攻占竹沟。我这次来就是协助周庆鸣和杨秀峰同志发动竹沟暴动的。现在请大家来，就是要和大家商量战斗的具体部署，把暴动的有关准备工作确定下来，然后分头执行。"

周庆鸣说："省委决心发动竹沟暴动，下面就看我们怎么干了。只要大家齐心，就一定能够完成省委交给我们的任务。今天是 10 月 21 日，从现在起我们就应该进入战斗准备，争取下个月 1 日动手。我提议擒贼先擒王，以我和秀峰的名义宴请徐景贤、卢子尧等人，在宴席上先把他们解决了。"

王勋对周庆鸣的话有些不解，他问杨秀峰："庆鸣说以你们两个的名义宴请他们？是啥意思？"

杨秀峰笑笑说："说来话长，论关系徐景贤的母亲是庆鸣的一个远房姑姑，这也算得是沾亲带故呢，我的母亲是卢子尧的姑姑，我们也算是姑表兄弟。我和庆鸣为了弄清他们的动向，就隔三差五地出入他们两家。庆鸣的提议，我看可行。只要解决了他们，树倒猢狲散，那些虾兵蟹将就好收拾了。"

王勋听了笑道："这个办法确实好，但是也要随机应变，万一行不通了，就必须有其他办法。另外，我和小分队不便公开出面，只能暗中相助，给你们一点武器，所以整个暴动只能打出周庆鸣的旗号。这意味着镇内的敌人要由你们来解决，我和小分队只能在北面山里隐蔽待命，防止敌人逃跑，阻击可能出现的援敌，非常必要时才打入镇内，参加战斗。这一点，希望大家要明白。"

周庆鸣最后说："好，就这样定了，时间定在 11 月 1 日。我和秀峰等人负责解决镇内的敌人，王勋同志负责外围。会后大家要抓紧准备。"

说来事情有些凑巧，正当周庆鸣、王勋等人紧锣密鼓筹备竹沟暴动计划的时候，武专员又派人给抗日独立团送信，点名要周骏鸣于 10 月 24 日到竹沟谈判。全中玉马上召开省委会议，紧急商量对策。全中玉对大家说："竹沟暴动在即，武专员点名要骏鸣去竹沟谈判，竹沟就成了一个敏感的地方。我个人的意见是，竹沟暴动该咋准备就咋准备，竹沟谈判该咋进行就咋进行。但是，根据内线报来的消息，他们有扣留周骏鸣同志以胁迫独立团缴械改编的意图，这个消息准不准确，我们无法证实。为防万一，我的意见是派张明河去竹沟谈判，只要周骏鸣不出马，他们就会有所顾忌，就不敢扣留张明河。"

张明河思维敏捷，临大事而不乱，善于处理复杂问题，在全中玉任游击队指导员时就多次协助全中玉处理棘手问题。10 月 24 日这一天，张明河带了两个战士出发了。刘子厚亲自带领二中队把他送到邓庄铺东面的出山口。临分手时，刘子厚嘱咐张明河说："明河，对方肯定还会像对待文敏生那样对待你，你要有思想准备，千万要冷静，做到有理有节，既要不失我方尊严，也不要和他们发生激烈的语言冲撞，谈得拢当然好，谈不拢回来再说。"

张明河在竹沟镇联保处见到了武专员和确山县县长全子杰。武专员看看眼前这个小伙子，依然趾高气扬，傲气十足，他盯着张明河出口就说："算了算了，不谈了，不谈了。红二十八军军长高敬亭还亲自下山同我们谈判，周骏鸣一个小小的独立团团长，却躲着不肯和我们见面，架子不小啊。上次你们派了一个姓文的小年轻，这次又派你来，能谈出什么结果？你回去吧，明天起我就发兵，不出三天就可以把你们消灭了，你信不信？"

张明河想到临分手时刘子厚说的话，强忍了这口气，沉稳地说："武专员误会了，我们周团长前天下山坡时不小心崴着脚了，现在脚脖子肿得粗，无法走路，他又怕耽误谈判议程，就派我来了，有什么话尽管对我说，我虽然不能作最后决策，但是提个建议还是可以的。"

武专员半信半疑地说："该不是说瞎话吧？我倒要看看你这个小年轻能提出什么意见？我要是发现你说的是瞎话，你可要小心了。"

张明河急忙辩解说："我哪敢对武专员说瞎话呀？"武专员和全子杰对视了一下，两人都笑了。全子杰还算客气，他对张明河说："好了好了，你跑了这么远路，一路辛苦，先到屋里歇息歇息，下午正式谈判，你看如何？"

张明河说："谢谢全县长的关照，客随主便，就这样定吧。"于是，全子杰就派人把张明河和两个战士安排在联保处的西厢房休息。

下午在联保处的会议室，武专员的态度突然来了个一百八十度的大转弯，对张明河客气起来。原来中午吃饭时，竹沟联保处主任徐景贤私下对武专员说，这个年轻人可不简单，他是独立团的重要人物，人们都叫他颜大队长。武专员听了徐景贤的话，又想到上午张明河说的话，心里就想既然来的是个说得上话的大人物，那就别冷落他了。

所以，下午武专员见到张明河时，对上午趾高气扬的态度连连表示歉意，他对张明河说："误会误会呀，我也是急着想见一见周骏鸣团长，他没有来，我有些心急，一时语言唐突，颜大队长你别介意啊。既然你能代表周骏鸣团长，那我们就谈谈吧。请问，颜大队长，你这个大队有多少人枪呀？"

武专员提出这个问题，大有摸底的意图，张明河当然知道对方的用意。至于"颜大队长"这个称呼，张明河也没有否认，反正他这个"颜大队长"的称呼也不是没有来历的。原来，张明河曾经担任游击队宣传队队长，他又是个戴眼镜的，有人戏称他是"眼镜队长"，"眼""颜"谐音，传来传去，也不知道怎么搞的，就变成独立团的"颜大队长"了。在武专员面前，张明河觉得无须解释，就随他叫吧。

张明河顺着武专员的话题说："你问这个呀？不瞒你说，也就几百人吧。"

武专员接着说："这么说来，独立团总人数不少啊！"武专员这样推测，其实还是要摸独立团的底。为了挫挫武专员的傲气，张明河说："总人数确是不少，地方上的便衣队我不很清楚，单是独立团就有三个营，加上团部警卫队，也就是一千几百人。"

武专员听了暗自吃惊。全子杰坐在那里也一声不吭，也许他根本不信独立团会有这么多人，但是他也无法否认，因为共产党的'兵'和'民'是连在一起的，说多少就会有多少，今天一个连，说不定明天就会出来一个营。

武专员又问张明河："你们这么多人，都在哪些地方活动？"张明河觉得这个问题涉及军事秘密，但是人家要问也不能不说，那就随便告诉他一个大概的区域吧，于是他不慌不忙地说："我们独立团回旋地域较大，哪里有任务就出现在哪里，不过主要在信阳、桐柏、确山和泌阳等县境内活动，中心区域就在吴家尖山、毛集、回龙、石滚河、邓庄铺、高邑、王店、贾楼等地。"

武专员心里想，这个年轻人说的也许不假，他们的部队一下子攻占信阳蔡冲，一下子攻占泌阳邓庄铺，一下子又攻占泌阳贾楼，忽东忽西，机动作战能力不能小看。于是他对张明河说了几句表示暂时停火的话："颜大队长，我们不能再打下去了，我们双方先停火吧。吴家尖山那边属于信阳管辖，由我来安排停火。我再给泌阳贾县长写一封信，你拿着我的信找他，就说双方临时协议，以后不能再出击了。确山这边，你可以和全县长谈。长久的安排，还需要进一步谈判。下次谈判，希望你们派出能够最后决策的人参加。"

张明河回答说："这个自然，我们希望的就是双方达成停火协议，大家携起手来共赴国难，共同抗日救国。你说的协议虽然是个临时协议，我们也会遵守。武专员说要给泌阳贾县长写信，我代表独立团谢谢了。"

10月25日早饭后，武专员和全子杰等人在一起密谈了很久，他们谈了什么，只有他们自己知道。张明河到厕所方便时，确山县保安队有个人偷偷跟了上来，递给他一个纸条转身就走。张明河赶忙打开纸条，只见上面写道，竹沟联保处主任徐景贤准备暗杀你，要小心。送纸条的人是谁？张明河猜测可能是党组织潜伏在保安队的同志。看了这张小纸条，他顿时想到了全中玉说的"国民党反动派是什么事情都干得出来的"那句话，心里暗自吃惊！不过，他很快就平静下来了，他想自己背后有党组织支持，只要自己保持警惕，就不怕徐景贤使坏。于是，他若无其事地从厕所走了出来。

武专员和全子杰密谈了一阵子后，从屋里出来，把写给泌阳贾县长的信交给张明河说："颜大队长，我能够做的已经做了，我要回去了，别的事你可以和全县长继续谈，咋谈你们定。"说罢，他就回信阳去了。

当天挨黑时分，全子杰也要回县城了。张明河就说："全县长，有些事情还要好好和你谈谈，我就跟你一起进城谈吧。"全子杰回答说："那当然好，到了县城我来安排食宿。"

张明河和全子杰离开竹沟还不到一个钟头，就突然遭遇身份不明人员的袭击，全子杰吓得浑身发抖，他带领的保安队也四散逃命。全子杰对张明河说："咋会这样？这个徐景贤也太……实话给你说吧，武专员原来打算把你们独立团缴械改编。"全子杰没有往下说，张明河也没有再问，他一下子全明白了。

张明河看看周边的地形对全子杰说："全县长，你也不要惊慌，我刚才发现子弹是向天上打的，看来人家还是很给你面子的，只是想吓唬吓唬我们，你快叫人吹响集合号，把保安队收拢起来，以防万一。"于是，全子杰让号兵赶紧吹号，把他的保安队队员集合在一起，而后对他们说："一场虚惊，就把大家吓成这样，要是真的打起来，你们还不把我这把老骨头扔在深山里喂狼？"

其实，全子杰这些话不应该对他的保安队说，应该对徐景贤说。什么人敢明目张胆地拦截堂堂的确山县县长？既然是拦截，为什么又只对天开火？为什么一开火保安队就四散逃跑？这分明有人搞鬼。醉翁之意不在酒，他们的目的不在拦截全子杰，更多的是要拦截张明河，至少是向张明河传达出一种威胁信息，幸亏张明河紧紧地跟在全子杰身边，才毫发无损。

张明河离开竹沟的第二天上午，也就是 10 月 26 日上午，朱建选突然慌慌张张找到周庆鸣说："庆鸣同志，我们内部可能出了叛徒，徐景贤好像听到了什么风声，昨天下午拉着周全斌上了北寨门炮楼，一个劲儿地察看北山地形，还对周全斌说'共匪'可能在下月 1 日向我们发动袭击，提出要加强北寨门的防范。"

周庆鸣听到了这个突如其来的消息，大吃一惊。很显然，如果敌人发现了暴动计划，后果将不堪设想。但是周庆鸣很快又冷静下来，他觉得最重要的是马上找杨秀峰商量商量，拿出应急办法。于是他急忙找到杨秀峰说："秀峰，徐景贤可能已经知道了我们的暴动时间，朱建选刚才报告说，我们内部可能出叛徒。现在，当务之急是拿出新的作战计划，原来的计划已经不能实施了。"杨秀峰也感到事态很严重，他说："庆鸣，朱建选说出了叛徒，会是谁呢？我们要不要先把他揪出来，省得牵连更多的人。"

周庆鸣说："要是能够把他找出来当然很好，但是现在时间紧迫，恐怕没有时间追查了。依我看，先下手为强，我们应该抢在敌人加强防范之前发起暴动，打他们一个措手不及。如果晚了，就会前功尽弃。"

杨秀峰说："你说得很对。刚才一听到这个消息，我心里有些急，我们现在需要冷静冷静，分析分析。我分析敌人可能只是听到了风声，还不一定知道全部情况。如果知道了全部情况，恐怕你我早就被抓起来了。你说要赶在敌人行动之前暴动，我看可以。今晚就在我家开会，参加会议的必须是最可靠的同志。我们两个从现在起，要特别注意安全。我去通知人，你先拿出一个计划，免得到时候大家你一句我一句，拖延时间。"

这天晚上乌云密布，伸手不见五指，老百姓早就入睡了。炮楼上不时有拉动枪栓的声音，远处偶尔传来几声狗叫，不过这也是常态了，人们早就习以为常了。在杨秀峰家里，周庆鸣等人围着小饭桌，在昏暗的灯光下商量着如何应对突然发生的新情况。周庆鸣说："现在已经没有时间查清叛徒是谁了。我们能够做的是抢在敌人动手之前暴动。原来的计划行不通了，我提议明天就动手，我们可以利用集日人来人往的机会，向敌人发动突然攻击。"

李英辉说："庆鸣哥，你说具体点，我们听你的。"于是周庆鸣便把新的战斗计划说了一遍。最后，周庆鸣提醒大家说："今天的事情关系到大家的身家性命，更关系到暴动能不能成功，大家要千万注意保密。"

后半夜刮起的老北风，天亮时渐渐停下来了，空中的阴云也早被吹得干干净净，街道边上满是树叶。像往常一样，每逢集日，几家卖小吃的起得很早，做起买卖的准备。早饭过后不大一会儿，就有人陆陆续续从乡下赶集来了。

徐景贤有个铁杆保镖，叫王战绩，此人枪法了得，弹无虚发。要拿下徐景贤就要先把王战绩解决了。解决王战绩的任务，周庆鸣交给张国汉和张一山了。张国汉看见王战绩腰里别着两支盒子枪从徐景贤住的后院出来，就凑上去小声说："战绩哥，有事不？"王战绩说："能有啥事？徐主任刚才把我叫过去，叫我警惕一点，说这几天可能有共产党捣乱，有啥情况赶紧向他报告。"

张国汉说："老是说共产党，哪有那么多共产党？别听风就是雨，自己吓自己。听说张一山新进了一批'货'，要不要到他家里抽一口？"王战绩一听有烟抽，眼里马上放出光来，连着说了三个"好"字。他们两个拐了几个弯，不到一袋烟的工夫就到了张一山家的门面房前。

张国汉刚踏进门槛，就嚷嚷起来："一山哥，听说你进了一批'货'，给我俩尝尝。"

张一山说："行，难得二位今日清闲。今天，算我请客，以后二位多多关照就行了。"张国汉立马接腔说道："那还用说，今后有战绩老哥罩着，你还怕赚不到钱？"话不多，却说得王战绩高兴得嘴都合不上来，他笑着说："一山老弟，国汉说得对，以后有啥事就找我。"

　　张一山一边应答，一边急忙收拾圈椅、桌子和烟枪，然后恭恭敬敬地给王战续和张国汉点上烟。不一会儿，王战续就吸得晕晕乎乎，得意地闭上了眼睛。张国汉一看机会来了，拿起一个小板凳猛地砸向王战续的头。王战续"啊呀"一声就晕过去了。张国汉一不做二不休，又用小板凳狠狠地砸了几下，王战续抽搐几下子便倒在地上。张国汉连忙拔出王战续腰里的双枪，和张一山一起把他的尸体拖到后院，用柴草盖了起来。

　　再说李英辉腰里藏了一支小八音，走到了东门炮楼下面。这时，他突然发现卢子尧挎着一支驳壳枪向自己走来。他心里说："卢子尧呀卢子尧，今日活该你死在我手里！"于是，他拔出小八音对着卢子尧就是两枪。然而，也许是李英辉太心急了，这两枪都没有打中卢子尧。卢子尧听到子弹从耳边呼啸而过，大叫一声"不好"，掉头就跑。李英辉哪里肯放过他，拿着枪就追了上去。躲在一边的白子顺看卢子尧跑了，举起枪对准卢子尧的后背一枪打去，只见卢子尧一头栽在地上，向前爬了几下，就再也爬不动了。

　　枪声一响，街市上就像炸了锅，赶集的老百姓慌着找地方躲藏，有的边跑边呼叫："杀人了，杀人了，卢保长给人杀了！"有两个保安队听到喊叫声，拿着步枪四下察看。突然他们从人群中发现了李英辉拿着一支手枪从东边过来，就断定是李英辉杀人，举枪就要射击。李英辉哪里容得他们开枪，连忙躲在一个墙柱子旁边，端起小八音连开两枪，一个保安受伤倒在地上，另一个拔腿就往人群里跑。

　　徐景贤正在家里抽大烟，他也听到了枪声，觉得有些不妙。他急忙拔出驳壳枪就要上炮楼，只见那个保安慌慌张张跑过来说："徐主任，我刚才看到李英辉开枪杀了卢保长，打伤了孟小个。"徐景贤说："我就知道这帮家伙要闹事，没有想到他们来得这么快。快点，跟我上炮楼。"

　　他俩一前一后刚来到炮楼门口，一个黑洞洞的枪口就对准了徐景贤。原来，朱建选早就在那里等候他了。那保安一见大事不好，转身就跑。徐景贤毕竟老谋深算，他一看朱建选用枪顶着自己，就笑道："老朱，该不是周镇长派你来的吧？我和你无冤无仇，你这是干什么？说吧，要我咋做？"说罢，徐景贤趁朱建选没有反应过来，就地一滚，然后起身就往街上跑。朱建选一见徐景贤要跑，急忙开了一枪，谁知道这一枪却打在了街道门面房墙壁上。徐景贤钻进人群里溜走了。

　　周庆鸣一听说徐景贤溜走了，心里很着急。他知道徐景贤手下有不少人枪，如果让他跑了，就会后患无穷。正在这时，杨秀峰跑来对周庆鸣说："保安队那边已经解决了，收缴了二三十支长短枪，但是没有找到徐景贤。"周庆鸣说："他溜走了，我也正找他呢。"

于是，周庆鸣和杨秀峰商量了一下，立即派人到寨外警戒，防止徐景贤逃回老窝大罗庄。同时，趁人们还没有反应过来，在竹沟镇四处搜索徐景贤。

徐景贤到底逃到哪里去了？时间一点点过去了，直到午饭时也没有一点线索。正在这时候，有个叫张老五的青年跑来对周庆鸣和杨秀峰说，他看见徐景贤跑到了陈寡妇家里。杨秀峰一听就说："哎呀，我怎么就没有想到这一点？"徐景贤和陈寡妇早就好上了，很多人都知道这事。周庆鸣说："现在也不晚，走，我们抓他去。"周庆鸣、杨秀峰和朱建选等人拿着枪就把陈寡妇家围住了。

周庆鸣对陈寡妇说："有人看见徐景贤跑到你家来了，我把丑话说到前头，要是不交出徐景贤，就别怪我不客气！"陈寡妇也知道众怒难犯的理儿，因此她一面大声喊叫："哪个王八羔子看见徐景贤来了？我好多天都没有见他了。"一面又给周庆鸣使眼神，暗示徐景贤就在屋里。

周庆鸣推开陈寡妇，大声喊道："徐景贤，我们知道你就藏在屋里，识相的赶快缴枪投降，否则要你后悔莫及。"屋子里一点反应也没有。于是，周庆鸣又大声喊道："徐景贤，你要是不肯投降，我就把这房子点了。"

徐景贤一听要烧房子，立马怂了。他在屋里答话说："老表，你这是干什么？我就是罪过再大，也不至于把我烧死。你到底想干啥？只要饶我不死，你想要啥都行，要枪还是要钱？"

听声音，徐景贤就躲在陈寡妇家的顶棚上。徐景贤说罢，把驳壳枪从顶棚上扔了下来，然后乖乖地从上面爬了下来，跪在地上一个劲地求饶："庆鸣，老表，饶了我吧！只要饶了我的命，你们说啥都行。我有罪，我有罪，但不管咋说，我们也是亲戚。你就饶了我吧！"

周庆鸣说："饶你？我是想饶你，可是你问问老百姓答不答应？你祸害了多少人？你心里不清楚？那七个商人是咋死的？你平白无故地说他们是共产党，抢了人家的东西，还要了人家的命，你不觉得他们在冥冥之中要你的命吗？共产党游击队派人和国民党谈判抗日救国，你凭什么反对？凭什么要半路拦截人家？要不是全县长跟他们在一起，你还不把人家杀啦？"

　　徐景贤自知理亏，他看着围在他眼前的看热闹的群众，个个眼神都像是来追命的，也不敢再说什么了。杨秀峰说："庆鸣，跟他这种人有啥好说的？毙了算了。"周庆鸣一摆手，朱建选、白子顺等人就把徐景贤拉到了东寨外大沙河河滩上。徐景贤见状，吓得浑身打哆嗦，连话连不成句了，他绝望地说："武专员，快……快来……救……救救我呀！"杨秀峰说："救你？等下一辈子吧。"说罢手起枪响，一枪结果了徐景贤。

　　10月28日一大早，周庆鸣让张才等人留守竹沟镇，自己带着暴动队伍径直来到大罗庄，把徐景贤的庄园包围了起来。杨秀峰大声喊话说："里面的人听好了，徐景贤专横跋扈，滥杀无辜，反对国共合作抗日救国，实属罪大恶极，昨天已经被我们毙了。徐家的人可以去收尸，其余的人赶快缴枪投降，饶你们不死。"

　　树倒猢狲散，庄园里那些保丁、管家个个都像丢了魂似的，耷拉着脑袋从门口走出来把枪放在门外。周庆鸣等人收缴了枪支弹药，进入徐家大院又缴获了两万多大洋，接着又打开了他家的仓库，把粮食、衣物都分给了群众。

　　周庆鸣以得胜之师，回师竹沟镇。突然，周庆鸣老远就看到有马队在竹沟镇外奔驰，狼烟滚滚。他正在纳闷，有人报告说，你们刚离开竹沟，就来了一千多个土匪，那马队就是土匪的马队。

　　胜利的果实来之不易，怎么能够拱手让给土匪呢？于是周庆鸣和杨秀峰急忙去找留守竹沟的张才。他们刚走到竹沟西门外，就看见张才迎面走来。周庆鸣问张才发生了什么事。张才若无其事地说："也没有什么事。你不要大惊小怪，他们是我请来的。我和他们的大当家王奎原来就是拜把子兄弟，我是请他来守竹沟的。"

　　"请土匪来守竹沟？之前为什么没有说？"周庆鸣心里直犯嘀咕，"难道内部的叛徒竟是张才？难道是他向外透露了暴动的消息？"张才是张一山的本家兄弟，周庆鸣怎么也没有想到是他出卖了组织。周庆鸣心里憋了一肚子火，本想发作，不料杨秀峰用手拉了一拉周庆鸣的衣角，使得周庆鸣马上冷静下来了。他想这帮土匪人多势众，同他们来硬的肯定不行，但是大家好不容易夺取的果实也不能白白交给这帮土匪！他决定利用张才和王奎的关系，去和王奎谈判，把竹沟要回来。于是，他强忍怒火，对张才说："既然这样了，你带我去见一下王奎。竹沟是人民打下来的，应该属于人民。我想和他谈谈。"

张才觉得自己有王奎作后台，又见周庆鸣没有责骂他，就高高兴兴地带着周庆鸣、杨秀峰和张一山去见王奎。王奎的驻地门口，有两个匪徒站在两边，每人手里都有一支冲锋枪。这两个家伙看见张才带着几个人来了，用手一挡，其中一个问道："他们是什么人？"张才说都是自己人。这两个家伙也没有再说什么，把手放下，示意要张才等人进去。周庆鸣进到屋里，就发现王奎蜷缩着身子在床上抽大烟，腰里还别着驳壳枪，七八个保镖分站在他的两旁，现场气氛很紧张。

王奎看到张才带着周庆鸣等人来了，身子欠一下，依旧抽着大烟，两眼却死死地盯着周庆鸣和杨秀峰。周庆鸣正要说话，王奎却先开口了："说说吧，找我有啥事？"

在这个傲慢的家伙面前，周庆鸣不卑不亢地说："王奎，竹沟是我们共产党人和竹沟人民群众拼着身家性命夺取的，和你们没有半点关系。我希望你们退出竹沟，让老百姓过几天安稳的日子。"

王奎说："你说得倒很轻巧，你叫我退我就退呀？我就是退，也得让我们休整几天。你们最好别惹我，把我惹毛了，对大家都不好。"

周庆鸣听到王奎说要在竹沟休整几天，就知道这家伙要在竹沟大捞一把，以自己的力量，要王奎立马走人，他是不会走的。于是，周庆鸣对王奎说："你说要休整几天，我没有办法，但是我只想提醒你一下，人人都有父母妻子，希望你们不要坑害竹沟老百姓，镇子里的群众进出竹沟，你们不要阻拦。"王奎虽然是土匪，但是从道理上说，他也无法反驳周庆鸣提出的意见，他支支吾吾地答应了。

从王奎那里出来，周庆鸣对杨秀峰说："你留下来动员群众暂时到马卜寨躲避一时，我这就去找王国华和周骏鸣，请他们想办法。"杨秀峰说："行，你快去快回，我们这里还有很多事要你拿主意哩。"

周庆鸣在李英辉等人的陪同下，当天晚上就找到了省委和独立团领导。王国华原来对王奎有所了解，他认为这人本来也是穷人出身，可以先派人找王奎协商，晓之以理，劝他退出竹沟。王国华这个意见实际上就是先礼后兵。最后，省委决定派出邓一飞、周凤泉两人去找王奎谈判，请他们马上退出竹沟。

邓一飞、周凤泉两人策马来到竹沟王奎住处，说明了来意。王奎一听就气势汹汹地说："你们共产党这也不让干，那也不让干，我已经答应了周庆鸣，过几天就退出竹沟。你们还要我怎么样？要我现在退出竹沟，给你们腾地方，门儿都没有！"

邓一飞还是第一次同土匪打交道，也没有想到王奎如此蛮横，就针锋相对地说："王奎，竹沟是我们共产党拼上身家性命换来的。你一枪未发就要占领竹沟，哪有那么便宜的事？我们也不想和你兵戎相见，但是我们希望你马上撤出竹沟。"王奎冷笑一声，歇斯底里地吼叫道："竹沟这个地方，谁有能耐谁就可以占领，你们有本事来占个试试？我就占定了，你能把我怎么样？"

邓一飞见王奎把话说到这分上，站起身说道："王奎，你也算是江湖上的人，在江湖上行走，总该'义'字当先，讲点道理。你怎么一点道理都不讲？"

王奎说："你们独立团不是要剿匪吗？我就是土匪，别跟土匪讲什么理不理的，我今天就不讲理了。来人，把他们俩绑了，拉出去毙了！"说罢，就上来七八个匪徒，把邓一飞和周凤泉两人五花大绑推了出去。邓一飞、周凤泉这两位从腥风血雨中走过来的革命志士，竟然被这帮惨无人道的土匪杀害了。周庆鸣等人知道了这个消息后，急忙派人去寻找两位烈士的尸骨，但最终也没有找到。

王奎杀害了邓一飞和周凤泉，也很心虚，生怕王国华和周骏鸣率领独立团打过来，于是在竹沟附近疯狂地抢掠了几天后就准备逃跑。张才听说他要走，就对他说镇上许多做生意的老板都带着钱躲到马卜寨了，不如带着人到马卜寨让他们出点血。王奎大喜，心想还是自家兄弟向着自己，于是他就带着土匪直奔马卜寨。

王奎想也没有想到，他中了周庆鸣的埋伏计了。张才透露了暴动的消息，又引来了土匪王奎，周庆鸣对他进行了严厉批评和耐心教育。张才自知理亏，一心想改过自新，就故意放风吊王奎胃口。也是王奎贪财心切，没有多想就听从张才的献策。当王奎出现在王勋小分队和马卜寨抗日自卫队的视线时，王勋说："同志们，替邓一飞和周凤泉同志报仇的时候到了，瞄准王奎给我狠狠地打！"说时迟那时快，子弹就像长了眼睛一样，噼里啪啦射向了王奎。王奎，就是有九条命也逃不过独立团小分队和自卫队的复仇子弹。

匪徒们一看王奎被打死了，纷纷溃逃。小分队和自卫队在王勋和周庆鸣的指挥下，拖着枪边打边冲，一口气追了十几里，打得这伙土匪丢盔弃甲，狼狈逃窜。跑得快的匪徒进了山里，跑得慢的不是被打死就是缴枪投降了。

竹沟，终于回到了人民手中。周庆鸣和杨秀峰等人带着胜利之师回到了竹沟镇。竹沟人民欢天喜地庆祝竹沟暴动成功，各行各业也都开门做起了生意。

第十九章　刘子厚开封谈判　独立团接受整编

　　周庆鸣竹沟暴动的消息于 10 月 27 日晚上就传到了确山县城，张明河作为共产党方面谈判代表也听到了这个消息，不过这个消息不是由党的内线传来的，而是确山县县长全子杰在电话中告诉他的。

　　张明河接电话时，他人不在确山，而是在驻马店。原来，张明河跟随全子杰到达确山后，全子杰于 10 月 27 日上午对他说："省里派来的人都住在驻马店，这些人过去都参加过共产党，我给他们写个信，你去驻马店见见他们，听听他们怎么说，你看咋样？"

　　国民党河南当局葫芦里到底卖的是什么药？不就是想利用一些背叛了共产党的人来做说客吗？不过，张明河没有拒绝，他想见识见识这些人到底想干什么。他下午就乘火车到了驻马店，首先和张明河见面的是谷正方。谷正方，早年参加了革命，曾经担任中共正阳县委书记，自称在党内和周骏鸣很熟悉。他附在张明河耳边神秘地说："'省委'刘书记就在隔壁房住，你要不要见见他？"

　　张明河一眼就看穿了他们的计谋，他们企图用假省委的名义插手双方谈判。张明河断然拒绝了，他不冷不热地说："免了吧。中共河南省委早就不存在了，怎么会冒出一个河南省委刘书记？你们这个'省委'应该是在有心人授意下成立的，对吗？"

　　谷正方没有想到张明河说话这么犀利，知道张明河无意和他们这些人进一步交往，遂胡乱扯了其他一些话题。谈着谈着，突然确山县来了电话，是全子杰打来的电话，指名道姓要"颜大队长"接电话。原来全子杰收到了竹沟暴动的消息，窝了一肚子火，所以就在电话中对张明河发泄了一通。电话里，全子杰大发雷霆，说周骏鸣攻占了竹沟，处死了徐景贤，要张明河火速回确山处理此事。

　　张明河估计全子杰这一次一定不会善罢甘休，一定会抓着这个事情大做文章，他在心理上不得不做好应对准备。果然，28 日上午，全子杰以商谈双方停火为名，把张明河"请到"确山县政府会议室。张明河一看，谷正方和"河南省委"的"刘书记"等人已经坐在那里了。张明河估计这些人可能是全子杰拉来帮腔的。会谈一开始，全子杰就火力全开，指责周骏鸣派一大队攻占了竹沟，杀死了徐景贤，破坏双方停火谈判。全子杰生气地质问张明河道："颜大队长，我们说好的双方不要再出击了，你怎么解释这个事？"

张明河一听就知道全子杰的消息不准确，因为一大队在攻打蔡冲后，就跟随胡龙奎部长转战到鄂豫皖根据地去了，至今还没有回来。由此张明河断定全子杰掌握的消息虚头很大，就问道："全县长，你的消息是从哪里得来的？周团长虽然还不知道双方达成了临时停火协议，但我确信他绝不会主动出击。他一直在等我回去向他报告谈判情况。我人还在你们这里，他怎么会进攻竹沟？难道他就不关心我的性命安危？"

张明河说得有理有据，全子杰一时也无法回应，他缓缓语气说："你们怎么不会进攻竹沟？就是那个叫周庆鸣的干的，他是周骏鸣的亲弟弟。"

张明河心里更有底了，他知道周庆鸣是周骏鸣的堂弟，并不是亲弟弟，这就足以说明全子杰的消息不准确。于是张明河说："你说是周骏鸣的弟弟周庆鸣带独立团进攻竹沟的，周骏鸣有几个弟弟呀？我这个大队长怎么没有见过这个人？现在是国共合作，抗日救国，有的人就是喜欢惹是生非，要破坏我们谈判，反对我们团结抗日。全县长，你忘了吗？前天我们回确山时不是有人截击我们吗？他们应该就是破坏我们合作抗日的人。"

张明河在这种场合点出截击事件，就是要把矛头指向截击者。谁是截击者？全子杰心里应该清楚。张明河的意图也很清楚：一来让来帮腔的人看清事实真相，免开尊口；二来提醒全子杰和在座的所有人，凡事皆有因果，谁破坏团结抗日谁就没有好下场，不能因为打死一个反对合作抗日的徐景贤而影响合作抗日的大局。

果然，全子杰听明白了张明河的话，他看看在座的人们，也没有再说什么。他心里其实也明白，截击事件就是徐景贤一伙人策划的，要不是他全子杰在现场，这个"颜大队长"有几条命也保不住。其他人看全子杰都不说什么了，也都不纠缠这个事了。

全子杰看看会场上没有人说什么了，就自我解嘲说："这样吧，颜大队长，竹沟的事咱们不说了。我提议你明天就先回去，把我们商定停火的事向周骏鸣团长通报一下。我的主张很明确，就是从现在开始双方都要绝对停止出击，独立团有什么要求，可以直接找我。至于路上的安全，你不用担心，我派人送你。"

张明河说："谢谢仝县长的关照，派人送我就不用了。不过，我请县长给我出具一个通行证，有个通行证就可以了。再一个，如果你觉得方便，就资助我们些钱粮。"对此，仝子杰表示要请示一下武专员再说。

张明河觉得再说也无用，就拿上仝子杰开具的通行证，带着两位战士，离开了确山县城。张明河当天下午回到泌阳高邑，见了仝中玉、王国华、周骏鸣和刘子厚等人，把谈判的前后经过详细地介绍了一遍。仝中玉听了张明河的汇报，看了武专员给泌阳县贾县长写的信，对大家说："这个武专员还真有点意思。他搞了这个临时停火协议，但是又小动作不断，搞了一个截击事件，还企图利用'假省委'来帮腔。明河处理得恰到好处，他们也太小瞧我们了。下一步咋办，我们要好好研究一下。"

刘子厚说："武专员提出的停火协议，虽然是临时的，但对我们也是有利的，这个机会我们要好好利用。重要的是，我们也弄清楚了他的真实目的。我的意见是武专员给贾县长的信要派人送到，防止泌阳这边在背后打我们冷枪。我们和武专员的谈判还是要谈下去。有了这两次谈判做铺垫，接下来应该进入实质性谈判了，应该谈出个子丑寅卯来。"

仝中玉说："对，谈判还是要进行下去。谈什么？怎么谈？我们要有个基本原则，不能被他们牵着鼻子走。基本原则必须坚持，他们有他们的千条计，我们有我们的老主意。其实，我们的老主意很简单，就是三句话：争取合法地位，听编不听调，各县提供粮秣军需。"

王国华说："中玉说的这三条可以作为我们和他们谈判的基础，或者叫基本原则，特别是听编不听调这一条，事关我们能不能独立存在问题，我们一定要坚持。"

仝中玉继续说："在谈判桌上该坚持的就得坚持，该让步的也要让步。下面的谈判，我提议子厚同志代表省委和独立团出面，张明河协助。子厚原来在北方局做军委工作，熟悉军事，现在又担任省委统战部部长，我考虑由他出面和对方谈判，比较合适。"

七七事变后，刘子厚携带着北方局的介绍信从北京坐火车南下，在邓庄铺和仝中玉、王国华等人见面后，他用药水在组织介绍信上一抹，才发现自己的名字被北方局改成了"马致远"，从此，对外刘子厚就成了"马致远"。就这样，刘子厚出任了鄂豫边省委第一任统战部部长。刚到鄂豫边省委那阵子，为了使各县党组织和党员干部正确理解和执行党的抗日民族统一战线政策，他不顾劳累，冒着极大风险，先后到泌阳、唐河，新野、镇平等地传达党中央的有关文件和指示精神，有的县来回去了几次。

现在，省委把同武专员谈判的任务交给了刘子厚，他也没有谦让，他信心满满地说："省委把谈判的任务交给了我，请大家放心，我一定不让同志们失望。"

11月中旬，第三次谈判开始了，谈判地点选在确山芦庄。代表国民党方面参加谈判的是信阳专员公署武专员以及罗山、信阳和确山三个县的县长，桐柏和泌阳两个县县长未能到场，但也派了代表。双方见面之后，少不了寒暄一阵，武专员说起话来也客气多了。刘子厚估计很可能是之前竹沟暴动产生的影响，使对方见识了共产党的能耐。但是，在谈判桌上坐定之后，双方各执一词，唇枪舌剑，你来我往，就没有那么客气了。

正式谈判开始后，刘子厚说："武专员邀请我们来谈判，我们很感谢。现在，日本正大举侵略我国，上海等地已经沦陷，国共两党合作抗日的大局已经形成，这也是全中国人民期盼的结果。全国都在团结抗战，我们共产党、八路军也是抗战的主力之一。但是，你们不去抗日，却派兵来围攻我们，这像话吗？"武专员针锋相对地说："马先生，你这话说对啦！你们声称要抗日救国，可是抗战已经半年了，你们为什么不去前线抗日？为啥还在山里打游击？"

刘子厚早就料到对方会提出这样的问题，立即回击说："你问得好啊。武专员，我正要向你们说说这个问题。其实，原因很简单，我们要求抗日，可是你们却不肯承认我们的合法存在，还不断地'围剿'我们的部队。我们困在这里，内无粮草，外有你们的包围和阻击，我们没有办法，只好在山里打游击了。"

武专员找不到别的理由回答，其实他心里也有些难言之隐，所以他只好推托："马先生啊，出兵向你们进攻，并非我们所愿，但是我们也有我们的难处呀。日本兵都打到家门口了，我们也不愿意打你们，但是上峰有命令，我们有什么办法呢？最好就是大家坐在一起，商量一个大家都能接受的两全之策。"

武专员这话虽然是推卸责任的话，但也是实话。刘子厚认为在这个时候追究谁的责任也不现实，但是，他还是将了武专员一军，他不紧不慢地说："武专员，各位县长，各位先生，依我看办法是有的，就看你们愿不愿意采纳。现在全国都在抗战，我们的枪口应该一致对外，你们撤回去，我们不出击，双方避免接触，不就没事了吗？"

武专员说："马先生啊，你说得很轻松，我们敢随便撤兵吗？撤走了，怎么给上峰交代？撤兵，我没有这个权力，说到底，我们还得听上面的。你们部队不大事情大，还真不好解决。我们已经谈三次了，谈来谈去也没有结果。要不，你们到开封找刘峙主任谈吧。在谈判期间，我可以答应全面停止进攻，希望你们也全面停止进攻。"

刘子厚觉得武专员也只能做到这一步，刘峙不下命令，他就是有天大的胆，也不敢自行撤兵。但是如果能够实现双方全面停火，也是一件好事，哪怕是短时期的。于是他也有意缓和了一下气氛，喝了一口茶说："这信阳毛尖，还真是清香怡人，等我们谈好了，我专门去信阳拜访武专员，到了那时候，还望专员不吝赐茶呀。"

当着这么多人的面，武专员也不好说别的什么，只是回应道："好说，好说。"

刘子厚喝过几口茶，缓缓地说道："刚才武专员答应全面停止进攻，这是个良好的开头，也正是我们想要的。我可以保证，只要你们不再向我方进攻，我方也绝不向你们发动进攻。找刘峙主任谈判当然可以，不过，你要我找他谈，我到哪儿找他？"

武专员说："马先生，这个事我也想过了，我就好事做到底吧。毕竟现在国难当头，大家都是中华儿女，这个忙我帮了。我认识刘峙的参谋长，我写一封信，你带着信先找他，他自会带着你见刘峙主任。你去的时候，确山全县长派人陪你去，也免得路上遇到麻烦，这总可以吧。"

刘子厚说："谢谢武专员如此美意，这个情我领了。还有件事，眼下我方经济拮据，还希望专员周旋一下，以解燃眉之急。"武专员见刘子厚说话如此谦恭得体，话又说得句句在理，就一口答应了。他当场吩咐几个县的县长，每个县先拿出一千大洋支持独立团抗日，又同时写信给没有到场的桐柏、泌阳两县县长照此办理。

刘子厚和张明河回到泌阳邓庄铺后，和全中玉等人深入地研究了去开封谈判的问题。在这个问题上，全中玉做出了一个正确的决策，他把上次提出的"三句话"进一步完善，明确为三条原则：一是部队听编不听调；二是国民党不能派人到独立团任职；三是供应我们粮秣军需。有了这三条，合法性自然就不是什么问题了。这三条看似简单，但实际上是双方谈判的焦点。

在确山火车站，确山县县长全子杰为表示诚意，亲自到站送车，并委托谷正方陪同前往。张明河和谷正方早已经认识了，所以，他把谷正方的情况对刘子厚作了简要介绍。当时，谷正方在国民党河南省党部做事，国民党派他陪同刘子厚去开封，表面上是为刘子厚提供帮助，实际上也有监视刘子厚行动的意图。

谷正方毕竟背叛了共产党，所以在共产党人面前多少有些不自在，说话也显得有些低调。在火车上，谷正方一直向刘子厚和张明河坦白，他说当年离开组织是迫不得已，现在是"身在曹营心在汉，明保曹操暗保刘"，他一直想为共产党提供一些帮助。刘子厚和张明河心里虽然不以为然，但在这个特定的时候也不打算刺激他，毕竟谷正方对国共谈判没有歪心眼。到开封后，谷正方和刘子厚、张明河都住在马道街国民旅社。谷正方本来在省城开封有家，但是他没有回家，他说他住在旅社，特务就不会来找麻烦。刘子厚觉得他说的有一定的道理，除了表示谢意之外，也趁机向他讲述了党的抗日民族统一战线的方针和政策，希望他多做一些有利于团结抗日的好事。

刘子厚虽然带有武专员的信函，但是到了开封之后，多少还是有点前景难料的感觉。他突然想起了家住开封的老张。这个老张是刘子厚在北京认识的，他们一起乘车从天津南下，老张到达开封之后就下车回家了，而刘子厚一路南下到了邓庄铺。老张虽然不是党员，但是在过去的交往中多次流露出对共产党的同情。于是，刘子厚决定登门拜访这位老张，探听一下开封的政治环境。令刘子厚没有想到的是，他的这个决定竟然对下一步的谈判起到了关键性作用。

老张是国民党第一战区预备总指挥张钫的本家叔叔，这是刘子厚此前所不了解的。老张听了刘子厚此行的意图之后，说道："你还是先找张钫谈谈，先听听他的意见。他社会地位高，在河南有一定影响力，连蒋委员长都高看他一眼。有他引荐你见刘峙，这对谈判有好处。"这真是踏破铁鞋无觅处，得来全不费工夫。刘子厚马上接受了这个建议，他觉得如能得到张钫的帮助，下一步谈判就会省去许多麻烦。

刘子厚兴冲冲地回到国民旅社，准备向张明河通报今天的意外收获，不想张明河却兴冲冲地先开口说："我今天得到了一个意外的消息，需要马上向你汇报。"刘子厚见张明河先开了口，就问道："明河，遇到了啥好事？快说说看。"张明河回答道："天大的好事！"

接着，张明河把事情的原委述说了一遍。就在刘子厚离开国民旅社后没有多久，中共鄂豫边省委宣传部原部长老郝来到了旅社。老郝怎么会找到这里？张明河推测应该是谷正方告诉他的。张明河于1930年在南阳宛中入党还是由老郝批准的，那时老郝是中共豫西南特委书记。老郝叛变的事，张明河早就听全中玉说过，因此张明河对于这位不速之客很反感，他语带讽刺地问道："郝书记投靠了国民党，国民党一定待你不薄吧。今天该不是来算计我的吧？"一句话呛得老郝非常尴尬，他坐也不是，站也不是，没说几句就要走，正所谓话不投机半句多。但是，老郝临出门又突然转身回来说："张明河，有件事还是给你说了吧，也算是我对你们的一点补偿。你们在汉口有个八路军办事处，周恩来也在汉口，在这里你们是谈不出什么名堂的。"张明河一阵兴奋，但是又装作若无其事的样子对老郝说："这就走呀？不送了。"老郝也没有答话，怏怏而去。

刘子厚和张明河一天之内收到了两个好消息，两人兴奋得不得了。一阵兴奋之后，刘子厚对张明河说："明河，我们和刘峙的谈判，虽说有了张钫这层关系，会方便一些，但是谈判的前景依然难以预料，因为刘峙一直想要吃掉我们。老郝虽然变节了，但是他心里可能有所不甘，他提供的消息很重要。不如做两手打算，我留下来继续和他们谈，你迅速回省委汇报情况，然后立即去汉口向周副主席汇报、请示，争取周副主席支持。"

张明河问道："你一个人留在这里行不行？出了事连个商量的人都没有。"刘子厚语气坚定地说："你放心好了，有张钫这层关系，我料定不会有什么的危险。"于是，刘子厚和张明河便分头行动了。

刘子厚在老张的带领下去拜见张钫，张钫听了刘子厚的来意说："你是刘峙请来的，我也不方便插手，你还是先找他，我可以协助一下。你现在来得正是时候，刘峙原来架子很大，傲得很，一般人想见他很难。但是，他最近在河北保定、石家庄吃了败仗。蒋委员长要他驻守河北保定，可是日本人一进攻，他虚晃一枪就败退下来，跑得比谁都快，一口气撤到开封。所以，委员长大发脾气，狠狠地骂了他一顿，党内也有不少人乘机攻击他，说他是长腿将军，除了逃跑跑得快，别的啥本事也没有，弄得他垂头丧气，也少了一些傲气。所以，现在见他就比较容易。"

有了张钫的引荐，刘子厚顺利地来到了刘峙的绥靖公署。果然，刘峙没有了过去的骄横与跋扈。刘子厚单刀直入对刘峙说："刘将军，豫南人民抗日独立团是在红军游击队的基础上建立起来的。我们很高兴看到国共两党联合抗日，我们同信阳武专员和豫南各县政府已经进行了三次谈判，双方已经确定停火。但是，合作抗日是大事，还需要刘将军拿主意，所以武专员要我来找你。为了保证抗日独立团早日开赴前线抗日，我们请求将军下令豫南各县保安团撤退，停止对独立团的围攻。同时，独立团也希望将军在军需物资方面给予支持。"

刘峙可能碍于张钫的面子，他不温不火地对刘子厚说："国共合作抗日救国，蒋委员长都已经同意了，我听委员长的。你能来找我，我也感到荣幸。我看这样吧，你们就找张钫谈吧，他正在扩充队伍，我可以给他打个招呼。"

刘峙这个说法虽然没有明确答应刘子厚的要求，但在实际上等于默认了独立团的合法存在，默认了刘子厚要求的正当性。这无疑对下一步的谈判是个好的开端。刘峙把谈判决定权交给张钫，兴许更有利于早日达成协议。于是他起身说道："刘将军公务繁忙，我就不多打扰了。你要我找张将军，还麻烦刘将军多多周旋。"

刘峙说："那是自然，你就放心吧。"

有了刘峙的保证，也为了防止刘峙改变主意，刘子厚从绥靖公署一出来就直接去拜见张钫。张钫当时的心境也不是很好。他的二十路军原来在江西"剿共"，结果部队被打得溃不成军，他现在基本上就是一个光杆司令。但是他又很不甘心，他打了一辈子仗不能没有军队。他把希望寄托在蒋介石身上。他想：江西"剿共"是你委员长让我去的，我的部队受了如此大的损失，你委员长不能不管。所以张钫仍然打着二十路军的旗号，向蒋介石要钱，扩充部队。蒋介石也乐得顺水推舟卖个人情，让他到河南做了一个空头国民党第一战区预备总指挥。刘峙要他和豫南人民抗日独立团谈判，他就一口应允了。

刘子厚同张钫的谈判虽说是波澜不惊，但也看得出张钫是疑虑重重。刘子厚说："我明人不说暗话，我们是共产党，因为现在要团结抗日，所以我们同意把部队编给你。但是，我们也有我们的条件。"张钫说："条件？什么条件？你们既然要编入我的部队，还要讲条件？"

刘子厚看到张钫一听到"条件"二字就有点不高兴，但是省委决定的原则又不能不说，于是他说："张总司令，我们把部队编入你的麾下，当然是有条件的。第一，收编后我们接受你的番号，但是不接受调遣，因为，我们有我们的作战原则和作战方式。我们坚持这一条有利于我们的部队机动灵活地打击日寇。第二，我们有干部，你们不必派干部，就是派几个人去也起不了什么作用，因为我们部队的管理方式、战斗指挥和你们不一样。第三，要为我们的部队提供军需粮秣。"

张钫听完刘子厚开出的三个条件，显然有些不解，他皱着眉头说："这样吧，你先回去，让我再考虑考虑，明天再说。"

张钫急于扩充队伍，但听了刘子厚提出的条件，显然有些犹豫了。刘子厚自然也看出张钫有些犹豫，但是他想张钫既然要扩军，要扩充自己的实力，就不会拒绝自己提出的条件。第二天，刘子厚满怀信心地走进了张钫的官邸。刘子厚还没有开口，张钫就说："你们受我的编，拿我的饷，却不听我的调遣，还不让我的人去带兵。这样好吗？"

刘子厚面不改色地说："张总司令要抗日，我们也要抗日，反正大家都是抗日，都在同一战线上，我们受你的编，用你的番号抗日，既达到了合作抗日的目标，又扩大了张总司令的影响，这有什么不好？"

张钫沉思了一会儿，心里想道："也是啊！他用我的番号抗日，不就等于是我在抗日吗？共产党的部队打仗有一套，打胜了当然也是我的战功，不如先答应下来，以后的事情慢慢说。"

于是，他尽管心中不是很乐意，还是笑笑说："你说的也不是没有道理，你的条件我答应了，但是我要派人到独立团点验，枪支弹药和军饷，点清了人数才能定下来。明天你跟我到司令部一趟。"

刘子厚一见张钫同意了省委提出的合作条件，心里那块石头总算落地了。张钫要求他明天到司令部办理相关事项，他也一口答应了。第二天，刘子厚跟着张钫到了他的司令部，在张钫的安排下，和有关部门接洽和办理了相关事宜。在告别张钫时，张钫起身对刘子厚说："你们提出的条件和要求，我全部答应了，我现在就拨给你们豫南人民抗日独立团一千套军大衣和三千大洋。明天你就跟着司令部的人员一起把这批物资运到邓庄铺。"刘子厚没有想到张钫这么爽快，一下子就划拨这么多军需物资，连忙表示谢意。

张钫说："你先不要说谢，我现在还无法确定发给你们多少军费和枪支弹药。我还要派人去点验，点清人数再说以后的事。"张钫这话也在理，所以刘子厚说："我们听从张总司令的安排。"张钫说："那就这样定了。我决定派司令部王参议去点验，并由他和你一起护送这批军用物资到邓庄铺驻地。"

　　王参议和刘子厚押着张钫划拨的三千大洋和一千套军大衣，经由确山，到达邓庄铺，受到了仝中玉、王国华和周骏鸣等人的热烈欢迎。此后一连几天，王参议在王国华和周骏鸣、刘子厚等人的陪同下，分别到独立团各个驻地点验。

　　王参议在巡查中，发现这支红军部队生活虽然很清苦，但是士气高昂。更让他感慨的是，他过去所见到的部队，都是官兵界限森严，但是这支部队却看不出谁是官谁是兵，官兵吃住都在一起，穿的军装也分不出官阶高低，这样的部队肯定上下齐心，能不打胜仗吗？他对王国华和周骏鸣说，回去后我一定把这里的情况如实报告给张总司令，为部队多争取一些武器装备和军需物资。

　　邓庄铺点验一结束，王参议就和刘子厚一起回到开封见张钫。让刘子厚没有料到的是，张钫见到刘子厚之后非常生气，劈头盖脸就指责刘子厚骗了他，弄得刘子厚一头雾水。刘子厚一下子也搞不清事情原委，心里觉得有些委屈，就问道："张总司令，我不明白你的话，你这般生气到底为的啥？"

　　张钫也不答话，拿出一封电报扔在刘子厚面前说："你自己看看吧！"刘子厚拿起电报一看，原来是周恩来几天前给张钫发来的电报，电报里说桐柏山区红军游击队经国民政府军令部批准，已经编为国民革命军新四军第四支队第八团，希望他谅解，并感谢他对红军游击队的支持。

　　刘子厚一切都明白了，张钫是为此生气呀。于是，刘子厚不慌不忙地说："张总司令，这件事我也是刚刚看过这个电报才知道的，我们那里也没有电台，我和王参议从邓庄铺回来的时候对这个情况也是一无所知啊。你如果不信，可以问一下王参议。你如果觉得受骗了，我就把那些军大衣和钱送还给你好啦。"

　　张钫看到刘子厚一脸委屈样子，知道刘子厚不是那种骗人的人，便释然笑道："算了算了，那些物资和钱送给你们好了，算是我和共产党交朋友的见面礼吧，以后你们不要忘了我张钫就很好了。"一场误会就这样冰释了。

　　刘子厚在张钫那里看到的那份电报，正是张明河到武汉后由周恩来发给张钫的。张明河在开封与刘子厚分手后回到邓庄铺，向省委报告了在开封遇见老郝的经过以及刘子厚的意见。周恩来在汉口，八路军在汉口设立了办事处，这可是天大的喜讯。仝中玉急忙问张明河："明河，知不知道八路军办事处设在汉口什么地方？找到办事处，就一定能找到周副主席。"

仝中玉这么一问，竟然把张明河问住了。张明河突然一怔，说道："哎呀！我怎么把这事给忘了？当时，我看到老郝，只顾生气，呛了他几句，也没有让他坐下。他可能觉得受到冷落了，说了那两句话就走了，我也没有往下问。这下子难办了，我也不知道办事处具体是在哪里。"

尽管张明河没有探听到八路军汉口办事处具体在什么地方，大家依然是很高兴的。因为大家都知道，有了周恩来的帮助，豫南人民抗日独立团的一切问题就会迎刃而解。于是，仝中玉决定立即派张明河到汉口寻找周恩来。但是，怎么才能找到周恩来呢？张明河突然想到在竹沟谈判时武专员说的一句话，当时武专员说高敬亭军长亲自下山和他谈判。张明河由此判断高敬亭一定和周恩来有联系，找到高敬亭应该就可以找到周恩来。所以，他建议先找高敬亭，然后到武汉找周恩来。

仝中玉说："好，就这么办。你到武汉见了周副主席后，要把我们这几年的斗争和现在同国民党谈判的情况好好汇报一下，让周副主席给我们一个明确的指示。"

周骏鸣趁机对张明河说："既然你要去见高敬亭军长，那你就顺便办个事。上次我们和红二十八军打蔡冲后，胡龙奎部长带着毛世昌的一中队跟着红二十八军走了。几个月过去了，也没有他们的消息。你去后找胡龙奎，希望他带领一中队归队。他自己要是回不来就算了，但是你一定要想办法把一中队带回来，这可是我们的基本队伍呀，也是我们今后发展的基础。"

张明河带着省委的重托，带着周骏鸣派给他的警卫员，踏上了去武汉的道路。为了规避风险，他们两个人特地把红五星军帽装进挂包里，戴上了国民党军队的军帽，一路也没有遇到拦截盘问。几天之后，他们顺利地来到七里坪北山红二十八军军部。张明河向高敬亭报告了鄂豫边省委和豫南人民抗日独立团的近况，重点通报了谈判的情况。

高敬亭听了张明河的报告，高兴地说道："你们搞谈判提出了三个条件，很好很好，警惕性很高。我当初同他们谈判时咋没有想到这些。好了好了，向你们学习，我以后也跟他们来个听编不听调，就扎根在大别山打鬼子，谁也别想吃掉我们的部队。"

张明河说："高军长，我来的时候，仝中玉书记希望我尽快见到周副主席，你看什么时间出发?"

高敬亭说:"你问得好，我本来准备让胡龙奎带信给你们，通知你们派人一起去汉口见周副主席。周副主席前几天发来通知，要求我最近去汉口见他，你就跟我一起去吧。我是个粗人，土包子，你是个洋包子，有文化，路上就给我当副官。见了周副主席，你把你们的情况汇报汇报。"

张明河当场就答应了，接着他说:"刚才高军长提到胡部长。我来的时候，周骏鸣团长交代我，要我见见胡部长，他近期要是回不去，就让毛世昌先带队回去。"

高敬亭一听张明河要见胡龙奎，就解释说:"我们和党中央接上关系，还多亏了胡龙奎呀。他到我们这里之后，一中队由毛世昌带领在教导队学习，现在已经毕业了，最近就可以回到桐柏山。这么办吧，我今天派人通知胡龙奎同志过来，你们见见面，你把情况给他汇报汇报。"

几天后，高敬亭带上他的警卫班和张明河出现在八路军武汉办事处。八路军武汉办事处就设在武汉日租界中街八十六号，到了门口，高敬亭对张明河说:"明河同志，你先进去探探路，看看周副主席在不在里面。我就在门口等一下。如果周副主席在，你就下来叫我。"

张明河上得二楼，很快就找到了周恩来。张明河一见到周恩来就自报家门说:"周副主席，我是张明河，鄂豫边省委和豫南人民抗日独立团派我来向你汇报工作。"周恩来说:"好啊，我正要找你们呢。看来没有电台就是误事，你回去时候带一部电台回去吧。"

张明河忙说:"是高敬亭军长带我到这里的，他还在楼下大门口等我的信儿。"周恩来听说高敬亭来了，就连忙下楼，他边走边喊:"高敬亭同志，你来得正好，我前几天给你的通知收到没有?"张明河也急忙喊道:"周副主席来接你了，高军长。"

高敬亭见周恩来亲自下楼接他，也急忙奔上前去握住周恩来的手说:"通知我收到了。我们开了一个会，把过去的情况总结了一下，然后我就和张明河同志一起来了。"说罢，几个人都跟着周恩来上了楼。周恩来对张明河和高敬亭说:"今天，你们先住下来，明天上午参加长江局召开的汇报会。"

在第二天的汇报会上，周恩来在听取了张明河的汇报之后说:"鄂豫边省委和桐柏山区红军游击队，在和党中央失去联系的情况下，独立自主地坚持了三年革命游击战争，很不容易啊。现在中央已作出决定，长江南北的红军游击队统一编为国民革命军新编第四军，江北高敬亭率领的红二十八军和桐柏山区红军游击队编为新四军第四支队，由高敬亭同志任支队司令员。桐柏山区红军游击队改编为新四军第四支队第八团，由周骏鸣同志任第八团团长。鉴于国民政府军令部已经同意把你们改编为新四军序列，所以和张钫先生那边的谈判可以告一段落了，我给他发个电报，给他解释一下，免得发生误会。"

张明河听完周恩来宣布的决定，高兴得热泪盈眶，桐柏山区红军游击队终于有了合法的归宿。他相信省委和独立团的同志们听到这个消息后，一定会和自己一样高兴。

新四军正式宣布成立后不久，张明河于1938年元月初带着新四军副军长项英配发的电台、密码本和其他通信器材，同八路军武汉办事处派出的几位团营级干部一起返程，准备传达改编的有关事宜。

在确山车站，张明河看到了来接应他的独立团二中队。在二中队的掩护下，张明河一行人顺利地进入竹沟南山。张明河本来想让大家歇歇脚，突然听到西边捷径山一带枪声大作。这使得大家骤然紧张起来。到底出了什么事？张明河也不清楚。他突然想到从武汉带回来的望远镜。他慌忙取出一架高倍望远镜向捷径山望去，只见王国华骑在马上正指挥部队作战。

枪声就是命令，张明河顾不上旅途劳累，急忙指挥二中队向王国华靠拢。王国华一见到张明河这支生力军从天而降，十分高兴。他也来不及询问张明河到武汉的情况，单刀直入地说："明河，我们现在正在和泌阳王友梅的人交战，你们来得正是时候。我把六中队也交给你，由你统一指挥，把敌人打回他们的老窝去，把他们抢夺我们的地方夺回来。"张明河回答说："王政委，你就放心吧。"说罢，张明河就带领二中队、六中队进入阵地，向敌人发起了猛烈的反击，敌人纷纷后撤。敌退我进，王国华、张明河在追击敌人的路上，发现仝中玉正在不远处指挥新兵连和少先队反击敌人的进攻。

王国华说："明河，快向仝中玉同志靠拢。"他们三个人会合在一起后，王国华问仝中玉发生了什么情况。

仝中玉说："由于事发突然，我们还不能弄清楚敌人的全部情况。从邓庄铺撤退的新兵连战士说，来敌除了泌阳王友梅的人外，还有豫西别廷芳下属张天翼的定远团一千多人，他们装备精良，有冲锋枪，有机枪，火力很猛。敌人打过来的时候，大家事前没有得到一点消息，也没有做好应战准备。新兵连的战士又缺乏战斗经验，他们抵挡了一阵子，就撤到了焦竹园。

"我在焦竹园听到枪声就连忙出来察看，一看敌人攻上来了，就急忙指挥少先队占领了焦竹园东山，掩护省委机关人员转移；同时指挥新兵连占据了台山，同敌人打了几个小时，终于挡住了敌人的攻势，省委机关才安全撤退到了焦竹园以东的捷径山。我们刚到捷径山，敌人又攻上来了。要不是你们来得及时，我们恐怕守不住捷径山了。"

王国华对他说："好险呐！我在确山那边剿匪回来，听到捷径山的枪声，又看到有几个新兵连的战士跑过来，他们说奉你的命令到确山找我，说邓庄铺遭到了王友梅的偷袭，抢走了张钫送给我们的军用物资和军大衣。现在，留守人员正在你的指挥下和敌人激战。我一听就急忙带领六中队往回赶，听到捷径山的枪声，我就断定你们正在同敌人交火，所以就指挥部队上来了。"

仝中玉说："这真是巧了。我们只顾说战斗的事情，明河去武汉的情况，上级党组织已经通过内线传达了部队整编的决定，但是现在正在打仗，我们打完仗再说整编的事情。国华同志，这场仗怎么打？你来统一指挥吧。"

新兵连、少先队和省委机关工作人员一看王国华率领的援兵来了，士气大振。从中午到傍晚，打退了敌人几次进攻。眼看天色已晚，敌人退到了台山，在那里构筑了简易工事。

仝中玉看到敌人在台山安营扎寨，就对王国华说："看来，敌人没有达到目的是不肯罢休的，明天必将有一场恶战。我们要做好准备才行。"

王国华说："是啊，他们还打算继续和我们较劲，没有一点撤走的迹象。我考虑要连夜通知周骏鸣，让他连夜赶回来。他可能还在桐柏黄岗、毛集附近剿匪，现在就派人去。另外，我考虑要发动邓庄铺、杨进冲、焦竹园一带的农民抗日自卫队参加战斗，以壮军威。"

仝中玉说："好吧，你派人通知骏鸣同志，我派人联络各地农民抗日自卫队，争取他们明天参战。"

周骏鸣这几天的剿匪战斗进行得比较顺利，小股土匪闻风逃窜，大股土匪也给打得七零八落，有不少土匪直接缴械投降。他正要入睡，突然接到王国华的口信，于是，他连夜带队和王国华会合。还在路上，他就想出了一个作战方案，他想把部队部署在台山周围，围着敌人打，让敌人找不到突围的方向。他把这个作战方案跟全中玉、王国华介绍了一遍。王国华补充说，全中玉已经动员了几支农民抗日自卫队参战，我看可以把他们分散到独立团各个中队，一起参加战斗。

驻守在台山的敌人，刚刚吃了早饭，突然发现四周的山头上红旗招展，共产党的部队影影绰绰出现在那里。看到眼前出现的红军队伍，张天翼并不觉得恐慌，在他眼里共产党的游击队不堪一击，从攻进邓庄铺开始他们是一路追击，游击队是一路撤退，若不是昨天天色已晚，昨天就把游击队消灭了。他看了看东面山头上的红旗，信心十足地说："游击队凭着几支破枪，就想挡住我的机枪、冲锋枪？战斗打响后，大家朝着有红旗的地方，只管冲，冲上去每人赏大洋五块，击毙一个游击队，赏大洋三十块。"

但是，张天翼怎么也没有想到，战斗打响后，不堪一击的不是游击队，而是他自己的队伍。战斗一打响，独立团和竹沟、邓庄铺、杨进冲、焦竹园一带的农民抗日自卫队一千多人，就将张天翼的定远军团团围住，杀声震天。张天翼四面受敌，左冲右突，就是冲不出去，他的定远军开始出现了伤亡。双方激战数小时之后，张天翼终于沮丧地下了一道命令："向泌阳方向突围。"独立团一路追击，收回了邓庄铺，张天翼和王友梅以死伤数十人的代价狼狈逃回了泌阳县城。

战斗结束后查明，这次针对豫南人民抗日独立团的进攻是刘峙授意进行的。原来刘峙同意张钫收编独立团，其本意是吞并独立团，但是国民政府军令部发布命令，将豫南人民抗日独立团改编为新四军第四支队第八团，让他的阴谋破产了。于是，他于12月下旬发出密令，命令泌阳县地头蛇王友梅联合宛西土军阀别廷芳伺机向独立团发动进攻，企图一举消灭独立团。但是，他们的计划落空了。发生在全国最小的革命游击区的这次战斗，成了国共双方结束十年内战的最后一战。从此以后，以竹沟为中心的抗日根据地正式形成。

1938年3月29日，第八团一千三百多健儿，在团长周骏鸣、副团长林凯率领下在信阳邢集召开誓师大会，宣布开赴皖东抗日前线，并在竹沟建立了新四军第八团留守处，王国华任留守处主任。这支部队后来成为新四军第二师的主力。

1938年9月28日，根据毛泽东的指示，彭雪峰、张震率领东征游击支队在竹沟东寨门外召开誓师大会，宣布开赴豫东抗日战场。这支部队后来成为新四军第四师的主力。

1939 年 1 月 17 日，李先念率领一个中队和六十多名干部组成新四军独立游击支队，从竹沟一路南下，此后和陈少敏等人率领的后续部队整合为新四军豫鄂独立游击支队，这支队伍后来发展成为赫赫有名的新四军第五师。

张星江在桐柏山区小石岭燃起的星星之火，终于成为燎原大火，燃遍了大江南北，成为一支坚不可摧的力量。